만각 스님

황석영
중단편전집 3

만각 스님

문학동네

차례

심판의 집 _007

가객歌客 _153

철길 _177

몰개월의 새 _209

한등寒燈 _235

돛 _257

맨드라미 피고 지고 _283

골짜기—日記抄, 1980년 겨울 _317

열애—日記抄 2 _355

만각 스님 _387

초판 작가의 말 _432

수록 작품 발표 지면 _434

작가 연보 _435

심판의 집

첫째 날, 오후 2시

　세상 사람들이 자신은 귀하게 여기고 남은 천하게 여기며 자신은 사랑하면서 남은 능멸한다. 스스로의 하찮은 일생을 받들기 위하여 얼마나 많은 다른 사람들을 해치려 하는가. 스스로 내 몸을 보면 한낱 피와 고기의 전대이며 비린내 나는 더러운 주머니인 것이다. 굶주리고 목마르며 춥고 더운 것의 번거로움과 나고 늙고 병들고 죽는 것의 괴로움이 묵은 빚의 독촉을 받는 것 같고 무거운 짐을 짊어진 것 같다. 당기고 끌고 서로 찾아들어서 스스로 가만히 있을 수가 없다. 한번 숨이 끊어지면 한 덩어리의 싸늘한 고기일 뿐이다. 잠깐 사이에 썩고 문드러지는 것이니, 물거품 같은 환상이며 지나가는 나그네 같고 꿈 속의 몸과 같다.

헛된 욕심으로 허우적거리는 인생을 경계하는 비유로 가득 찬 옛글이다. 요즘 세상은 더욱더 그 헛된 욕심이 만연해서 이를테면 사랑의 사막이 되어가는 중이다. 우리는 언제 어디서나 이러한 삭막한 방과 도시에서 장님이 되어 허덕거리며 살아가는 것은 아닌가. 어느 해 여름에 만리산의 청운산장에서 있었던 끔찍한 일은 사실은 하수도 물이 땅 위로 노출되어 흐르는 것처럼 언제나 우리의 생활 저변에 괴어 있던 썩은 부분이 드러난 것과도 같았다. 그 사건은 사랑이 없는 곳에 어떠한 일이 일어나는가 하는 좋은 보기가 될 것이다.

이제 개미집을 허물고 그 속을 들여다보며 이들의 조난을 냉정히 관찰하자. 개미들은 산산이 흩어지고, 그 촉각을 수없이 더듬거리면서 이곳저곳의 통로를 오르내린다. 통로를 무너뜨린다. 한 마리 죽고 또 한 마리가 죽어간다. 지끈 밟아놓으면 양쪽이 막힌다. 막힌 통로에서 미칠 듯이 더듬으며 기어다니는 아홉 마리의 개미들. 한 마리, 두 마리, 세 마리, 네 마리, 다섯, 여섯, 일곱, 여덟, 그리고 아홉.

날씨가 흐린 날이었다. 구름은 두껍고 낮게 하늘에 처져 있었다. 쉽사리 시원하게 한줄금의 비가 쏟아지기는커녕 후덥지근하게 습기가 내리누르는 날씨였다.

보통날은 제법 붐비지만, 피서철은 좀 지난 편인데다 날씨도 그렇고, 또한 주말이 아닌 평일이라서 학동의 정류장과 상가는 한산한 편이었다.

오후가 되자 관광버스가 두어 대 들어왔고, 친목계로 놀러온 사람들이 탄 버스도 서너 대 들어왔다. 일반 버스에 타고 있는 사람들은 거의 근처 지방에 사는 사람들이라 사투리를 쓰고 있었다. 두 대의 관광버스는 요새 여행사에서 적당한 계획표를 세워서 지망자를 모집하여 싣고 오는 것이니, 대부분 도회지에서 몰려온 사람들일 것이다. 특별히 산악회가 있거나 그룹이 있는 사람들이 아니라, 신문광고를 보고 저마다 늦게 얻어낸 휴가를 즐기려고 오는 사람들이었다. 그러니 구속감도 연대감도 없다. 버스가 서자마자 분주하게 흩어지기 시작한다.

모두들 산에 오르기보다는 기슭에서 물놀이나 하고 밥이나지어 먹고는 돌아갈 사람들이 대부분이었다.

관광버스에서 풀려나온 사람들은, 점심을 먹으려고 식당을 찾느라고 두리번거리기도 하고, 어떤 사람은 만리산 계곡을 그린 지도를 열심히 들여다보기도 했으며, 성급하게 기념품 가게에 들러 목각이라든지 자개 박은 공예품들을 고르기도 하는 것이었다. 세 사람이 상점이 늘어선 학동 길을 걸어왔다.

"오, 오므라이스, 보, 볶음밥, 모밀국수…… 에잇, 저런 건 주전부리지 으, 음식이 아니야."

식당 간판의 메뉴를 읽고 말하던 것은 서른두엇쯤의 남자, 그리고 둘은 스물이 갓 넘었을 듯한 학생 비슷한 여자들이다.

남자는 키가 작았고 몸집도 작아서 뒤에서 보면 별로 여자들과 구별이 안 되어 보였다. 도수가 높은 안경을 끼었는데 자꾸 흘러내리는지 가운뎃손가락으로 연방 치켜올리곤 했다. 그러나 안경을 치켜올리는 가냘프고 기다란 손가락은 둔해 보이는 굵은 안경알과는 달리 몹시 격정적이거나 날카로운 사람의 손이라는 느낌을 주었다. 그는 챙이 널따란 푸른색의 벙거지 비슷한 모자를 썼고, 품이 헐렁한 작업복을 입었는데 등산화 대신에 누런 흙이 그대로 붙어 있는 농구화를 신고 있었다. 그는 제 작은 체구에는 어울리지 않게 커다란 배낭을 어깨에 멨으며, 마치 배낭에 눌려서 곧 쓰러질 것처럼 보였다.

"아이 선생님, 조기 식당 있잖아요?"

"어디…… 에이그, 그건 또 해, 햄버거, 튀김 파는 데 아니냐. 나는 요, 요리를 머, 먹겠단 말이야."

"아무데나 들어가요, 네?"

명랑하게 재잘대는 한 여자는 하늘빛의 멋진 윈드재킷을 입고, 아래는 베이지색의 방수 바지, 백 스킨의 등산화를 신어 전체적으로 가뿐한 차림이었다. 얼굴이 가무잡잡하고 눈은 가늘고 길었다. 웃는 얼굴의 보조개가 제법 귀염성이 있어서 자꾸만 웃음을 지으려는 듯했다. 눈에는 연하게 화장을 했으나 루주는 짙게 바르지 않았다.

또다른 여자는 조금 통통한 편이었는데 눈은 동글동글하고 입이 조그맣게 꼭 다물어져 있다. 눈이 주는 인상으로는 붙임성이 있을 듯하지만 사실은 의외로 새침한 모양이었다. 붉은색의 헐렁한 스포츠 점퍼에 몸에 꼭 붙는 녹색 반바지를 입고 미끈한 두 다리를 내놓은 다음에 흰 양말을 두어 번 접어 붉은빛 등산화의 목을 반쯤 덮어두고 있었다. 기다란 머리에 보기 좋게 선명한 머리 밴드를 매어 넘기고 있었다. 남자들은 가끔 그 통통한 몸매와 미끈한 다리를 훑으면서 지나치곤 했다.

"누, 누가…… 배고프다구 그랬더라?"

선생님이라 불리는 남자가 역시 안경테를 치켜올리면서 새삼스럽게 두 여자를 번갈아 살펴보는 시늉을 해 보였다. 확실히 과장한 몸짓이다. 하늘색 윈드재킷이 활짝 웃으면서 손가락으로 제 가슴을 찔렀다.

"제가요……"

"희, 희련이는 아까 버스에서 내가 가져온 기, 김밥을 게, 게걸스럽게 다 머, 먹어버렸잖아. 선생님은 겨우 하, 하나 먹었다구. 덩치는 제일 쪼, 쪼끄만 사람이 어디루 그렇게 들어가니?"

하늘색 윈드재킷의 희련이는 난 몰라 하는 동작으로 얼굴을 가리며 발을 굴렀다.

"아이, 선생님이 제일 쪼끄맣죠. 그리구 우리는 한창때니까 많이 먹어야 해요."

"허허허, 애애, 말두 마라. 나, 나는 더, 더듬느라구, 소비가 마, 많아서 너보다 수천 배 허, 허기가 졌다."

두 여자들이 동시에 높은 웃음을 터뜨렸다. 곁을 지나던 사람들이 놀라서 어깨를 움찔거렸을 정도였다. 선생님이 새침한 쪽을 가리켰다.

"정임이 좀 봐라. 서, 서울서 여기 오기까지 으, 음료수 한 잔 먹었을 뿌, 뿐이다. 그래두 이렇게 야, 얌전하지 않으냐. 희련이 너는 먹는 게 모두 그 입놀림으루 다 나가버, 버리니 고, 고렇게 빼빼 갈비지."

하다가 선생님은 어느 간판을 보았다.

"아, 바, 바루 저거다!"

문 앞에 메뉴 대신 내걸려 펄럭이는 헝겊 조각에는 왕대포,

따로국밥, 선짓국, 비빔국수, 설렁탕 등등이 쓰여 있었다.

"봐라, 나만 쪼, 쫓아다니면 완전히 시, 실속으로 수지맞는다."

"피이, 누가 그런 마귀탕을 좋아한대나요?"

"아냐, 이 녀석아, 미각이란 미적 감정과는 벼, 별개란 말야. 이쁜 것만 먹으려면 벼, 병아리 누, 눈물을 받아먹어라 야. 그리 오가지 잡스런 도, 동식물을 맵고, 뜨겁고, 구수하게 얼렁설렁 끄, 끓여서 술술 넘기면, 머, 먹구 나서 트림이 아주 기, 기분좋지."

선생과 희련이와 정임이가 옥신각신하다가 안으로 들어갔다. 선생이 앞장서서 적당한 자리를 찾느라고 부지런히 안경테를 쳐올리는데, 저쪽 구석자리에서 손이 척 올라갔다.

"어이구, 동포들 오시네. 이리루 오십시오."

두 여자는 머뭇거리면서도 대폿잔을 기울이는 남자들의 탁자에 호기심이 끌린 듯 이쪽저쪽의 음식을 넘겨다보았다. 선생님은 그쪽에 대하여는 애매하게,

"아…… 예예."

하고 건성으로 끄덕이고 나서 문 바로 앞쪽의 나무의자에 앉았다. 희련이가 낼름 선생의 옆에 앉았고, 정임이가 맞은편에 앉았다. 일하는 소년이 물었다.

"뭘루 드실랍니까?"

"뭐, 뭐 있냐."

"점심 하시게요?"

"그럼 인마, 저, 저녁 먹으러 온 줄 알아?"

"좋은 게 있습니다요. 더덕구이 백반이나 따로국밥을 드십시오."

선생님이 안경을 벗었다. 안경을 벗으니까 유리알 뒤에서는 순하고 어려 보이는 눈이 나타났다. 그는 눈을 몇 번 문지르더니 다시 안경을 걸친다.

"그래 뭣들을 머, 먹었으면 좋겠니, 느이들은?"

두 여자가 뭔가 쑥덕거리더니 일제히 입을 맞추어 말했다.

"왕, 대, 포!"

"흥, 마, 말 다 했지. 너희들 그거 아, 안 먹기만 해봐라."

"야, 여기 따로구, 국밥에다 더, 더덕만 구워와라. 그리고 왕대포 두 잔."

"아녜요. 뭐…… 식사 후 불주면 즉사, 라기에 소화제부터 청한 거예요. 우리두 국밥 주세요."

희련이가 쿡쿡 웃음을 참아가며 말했다.

"선생님 그런데요, 식사중에는 무엇이죠?"

"어디까지나 소, 소나타 혀, 형식이지."

"그러니까 식사중에는 말씀하지 말 것."

"응…… 왜?"

"선생님 모르실 거예요. 애들이 음악 선생님을 뭐라고 불렀는지 모르시죠?"

"왜 몰라, 이 녀석들앗. 느이들이 무, 물려주고 가지 않았어. 뭐, 뭐라더라…… 응, 안테나라구. 뭐 버, 별루 우스운 별명두 아닌 졸작이다. 아, 안테나가 뭐냐, 안테나가."

"안테나가 더듬이죠. 더더더 더듬이."

"안경 벗으시구 코앞에도 잘 몰라보실 때두 그렇구요."

희련이와 정임이가 번갈아 말했다.

"그래 조오타. 나는 버, 벌레니까."

희련이가 호들갑을 떨었다.

"아니라니까요. 벌레에 붙은 안테나죠."

"그, 그게 정확한가? 그럼 느이들은 무어냐?"

"우리들은요, 후후."

희련이가 정임을 돌아보고 나서 말했다.

"안테나를 따라가는 등산객이지요."

"음, 도, 돈두 안 주구 안내원을 얻었단 말이지."

"선생님은 말씀하실 젠 더듬지만 노래하시면 음정이나 박자가 모두 정확하시잖아요. 이담에 급하실 경우엔 노래루 하세요."

"음, 내가 마, 말을 더, 더듬는다구 식사할 때 조용하라 그 얘기로군."

"그러믄요! 저는 괜찮지만 정임이가 바로 선생님 면전의 사정거리에 있단 말예요."

그들이 잡담을 나누는 사이에 버섯과 더덕을 곁들인 반찬이 깔리고 매캐하게 끓인 국도 돌려졌다. 소년이 대폿잔까지 돌리려고 하자, 안테나 선생이 막았다.

"그, 그만둬라. 산길 오르는데 술 마시면 그, 금방 지쳐요."

두 여자가 또 동시에 입바람 새어나가는 소리를 냈고, 희련이가 말했다.

"에이…… 칼을 뽑았으면 모기라두 베는 게 사나이 대장부라는데."

"그래그래, 나는 조, 졸장부로다."

그런 양을 보고 있었는지 아까 들어설 때 손을 올리던 남자가 얼큰하여 걸걸해진 목소리로 떠들었다.

"아가씨, 여기 술 많이 있으니…… 대작합시다."

"거 왜 애들 보구 그래? 야, 취했어?"

곁에서 뭐라고 눌러주는 모양이었다.

"아냐 이 사람아, 저기 빨간 잠바 나하구 통했다구. 나랑 듀

엣까지 했던 사이야."

국에다 눈을 준 채로 희련이가 정임에게 말했다.

"니 얘기 한다."

"별꼴이야."

선생님이 안경을 치켜올리더니 똑똑히 보이지 않는 듯, 어림
짐작으로 그쪽 방향을 향하여 한참이나 눈을 주고 나서 투덜거
렸다.

"우리네는 저, 저런 사람은 사, 사귀기가 아주 히, 힘들 거
야. 가까이해주면 마구 대하구, 또 머, 멀리 대하면 미워한단
말야. 언제나 제 기분 위주로 사는 사람이거든."

걸걸한 목소리를 가진 남자도 역시 안테나 선생과 비슷한 삼
십 남짓해 보이는 또래였다. 그는 면직 티셔츠에다 청바지 천
으로 만든 캡을 비뚜름히 썼고 아래는 여름용 니커 바지에 코
가 하얗게 벗어진 등산화를 신고 있었다.

그는 옆구리에다 날이 넓적하고 기다란 등산 나이프를 차고
있었다. 몸집은 건장했고 눈이 크고 뚜렷했으며 대체로 남자
답게 잘생긴 얼굴이었다. 그러나 어딘가 좀 천박해 보이는 것
은 바로 입술 때문인 듯했다. 입술이 아주 붉었는데 언제나 침
의 윤기로 번들거리고 있었다. 곁에 앉은 또다른 청년은 뚱뚱
하고 벌써 아랫배가 불룩 튀어나왔는데, 가늘게 웃는 눈이 마

음 좋아 보이는 얼굴로 만들고 있었다. 이마 부근이 바야흐로 벗어지기 시작하려는지, 몇 오라기 남지 않아 머릿속이 허옇게 들여다보였고, 몇 오라기는 마음 좋아 뵈는 눈가에 드리워지고 있었다. 그의 목소리는 느릿느릿하고 작았다. 알파인 모자를 탁자에 벗어놓았는데, 자꾸 깊숙이 눌러쓰는 탓인지 모자 고봉의 살짝 들어간 부분이 벙벙해져서 각설이의 벙거지 같았다. 그는 동료가 조금 지나친 행동을 할 때마다 아주 재미있다는 듯 킬킬 웃고 나서 어떠냐는 듯이 주위의 사람들을 돌아보곤 했다.

버스 안에서 그들은 완전히 제멋대로였다. 처음에는 얌전히 소주나 까고 있는 줄 알았더니 그 미남자가 어슬렁거리며 일어나 버스의 앞쪽으로 걸어가는 것이었다. 돌아서자 그는 모자를 벗고 한쪽 무릎을 굽히면서 모자를 휘익 돌려서 장딴지 곁으로 흘려 내리는, 스카라무슈식의 기사적 인사를 하고 나서 연설을 시작했다.

"저어 지루한 여행을 하고 계시는 여러분들의 노고를 조금이라도 풀어드릴까 하여 소생이 염치를 무릅쓰고 나와서, 게임을 주도해볼까 합니다."

이야기의 요지는 서로 팀도 다르고 서먹서먹하니 노래라도 부르며 가자는 얘긴데, 창밖에 시선을 보낸 사람, 자는 사람,

뭔가 먹는 사람 등등 중구난방의 사람들은 그리 유쾌한 기분은 아니었다. 제 배짱 없는 사람이 세상에 어디 있겠는가.

"어, 노래 빨리 하쇼. 왜 안 합니까."

이렇게 몰아대니 나중에는 부담이 컸다.

"여보, 그냥 조용히 갑시다."

그중에서 말발이 좋이 설 만한 중년이 사정조로 얘기하자, 미남자가 화를 내었다.

"누구야, 조용하라는 게?"

"나요."

"여보쇼, 그럼 안방에서 낮잠이나 잘 일이지 관광은 왜 댕겨?"

"아니 그럼, 이 관광단은 노래하는 관광단이오? 거참 꼭 무슨 방송 프로 같구만."

버스 안의 사람들이 폭소를 터뜨렸다. 한편으로는 시원해서이기도 하지만 다른 한편으로는 그 웃음으로 미남자가 일으킨 불안한 분위기를 얼버무리고 아부하려는 기미도 섞여 있었던 것이다.

"이거 보라구. 우리나라 사람들은 이렇게 단결심이 없으니 매양 요 꼴이라구."

"여보, 놀러가는데 무슨 단결심이야."

"아 좋아요, 좋아. 그러면 손님 대신에 내가 부르겠소. 그 대신 나 혼자 하면 서러우니 누가 듀엣을 좀 해주겠소."

"에이, 반주도 없는데 뭘."

"해라, 빨리 나가라."

일단 의무감에서 벗어나려는 사람들이 제각기 소리칠 때, 안테나 선생님이 엉거주춤 일어났던 것이다. 그는 약간 상기되어 있었다. 안경테가 자꾸만 위로 치켜졌다.

"다, 당신은 뭐요? 이 버스 안의 모든 감정은 다, 당신과 가, 같다구 생각합니까?"

"당신은 다르다구 생각하오?"

"나는 가, 강제루 노, 노래를 부르게 하는 건 질색이오. 이따 버스에서 내리면 호, 혼자 산속에 들어가서 시, 실컷 부르시오."

"뭐 이런 게 다 있어. 이봐, 이봐, 나는 관광단을 꾸며서 버스 회사와 함께 이런 일을 많이 해본 사람야. 나는 베어 알파인회의 회장이라구."

"하는 짓이 꼭 곰이군."

"뭐라구? 당신은 정서라는 걸 모르는 모양인데…… 어떻습니까, 여러분? 즐겁게 노래하며 갑시다."

"와 와, 좋소."

절반쯤의 남녀가 소리를 질렀으므로, 안내양 바로 곁에가 임
시무대로 설정되었다. 미남자는 마이크 대신에 어떤 부인네 손
님의 종이 모자를 실례하여 돌돌 말아서 종이 메가폰을 만들었
고, 가수가 나올 적마다 마이크를 넘겨주면서 어디서 왔느냐,
누구랑 왔느냐, 취미가 무엇이냐, 물어보면서 혼자 재미를 보
았다. 드디어 안테나 선생네 차례가 와서 다시 실랑이가 벌어
졌다가 정임이가 반강제로 끌려나갔다. 하는 수 없이 모기만한
목소리로 동요를 했는데 미남자는 곁에 서서 제멋대로 화음을
맞추어버렸던 것이다.

　"선생, 어이 안경 낀 선생, 내 한잔 낼 테니 합석합시다."

　안테나 선생은 모른 체하고 국물을 훌훌 들이마셨다. 희련이
가 쫑알거렸다.

　"얼굴은 제법 훤하게 생긴 남자가 왜 저렇게 촐싹거리니."

　"노는 걸 아주 좋아하나보지 뭐. 그런 사람들 있잖아. 어디
가나 꼭 끼는 초라니 방정⋯⋯"

　이쪽에서 반응이 없자, 그는 푸른 캡을 더 뒤로 젖혀 쓰고 주
전자와 잔을 든 채로 탁자 사이를 지나왔다. 그가 안테나 팔꿈
치에다 술잔을 쾅 내려놓았다. 안테나 선생은 난처한 표정으로
미남자를 멀뚱히 올려다보았다.

　"한잔 어떻습니까? 나 별로 나쁜 놈은 아닙니다."

"크…… 큰일났군."

미남자는 자꾸만 정임이를 바라보며 싱글싱글 웃었다. 하얀 이가 고르고 깨끗하게 드러났다.

"어느 코스로 등반할 예정입니까?"

"그, 글쎄요. 만리사까지는 가, 가야겠는데요."

"그러면 계곡을 둘이나 지나고 산 하나를 넘어야겠군요. 오늘 안으로는 시방 두시 반인데 늦었습니다. 가다가 아무래두 청운산장서 하룻밤 주무셔야 될걸요."

산 얘기가 나오니까 안테나 선생도 진지해졌고 미남자는 아예 오리 의자를 끌어다 상머리에 끼여앉았다.

"이거 초, 초행에 더구나 여자까지 두, 둘이 있으니…… 그 만두고서, 선녀암까지만 가야겠는걸."

희련이가 어깨를 흔들었다.

"몰라요. 벼르고 별러서 왔는데…… 만리사두 못 가구 돌아가요?"

"염려들 마세요. 저는 만리산이라면 골짜기 봉우리마다 내 손바닥 같습니다. 제가 리더를 해서 무사히 모셔다드리지."

"별루 위험한 코, 코스는 없겠죠?"

"두어 군데 있지만, 뭐 다들 올라갑니다. 우리두 둘이라 적 적했는데…… 참 인사가 늦었습니다. 나 대경무역의 미스터 조입니다. 조남진이죠."

"정광현입니다."

"실례지만 무슨 일을 하시는지…… 이건 제 취미라서요."

정광현은 잠시 안경테를 만지작거리고 있었다. 희련이가 낼름 대답했다.

"정선생님은 저희 여고 때 음악 선생님이었어요. 우리는 여대생이구요."

"아, 이거 영광입니다."

정임이는 몹시 아니꼽다는 얼굴이었다. 희련이가 거리낌 없이 말했다.

"얘는 최정임이구요, 저는 김희련이에요."

조남진은 뒷전의 제 친구에게 눈을 끔쩍여 보이면서 슬쩍 등 뒤로 손가락으로 만든 동그라미를 내어 흔들어 보였다. 건수가 지금 막 성공적 단계라는 뜻이리라. 조남진이 제 친구를 손짓해서 불렀다.

"같은 회사 다니는 친굽니다. 산에서두 베테랑이지요. 얀마, 인사 돌려라."

"오종호라구 합니다."

내는 누구요, 또 나는 누구라 하오, 어쩌고저쩌고 하는 인사가 일단락을 지었다. 즉, 두 명의 여대생 최정임, 김희련, 그들의 음악 선생이던 정광현, 그리고 두 사람의 회사원 조남진과 오종호가 함께 청운산장으로 향하게 되었던 것이다. 그들은 담배를 한 대씩 나누어 피우고 나서 산을 향해 걸어갔다. 날씨는 아직 우중충했다.

혼자서 주차장에 내려졌던 등산객은 삼십을 갓 넘었을 듯했고, 전체적으로 냉정하고 민첩한 인상이었다. 눈은 날카롭고 깊었으며, 미간이 약간 찌푸려져 있었다. 콧날이 곤두섰는데, 입술은 얇고 턱이 짧았다. 어깨가 앞으로 굽어져 있고 보통 키가 넘어서 그의 걸음걸이는 휘청이는 것처럼 보였다. 그는 택시에서 끌어내린 육중해 뵈는 키슬링을 의외로 한 팔뚝에 냉큼 들어올려 양팔을 꼈던 것이다. 베레 모자에 면직 셔츠와 방수 니커 바지와, 탄탄하게 죄어 신은 낡은 등산화 차림인 그는 산에 익숙한 사람인 것 같았다. 그는 키슬링을 메자마자 사방을 두리번거리지도 않고서 곧장 학동의 가운데 길을 따라 올라갔다. 만리산 계곡 쪽으로 오르는 큰길과 학동 관광호텔로 나가는 길이 두 갈래로 갈라지는 곳에서, 그는 두 길을 다 버리고 지름길로 들어섰다.

한참이나 걸어서 그는 석굴장이 내려다보이는 언덕에 이르러 시계를 보았다.

"사십이 분이 걸렸군."

그는 다시 언덕을 내려갔다. 석굴장은 커다란 암벽 밑에 굴을 파고 가게를 벌여놓은 휴게소였다. 곁에는 큰 돌집 한 채가 따로 지어져 있어 등산객들의 간이 숙소로도 이용되고 있었다. 그는 돌집의 계단으로 내려가면서 중년 여자의 등뒤에다 말했다.

"아주머니 안녕하십니까?"

머루술을 거르고 있던 아낙네가 돌아보더니 반색을 하는 것이었다.

"아이구 강선생님! 오랜만이네요."

강이라 불린 등산객이 키슬링을 짊어진 채로 나무의자에 털썩 주저앉았다. 아낙네가 시키지도 않는 말을 늘어놓았다.

"이번 철에는 통 보이질 않으시길래, 그저께 팀이 올라왔을 제 물어봤지요. 개인병원으로 나가셨다면서요?"

"예, 그렇게 됐습니다."

"아주 바쁘실 게라구 그러데요. 못 오시는 줄 알구들 있던데요."

"큰 수술이 있었습니다. 이 친구들 지금 어디쯤 가 있을까?"

"계곡을 지나 정상을 넘어서 천리악 샘터에서 숙영을 한다구 그랬어요."

"음, 그러면 오늘밤은 천리악에 있겠군. 천상 이번 산행은 외톨이가 되겠는걸."

"어떻게…… 뭣 좀 드릴까?"

"글쎄요, 간단히 때우긴 했는데 그 도토리묵이나 한 사발 무쳐주시죠."

강은 키슬링을 벗어놓고 암벽 아래 흘러내려 고인 석간수를 떠서 조급하지 않게 한 모금씩 마셨다.

냉기가 써늘한 휴게소 안에는 두 사람의 남녀가 뜨거운 커피를 마시고 있었다. 그들은 방금 도착한 강이란 사람을 내다보느라고 잠깐 끊었던 말을 다시 잇고 있었다. 여자가 말했다.

"그렇게 해요. 여기까지 와서 만리산 계곡을 보지도 않고 그냥 내려가요?"

"아무 준비도 않고 간단 말야?"

"산장이 있다는 곳까지 올라갔다가 곧 내려오면 되잖아요. 호텔에만 박혀 있다가 산에 오르니 정말 살 것 같아요."

남자는 실상은 삼십대인 듯했으나, 훨씬 나이들어 보였는데 금테의 연한 색안경과 비대해지기 시작한 허리 탓이었다. 자주색 티셔츠에 회색 체크무늬가 굵다란 골프 바지를 입었고, 레저용의 부드러운 슬리퍼 신발을 신었다. 연한 색안경의 그늘 속에서는 마음 좋게 생긴 선의의 큰 눈이 내다보고 있었다. 금테안경의 남자는 말했다.

"시골 목장에나 다녀오자니까. 당신은 예전부터 무척이나 산을 좋아한 모양이군."

"싫으셔요?"

"좌우간 익숙하질 않아서……"

"아이 참, 그러시단 더 몸이 날 거예요. 테니스다 골프다 모두 필요 없어요. 주말에 한 번씩만 산에 오르면 얼마나 좋은데요."

그렇게 설득하고 있는 여자는 누가 보더라도 어디선가 꼭 만났을 듯싶은 인상이었다. 즉, 그 여자의 얼굴이 평범한 인상이어서가 아니라, 대단한 미인이었기 때문에 혹시 잡지나 화면에서 본 얼굴이 아닐까 싶은 느낌 탓이었다. 크게 쌍꺼풀진 눈 주위에 어린 축축한 분위기와, 희멀건 피부며 작고 알맞은 높이의 코와 도톰하게 내민 입술, 쳐다볼수록 어쩐지 차가운 느낌이 드는 미인이었다. 그 여자는 소매 없는 줄무늬의 티셔츠에다 연한 보라색 작업복 바지를 입었는데, 탁자 위에는 여름 스웨터를 구겨서 올려놓고 있었다. 나이는 스물에서 서른까지 종잡을 수가 없었으니, 그 미모 때문에 어린 소녀와 성숙한 여인의 인상이 겹쳐져 있는 것 같았다.

여자가 계속 졸라대니까 남자는 자못 너그럽게 웃으면서 손을 내밀어 여자의 늘어진 머리카락을 몇 오라기 쥐어 당기면서 말한다.

"그러지, 이번 여행은 모두 당신을 위해서니까."

하고 나서 남자는 곧 걱정스런 얼굴로 계곡을 바라보았다.

"길을 모르잖나."

"안내판이 다 되어 있을 거예요."

"그런 안내판 따위로는 곤란하고, 가만있자……"

아낙네가 휴게소 안쪽에서 묵을 무치다가 말참견을 했다.

"예까지 오셔서 만리산 계곡을 못 보시면 어쩌시게요. 아무리 못 가본다구 해두 청운산장까지는 올라가보셔야죠."

"여기서 산장까지 얼마나 걸립니까?"

"시간 반쯤 걸릴까요? 아냐…… 걸음 빠르고 길에 익숙한 분들이 그러시니…… 두 분께선 넉넉잡구 두 시간은 걸리겠네요."

남자가 고개를 갸우뚱했다.

"헛, 지금 세시 반인데! 그러면 다섯시 반에 도착하게 되겠군. 여보, 그만두지 그래."

여자가 굽히지 않고 말했다.

"더 잘됐지 뭐예요. 하룻밤 자구 내려와요. 아주머니, 청운산장 멋진 곳이죠?"

"뒤로 절벽이 있고 폭포가 떨어지지요. 산장 주위는 모두 깊은 골짜기랍니다. 아침에는 구름바다 위에 있게 되거든요. 헌데 좀 불편하실 거예요."

"어째서요?"

"노인네 혼자서 관리를 하구 있으니 식사는 없을 겁니다. 보아하니 취사 준비가 없으신 모양인데."

"난 라면을 좋아하니까 괜찮아요. 꼭 올라가서 하룻밤 지내구 싶어요."

"어디서 안내인이라두 구했으면 좋겠는데……"

아낙네가 쟁반을 받쳐들고 나가면서 친절하게 말했다.

"가만있어보세요. 저분이 산장으로 올라가실 텐데 부탁드려보지요."

"길을 잘 압니까?"

"암요, 알다 뿐인가요. 옛날 학생 적부터 철마다 찾아다니시는데요. 아마 의사 선생이라죠."

아낙네가 강에게 뭐라고 말하는 듯했다.

강은 고개를 들어 두 사람 쪽을 잠깐 관찰하더니 뭔가 대답했다. 그는 다시는 쳐다보지도 않고 도토리묵을 먹기 시작했다. 아낙네가 돌아와서 부부에게 말했다.

"네, 좋다구 그러셨어요. 저분 뒤만 따라가시면 될 거예요."

여자가 밝게 웃었고, 남자는 약간 난처하다는 듯이 고개를 설레설레 흔들고는 일어섰다.

"이쪽에서 먼저 인사를 건네두어야겠군."

그가 의사의 탁자 앞으로 다가서며 인사를 던졌다.

"귀찮게 해드려서 죄송합니다."

"아……"

강은 그릇을 비우고 냉수로 입가심을 하면서 고개만 까딱
했다.

"오늘 산행은 아무래두 산장까지니까 내게는 별루 문제가
안 됩니다."

금테안경의 남자는 서 있기가 좀 겸연쩍은지 옆의 의자에 엉
거주춤 앉았다.

"산장서 묵으실 작정이군요."

강이라는 의사는 대답하지 않았다. 그 대신에 그는 어두컴컴
한 석굴 휴게소 안에 앉아 있는 여자 쪽을 아까보다 더 자세히
관찰하는 듯했다. 남자의 물음을 흘려버린 것이 예의에 어긋난
다고 생각했는지 그제야 고개를 돌려 거의 무관심하게 물었다.

"등산 오신 게 아닌가요?"

"네, 실은 집사람이 처녀 적에 무척 산을 좋아한 모양입니다."

"길이 좀 험합니다. 벼랑을 오르는 코스가 세 곳이나 됩니
다."

"허…… 그렇다면 이거 우리들두 오를 수 있을까요."

강이 고개를 끄덕이면서 말했다.

"조심한다면 힘은 들어도 위험하진 않습니다. 계곡의 물이 말랐으니까."

남자가 드디어 도량 있게 손을 성큼 내밀었다.

"아무래두 동행끼리 이거…… 인사가 없어서…… 노준구라구 합니다."

강은 내키지 않은 자세로 그 손의 끝을 가볍게 잡았다.

"강민우입니다."

그들이 인사를 나누고 있을 적에 여자가 휴게소를 걸어나왔다.

"산장에 버너나 취사도구는 모두 있겠지요?"

"관리인이 있으니까요."

강민우는 이미 자기에게서 시선을 돌린 여자의 프로필을 올려다보았다. 노준구가 어딘가 자랑스럽게 말했다.

"제 첩니다."

강민우와 노의 처는 서로 목례를 나누었다. 노의 처가 반은 진담을 섞어 가볍게 투정했다.

"남자들은 어째서 자기 아내를 남에게 소개할 때 그런 식으루 말하죠? 외국에서두 그러나요?"

"하하, 또 여권신장이신가. 좋아, 이쪽은 나은경씨, 그리고 이쪽은……"

강민우도 그들 부부의 다정한 농담에 기분이 많이 친숙해졌
는지 웃는 얼굴이 되어 말했다.

"강민우라고 합니다."

"리더가 되시니 기분이 어떠세요?"

강민우는 싱긋 웃기만 했다. 그는 키슬링을 짊어지고 일어
섰다.

"도중에서 세 번쯤 쉽니다. 올라가시죠."

세 사람은 만리산 계곡으로 들어서서 징검다리를 건너고, 철
책을 지나고, 벼랑을 타기도 했다. 흐려 있던 하늘에 구름이 두
껍게 겹쳐지고 있었다. 바람이 제법 거세게 불었다. 앞서서 걷
던 강민우는 계곡 아래 낮게 떠도는 고추잠자리의 떼를 내려다
보며 중얼거렸다.

"날씨가 심상치 않은데……"

첫째 날, 저녁 8시 30분

폭우가 줄기차게 쏟아지고 있었다.

번갯불의 푸른 섬광이 비치고 나서 온통 산 전체가 부서져나

가는 듯한 우렛소리가 뒤를 이었다. 빗방울이 산장의 유리창을 깨뜨릴 듯한 기세로 몰아쳤다. 비는 그들이 저녁 취사를 준비하던 여섯시쯤부터 조금씩 뿌려지고 있었으며 곧 그칠 것만 같더니 구름이 더욱 빡빡하게 짙어지면서 빗줄기가 굵어졌던 것이다.

청운산장은 비교적 널찍한 공지에 서 있었으나, 아래쪽에서 보면 산장의 지붕이 거의 보일까 말까 할 정도로 높은 벼랑에 있었다. 산장 위쪽으로는 록클라이밍을 할 만큼 험한 절벽이 가로막혀 있는데 폭포가 산장의 오른편에서 떨어져 산장 앞의 계곡으로 합류해서 한 오백여 미터쯤 아래로 내려가면 만리산 계곡의 큰 줄기에 이어지고 있었다. 산장의 왼편 돌계단을 내려가면 만리산 계곡의 깊은 절벽 위에 난간이 있는 쇠다리가 가로걸려 있었다. 등산로는 이 다리를 건너서 위로 오르게 되어 있었으니 산장이 있는 위치는 마치 등반 도중의 테라스와 같은 곳이었다. 따라서 산장의 동편 창문으로는 만리산 아래쪽의 너른 들판과 소도시와 마을들이 내려다보이는 것이었다.

산장은 이층의 돌집이었다. 아래층의 남쪽으로 트인 문으로 들어서면 작은 가게 좌판이 달린 공간이 있고 그 뒤로 문이 있는데, 문을 열면 넓은 방안에 양쪽으로 침상이 있고, 가운데에 사람이 지나다닐 통로가 있었으니, 꼭 군대의 내무반과 같은 구조였다. 북편 벽으로는 겨울에만 쓰는 듯한 벽난로가 붙어 있었다. 이층에 오르는 계단은 입구 앞의 홀 구석에 나 있는데, 층계를 오르자마자 좁은 복도와 만나게 된다. 층계 바로 앞에 작은 방 하나, 그리고 복도의 양쪽에 널찍한 마루방이 있었다.

노준구와 나은경 부부는 이층의 동편 방에 들었다. 장식도 가구도 없이, 텅 빈 방에는 동편으로 난 유리창만이 가득차 있는 것 같았다. 그들은 관리인이 가져다준 슬리핑백 위에 앉아 있었다. 나은경은 아까부터 골치가 쑤신다며 슬리핑백을 머리 위까지 둘러쓰고 누워 있었다. 노준구가 걱정스러운 듯이 제 처의 가슴께를 흔들었다.

"여보…… 괜찮아? 아까 비 맞구 몸살 난 모양이군."

"푹 자구 나면 좀 나아질 거예요."

슬리핑백 속에서 나은경이 말했다. 노준구는 잠자코 앉았다가, 답답한지 기지개를 켜며 일어났다. 그는 천장에 걸린 가스 램프의 불을 낮추면서 말했다.

"그럼 먼저 자라구. 난 밑에 내려가서 술이라두 한잔 걸치구 올라와야지. 어쩐지 썰렁한걸."

"싫어요…… 여보…… 혼자 있기가 싫어요."

나은경이 슬리핑백 속에서 고개를 들고 남편을 바라보았는데, 그 여자의 두 뺨은 열기로 달아 상기되어 있었고 눈이 피곤하게 풀려 있었다.

"왜 그래?"

"아뇨…… 그냥 무서워요!"

밖에서 섬광이 번쩍이고 우렛소리가 유리창을 뒤흔들며 지나갔다.

"저건 번개라구, 번개. 어린애처럼 왜 그래?"

"나 지금 추워서 못 견디겠거든요. 당신이 내려간다면 나두 따라 내려가야 할 텐데, 도무지 일어날 수가 없으니까요."

할 수 없이 노준구는 도로 주저앉았다. 노준구는 담배를 피워 물고 우두커니 앉아서 빗소리를 듣고 있었다. 그들이 강민우 안내로 산장에 도착한 것은 여섯시 조금 넘어서였다. 산장에는 먼저 온 다섯 사람이 있었다. 둘은 여자고 셋은 고만고만한 또래의 청년들이었다. 그들 부부는 관리인께 부탁해서 버너를 빌려 라면으로 저녁을 때웠다. 노준구는 내키지 않은 걸음이었던데다 산장이 그리 편하다고는 할 수 없고 더구나 폭우까지 쏟아져서 못내 후회스러웠다. 또한 처까지 아프다고 드러누워 있으니 몹시 낭패스런 기분이었다.

"공연히 올라오자구 보채더니……"

"미안해요, 정말……"

"예전 학생 때 같을 줄 알았나."

"이런 곳일 줄은 몰랐어요."

"내일 날이 밝으면 나아질 게야."

"그런데 저는 그 관리인 영감이 아주 기분 나빠요."

노준구도 그것은 마찬가지 느낌이었으나 아내의 저조한 기분에 맞장구칠 수는 없었으므로 의견을 달리 말했다.

"뭐, 얼굴이 좀 침울해 보이더군. 산에서 혼자 오랫동안 살아온 사람이니 그럴 법하지."

"그렇다면 과묵한 것으루 족하지요. 그 눈이며 입의 표정이 아주 음침해요."

"강민우씨는 어디 있지?"

"아마 아래층에 있을 거예요."

입맛을 다시던 노준구가 좋은 생각이 났는지 다시 아내를 흔들었다.

"여보, 우리 아래루 내려가서 여럿이서 함께 밤을 지내지. 거기엔 벽난로두 있던데…… 여긴 축축하고 썰렁해서 도무지 못 견디겠군."

나은경은 대답이 없었다. 노준구가 다시 재촉했다.

"응, 어떻겠어?"

"그냥…… 자요."

계곡을 때리며 흘러내려가는 물소리가 온 절벽을 울리고 있었다. 빗소리 가운데서 계속되는 그 소리는 방안에서도 귀가 멍멍할 정도였다. 아래층에서 웅성거리는 소리가 들리며, 사람들이 등불을 들고 나가는 게 어두운 창으로 비쳤다. 등불은 흔들거리며 움직여나가고 있었고, 나은경과 노준구도 일어나 창문으로 내다보았다.

"무슨 일일까?"

"내려가봐요."

나은경은 슬리핑백의 지퍼를 열고 그것을 등덜미에 뒤집어쓰고 일어섰다. 그들 부부가 층계를 내려가자 밖으로 몰려나갔던 사람들이 홀 안에 들어오는 중이었다. 가스램프를 든 관리인 노인은 그들 부부를 잠시 올려다보았다. 관리인은 머리가 이제 막 희끗희끗해지기 시작한 오십대였다. 몸집은 작은 대신 어깨가 반듯하고 탄탄해 보였다. 그는 푸른색의 윈드재킷을 걸쳤고 담배물부리를 비스듬히 물고 있었다. 사람들이 몰려들어오면서 제각기 걱정스럽게 말하는데 회사원 오종호가 말했다.

"허, 큰일났네. 이젠 꼼짝없이 갇혔는걸."

"선생님, 어쩜 좋아요. 우리는 내일 저녁때까지는 집에 돌아가야 하는데."

"비가 그치기 전에…… 뭘 먹구 사나요."

최정임과 김희련 학생은 발을 동동 구르고 있었다. 정광현이 관리인에게 물었다.

"산장 뒤로는 오르는 길이 없습니까?"

관리인은 이러한 감정들에 어울리지 않게 킬킬대며 나직이 웃었고, 강민우가 대꾸했다.

"길은 그 다리 하납니다."

"왜 그런 웃음을 웃으슈? 우린 지금 걱정을 하구 있는 판인데 영감님은 기분이 좋은가요?"

회사원 오종호가 벗어진 이마 위에 번진 물기를 연방 소매로 닦아내면서 관리인에게 노한 음성으로 물었다. 노인은 다시 입 안쪽에서 짓씹는 듯한 목소리로 대답했다.

"내 버릇이오. 혼자 오랫동안 살게 되면, 말이나 웃음이나 모두 익숙하질 않게 됩니다."

그런 것을 아는 이가 듣기에 딴은 이치에 맞는 말이었다. 혼자서 며칠쯤 방에 틀어박혀 지내노라면, 제 행동을 제가 해설하기도 하며 또는 혼잣말로 자기 자신과 말을 나누게 되는 것이 아닌가. 노인은 고개를 들어 층계 위에 선 노준구 나은경 부부를 올려다보았다.

"우리 손님들이 모두 한자리에 모였습니다그려."

하고 나서 관리인은 다시 예의 그 음침한 웃음을 씹어냈다.

"이까짓 것쯤은 사고두 뭣두 아닙니다. 날이 개기만 기다리

먼 계곡의 물은 한 이틀 사이에 빠져버릴 테니까요. 다리가 떠내려갔다구 별루 놀라실 건 없습니다. 눈사태가 무섭지, 비는 아무리 와야 아래로 흘러내려가니 걱정하지 마십시오."

노준구가 먼저 아래로 내려갔고, 나은경은 잠시 계단에 걸터앉아 있었다. 관리인이 나은경을 향하여 말했다.

"편찮으시다더니…… 좀 나으셨습니까?"

"네, 속이 떨려서 못 견디겠어요."

관리인이 아래층 거실을 턱짓으로 가리키며 말했다.

"제가 불을 피우지요. 새벽에는 더욱 기온이 내려갈 겁니다. 손님들과 함께 지내시지요…… 그리구 머루주를 한잔 갖다드리겠습니다."

"고마워요."

그들은 하나둘씩 아래층 거실로 들어섰다. 유리창문이 바람에 덜컹거렸고 비가 갈라진 벽 틈으로 스며든 곳에는 물이 번지기 시작했다. 관리인이 벽난로 쪽에 허리를 굽히고 장작을 얹은 다음에 석유를 뿌렸다. 그가 불을 그어대자 일순에 치솟았던 불길이 사라지면서 장작에 옮겨붙었다. 썰렁한 방안에 불기가 생겨나자 모두들 마음이 좀 누그러졌는지 명랑한 분위기가 감돌았다. 그들은 벽난롯가로 모여들었다. 그때 구석에 앉아서 아무 말이 없던 강민우가 입을 열었다.

"한 사람이 없군요? 우리는 지금 여덟입니다."

그제야 사람들은 제 주위를 돌아보았다. 오종호가 큰 소리로 말했다.

"어! 이 친구가 어디루 갔나."

미남자 조남진이 보이지 않았다. 오종호가 다시 말했다.

"그러구 보니 저녁을 먹구 나서 주위를 둘러보겠다구 나갔는데……"

강민우가 말했다.

"이렇게 폭우가 쏟아지는데 밖에 우두커니 섰을 사람은 없겠구…… 무슨 사고가 난 게 아닐까요. 누가 제일 끝으로 보았습니까?"

음악 선생 정광현이 고개를 내밀었다.

"내, 내가 봤습니다. 그 사람 좀 취, 취해 있었습니다."

"그게 몇시쯤이었습니까?"

정광현 대신에 김희련이 대답했다.

"우리가 식사를 끝냈을 때니까 일곱시 반쯤이었어요."

강민우는 미간을 잔뜩 찌푸렸다.

"그렇죠. 생각해봅시다. 누가 한 시간 동안이나 저 비바람 속을 헤매 다니겠습니까. 두 가지 가능성이 있군요. 첫째로 그는 부근에 없거나, 아니면 있다 해도 이 집으로 돌아올 수가 없게 되어 있는 겁니다."

"돌아올 수가 없다면……"

오종호가 다급하게 끼어들었으며, 강민우는 침착하게 고개를 끄덕였다.

"무슨 일이 생긴 거예요. 어째서 우리는 그 사람이 없어진 걸 지금에야 알았을까요?"

하면서 강민우가 오종호의 무감각을 비난하는 듯한 투로 물으면서 그를 빤히 올려다보았다.

"아…… 우리는 소주 한 병을 반주로 들었습니다. 찌개가 많이 남았기에…… 그리구 저는 조금 전에 여러분들이 모두 밖으로 몰려나갈 때까지 침상 위에서 잠들어 있었습니다. 이거, 어떡하죠? 모두들 함께 나가서 찾아봐야지요."

빗속을 향하여 뛰쳐나가려는 오종호의 등뒤에서 강민우가 나직하게 말했다.

"잠깐만…… 찾아보는 것은 간단한 일입니다. 그러니까 그가 산장에서 나간 것은 다리가 떠내려가기 한 시간 전의 일입니다."

정광현이 말했다.

"다, 다리를 건너서 하, 학동으로 내려갔는지도 모릅니다."

"그럴지도 모르지요. 하지만 무엇 때문에 그가 다리를 건너

갔겠습니까. 우선 저는 반대 방향을 짚어보겠습니다. 그는 샘터가 있는 숲 부근이나 폭포 밑의 바위틈에 있을 확률이 더욱 큽니다. 왜냐하면 저녁을 먹고 술까지 한잔 들이켠 사람은 틀림없이 안개가 깔리기 시작한 동쪽을 전망하고 싶었을 테니까요. 또한 그가 숲 부근에 갔을 이유란 우리들의 발길이 가장 많이 닿은 곳이기 때문입니다. 실상 나도 취사중에 두 번이나 오르내렸습니다. 그쪽에까지 갔다면 그는 아마도 누군가와 동행이었음이 틀림없겠지요. 자, 여자분들은 여기 남으시고 모두 나갑시다. 두 패로 갈려서 샅샅이 찾아봅시다."

강민우가 전지 랜턴을 집어들며 일어섰다.

"샘터와 폭포 쪽에서 그 친구가 지금 뭘 한단 말요?"

하얗게 질린 얼굴로 오종호가 말하자 강민우는 머리를 갸우뚱했다.

"글쎄요, 예측할 수가 없습니다. 그는 아마 자구 있는 게 아닐까요?"

잠깐 말을 끊었던 강민우는 덧붙였다.

"조남진이란 사람…… 술에 취했었다니까."

정광현이 제 랜턴의 불을 켜다가 꺼보면서 말했다.

"시, 실족해서 급류에 휩쓸렸는지도 모, 모르지요."

강민우가 문을 밀고 빗속에 들어서며 말했다.

"여기에 열여섯의 귀가 있습니다. 실족하는 사람이 급류에 휩쓸리며 고함을 치지 않았을 리가 없습니다. 우리는 다리가 떠내려가는 것을 알고 뛰쳐나갔지 않습니까?"

"그, 그렇겠군."

정광현이 중얼거렸다. 강민우가 앞장섰다가 걸음을 멈추며 관리인 노인에게 말했다.

"영감님은 폭포 아래편으로 찾아보세요. 오종호씨와 저는 샘터 부근 숲을 살펴보겠습니다."

"그러시오."

관리인과 노준구, 정광현은 폭포 쪽, 강민우와 없어진 조남진의 친구 오종호는 샘터 쪽으로 방향이 정해졌다. 그때에 무슨 생각을 했는지 정광현이 관리인의 일행에서 빠져 돌아섰다.

"나두 새, 샘터 부근으루 가겠소."

강민우는 랜턴을 비추며 산장의 서쪽 암벽을 돌아 후미진 골짜기 속으로 내려갔다. 비가 억수로 쏟아져서 그들이 걸친 윈드재킷은 몸에 찰싹 달라붙었고, 빗물이 얼굴에 흘러내려 눈을 뜨기가 곤란할 지경이었다. 암벽을 돌아나가면 불어난 물이 퉁탕거리며 흘러내려가는 계곡 위로 비좁은 바윗길이 뚫려 있었고, 둔덕을 넘으면 암벽이 넓게 터지면서 경사가 완만한 분지가 나오게 되어 있었다. 그 분지에는 사철나무와 상수리나무들이 제법 울창하게 자라나 있었다. 샘터는 분지의 가장 낮은 곳에 있었는데 석간수를 받아놓는 시멘트의 탱크가 불에 비춰졌다. 그들은 돌층계를 내려갔다.

"플래시 가졌습니까?"

강민우가 뒤를 돌아보며 오종호와 정광현에게 물었다. 오종호가 전지를 켜서 발아래를 훑어 보았다. 그는 어른거리는 나뭇가지 사이로 불을 비추면서 얼빠진 소리로 불렀다.

"어이 미스터 조, 조남진!"

강민우가 갑자기 다리를 구부리고 땅에 가까이 숙이면서 속삭였다.

"쉿, 가만있자……"

"뭡니까?"

강민우는 말없이 랜턴을 땅에 가깝게 비추면서 면밀히 관찰하기 시작했다.

"이건 이상한걸."

오종호와 정광현도 함께 쭈그리고 앉았다. 땅바닥은 굵은 왕모래가 섞인 흙이어서 발자국 같은 자취가 있다 해도 이런 폭우에 남아 있을 리가 없었다. 점토질의 끈적이는 흙이라면 몰라도 바위산 부근에 사태져 내리는 흙이란 대개는 왕모래였다. 강민우는 흙의 어느 부분을 가리켰다.

"보십시오. 다른 부분처럼 평탄하지가 않고 솟아올라 있습니다."

"이상할 게 뭐 있습니까?"

강민우가 손으로 다른 곳의 흙을 긁어모아 탁탁 두드려 보였다.

"모양이 똑같지 않습니까? 아마 발로 흙을 밀어붙인 듯합니다."

강민우는 물탱크 쪽으로 앉은뱅이걸음인 채 다가갔다. 물을 퍼내는 구멍이 있고 그 위에는 나무 대롱을 받쳐서 물이 곧추 흘러내리고 있었다. 아래는 시멘트 바닥이었다. 주변을 살피던 강민우가 무엇인가를 손끝으로 집어올렸다.

"섬유입니다. 응, 여기두 있군."

그는 윈드재킷의 주머니에서 성냥을 꺼내어 갑 속에 그것을 조심조심 집어넣었다. 오종호가 벌떡 일어서더니 다시 나뭇가지 사이로 플래시의 불빛을 더듬어보면서 말했다.

"도대체 그게 뭘 하는 짓이오? 야, 조남진이!"

그러나 강민우는 일어나지 않고 아직도 땅바닥을 살피고 있었다. 그는 역시 앉은뱅이걸음으로 아까 땅에 자취가 보인다던 장소로 되돌아갔다. 정광현은 강민우의 어깨 뒤로 넘겨다보며 엉거주춤 서 있었다.

"역시 있군."

확실히 다른 곳보다 달라 보이는 땅을 비추면서 그는 움직이지 않은 채로 불빛으로만 그 자취를 쫓아갔다.

불빛이 훑어나간 끝은 잡초가 무릎 정도의 키로 자라난 풀 속이었다. 강민우는 아주 천천히 일어섰다. 그는 불을 비춘 채 나직하게 속삭였다.

"그 사람…… 저 속에 있습니다."

정광현과 오종호는 순간, 주춤하고 선 채로 어둠 속을 뚫어지게 바라보았다. 강민우가 먼저 걸음을 떼었고 두 사람이 뒤를 따라갔다. 그들이 풀숲을 들어서기도 전에 서너 발짝 앞에서 이미 희끄무레한 사람의 자태가 보이고 있었다. 랜턴의 불빛이 거기에 고정되었다.

"나…… 남진아. 야 인마……"

오종호가 내키지 않는 음성으로 두려움을 억지로 삼키면서 불렀다. 강민우가 먼저 풀숲으로 들어섰다. 그는 한 손을 쳐들어 두 사람이 따르는 것을 막았다. 그들은 초입에 서서 이제는 강민우의 일거일동에 대하여 권위를 인정한다는 심정이었다. 강민우는 우선 반쯤 쓰러졌거나 꺾어진 잡초의 줄기들을 관찰했다. 그러고 나서 그는 쓰러진 사람 가까이 다가서서 랜턴을 비추었다. 그가 손을 쳐들어 흔들었고 두 사람도 잡초를 헤치며 들어갔다.

조남진은 참으로 끔찍한 형상으로 죽어 있었다. 머리는 풀숲 바깥쪽으로, 다리는 안쪽의 방향으로 하늘을 향해 드러누운 자세였다. 눈은 허공을 향해서 흰 창이 드러나 흡떠져 있었으며, 안면은 고통으로 일그러졌고 입술이 약간 위쪽으로 말려올라가 악문 이빨이 드러나 있었다. 앞에서 보기에 상처는 별로 없어 보였는데, 강민우가 한 부분씩 훑어나가다가 멎는 랜턴 불빛에 상처가 보이기 시작했다. 왼쪽 귀 바로 위의 관자놀이 부분이 터져 있었고 오른편 앞이마에 긁힌 듯한 찰과상이 나타났다. 그리고 왼쪽 옆구리 쪽에 깊은 상처가 있는 듯 흰 모직 티셔츠가 검은 핏빛으로 물들어 있었다. 강민우는 무릎을 펴고 일어났다. 그는 한 손으로 얼굴 뒤에 번져 흐르는 빗방울을 쓰윽 훑었다.

"아무래두 판초 같은 게 필요한데요. 누가 가시겠습니까?"

"어, 어쩌시려구……"

정광현이 묻자, 강민우는 머리를 아래로 푹 숙인 채로 뭔가 생각에 잠긴 태도로 중얼거렸다.

"시체를 보존해야죠. 아무래두 날이 밝아야 되겠습니다."

"겨, 경찰에 시, 신고해야죠."

정광현의 말에 강민우는 다시 얼굴을 손으로 훑어내리면서 말했다.

"신고해야죠. 그러나 내일 날이 개면 말입니다. 모레까지는 우리는 계곡을 건널 수가 없습니다. 물이 줄어야 할 테니까."

오종호는 하도 어이가 없어 맥이 빠져버렸는지 풀을 깔고 주저앉아서 세운 무릎 위에 얼굴을 파묻고 있었다. 정광현이 더듬었다.

"내일도 비, 비가 온다면……"

"글쎄요, 날씨가 이렇게 계속된다면 우리는 사나흘 산장에서 갇혀 지낼 겁니다. 따라서…… 우리가 감당해야 될지도 모르지요."

정광현은 혼잣말로 투덜거렸다.

"고, 공연히 말려들었는데 이거. 겨, 경찰이 온다구 해두 오라 가라 귀, 귀찮게 됐군."

"산장에 가서 판초를 가져오시겠습니까? 나는 그동안에 이 주변을 한번 살펴볼 테니까."

"그, 그럽시다."

정광현이 풀숲에서 나가려는데, 강민우는 다시 불러 세웠다.

"아, 그리고…… 우리가 갈 때까지 아무 말도 마십시오."

"모, 모두들 거, 걱정하구 있는데……"

정광현이 말했고, 강민우는 손가락을 세워서 흔들었다.

"우리가 모두 한방에 모일 적에 얘기를 하자 그 말입니다. 지금 우리는 용의자가 산장 안에 있느냐, 아니면 밖에 있느냐 두 가려내지 못하고 있으니까요. 아시지요? 그가 죽은 것은 다리가 떠내려가기 전의 일입니다."

"그, 그래요. 그를 살해한 뒤에 다리를 건너갔는지도 모르니까. 헌데…… 좀 이상하군요. 이곳은 위, 위쪽이고 아래 계곡은 그 시각쯤엔 무, 물이 더욱 부, 불었을 텐데."

"좋은 착상입니다. 용의자는 산장 안에서냐 밖에서냐를 가려낼 만한 증거가 빨리 밝혀져야 합니다. 어서 가서 판초를……"

정광현이 어둠 속으로 뛰어 사라진 다음에 강민우는 다시 풀밭 주위를 돌아다니기 시작했다. 그는 잡초들 위로 랜턴을 비추며 주의깊게 살폈다. 풀줄기가 꺾이고 넘어진 흔적을 발견하자 그는 랜턴으로 자취를 더듬으며 조심조심 풀숲의 오른편으로 우회하여갔다. 그것은 샘터에서 곧바로 이어진 곳이 아니라 숲 뒷길로 해서 둔덕을 오를 수 있는 위치였다. 강민우는 다시 무릎을 구부리고 풀숲 아래로 비춰보았다. 오랫동안 물길이 되어 그곳은 잔디나 풀이 벌겋게 벗겨져 있었고 한 발 너비만큼의 도랑이 흘러내려가고 있었다.

"그렇군!"

강민우는 도랑의 이쪽 앞턱에 밟혀서 꺾어진 듯한 잡초의 흔적을 살피고 나서 건너편에 랜턴을 비췄다. 랜턴에는 이쪽과는 달리 드러난 붉은 황토가 움푹 패어 있는 게 보였다. 발자국이 었다. 강민우가 도랑을 건너뛰자 그의 구둣발이 스멀스멀 빠졌고 얼른 발을 떼어 풀 위에 옮겨놓고 보니 똑같은 자국이 생겼다. 마른땅이 아니라 질퍽해서 발의 크기가 분간할 수 없을 정도로 비슷해 보였다. 또한 신바닥 창의 무늬도 선명히 찍혀지질 않았다. 그저 발자국이랄 밖에 특징이 없었다. 발자취는 곧 떨어진 빗물이 괴어 더욱 형적은 희미해지는 것이었다. 강민우는 다시 성냥갑을 꺼내어 그 흙 한 점을 성냥개비에 묻히고는 집어넣어버렸다. 그가 뒤를 돌아보며 외쳤다.

"오종호씨, 샘터루 나갑시다."

오종호가 휘청거리며 샘터로 걸어나가는 게 보였다. 강민우는 일부러 숲 안으로 들어가 내다보니 전혀 샘터 부근 공터가 보이질 않았다. 그는 숲에서 오르는 둔덕을 눈여겨 재어보고는 다시 샘터 쪽으로 나왔다.

"이젠 좀 알 것 같습니다."

오종호가 비를 맞아 더욱 창백한 얼굴로 중얼거렸다.

"무서운 일입니다. 도대체 누가 저런 끔찍한 짓을 저질렀을까요?"

"글쎄요, 아마도……"

강민우는 어둠 속에 비치는 산장의 희미한 불빛을 힐끗 바라보았다.

"우리 여덟 사람 중의 하나가 저지른 일인 듯합니다."

"옛? 그럴 리가…… 미스터 조는 나 이외엔 모두 초면인 사람뿐입니다."

강민우는 어둠 속에서, 오종호가 알아볼 수 없는 냉소를 픽 터뜨렸다. 그는 냉담하게 중얼거렸다.

"그러면 당신이 죽였군요?"

"뭐라구요, 아니 이 사람이……"

강민우는 모른 체하며 샘터의 물탱크 쪽으로 걸어갔고 오종호가 외쳤다.

"나만 빼놓고 모두가…… 심지어는 뭘 알은척하는 당신두 수상하오."

"그렇습니다. 우리는 지금 각각 자기 하나만 빼놓고는 다른 모든 사람들을 살인자로 여길 수밖에 없는 처지입니다."

정광현이 돌계단을 내려왔다. 오종호는 그에게도 말했다.

"도무지 조남진이가 우리들 중 한 사람에게 죽었다니 믿어지질 않습니다."

정광현이 판초를 강민우에게 내주면서 말했다.

"어…… 어떻게 생각하십니까?"

"뭘 말이오?"

"버, 범인이 산장 안이오, 아니면 바, 바깥에서요?"

"용의자는 우리 여덟 사람 중에 하나임이 맞을 듯합니다. 여러 가지 증거가 있으나 더 숙고해보십시다. 좌우간 방증을 수집하고 나서 내일 아침에는 검시를 해야겠는데……"

정광현이 물었다.

"이거 실롑니다만…… 다, 당신은 겨, 경찰에 있습니까?"

"아뇨."

"그, 그럼 버, 법원에 계시나요?"

"나는 의사입니다."

강민우가 못을 그렇게 박고 나자, 정광현이 고개를 끄덕였다.

"아, 그러시군요. 어, 어쩐지 모, 몹시 정확한 분이라구 새, 생각했습니다."

강민우는 재빨리 자기에게서 화제를 돌리려고 했다.

"자아, 시체에다 판초를 덮고 빨리 산장으로 돌아갑시다. 뭔가 찾아봐야 할 물건들이 더 있긴 하지만…… 낼 아침에 찾는다구 해두 별루 다를 건 없을 테니까요. 그리고 오종호씨, 너무 상심하지 마십시오. 내 농담이 지나쳤던 모양인데."

"괜찮소."

강민우가 판초를 펴들고 풀숲으로 다시 들어가니 정광현이 따라붙으면서 물었다.

"무엇을 찾으십니까?"

"이건 짐작이지만…… 죽은 조남진씨의 등산 나이프와 돌멩이 한 갭니다."

그들은 시체 쪽으로 가서 한번 더 내려다보았다. 불에 비친 죽은 자의 얼굴은 억지로 이빨을 드러내고 웃고 있는 듯이 보였다. 빗소리 속에서 그의 낄낄대는 웃음소리가 들려오는 듯했다. 긴장했던 탓으로 잊고 있던 그들의 뇌리에 공포가 엄습했다. 누군가 살인자가 칼을 치켜들고 숲의 짙은 어둠 속에서 노리고 있는 것만 같았다. 강민우가 판초를 정광현과 함께 맞들어서 시체의 위에다 덮었다. 그러고는 돌 몇 개를 주워다 이곳저곳을 눌러놓고서 그들은 풀숲을 나왔다. 강민우가 말했다.

"올라가서 소주나 한잔씩 들구 일찍 잡시다."

"이거 비가 어, 언제 그치려는지…… 야단났는걸."

정광현이 걱정스럽게 중얼거렸다. 강민우는 풀숲의 뒤편에 흐르던 도랑 쪽에서 둔덕으로 오르는 길을 다시 한번 랜턴으로 훑으면서 돌층계를 올라갔다. 다리 앞을 지나고 샘터로 가는 길과 벼랑 바로 밑을 우회하여 올라오는 가파른 바윗길이 보이는 지점에서 강민우는 랜턴을 바싹 들이대고 허리를 굽혀 다시 면밀하게 살펴보았다. 어느 바위 위에서 그는 불빛을 멈추고 성냥갑을 꺼내었다. 바위의 각이 진 모서리에 진흙이 몇 점 떨어져 있었다. 그는 그것을 또 성냥개비에 묻혀서 갑에다 집어넣었다. 두 사람은 그가 하는 짓을 이제는 아무 말 없이 진지하게 내려다보았다. 강민우가 성냥갑을 만지작거리면서 말했다.

"이것으로 충분하고, 내일 다른 물건들을 찾으면 더욱 확실해질 겁니다."

"성냥개비로 무얼 하는 겁니까?"

오종호가 아직 빈정대는 기분을 떨어버리지 못하고 강민우에게 물었다.

정광현이 대신 곁에서 말했다.

"이를테면 사, 살인자의 흔적을 수, 수집하는 것이지요."

"맞습니다."

오종호는 그러나 강민우의 태도가 못내 고까운 모양이었다.

"그래, 그 수집한 증거로써 당신의 추리가 어떻게 돌아가는지 좀 듣고 싶군요."

정광현이 또 나섰다.

"너, 너무 흐, 흥분하지 맙시다."

"흥분이 아니라 미스터 조는 내 친구요. 내 친구가 죽었단 말이오."

그때에 갑자기 캄캄한 암흑이 그들의 눈앞에 드리워졌다.

강민우가 랜턴의 불을 껐던 것이다.

음절이 딱딱 끊어지는 듯한 강민우의 감정 없는 목소리만이 들려왔다.

"보는 것은 믿는 것이다. 좋은 속담입니다. 지금 이렇게 어두운 것은 내가 불을 껐기 때문이지요. 다시 켭니다. 밝아졌지요. 가장 믿을 만한 인식의 유일한 표준은 사실과의 일치입니다. 당신의 친구가 죽었건 내 친구가 죽었건 또는 당신이나 나나 또는 정선생이나 산장의 어느 손님이 살인을 했든 간에 그것은 지금 감정이나 기분으로 다루어질 성질의 것은 아니란 말이죠. 물론 나는 여러분과 함께 의논을 하기 위해서 면밀히 조사를 해보았던 겁니다."

정광현이 말했다.

"나두 대강은 지, 짐작이 됩니다. 가, 강선생은 훌륭히 하실 줄 미, 믿어요. 그, 그렇지만 역시 비결은 사, 사람의 관계에 관한 것이니까 가, 감정도 무시되어서는 안 될걸요. 무, 물론 어떤 사실을 객관화시키는 추, 출발점은 실증적인 것에서부터입니다. 그렇지만 오선생의 기, 기분도 중요한 것이고…… 산장 모든 손님의 감정의 반응이나 벼, 변화도 나중에는 아주 중요한 추론의 근거가 되겠지요."

세 사람은 이야기에 정신이 팔려서 청운산장의 입구 앞에 이른 것을 뒤늦게 깨달았고 문 앞에는 사람들이 몰려서서 그들을 기다리고 있었다. 노준구가 그들을 향해서 말했다.

"영감님과 나는 폭포 속에서 아무것도 못 보았습니다. 그쪽에는……"

"선생님, 무슨 일이 있었죠?"

김희련이 그들의 긴장한 표정에서 뭔가 읽었는지 낮게 소곤거렸다. 정광현은 침통한 얼굴로 빗물에 젖은 안경을 벗고 셔츠 자락으로 닦기만 했다. 강민우가 말했다.

"모두 안으로 들어갑시다. 속옷까지 흠뻑 젖었어요."

그들은 모두들 벽난로의 훈기로 아늑해진 아래층 거실로 몰려들어갔다. 관리인이 자리를 뜨더니 문가로 걸어갔고 강민우가 손을 들며 말했다.

"영감님!"

관리인 노인은 그들 모두를 돌아다보았다. 강민우가 물었다.

"어디 가십니까?"

"어딜 가다뇨?"

"저희들과 함께 있어야겠는데요."

"나는 문을 잠그려구 그럽니다. 그러고 나서 좀 자야겠습니다."

"문을 잠그고 빨리 오십시오."

노인은 별일이 많다는 표정으로 눈을 휘둥그레해 보이더니 거실 밖으로 나갔다. 그가 남쪽으로 트인 산장의 문을 닫고 빗장을 지르는 소리가 들려왔다. 강민우는 담배 한 대를 피워 물었다.

노인이 돌아왔다. 그는 아직 완전히 안으로 들어오지는 않고 방문 앞에 서서 물었다.

"역시 그 양반…… 이 근처에는 없지요?"

강민우가 말했다.

"영감님, 여기 앉으시죠. 아무래두 모두들 여기서 함께 자는 게 좋을 것 같습니다."

했을 때 참지 못한 오종호가 부르짖었다.

"조남진이는 죽었습니다. 시체를 찾았습니다."

"사실이오?"

"시체를 정말 봤습니까?"

"사고였나요? 어디서 떨어졌어요?"

사람들이 제각기 떠들어대는 가운데 강민우가 말했다.

"그 사람은 살해되었습니다."

"그 사람이 어쨌다구요?"

"뭐라구 그랬습니까, 방금?"

"조남진씨를 누군가가 죽여서 풀숲에다 던져놓았습니다."

라고 강민우가 천천히 분명하게 다시 얘기하자 어머나…… 하는 소리가 나면서 최정임과 김희련이 정말 방정맞게 기분 나쁜 비명을 내질렀고, 나은경은 그의 남편 노준구의 가슴에 파고들며 무서워! 하며 소리쳤다. 남자들은 감각적으로 공포에 대한 반응을 즉각 보이지는 않았으나 서로의 얼굴을 마주보기도 하고 문득 뒤의 벽과 창문도 돌아다보면서 미지의 위험에 대하여 즉각 방어 태세를 갖추는 것이었다. 강민우가 이야기를 계속했다.

"처음에 그 사람이 없어진 것이 한 시간이나 지났다는 사실을 깨닫고 나는 틀림없이 사고가 났을 게라고 믿었습니다. 그러나 한편으로는 저녁 반주로 소주 몇 잔을 걸쳤다 해서, 산에는 베테랑이라는 조남진씨가 사고를 당했으리란 생각은 좀 수정될 필요가 있다고 느꼈지요. 샘터에 이르렀을 때 그런 느낌은 더욱 굳어졌습니다. 폭우 속에서 한 시간 동안이나 명상에 잠겨 있을 사람은 없거든요. 또한 등산로를 혼자 개척할 리두 없구요. 사고의 가능성을 제외하고도 그의 신체에 이상이 온 것은 분명한데 그것은 자의인가 타의인가 생각했지요. 가령 심장마비라든지 발작을 일으키는 경우와 맞서서 기절을 하거나 살해되었을 경우의 반대되는 가능성들을 얼핏 떠올렸습니다. 전자의 가능성은 희박했습니다. 그는 십 년 이상이나 산에 다

넜다는 매우 건강한 청년이었으니까요. 나는 그저 혹시나 해서 샘터 주변의 땅바닥을 살펴보았습니다. 물론 우리들이 취사 준비를 하느라고 그곳을 서성댔으나 왕모래땅이고 비가 왔으니 발자취 같은 건 역시 없었습니다. 그런데 발로 밀어붙인 듯한 작은 무더기들이 있었습니다. 누가 쌀알을 흩트렸다구 해서 발로 흙을 밀어서 덮지는 않을 게 분명하지요. 그때까지는 그저 느낌에 불과했던 것이 이것을 발견하고는 확실해졌지요."

강민우는 호주머니에서 성냥갑을 꺼내어 다시 그 속에서 무엇인가를 조심조심 집어냈다.

"갈색이 도는 섬유 두 오라기입니다. 이것은 시멘트의 물탱크 앞에 붙어 있던 화학사의 보풀입니다. 그래서 주의깊게 관찰을 해보니까 땅 위에 끌린 듯한 자국이 풀숲에까지 이어져 있더군요. 역시 샘터 뒤편의 잡초 속에 그 사람의 살해된 시체가 버려져 있었습니다."

정광현의 목소리가 강민우의 이야기 사이로 끼어들었다.

"가, 강선생, 얘기를 좀더 알아듣기 쉽게 해봅시다. 우리는 아무래두 주, 줄거리 위주로 해야 이해가 빠, 빠르거든요."

"어떻게?"

"이를테면…… 가, 강선생이 버, 범인의 입장에서 설명을 하시는 겁니다."

"좋아요. 그러면 이야기를 살인이 일어나던 그 순간에서부터 해봅시다. 어쨌든, 조남진씨는 물탱크 앞에 쭈그리고 앉아 물을 떠 마시고 있었습니다. 범인은 바로 등뒤에 서 있었지요. 범인이 두 손으로 돌을 번쩍 들어 내려치려는데 조씨가 왼쪽으로 고개를 돌려 보았습니다. 돌리자마자 돌이 떨어졌습니다. 돌은 조씨의 왼쪽 관자놀이를 치고 좌상挫傷을 입혔습니다. 날이 밝으면 다시 자세히 검시를 해보겠지만, 아까 본 것으로는 외상이 그리 크지는 않더군요. 아마 빗맞았겠지요. 하지만 대개 둔기에 의한 손상은, 피부 이하의 조직과 모세혈관이 파열되어서 내출혈을 일으키게 합니다. 아마도 십중팔구 합병증인 뇌진탕을 일으켰겠지요. 왜냐하면 그는 방분했으니까요. 그가 앞으로 밀리면서 물탱크의 시멘트에 부딪쳐 밀리면서 오른편 앞이마에 찰과상을 입었습니다. 그러나 그것이 아직은 치명상은 아니었고 응급조치를 하면 혼수상태를 회복할 정도였지요. 범인은 그대로 달려들어 조남진씨가 차고 있던 등산 나이프를 뽑아 왼쪽 옆구리를 찔렀습니다. 시체의 등 뒤쪽은 아직 살피지 않았는데, 아마도 상처는 여러 곳인 것 같아요. 범인의 두 손에는 피가 묻어 있었지요. 그는 얼결에 칼을 내던지고 피 묻은 손을 조남진씨의 티셔츠 자락에 문댔습니다. 그러고 나서 물로 두 손을 깨끗이 씻었지요."

오종호가 중얼거렸다.

"셔츠 자락에 닦았다는 것과 물로 씻었다는 얘기는 아주 부자연스럽소."

강민우가 에…… 하면서 망설이는 중이었는데, 정광현이 안경테를 만지작거리면서 말했다.

"그거…… 나, 납득이 가는 얘긴데요. 내 상상에 의하면 사람을 주, 죽인 자의 의식 상태가 세 단계로 나누어지겠지요. 사, 살의의 광기, 체념, 그리고 자기 바, 방어 능력을 차츰 회복해가는 단계이겠죠. 마지막에는 아주 치, 침착하고 치밀하게 행동할 겁니다."

강민우가 빙긋 웃었다. 그는 날카로운 시선으로 정광현을 뚫어지게 바라보았다.

"꼭 그대로일 겁니다. 아주 훌륭하군요. 잠깐, 이것은 여담입니다만, 선생께서 말을 더듬는 것은 더욱 훌륭한데요."

정광현은 역시 무덤덤한 표정으로 받았다.

"마, 말은 더듬지만 노래는 고, 곧잘 합니다."

"자, 다시 말꼬리를 잡읍시다. 그제야 정신이 들었던 범인은 두 손을 또 깨끗이 씻었습니다. 그때에 피해자의 셔츠에서 묻은 화학사의 보풀이 남게 된 것입니다. 그는 아무래도 산장 쪽이 불안했겠지요. 누가 내려오면 어쩌나, 누구와 마주치면 어떻게 하나, 보는 사람은 없는가, 범인은 땅바닥에 흘러서 번진 핏자국 위에 황급히 왕모래를 밀어 덮었지요. 그러고는 시체의 두 다리를 잡아끌고 잡초 속으로 들어갔습니다. 다음에는 산장 쪽인가, 다리 쪽인가가 문제겠는데 다행히도 뚜렷한 증거가 있었습니다. 즉, 범인은 다시 샘터 쪽으로는 나가지 않았습니다. 아무래도 누군가의 눈에 뜨일 염려가 있었기 때문이죠. 그는 잡초 숲 뒤로 흐르는 도랑을 건너뛸 때 질척한 흙 위에 자취를 남겨놓았습니다. 그러고는 가파른 둔덕을 올라 산장으로 들어서는 길목의 바위에서 신바닥의 진흙을 비벼 떼었습니다. 나는 그 바위 위에서 한 뼘쯤의 흙탕물과 흙의 작은 반점을 얻었습니다."

강민우가 또 한번 성냥갑을 꺼내어 두 개의 성냥개비를 집어 올렸다.

"이 흙들은 똑같이 왕모래가 아니라, 붉은 점토질입니다. 이것이 내가 알아낸 사실과 추론의 전부입니다."

노준구가 아내 나은경을 가슴에 싸안은 채로 부르짖었다.

"그러면 그 살인귀가……"

최정임과 김희련은 정광현의 곁에 꼼짝도 못하고 달라붙어서 얼굴을 가렸다. 강민우가 노준구를 향해 천천히 고개를 끄덕였다.

"범인은 분명히 산장으로 들어왔습니다."

관리인이 나직한 소리로 중얼거렸다.

"아니 아직두 저 밖에서 배회하구 있을지두 모르잖소?"

"그럴지도 모르지요. 만약에 그가 두번째의 살인을 계획하고 있다면…… 아니, 우리 전부를 노리고 있다면 말이죠."

강민우의 말은 누가 듣기에도 다소 냉소적인 데가 있었다. 노준구가 거칠게 말했다.

"여보 의사 선생! 말이 지나치군, 여기 여자들두 있지 않소?"

정광현도 두 여대생의 등을 두드려주고 나서 핀잔했다.

"노, 농담할 때가 아니오."

"물론이지. 나는 여러 가지 가능성 중에서 새로운 가능성을 말해봤을 뿐이오."

강민우는 역시 냉소적인 투를 그만두지 않았고, 노준구가 분통을 터뜨렸다.

"좌우간 터무니없이 사람들을 놀라게 하진 마시오. 정말 형편없는 사람이로군!"

"노선생, 여기는 저 학동이 아닙니다. 우린 조난당한 거예요. 저 아래에서처럼 사회적 보호를 받을 수 없는 개인들입니다. 재차 말하자면 우리 여덟 사람 각자가 감당해야 할 뿐이오.

우선 범인이 떠나지 않았음이 분명하고, 그가 밖에 머물러 있다면 무슨 다른 목적이 있을 테니 우리가 미리 막아내야 하겠죠. 안에 있다면 우리들 가운데서 가려내야 합니다."

정광현이 말했다.

"버, 범인은 이 안에 있소."

강민우가 빙긋 웃었다. 그는 아무래도 정광현을 기특해하는 것 같은 태도였다. 정이 말하는 동안에 강은 연방 흐음, 그렇지, 맞았어, 등등의 말을 간간이 끼워넣었기 때문이었다. 정광현은 자기의 견해를 펴놓았다.

"이유는 하, 한 가지 비가 온 사실입니다. 조남진씨는 오종호씨처럼 자, 잠도 자지 않고 저녁을 머, 먹자마자 주위를 둘러본다며 나갔지요. 그는 비가 오는데도 바, 밖으로 나갔습니다. 더군다나 하필이면 새, 샘터로 내려갔습니다. 무, 물 한 모금을 마시려구 갔나요. 아니면 새, 샘터의 비 내리는 경치를 보러 갔겠습니까. 모든 이유를 배제시키구 나니까, 자, 장소의 어떤 의미만이 떠오르는군요. 조남진씨는 거기서 사, 사람을 만날 목적이 있었다구 생각이 됩니다. 비가 오는데 그 시간 그 장소에 가는 것이 조남진씨에게만 부, 불합리한 것이 아니라, 상대적인 이유로 다른 사람도 그렇겠지요. 따라서 새, 샘터에서는 약속이 있었다구 하겠지요. 조남진씨와 야, 약속을 했던 사람…… 그가 가령 하, 학동에서 올라왔겠습니까? 아니죠. 샘터라든가 폭포 아래는 이 처, 청운산장이라는 영역에 부, 부수된 곳이지요. 가령 트, 특수 개념과 개별 개념의 차이라고나 할까요. 즉 조남진씨가 하, 학동에서 약속을 정했다면 샘터가 아니라 처, 청운산장이죠. 아니면 처, 천리악 숙영지, 또는 만리사가 되겠습니다. 그, 그러니까……"

강민우가 정광현의 말을 가로챘다.

"그렇지. 샘터에서의 약속은 산장에서 이루어졌고, 그 약속의 상대편도 여기에 있다는 결론이지."

"조남진씨와 일곱시 반쯤에 약속을 한 사람이 범인이군요?"

보통 때엔 별로 말이 없는 최정임이 김희련을 제쳐놓고서 물었다. 강민우가 날카롭게 긴장의 빛을 띠며 물었다.

"그렇습니다만……?"

"선생님, 아까는 우리가 젤 나중에 그 사람을 봤다구 하셨지만 그렇지 않았어요."

최정임이 정광현을 향해서 말했고, 정광현은 멀뚱한 표정이 되었다.

"글쎄…… 난 그때 그 모, 몹시 부, 불쾌해서 그 친구를 살펴보지 않았는걸."

최정임은 강민우를 향해서 말했다.

"그 사람이 저어…… 우리 앞을 지나서 홀에서 누구와 얘기를 하구 있었어요."

강민우가 재빨리 물었다.

"그게 누굽니까?"

"바로 저……"

최정임이 손가락을 들어 관리인 노인을 가리켰다.

"조남진씨가 밖으로 나가기 전에 영감님과 얘기를 한 게 틀림없습니까?"

강민우의 물음에 노인은 아무렇지도 않게 대답했다.

"예, 얘기했소이다."

"헌데 어째서 아까는 아무 말도 없었습니까? 조남진씨를 제일 끝으로 본 사람이 누구였냐고 분명히 물었는데, 정광현씨만 대답을 했었습니다."

"전부가 보았다시피, 그때에 나는 벽난로에다 불을 피우고 있어서 아무 얘기두 안 들었소."

강민우가 틈을 주지 않고 관리인에게 물었다.

"조남진씨와 영감님은 무슨 얘기를 했지요?"

"뭐라던가…… 저어기 정선생이 몹시 건방지다구 그럽디다. 방금 말다툼을 했다면서요. 그러고는 그저 산장 얘기며 산얘기를 했지요."

"그전부터 영감님은 조남진씨를 잘 아십니까?"

"강선생을 아는 만큼은 압니다."

강민우가 정광현을 바라보자, 그는 묻기도 전에 미리 짐작하고서 입을 열었다.

"그 사람과 마, 말다툼을 했던 것은 사실입니다. 조씨가 수, 술주정을 했기 때문이죠. 아니…… 주정을 하는 척했지요. 버스를 하, 함께 타구 왔었는데 그때부터 우리에게 자꾸만 지, 집적거렸어요."

"우리에게라뇨…… 세 분 중 누구에게 말입니까?"

강민우의 물음에 김희련이 저희 선생님 대신에 나섰다.

"애한테 그랬어요. 우리는 학동에서부터 저기 저분과 그 조남진이란 사람하구 다섯이서 동행이었죠. 그 사람이 자꾸만 이상스런 농을 던지구 그래서 저희두 좀 불쾌했어요."

당사자인 최정임은 아무 말이 없고 김희련이 열을 내어 말했다. 강민우가 김희련의 계속되려는 수다를 막았다.

"음, 그러니까 조씨가 이분에게 자꾸만 치근댔군요."

"치근댄 저, 정도가 아니오. 그 사람…… 저렇게 된 이상 하고 싶진 아, 않지만 참 경박한 사람입니다. 내가 버너에 에어를 넣는 중인데 느닷없이 와서는 치, 침상에 앉은 최양을 껴안았습니다. 그래서 내가 나무라니까 한잔 들이켰다구 크, 큰소리를 치더군요."

"아, 좋습니다. 알겠습니다. 저 죽은 사람의 성격과 행동이 평소에 어떻다는 것은 오종호씨가 자세히 말해줄 것이고…… 우선은 사건이 일어나던 시각의 우리들의 부재증명이 필요하 겠군요. 시험삼아서 한번 정리해봅시다."

오종호가 말했다.

"나는 식사가 끝난 뒤 다리가 떠내려갔다고 떠들썩할 때까 지 여기서 잠들어 있었소."

정광현이 말했다.

"나는 이 바, 방에서 세, 셋이 노래를 부르고 있었습니다. 그 러다가 잠깐 나갔었지요."

강민우가 백지 위에 볼펜으로 뭔가 끼적이면서 말했다.

"그래요. 다리가 끊어지기 전인 것 같소. 정선생의 일행으로 는 김희련양 혼자 있었지요. 정선생이 여고에서 음악을 가르친 다는 것두 그래서 알았고, 두 사람은 학교 때의 제자이며 동창 이라는 것두 들었습니다. 자, 정광현씨는 그때 어디서 뭘 했습 니까?"

정광현은 좀 당황한 듯해 보였다.

"최정임양을 차, 찾으러 나갔습니다. 포, 폭포 쪽에서 만났 지요. 아까 조씨를 찾으러 갈 때에 그래서 나는 새, 샘터 쪽을 택했던 겁니다. 포, 폭포 쪽에는 최양과 내가 있었으니까 갈 필요가 어, 없었습니다."

최정임에게 강민우가 물었다.

"무엇 때문에 혼자서 폭포 쪽으로 갔습니까?"

최정임은 새침하게 눈을 내리깔고 대답을 하지 않았다.

"납득이 가도록 설명하지 않으면 곤란한데요."

"댁이 뭔데요. 내가 샘터루 가지 않았다는 것은 분명하잖아요?"

강민우가 얇은 입술을 지그시 깨물었다. 그는 참을성 있게 말했다.

"우리들은 모두 바깥과 단절되어 있으며 우리 가운데서 일어난 살인사건을 우리들 자신이 감당해야 한다는 사실을 인정했습니다. 그래서…… 여러분, 말이 나온 김에 묻겠습니다. 어느 모임에나 회장이 있고 토론에는 의장이 있듯이…… 제게 여러분 주변의 사실을 실증하고 객관화시킬 권한을 좀 주시겠습니까?"

오종호와 노준구 그리고 정광현까지도 찬성을 했고, 나머지 사람들도 반대 의사를 표명하진 않았다. 강민우는 최정임에게 다시 물었다.

"지금 최양의 알리바이를 증명한 사람은 정선생뿐입니다.

정선생의 증언이 사실인지도 우리는 알 수가 없지만, 더구나 최양이 폭포 쪽에서 얼마 동안이나 혼자 있었는지…… 그동안에 샘터 쪽엘 다녀왔는지 아무도 모릅니다."

"저는…… 가슴이 답답해서 바람을 쏘이러 나갔어요."

"그때에 비가 왔을 텐데?"

최정임은 대답하지 못했다. 정광현이 우물쭈물하면서 강민우에게 납득을 시키려고 했다.

"강선생…… 이런 얘기는 하구 싶지 않지만, 이건 워낙에 미, 미묘한 무, 문제가 되어놔서 내가 가, 갔을 때 최양은 호, 혼자서 울고 있었습니다."

"선생님!"

김희련이 높은 목소리로 부르짖었다. 그 여자는 제 얼굴을 두 손에 묻으면서 잠깐 동안 어깨를 떨었다. 강민우는 좀 거북스러운지 헛기침을 하면서 곤두선 콧날을 매만졌다.

"에…… 뭐랄까, 대강 짐작은 갑니다. 최양과 김양은 여고 때에 음악 선생이던 정광현씨를 사모해왔다. 뭐 소녀 적에 흔히 있을 수 있는 일입니다. 그러나 세 사람이 동시에 같은 장소에 여행을 오게 될 때에 이러한 미묘한 문제는 더욱 부각되게 마련입니다. 나는 용의선상에다 최정임양과 정광현씨를 동시에 올려놓겠습니다."

정광현은 말없이 담배만 피워대고 있었고 두 여대생은 착잡한 표정으로 곁에 나란히 앉아 있었다. 강민우가 말을 계속했다.

"정선생과 최양을 용의선상에 올려놓는 이유는 첫째, 두 사람은 피살자와 같은 시각에 산장 밖에 있었다. 둘째, 두 사람이 서로 증명한 폭포 쪽의 알리바이는 객관적 확실성을 잃고 있다. 왜냐하면 두 사람은 보통 정서 이상의 감정을 나눌 수도 있는 사이이기 때문이다. 셋째는 피살자가 계속해서 여러 차례 최정임양에게 지분거렸다."

정광현으로서는 앞의 두 가지 점에 대해서는 뭐라고 반박할 이론적인 근거가 없었다. 그러나 가장 혐의 사실과는 거리가 먼 듯한 마지막 용의점이 마음에 걸리는 것이었다. 그것은 어디까지나 피살자와의 직접적인 감정에 관계하는 사항이었기 때문이다.

"그저 좀…… 귀찮게 구, 굴었다구 사람을 주, 죽이는 어리석은 자가 어디 있소? 그 혀, 혐의 사실은 빼놓읍시다."

"천만에! 그것이 가장 중요합니다. 앞의 두 가지 사항은 그 감정적 문제를 보완해내기 위한 명제일 따름이오. 두 남녀의 관계는 미묘하다. 어떤 놈팽이가 끼어들어 모처럼의 여행 분위기를 잡쳐놓는다. 그러한 사제간의 사랑일수록 순수하려는 감정은 대단하고, 자기혐오나 모독감에 대해서는 반응이 날카로울 수도 있다. 최정임양이 조남진씨에게서 불쾌한 희롱을 당하고 부끄럽고 미안해서 자리를 떴다. 정광현씨가 노여움을 참지 못하여 조남진씨와 샘터에서 만나기로 한다. 거기서 언쟁이 벌어진다. 발작적으로 돌을 들어 때린다. 또는 최양이 먼저 샘터로 내려가는 것을 본 조남진이 산장 주변을 어슬렁거리다가 좋은 기회라고 그 뒤를 따른다. 샘터에서 추행을 하려고 한다. 염려된 정선생이 뒤따라 내려왔다가 돌로 친다. 또는 최양이 혼자 저지른 다음에 정선생이 수습을 할 수도 있죠. 이것은 어디까지나 가설입니다. 가설은 어느 방향으로든 세워질 수가 있으니까요. 한마디로 사랑하는 자의 마음과 살인하는 자의 마음은 동일한 정서 계통 속에 있습니다. 즉 열정이란 정서 말입니다. 열정은 광기도 발작도 가능하게 합니다. 정선생이나 오선생도 시체를 보셨지만 그것은 잔인하게 자상되었어요. 그러나 사실은 반대로 살인자의 주도면밀한 계획으로 저질러진 것이 아니라, 전혀 초범인 자의 우발적인 범행이란 것이죠. 정광현씨와 최정임양은…… 그러므로 용의선상에 맨 먼저 떠오르게 된 것입니다. 그다음에 묻겠습니다. 노준구씨는 뭘 했습니까? 그 시각에……"

"글쎄요…… 한 시간 동안의 일을 모두 순서에 맞추어 얘기할 수는 없습니다. 좌우간 아내가 관리인의 버너와 코펠을 빌려다 라면을 끓였지요. 그동안에 나는 이층에 혼자 있었습니다. 아내가 올라와서 함께 라면을 먹었습니다. 그러고는 혼자 아래층 홀에 내려와 관리인 영감님과 얘기를 했고 이 방에도 들어왔었습니다. 강민우씨와 김희련씨와 잠든 오종호씨가 보였습니다."

"그래서 우리는 당신의 그랜드캐니언 관광에 대한 얘기를 들었습니다. 한데 어째서 아내를 이층에 두고 혼자 내려오셨던 가요?"

"예…… 아내가 비를 맞았기 때문에 몸이 좀 불편한 것 같아서 슬리핑백을 덮어주고 한잠 자도록 했지요. 우리는 가랑비에 흠뻑 젖었고 아내는 폭우 속에서 샘터엘 갔다 왔습니다."

"샘터엘 갔었다구요?"

강민우가 눈썹을 곤두세우면서 노준구의 처에게 물었다.

"갔었어요. 코펠이 더러워서 씻으러 갔었어요."

"거기 얼마나 있었습니까?"

"한 오 분쯤? 코펠을 씻고 물을 떠가지고 곧 돌아왔습니다."

"혹시 샘터에서 누굴 만나거나 무슨 인기척을 듣지 않았습니까?"

"글쎄요…… 우렛소리가 무서워서 서둘러서 돌아왔기 때문에……"

"조남진씨를 만난 건 아니겠죠?"

그때에 강민우의 질문을 막으면서 노준구가 언성을 높였다.

"여보쇼…… 이 사람은 내 처요. 뭣 때문에 그자를 만나겠
소?"

"만나지 않았다는 걸 누가 봤지요?"

모두들 잠잠했다. 노준구가 당황해서 주위 사람을 둘러보고
제 아내에게 다급하게 말했다.

"누가 본 사람이 없었냐구?"

나은경은 몸 상태가 별로 좋지 않은지 얼굴이 창백했고, 밭
은기침만을 연방 터뜨리고 있었다.

"나은경씨를 또한 용의자로 정하겠습니다."

강민우가 차갑게 내뱉자마자 관리인이 기침을 하고 나서 얘
기를 꺼냈다.

"실은…… 내가 봤습니다. 비를 맞고 들어오셔서 곧 이층으
로 올라가셨지요. 그러구 잠시 후에 조남진씨가 거실에서 나와
서 함께 얘기하다가 밖으로 나갔습니다."

"틀림없습니까?"

다짐을 주고 나서 강민우는 다시 물었다.

"그렇다면…… 부인께서 샘터를 다녀오신 것은 조남진씨가

밖으로 나가기 전이었단 말이군요. 부인이 들어왔다, 조남진씨가 나왔다, 노준구씨가 이층에서 내려와 거실로 들어왔다, 순서는 그렇게 되어 있단 말이지요."

"예…… 그런 것 같소."

강민우가 노인의 말끝을 물고늘어졌다.

"헌데 어째서 영감님은 처음에 내가 목격자가 없느냐고 물었을 때 말하지 않았습니까?"

"아…… 그건."

관리인은 또 예의 상황에 걸맞지 않은 웃음소리를 음산하게 터뜨렸다.

"나는 체질적으로 관리를 싫어합니다."

"그게 무슨 말씀이신지?"

"딱딱하고 사무적이며 추궁하고 명령하는 것 같은 투는 싫단 말이오."

"그게 영감님께서 이 산장을 짓고 올라오신 원인이었습니까? 저는 영감님의 사연에 대해서 대강은 알고 있습니다. 얘기가 빗나가는 것 같습니다만, 부인께서는 오래전에 돌아가셨죠? 그리고 영감님은 어떤 사건으로 해서 오 년간 감옥에 계셨지요. 이것은 전혀 추측입니다만 감옥에서 생긴 어떤 편견으로 어느 쪽을 두둔하거나 어느 쪽을 공격하는 것은 아니신지."

노준구가 침상을 손바닥으로 요란하게 두드렸다.

"당신은 지금 실증을 얻어내구 있는 거요…… 아니면 남의 사생활을 들추어서 죄를 뒤집어씌우려는 겁니까? 이 사람은 다시 말하지만 나…… 노준구의 아내요. 내 부친은 노승철씨입니다."

오종호가 더듬더듬 말했다.

"신한재벌의 노승철씨 말인가요?"

그제야 모든 사람들은 다소 놀랐다. 노승철은 부富의 상징이었다. 이를테면 사람들이 좀 과용을 하고 나서는 자조적으로 내가 무슨 노승철이 아들이라구…… 하는 농담을 할 정도였다. 노준구가 노승철의 아들임이 알려지자 사람들은 그를 다시 한번 쳐다보았다. 그러나 강민우는 여전히 냉소를 띠고 있었다.

"그게 어쨌단 말입니까. 나은경씨와 관리인 영감님을 같은 용의선상에 올려놓은 것과 당신이 저명한 집안 사람이라는 것과는 관계가 없단 말이죠. 아니 관계가 있다면 더욱 혐의를 깊게 해줄 수 있게 됩니다. 즉, 재벌이란 때로는 범법의 사실을 금력에 의해서 적당히 조작 은폐시킬 수도 있을 테니까. 아마도…… 금력은 요즘 세상에서는 만능이 아니겠습니까?"

곁에서 풀이 죽어 잠자코 있던 정광현이 말했다.

"시, 실례올시다만…… 얘기가 자, 자꾸 빗나가는 것 같군요. 요, 용의자는 최정임양과 나, 그리고 과, 관리인과 나은경 씨로 정해볼 수가 있다는 것이지요? 그, 그렇다면 동일한 시각에 거실에 없었던 사람을 모두 요, 용의자로 보시는 모양이군요. 저는 지, 지금 대단히 졸려서 견딜 수가 없습니다. 나, 날이 밝은 뒤에 검시와 현장검증을 처, 철저히 해보구 나서 다시 얘기해보도록 하십시오."

모두들 그 말에는 찬성했다. 강민우가 말했다.

"그럼 좋습니다. 우선 여기서 이제까지의 얘기를 정리해보겠습니다. 제가 수첩에 적어놓은 것들을 읽어볼까요?"

그의 수첩에는 다음과 같이 기록되어 있었다.

조남진은 돌로 맞은 뒤 자신의 등산 나이프로 찔려 살해되었음. 시각은 일곱시 반부터 여덟시 사이. 그는 가해자와 샘터에서 만나기로 약속했음. 가해자는 조를 죽인 뒤에 시체를 풀숲에 숨겨놓고 뒷길로 해서 다시 산장으로 돌아왔음. 다리가 끊김. 산장에는 다음의 여덟 사람이 있음. 오종호: 그의 회사 동료. 조남진의 평소 행적을 많이 알고 있다. 친분관계 있음. 정광현: 고교 음악 선생. 최정임, 김희련과 동행. 셋 사이에 감정의 갈등이 있음. 피해자와 언쟁. 친분관계 없음. 최정임: 여대생. 조남진이 호감을 가졌음. 정광현을 존경함. 조남진이 희롱했음. 친분관계 없음. 김희련: 여대생. 정광현을 존경함. 노준

구: 재벌의 2세. 미국에서 몇 달 전에 돌아옴. 등산객이 아니라 관광객임. 나은경: 노준구의 아내. 샘터에 갔었음. 시간의 불일치를 증명하는 것은 관리인 노인뿐임. 관리인: 감옥에 들어갔던 경험 있음. 오랫동안 혼자 살았음. 조남진이 밖으로 나가는 것을 본 유일한 목격자. 강민우: 의사. 조남진이 죽었을 때 거실에 있었음.

강민우가 수첩을 덮으면서 말했다.

"결국 혐의가 가장 짙은 사람은…… 현재로는 어쩔 수 없이 최정임양, 정광현씨, 나은경씨, 그리고 관리인 영감님, 이 네 사람입니다. 그중에서도 가장 혐의가 짙은 사람은 역시…… 최정임양과 바로…… 나은경씨입니다."

"좋소. 어차피 당신이 경찰은 아니니까……"

노준구가 흥분을 가라앉히지 못하고 중얼거렸다.

말없이 강민우를 응시하던 나은경은 침착하게 웃음을 머금고 물었다.

"물론 저두 강선생께 극구 부인할 생각은 없습니다. 혐의일 뿐이니까…… 그런데, 여기 영감님께서 분명히 증언을 하셨는데두 믿을 수 없다 그 말인가요?"

"혹시 십여 분의 차이로 착각을 일으킬 수도 있죠. 십여 분이면 범행을 저지르고 돌아오기엔 충분한 시간이거든요. 어쨌든 제 실례를 용서해주시기 바랍니다. 혐의자 넷 중에서 두 여자를 지적하는 것은 그만한 이유가 있어섭니다."

정광현이 강민우의 말을 받았다.

"강선생의 새, 생각은 옳을지두 모릅니다. 조남진씨의 펴, 평소 행적으로 보아 야, 약속의 상대자는 여자이기가 쉽죠."

오종호가 말했다.

"그렇다면 여기엔 여자가 세 사람 있소."

"아니…… 가, 가정일 뿐입니다. 나와 최정임양이 의심을 받은 것처럼 범인들은 혼자가 아, 아닐지두 모르겠습니다."

"그 이유는?"

"아직은 잘 모르겠습니다."

그때에 관리인 노인이 바깥으로 언뜻 스치는 기척을 느꼈는지 눈을 크게 뜨고는 손을 들어 가리키면서 외쳤다.

"누! 누구야?"

"어머나!"

최정임이 정광현에게 달려들었고, 김희련은 얼결에 오종호의 무릎에 얼굴을 묻었으며 오종호가 벌떡 일어나 문을 박차고 뛰쳐나갔다. 그 뒤로 정광현과 강민우, 관리인, 노준구 등이 쫓았고 나은경은 제 남편의 손을 끌어당기면서 부르짖었다.

"어머! 저기! 저게 누구야."

노준구가 자기도 놀라서 아내를 한 팔로 감싸안으면서 창밖으로 시선을 돌렸다. 바람소리와 빗소리가 어울려 음산하게 바깥을 가득 채우고 있었다. 거실에서 홀로 뛰어나간 남자들은 문을 따는 동안 시간이 지체되었고, 문이 열리자 쏟아져 들이치는 빗속으로 우르르 몰려나갔다. 오종호가 숲의 어둠을 가리켰다.

"저기…… 저기 누가 뛰구 있어!"

"어디…… 어디 말이오?"

오종호가 앞서서 달려갔다. 강민우는 돌멩이를 양손에 움켜쥐고 어둠 속을 노려보았으며 관리인은 연방 중얼거렸다.

"머리가 길구 키가 훌쩍 큰 사내입니다. 오…… 눈초리가 무서웠소."

잠시 후에 오종호가 철퍽거리면서 되돌아왔다.

"뭔가…… 자취를 봤는데, 그만 놓치구 말았어요."

그들은 말없이 차가운 비를 맞으며 잠깐 동안 몰려서 있었다. 번쩍하는 번개가 땅을 훑고 지나갔고 온 주위가 환해졌다가 다시 사라졌다. 그들은 비를 맞은데다 이상한 상상으로 온몸이 썰렁해지고 뭔가 급박한 위험을 느끼면서 돌아섰다.

"산장으로 돌아갑시다."

강민우는 못내 발걸음이 돌아서지지 않는지 자꾸만 어두운 숲을 뒤돌아보았다. 뒤를 따르던 정광현이 속삭였다.

"가, 강선생, 이제는 당신의 추리를 처, 처음부터 다시 시작해야 되겠군요."

"쳇, 그렇게 되어버렸군요."

강민우가 투덜거렸다. 그들은 그때에 산장의 불빛이 깜박거리는 것을 보았다.

그들이 산장의 캄캄한 문 속으로 들어갔을 때 노준구의 고함소리가 들려왔다.

"아무 일도 아니오. 램프 불이 꺼졌을 뿐이라니까."

그들은 더듬더듬 거실로 들어갔다. 관리인이 호주머니에서 성냥을 꺼내어 불을 켰다. 노준구는 실신한 나은경을 안고 있었으며, 최정임과 김희련은 서로 마주 붙잡고 침상 위에 웅크려 있었다. 정광현이 말했다.

"무슨 일이 있었냐?"

"몰라요, 우리는…… 갑자기 램프 불이 꺼져서 저기 나은경 씨가 놀랐나봐요."

"여보, 정신 차려! 여보, 내 말 들리오?"

노준구가 나은경을 흔들면서 외쳤다. 관리인이 드럼통에서 물을 떠서 수건을 적셨다.

"이걸루 머리를 차게 해주시오."

노준구가 수건을 받아 나은경의 창백한 이마에 대주었고, 최정임과 김희련이 달려와 그 여자의 손발을 주물렀다.

"내가…… 좀 봅시다."

강민우가 다가서자, 노준구는 그를 힐끗 쳐다보면서 말했다.

"그만두쇼. 이젠 속이 시원합니까?"

"아……"

강민우가 뭐라고 말하려다가 입을 다물었으며 정광현이 대신 말했다.

"이 사람은 의, 의사입니다."

"알구 있소."

노준구가 한숨을 도로 내쉬었다.

"글쎄, 여기 올라오지 말자니까…… 이게 무슨 고생인지."

강민우는 노준구의 어깨를 두드렸다.

"미안합니다. 내 본의는 아니었소. 내가 좀 보아드리지요."

강민우는 나은경의 맥을 짚어보고 나서 가슴의 단추를 끄르고 옷을 느슨히 풀어준 다음에, 다리 아래 짐을 받쳐서 올려주었다.

"괜찮습니다. 약간 흥분을 했던 모양인데 한잠 푹 잠들고 나면 나을 거요."

오종호가 달려가 활짝 열려진 채 비가 몰아쳐 들어오는 산장의 문을 닫았다. 그리고 그는 거실 문까지 잠근 다음에 여러 사람들을 향하여 말했다.

"남자들은 잠자선 안 되겠습니다. 교대루 지켜야지요."

강민우가 관리인 노인에게 말했다.

"산장에서 담근 머루주가 좀 있으면 한 병만 파십시오."

"한 병이구 두 병이구 내가 한 주전자 걸러다 드릴 테니 마음대로 마시구려."

관리인이 술을 거르러 산장 밖으로 나갔다. 강민우는 뭔가 깊은 생각에 잠겼다가 오종호에게 불쑥 물었다.

"정말…… 밖에서 사람을 봤습니까?"

오종호는 잠깐 주저했다.

"글쎄요, 뭐라구 할까요. 내가 바깥으로 달려나갔을 때, 저 언덕 아래 후미진 나무숲 쪽으로 누군가 달려가는 것 같았습니다. 꼭 잡을 수 있었는데."

강민우는 다시 다짐했다.

"정말 보셨나요?"

"아 물론이죠. 옷자락이 펄럭펄럭했는데요."

오종호가 이번에는 굳게 힘을 주어 대답했다. 강민우는 고개를 끄덕였다.

"그렇다면, 우리가 교대루 불침번을 서야겠군요. 여태까지의 우리들의 추리는 모두 틀려버리구 말았군요. 좌우간 내일 검시를 해보면 뭔가 또 밝혀질지두 모르지만……"

관리인이 술을 떠가지고 돌아왔다. 그들은 바깥 어둠 속에서 살인자의 눈초리를 의식하면서 밤새껏 잠들지 못하고 뒤척였다.

둘째 날, 아침 9시

날씨는 아직 흐려 있었고, 바람이 거세게 불어왔다. 그들은 밤새껏 잠들지 못하다가 새벽녘에야 간신히 눈을 붙였으므로, 늦게 일어났던 것이다. 강민우가 아침부터 부산을 떨며 사람들을 깨웠다. 모두들 취사도구를 챙겨들고 샘터로 내려가기로 했다. 구름은 계곡 위에 빽빽이 가득차 있었다. 계곡에는 물이 한껏 불어서 그 깊숙하던 암벽에까지 수면이 닿아 찰랑대고 있었다. 울퉁불퉁하던 바위들도 자취를 감추었고, 아래편의 급경사에서는 휘돈 물이 암벽을 때리는 소리가 대단했다. 그들은 가파른 길을 조심하면서 돌계단을 내려갔고, 샘터에 이르렀다. 강민우와 정광현이 앞장을 서서 풀숲으로 다가갔다. 다른 사람들은 가까이 가지 못하고 쭈뼛거리며 풀숲가에 둘러서 있었다.

시체는 판초에 덮여 돌에 눌려 아직 보이지 않았다. 강민우가 돌을 들어내자 펄럭이던 판초 자락이 휙 날아가며 시체가 모습을 드러냈다. 아직 부패의 기미는 보이지 않았으나 비를 맞은 데다 경직 현상이 일어나 누르덩덩하게 일그러져 있는 몰골은 사람들을 매우 불쾌하게 했다. 강민우는 이마의 찰과상과 왼쪽 관자놀이 옆의 상처를 살피고 나서 다시 옆구리 쪽을 세밀하게 살폈다. 그러고 나서 그가 가까이 온 오종호와 정광현과 관리인에게 대고 말했다.

"시체를 좀 뒤집어야겠습니다. 도와주시겠어요?"

모두들 선뜻 나서는 사람이 없는데, 관리인이 허리를 구부리더니 다리를 잡았다. 강민우는 아무렇지도 않게 시체의 어깨를 잡아 젖혔다. 시체가 뒤집어지자 누웠던 자리가 옆으로 드러났는데, 빗물에 번진 핏자국이 흥건하게 괴어 있었다. 등 쪽은 더욱 처참했다. 상처는 대략 네 군데쯤이었다. 어깨 부분과 척추 부분에 출혈이 있어서 찢어진 셔츠는 온통 검붉은 색깔이었다. 그는 시체를 살펴보고 나서 주위를 두리번대며 돌아다니기 시작했다. 사람들은 그저 먼발치서 시체를 바라보고 있었다. 강민우는 다시 샘터 쪽으로 나왔는데, 이미 거기서 어슬렁거리던 정광현이 샘터의 물탱크 왼쪽으로 걸어가고 있었다. 넓적하고 높다란 반석이 가로막혀 있었는데, 정광현은 그 뒤편으로 돌아갔다. 강민우도 정광현의 뒤를 따라서 바위 뒤편으로 돌아가보았다.

"여, 여기…… 있군요."

정광현이 바위 뒤편의 갈라진 틈바구니를 가리켰다. 강민우가 말했다.

"살해한 뒤에 이 뒤로 집어던졌군요. 지문 따위는 없을 테고…… 있다 해도 발견할 수도 없을 게요."

"그, 그렇겠죠. 비가 왔으니까."

정광현이 칼을 집어들었다. 날이 한쪽에만 있다가 끝에 갈수록 날카로워지고 양쪽에 날이 생긴 그런 칼이었다.

손잡이의 바둑무늬에도 피가 속속들이 묻어 있었고, 칼날에는 핏점이 몇 자국뿐 매끄럽게 빛나고 있었다. 그들은 칼을 들고 샘터 쪽으로 돌아나왔다. 강민우가 상을 찌푸리고 중얼거렸다.

"참 막연하군. 죽은 것은 확실한데, 살해한 범인은 알아낼 길이 없으니……"

노준구도 달려와서 정광현이 들고 있는 칼을 내려다보았다. 강민우가 중얼거렸다.

"거 이상하단 말야. 이 부근에는 사람이 숨어 지낼 만한 장소가 없고 꽉 막힌 곳인데…… 범인이 어디 숨어 있을까."

"호, 혹시 관리인은 우리가 모르는 장소를 알구 있을지도 모르지 않습니까?"

"글쎄요…… 한번 이 근처를 뒤져볼 셈을 잡고 관리인께 물어봅시다."

강민우는 사람들이 둘러선 쪽으로 갔다. 노준구가 먼저 물었다.

"영감님, 여기 어디 혹시 사람이 숨을 만한 장소가 없습니까?"

"보시다시피 사방이 꽉 막혀서…… 가만있어보십쇼. 그렇지, 숲의 저 뒤편에 작은 굴이 하나 있는데, 거기라면 모르겠소."

"한번 그리루 가봅시다."

강민우에 이어서 오종호가 말했다.

"모두 다 갈 필요는 없겠군요. 혹시 범인이 있다면 셋쯤만 가두 잡을 수가 있겠고, 여자들은 위험합니다."

"나와 가, 강선생과 여, 영감님 셋이서 가봅시다. 그리구 노선생과 오선생은 여자들과 하, 함께 있으세요."

노준구와 오종호는 혹시 무슨 일이 있을지 알 수 없으므로, 여자들이 샘터에 오가며 취사 준비를 하는 동안 그들을 보호하기로 했다. 여자들은 모두 혼자서 다니기를 두려워하고 있었다. 언제 어디서 살인자의 검은 손이 나타나 뒷덜미를 덮쳐누르를지 모르는 일이었기 때문이다. 정광현과 강민우는 관리인 노인의 뒤를 따라서 숲 사잇길을 지났다. 정광현이 물었다.

"거, 검시 결과는 어떻습니까?"

"기재도 약품도 없으니 해부는커녕 육안으로 외상만을 살필 수밖에 없습니다. 역시 최초의 돌에 의한 타격은 가벼운 뇌진탕을 일으켰고, 치명상은 칼에 오른쪽 옆구리를 찔린 것입니다. 그곳은 늑골의 바로 아래쪽이었으니 내장을 깊숙이 후벼놓은 것입니다. 그다음에 어깨와 등판을 각각 네 번 찍었습니다. 처음의 자창刺創과는 달리 할창割創이었죠. 날이 뼈에 닿아 깊숙이 찔리지 않은 것입니다. 처음은 범인이 쓰러진 조남진씨의 허리에서 오른손으로 나이프를 뽑아 자기 방향에서 횡으로 찔렀습니다. 그때는 칼을 곧장 쥐고 있었죠. 뒤에서 찔렀기 때문에 상처는 앞의 배 쪽을 향해 비스듬히 찢겼습니다. 그러고 나서 칼을 역으로 고쳐 쥐었습니다. 왜냐하면 곧장 들고서는 전면에 쓰러진 사람을 찌를 수 없을 테니까요. 이때에 칼 쥔 손은 왼손이었습니다. 등에서 최초의 칼질은 아마 왼쪽 어깨에 난 상처로 알 수 있잖나 생각되는군요. 그쪽이 제일 깊숙하고 정확합니다. 그다음에 옆으로 비스듬히 또 한 군데 가벼운 상처요. 그담에는 등의 척추 위편에 두 군데인데 모두 대수롭지 않습니다. 아마 조남진씨는 즉사는 않고 뇌진탕으로 의식이 없는 채로 서서히 죽어갔을 듯합니다. 옆구리에 받은 상처로 다량의 출혈을 했습니다. 즉 사체현상으로 청자색靑紫色의 반문斑文이 하체에 나타나 있습니다. 그러나 이러한 사실은 여기서는 아무런 문젯거리가 되지 않습니다. 서로 관련없는 사람들이 우연히 만나서 우연히 조난당한 가운데 일어난 살인이니 아무런 인과관계를 추출해낼 수가 없어요. 마치 행려병에 쓰러진 임자 없는 시체를 보고 느끼는 막연함이랄까요? 정선생은 어떻게 생각하십니까?"

"무엇을 말이오?"

"어젯밤에 나타났다는 사람의 그림자 말입니다."

"지금 그, 그것을 차, 찾으러 가는 중인데요. 강선생은 나를요, 용의자루 지목하지 않았습니까?"

"정선생이라면 안 그랬을까요? 좌우간 실착失錯이란 현상에 대해서 아십니까?"

"예, 시, 심리학에 나오는 마, 말이지요."

"실착이란 자신이 심리적인 착오에 의해서 주관적으로 잘못 듣거나 보거나 하는 현상이지요. 이를테면…… 듣기 싫어하는 말은 곧 잊거나 임의로 달리 듣는 것이죠. 자각은 하지 못합니다. 즉 오종호씨가 보았다는 사람의 그림자 말입니다. 그것이 바로 실착이란 느낌이 들지 않습니까?"

"글쎄요…… 저는 오종호씨가 아니니까 뭐라고 다, 단정을 내릴 수는 없지만요. 가령 우리가 누, 눈을 감고 어떤 생각을 하고 있으면 그런 형상이 똑똑히 떠오르는 듯합니다. 어둠이란 모든 혀, 형체가 그 안에 녹아 있기 때문입니다. 그때에 혀, 형상을 어둠 속에 만들어내는 것은 오직 눈감은 자의 심상에 의해서 좌우되거든요."

"그렇죠. 오종호씨의 주관은 나은경씨와 관리인에 의해서 이미 만들어졌습니다."

"즉 서, 선입견이란 것이죠."

"선입견을 가지고 나간 오종호씨가 맨 처음에 밖으로 뛰어나갔을 때, 그 어둠 속에서 실착된 사람의 형상을 본 것이 아닐까요? 그는 바로 몇 시간 전에 친구의 시체를 보았고, 감정 상태가 우리보다 훨씬 들떠 있었으니까요."

"겨, 결국은 범인은 그것을 보았다고 최초로 외쳤던 사, 사람이 되겠군요."

"아직은 확실하지 않으나, 아무래도 관리인이 수상합니다. 나는 그의 전력을 대강은 알구 있습니다. 나은경이란 여자도 이상한 점이 있으나, 최소한 공범 관계일 가능성은 있습니다."

"뭐랄까요…… 관리인에 의해서 나은경씨 역시 선입견을

가졌던 게 아닐까요?"

"하여간 범인은 우리들 사이에 있는 게 확실합니다. 그렇죠. 오종호씨는 어젯밤 숲속으로 뛰어가는 사람의 펄럭이는 옷자락을 봤다구 그랬죠. 비 오는 밤에 옷자락이 펄럭대는 것을 사람의 눈으로 볼 수가 있을까요?"

"그는 보았겠죠."

"즉 실착으로 본 겁니다. 좌우간 우리들의 추리는 옳았어요."

"아직…… 우리만이 알구 있읍시다."

"빨리 날이 개지 않으면 이 사건은 더욱 확대될지두 모릅니다. 정광현씨, 싸움 좀 할 줄 아십니까?"

"저는 그, 근시라서 안경이 없으면 옴치구 뜰 수도 없습니다."

그들은 관리인의 뒤를 따라서 바위가 울퉁불퉁한 암벽 사이를 타고 올랐다. 절벽의 초입에 사람이 상반신을 굽히고 들어갈 만한 구멍이 입을 벌리고 있었다. 캄캄해서 안쪽은 전혀 보이질 않았다.

"길이가 얼마쯤 됩니까?"

관리인이 강민우에게 대답했다.

"한 칠팔 미터는 될 게요."

강민우가 가스라이터를 꺼내어 불을 켜고 안쪽으로 몇 걸음 들어갔다. 굴 안쪽은 비교적 넓었는데 한쪽에서 물이 계속 떨어지고 있었고 사람의 자취는 보이지 않았다.

"이 밖엔 은신처가 될 만한 곳이 없지요?"

"보시는 것처럼…… 물을 건널 수만 있다면 저쪽에는 빈 대피소도 있고, 굴도 몇 군데 있지요."

"자, 돌아갑시다. 역시 이럴 줄 알았습니다."

그들은 샘터 쪽으로 다시 돌아왔다. 모두들 취사 준비를 끝내고 들어갔는지 부근에는 아무도 없었다.

"시체는 어떡허죠?"

관리인이 기분 나쁜 듯이 숲 쪽을 돌아보며 중얼거렸다. 강민우가 말했다.

"경찰이 올 때까지 놔둡시다."

"나, 날더러 싸움을 할 줄 아느냐구 무, 물으셨는데 그거 무슨 얘깁니까?"

정광현은 생각났다는 듯이 강민우에게 물었다. 강민우가 미간을 찌푸리며 대꾸했다.

"혹시 혼자서 범인과 만나게 될지두 모르잖소. 각자가 제 목숨을 지켜야지."

"버, 범인이 아무나 닥치는 대루 죽일려구 할까요."

"글쎄요, 조남진씨는 뭣 때문에 살해되었겠습니까?"

비가 다시 쏟아지기 시작했다. 전혀 갤 것 같지 않은 날씨였다.

"이번 시즌의 산행은 아주 망쳐버리구 말았군. 그러나 좋은 경험이 될 겁니다."

강민우가 동의를 구하려는 듯 정광현을 돌아보았다. 정광현이 고개를 끄덕였다.

"트, 특수한 상황이 되면 저도 몰랐던 실정을 깨닫게 되고…… 사, 상대편의 알아채지 못했던 마음도 새로 느끼게 되는 것 같습니다."

강민우가 걸음을 늦추며 정광현의 소매를 잡았다.

"그러니까…… 영감님은 이 산장에서 혼자 사시는 이유가 돌아가신 부인 때문입니까? 감옥에 들어갔던 것은 무슨 죄목이었죠?"

"과실치사였소."

"부인이었나요?"

"아니오, 그자 때문에 내 처는 음독했지요."

"그자라니요?"

강민우의 다그치는 말에 관리인은 잠시 대답을 않더니 그 음침한 웃음을 씹어냈다.

"사랑은…… 나 같은 늙은이에게도…… 칼로 베어내는 듯한 고통이라오."

관리인은 다시 말을 꺼낼 기미가 보이지 않았다. 강민우는 뒤에서 관리인의 기분이 어떻든 아랑곳없이 혼잣말 비슷하게 되뇌었다.

"그자가 부인을 괴롭혔다. 치정 관계겠군. 그래서 부인은 견디다못해 음독을 해버렸다. 영감님이 그자를 찾아가 다투다가 잘못 때렸다. 대강 그런 얘기로군요?"

관리인은 대답하지 않았다. 강민우도 뭔가 깊은 생각에 빠져 있었다.

골짜기의 물은 어제보다 훨씬 불어서 퉁탕거리며 흘러내려 가는 소리도 잠잠해진 것 같았다. 계곡 위로 넘칠 듯한 흙탕물 이 찰랑거리며 도도하게 흘러내려갔다. 비가 차츰 걷히자 안개 가 짙게 뒤덮여 내리고 있었다. 서너 걸음만 떨어져도 사람의 형체는 허공에 곧 녹아서 사라졌다. 관리인과 강민우와 정광현 세 사람이 샘터에서 돌계단으로 오를 무렵이었다. 취사 준비를 끝내고 쌀과 찌갯거리가 들어 있는 코펠과 물주머니를 든 김희 련이 다리가 걸려 있던 산장 바로 밑의 계곡 옆을 지나고 있었 다. 그 뒤에서는 멀찍이 최정임이 따라왔고 앞으로는 나은경 노준구 부부가 지나갔다. 오종호는 최정임과 무언가 얘기를 주 고받으며 천천히 올라왔다.

김희련이 무심코 물가를 내려다보았다가 뭔가 발견하고는 깜짝 놀라서 가까이 다가갔다. 거친 물살에 흐늘대며 기슭에 걸려 있는 피투성이의 옷인 듯했다. 그녀가 집어올리려고 손을 뻗쳤을 때, 누군가가 뒤에서 발걸음소리를 죽이며 다가서고 있었다.

　김희련은 돌 틈에 걸린 옷자락을 끄집어내려고 손을 물에 담갔다. 상체는 구부리고 둔부가 뒤로 삐죽이 내밀어진 몸짓인데, 이 무방비한 둔부를 누군가가 힘껏 밀어냈다. 뒤를 돌아보거나 소리를 지를 사이도 없이 물속에 곤두박질을 쳤던 김희련은, 몇 번 허우적거리며 급류로 말려들어갔다. 그 여자는 위로 솟구쳤다가 가라앉았다가 하면서 재빠른 속도로 떠내려갔다. 잠깐 보이던 김희련의 머리가 계곡의 급경사 아래로 휩쓸리더니 다시는 보이지 않게 되었다. 희련을 떠밀어냈던 손이 이번에는 옷자락을 집어내서 둘둘 감아서 물 가운데로 던졌다. 물을 머금은 옷은 너울거리며 물속에 잠긴 채 아래로 떠내려갔다. 김희련이 내려놓았던 코펠 두 개가 남아 있었는데 누군가의 손은 그것마저 집어서 물 가운데 던져버렸다. 물위에는 아무것도 보이지 않았다.

　그들은 모두 산장에 모여 있었다. 노준구와 오종호와 나은경은 함께 버너를 피워 취사를 하고 있었다. 오종호가 돌아오는 세 사람에게 물었다.

"뭐 찾아내셨습니까?"

"아무것도……"

정광현은 두리번거리다가 산장의 거실 쪽으로 들어갔다. 최정임이 버너에 에어를 집어넣느라고 펌프질을 하는 중이었다. 그가 들어서자 최정임은 그을음이 잔뜩 묻은 손바닥을 펴 보이면서 말했다.

"기름이 새나봐요. 아무래두 불이 붙질 않아요."

"희련이는 어디 갔어?"

"걔가 오늘 당번이거든요. 곧 올 거예요. 찌개 솜씨를 보여주겠대요."

정광현은 버너를 이리저리 살피다가,

"음 마, 막혔군."

하고는 핀을 꺼내어 가스 분출구를 뚫어놓았다.

"서, 석유가 나쁜 모양이다."

관리인과 강민우도 취사 준비를 했다. 강민우는 혼자였으므로 쌀을 꺼내들고 샘터로 내려가려는데, 오종호가 말했다.

"오 인분은 넉넉히 될 테니 같이 식사합시다."

"그래요, 제가 찌개를 맛있게 끓이는 중이에요."

"아, 그렇다면 신세 좀 지겠습니다."

"뭘요…… 우리두 그런걸요."

나은경은 어제보다 훨씬 건강하고 명랑해 보였다. 긴 머리를 손수건으로 동여맸는데 희고 긴 목이 아름다웠다. 노준구는 아내가 활기에 차 있는 것이 몹시 흡족한 듯 곁에서 부드럽게 웃는 얼굴이 되어 있었다. 강민우가 그들을 바라보다가 불쑥 말을 꺼냈다.

"연애결혼이십니까…… 두 분은?"

"허허, 심문이 아니라면 가르쳐드리리다."

노준구가 껄껄 웃었다. 강민우도 따라 웃으면서,

"물론입니다. 대재벌 노승철씨의 2세이신 노준구씨와 저렇게 미인이신 부인은 어떻게 만났을까 하는 생각이 드는군요. 말하자면 평범한 일생을 살아온 서민의 호기심이랄까요…… 하하."

"연애결혼입니다. 이 사람은 우리 부속 회사의 비서실에 근무했지요."

"부인 같은 미인을 노선생이 그냥 내버려둘 리가 없으셨겠죠."

"나 때문에 이 사람이 고생두 많았습니다. 결혼하자마자 미국에 가서 일 년 반이나 있었고, 이 사람은 혼자 외롭게 지냈으니까. 형님이 불의의 사고를 당해서 부랴부랴 귀국했지요. 집

안의 반대루 우린 난관이 많았습니다."

얘기하는 그들에게로 정광현이 달려나왔다.

정광현의 얼굴은 창백해 보였다.

"이상하군요. 어쩐지 부, 불길한 예감이……"

노준구와 강민우는 버너 앞에서 엉거주춤 일어났다. 나은경과 오종호는 끓어넘친 찌개를 내려놓으라고 서로 미뤄가며 법석이었다. 강민우가 침착하게 물었다.

"불길하다뇨……?"

"기, 김희련양이 취사 준비를 하러 새, 샘터루 내려갔는데, 여태 도, 돌아오지 않습니다."

노준구가 웃으면서 말했다.

"곧 돌아오겠죠. 우연한 사건이 생겼다구 이거! 노이로제에 걸리겠는걸."

"그게 아닙니다. 최정임양의 마, 말로는 희련이가 먼저 사, 산장 쪽으로 올라왔다는 거예요."

오종호가 그제야 오가는 말에 주의를 돌렸다.

"참, 최정임양은 저하구 함께 올라왔습니다."

"새, 샘터에서는 함께 있었나요?"

나은경이 벌써 불안해져서 제 남편의 팔에 기대며 외쳤다.

"함께 있었어요. 우리는 먼저 산장으로 올라왔는데……"

강민우가 날카로운 눈을 빛내더니 한참이나 사람들의 얼굴을 하나씩 노려보았다. 그는 나직하고 차갑게 뱉어냈다.

"이미 늦었군요!"

"무슨 얘기입니까?"

노준구가 어리둥절해서 강민우에게 묻자, 사람들의 얼굴에서는 핏기가 싹 가셨다. 노준구가 다시 물었다.

"늦다니…… 희련양이 어떻게 된 겁니까?"

정광현은 마치 숨이 막힌다는 듯 가까스로 중얼거렸다.

"트, 틀림없이…… 두번째의……"

하고 나서 정광현은 미친듯이 언덕 아래로 달려내려갔다. 사람들은 그 뒤를 쫓았다. 강민우가 잽싸게 달려가 정광현의 팔을 붙들었다.

"잠깐, 이럴수록 냉정합시다. 우리는 지금 흩어져서는 안 됩니다. 안에 있는 사람들두 모두 나오라고 해서 함께 찾아봅시다."

다른 사람들은 모두 그 의미를 알아차리고 서로 의혹에 찬 눈길들을 나누었다. 오종호가 홀 쪽으로 가서 외쳤고, 최정임과 관리인이 뛰어나왔다. 최정임은 문가로 나오면서 제 머리를 쥐어뜯을 듯이 양손으로 잡아 흔들면서 격정적으로 부르짖었다.

"아…… 지긋지긋해. 이젠 못 견디겠어!"

나은경은 제 남편의 가슴에 기대어 신경질적으로 웃음소리 같은 울음을 터뜨렸다. 노준구는 두 팔로 감싸안고 달랬다.

"여보, 너무 걱정하지 말아. 우리 무슨 일이 있어두 오늘 안으로 여기서 빠져나가자구. 뭔가 수가 있거나 길이 있겠지."

정광현도 최정임을 붙잡아 세우고 말했다.

"걱정 마라. 내 꼭 바, 밝혀낼 테다. 정임이…… 너 요, 용기 있는 여자 아냐. 네가 히, 힘을 내야 선생님두 힘이 날 거야."

강민우는 그들을 무표정하게 한참 내려다보았다.

"극적이군, 극적이야."

관리인이 그에게 말했다.

"강선생은…… 이제 보니 우리 같은 사람하군 정반대로군요."

강민우가 그를 힐끗 돌아보았다.

"반대……는 아니구. 보세요…… 과학이 뭔지 아슈? 저는 막연한 것은 딱 질색입니다."

그들은 산장 주변부터 시작해서 언덕 아래로 차차 뒤져 내려갔다. 그러나 아무런 흔적이 없었다.

정광현은 앞장을 서서 샘터에서 산장으로 오르는 길을 되밟으면서 무언가 골똘히 생각했다.

그는 오솔길이 물가에 바짝 대어진 곳에 와서 흐르는 물살을 한참 동안이나 바라보았다.

사람들은 모두 의아해서 뒤에 섰을 뿐이었다.

노준구가 말했다.

"이 산장에서 나가게 되면 내가 산악회에라도 기부를 해서 꼭 다리를 놓겠습니다. 철근 콘크리트의 튼튼한 다리 말입니다."

강민우가 말했다.

"김희련양은 이미 근처에는 없습니다. 김양은 샘터 쪽에서 산장으로 오르는 이 사이에서 없어진 게 분명합니다. 왜냐하면 취사 준비를 끝내고 코펠을 가지고 있었답니다. 노준구씨 부부가 먼저 올랐고 그다음에 김희련씨가 혼자 올랐으며 뒤로 최정임씨와 오종호씨가 따라 올라왔지요. 그 여자가 산장에 닿지 않은 것은 즉 노씨 부부와 최양의 사이에서 어디론가 없어졌음을 의미합니다."

"희련이가 아무데도 보이지 않는 것은 이미 처, 청운산장의 범위를 벗어났다는 얘기가 되겠습니다. 여기서 벗어나는 유일한 토, 통로가 어디겠습니까?"

"계곡이로군."

오종호가 중얼거리자 강민우가 노준구에게 말했다.

"노선생께서 다리 얘기를 하셨을 때 깨달은 것입니다. 그렇지요. 다리…… 그것은 청운산장이 저 바깥과 닿게 되는 유일한 통로입니다. 청운산장과 세상을 잇는 관계로서의 다리 말입니다. 우리는 그것을 잃었지요. 우리는 저 건너편에 닿을 수가 없기 때문에 여기 갇힌 것입니다."

"하지만 무, 물은 하, 학동까지 흘러내려갑니다."

"바로 그것이오. 물입니다. 우리가 학동에 닿을 수 있는 유일한 길은 저 물과 함께 가는 것이지요. 그렇지만 사람이 온전한 상태로 저 거센 흐름을 타고 내려갈 수가 있을까요."

정광현은 눈물을 흘리고 있었다.

그는 간신히 말했다.

"기, 김희련양은 이, 익사한 것입니다. 지금쯤, 저 계곡, 어, 어디인가의 바위에 이리저리 부딪쳐서……"

모두들 말없이 격류를 바라보았다.

강민우가 호주머니에서 휴짓조각을 꺼내더니 돌돌 말아서 물 가운데로 던졌다.

휴지는 떠내려가는 게 아니라 미친 듯한 물살에 삼켜 자취를 감추고 말았다.

"저런 물살이라면 제아무리 수영을 잘한다고 해도 별도리가 없을 겁니다. 아니…… 휩쓸려서 떠내려갈 때에 아래쪽에 숨어 있는 바위에 부딪쳐서 곧 정신을 잃겠지요. 등산을 많이 해보신 분은 계곡을 건너는 법을 알지요. 즉 몸에 자일을 매고 선두가 건널 적에 물의 깊이는 최대한이 허벅지까지입니다. 땅을 딛는 사람의 발 중력이 물의 속도를 이겨내지 못하면 깊이는 더욱 무릎 아래로 한정될 테지요. 따라서 하반신이 잠기고 허리까지 물결이 닿는다 할 적에는 몸무게의 중력은 이미 물의 속도에 다 빼앗기게 되거든요. 지금 이 계곡은 아마도 다리를 떠내려보냈을 정도이니까 사람 세 길은 충분히 될 것입니다."

"그 여자가 계곡을 건너려다가 휩쓸린 게 아닐까요?"

하는 오종호의 다소 맥빠진 물음을 무시하고 강민우는 정광현의 어깨를 두드렸다.

"정선생, 산장으로 올라가서 다시 차분히 생각해봅시다."

다시 가랑비가 흩뿌리고 있었다. 일곱 사람은 아래층 거실에 모여 있었다. 이제는 모두들 김이 빠져서 입을 여는 사람이 없었다. 벽난로에서 장작 타는 소리가 들렸다. 가끔씩 바람이 지날 적마다 창문들이 덜컹댔고 그때마다 사람들은 두려운 생각으로 자기 주위에 아직도 사람들이 있는가를 확인하느라고 두리번거리고 있었다. 정광현은 최정임과 함께 벽난로 오른쪽의 침상 끝에 나란히 앉아 있었다. 노준구 부부는 문가에 떨어져 앉아서 뭔가 의논을 하는 눈치였고 강민우는 왼쪽 침상 끝에 팔을 베고 누워 있었다. 그리고 뒤편에 관리인과 오종호가 역시 침통하게 앉아 있었다. 이 답답한 침묵을 깨뜨리고 노준구가 다가와서 말했다.

"우리는 나가겠습니다."

사람들은 모두 그들을 바라보았다.

"나가서 어디론가 이곳을 벗어나갈 길을 찾아보겠소."

"아, 안 됩니다."

정광현이 고개를 들고 조용히 말했다. 노준구는 곁으로 다가선 아내 나은경을 감싸면서 물었다.

"안 된다니 무슨 얘기요. 어쨌든 계곡을 따라 올라가노라면 건널 수 있는 얕은 목이 나올지도 모르잖소."

관리인이 말했다.

"암벽을 타야 합니다."

"록클라이밍을 하는 사람들도 그쪽엔 아직 코스를 개척하지 않은 곳입니다."

강민우의 말끝에 정광현이 이었다.

"아무도 여기서 빠, 빠져나가지 못합니다. 겨, 경찰이 올 때까지는 우리 모두가 하, 함께 있어야 합니다."

노준구는 다소 성내는 것 같았다.

"내 신원이 밝혀졌으니 나중에 내 발로 출두하면 될 게 아니오. 이 사람의 신경이 도저히 여기의 상황을 배겨내지 못할 겁니다. 우선…… 학동 관광호텔에 가서 여러분을 기다리겠습니

다."

강민우가 벌떡 일어나 앉았다.

"우리는 모두 이 사건에 책임이 있습니다. 같이 감당을 해야죠. 무엇보다도 안전하게 바위를 오를 수 있을지가 문제로군요."

노준구는 더이상 말하지 않고 등을 돌리면서 나은경에게 말했다.

"가, 갑시다. 누가 뭐라든 우린 상관 않으면 되니까."

"그래요, 어서 나가요. 저는 하루만 더 있다가는 미칠 것만 같아요. 차라리 산에서 떨어져 죽었으면 죽었지……"

"여, 여보세요!"

정광현이 일어섰다. 그들은 거실 밖으로 나섰고 뒤따라 나가려는 정광현을 강민우가 붙잡았다.

"정선생, 앉으시오."

강민우는 정광현을 억지로 침상에 앉혔다.

"저 사람들 정확하게 이십 분쯤 되면 돌아옵니다. 가는 데 오 분, 바위 절벽 아래서 서성대느라고 십 분, 그리고 돌아오는 데 오 분이겠죠. 자일과 하켄을 가지고도 그 암벽에 길을 내려면 사흘 공격이 필요할 겁니다. 더구나 그들은 지금 맨손이니까요."

"나는 줄곧 새, 생각해보았습니다. 우리의 추리 방법은 틀렸어요. 우리는 눈에 보이는 시, 실증만을 토대로 이 사건을 분석했지요. 그러나 아무 관련도 없이 우연히 만나게 된 사람들에게는 저어쪽 바깥세상에서의 가, 각자의 생활이 중요한 추리의 여, 열쇠가 될 겁니다. 희련이는 누, 누군가가 뒤에서 밀어낸 것이 부, 분명합니다. 밀어낸 이유가 과연 무엇이겠습니까?"

"자신들이 밝히지 않는 한 각자가 어떤 생활을 하며 살아왔는지는 알 도리가 없습니다. 그러나 정선생의 지적은 아주 타당하군요."

강민우가 말했고, 정광현은 다시 더듬거렸다.

"누군가가 기, 김희련양을 뒤에서 미, 밀어냈다면 그것은 누구겠습니까. 버, 범인입니다. 범인은 무엇 때문에 김희련양을 미, 밀어냈을까요. 김양에 의해서 자신의 저, 정체가 바, 발각될 것이었기 때문이겠지요. 이런 식의 여, 연쇄적인 사건이란 최초의 사건에 의해서 이, 일어나는 겁니다."

"노준구 부부가 희련양의 앞에 지나갔고 뒤로는 오종호씨와 최정임양이 따라갔습니다. 그리고 멀찍이 영감님이, 다음에 정선생과 내가 함께 갔지요. 여기서 혐의가 가는 사람은 영감님뿐이군요. 당신은 유일하게 혼자 그 장소를 지나갔으니까……"

관리인 영감은 무감각하게 중얼거렸다.

"아무려나 좋소. 나는 아무것두 못 봤으니까."

"오종호씨와 저두 꼭 함께 붙어서 간 것은 아니에요. 한 삼십 초쯤의 간격이 있었달까."

최정임이 말했다.

"그렇다면 이러한 가, 가능성은 노준구씨 부부에게도 해당이 되는 무, 문제로군요. 제 상상으로는 버, 범인이 현장에 숨어 있던 것은 아닌 듯합니다. 바로 그 자, 장소에 뭔가 있었겠지요. 그 무엇은 버, 범인의 정체를 바, 밝혀낼 결정적인 단서겠지요. 아마도 오, 옷이라든가 수건이라든가 하는 따위일 겁니다. 최초의 범행 때에 피가 묻은 것을 무, 물에 던졌지만 기슭에 걸려 있었을지두 모릅니다. 우연히 버, 범인은 그것을 보았다, 치우려고 했을 때엔 이미 늦어서 기, 김희련양이 도착한 지, 직후였다. 김양이 그것을 바, 발견하고 꺼내려 했으므로 뒤에서 민다, 이 무, 문제는 선후가 바뀔 수도 있겠군요. 즉, 김양이 먼저 보고 나서 버, 범인이 지나다가 그 광경을 본다든가 하는 식입니다. 기, 김양보다 먼저 간 사람일 수도 있겠고 나중에 지나간 사람일 수도 있습니다. 저는 가장 혀, 혐의가 가는 인물은 역시 나은경씨와 관리인 노인이라 생각합니다. 이들의 과거 생활을 바, 밝혀내야만 됩니다."

그때에 강민우가 깊은 생각에 잠겼다.

　"글쎄요…… 저는 물론 관리인 영감은 혐의가 가지만, 그가 누군가 범인을 알구 있을지도 모른다는 생각도 드는군요. 나은 경씨는 제 남편과 함께 먼저 올라가지 않았습니까? 저는 범인이 어딘가 우리가 여기서 모르는 어떤 장소에 숨어 있는 듯한 예감이 드는군요."

　"나은경씨가 나, 남편과 함께 갔다는 게 무, 문제가 됩니다. 사, 삼십 초면 범행은 충분했고, 잠시 지체했다가 뒤쫓을 경우도, 동행은 거의 의식하지 못할 겁니다. 더구나 나, 남편이 기분 나쁜 사, 살인자의 혀, 혐의를 아내에게 씌우려 하겠습니까. 노준구씨는 아마도 나은경씨가 자, 잠깐 지체했다는 것을 의식하구 있을지두 모릅니다만, 분명히 제 아내가 사, 살인자가 아니라는 화, 확신 때문에 꺼림칙한 사실을 잊었겠지요."

　강민우는 고개를 푹 떨구고 뭔가 깊은 생각에 잠겨 있었다. 그가 천천히 고개를 들어 어딘가 차갑게 빛나는 눈으로 정광현을 쏘아보았다.

　"이런 상태가 계속된다면 살인이 또 일어나지 않는다는 보장이 없습니다. 나는 나은경의 혐의는 일단 접어두고 싶습니다. 우리는 이제부터 가장 빠른 시간 내에 각자의 생활을 더욱 세밀히 파악해야만 하는 것입니다."

"조남진씨는 대체 어떤 사람이었습니까?"

정광현의 말을 막으면서 강민우가 조씨의 친구에게 물었다. 오종호는 대머리를 긁으면서 잠깐 망설였다.

"제가 그 친구의 성격은 어느 정도 알구 있습니다. 저와는 한 부서에서 삼 년 동안이나 함께 일해왔으니까요. 조남진이는 일종의 조울증이랄까요, 변덕이 좀 심한 편이었습니다. 기분이 좋을 때엔 지나치게 흥분을 하고 쾌활해져서 사람들을 어리둥절하게 만들 때도 많았습니다. 또 그런가 하면 갑자기 기분이 울적해져서 주위 사람들과 말도 않고 지낼 적도 많았습니다. 그러나 이것은 친구로서 제가 곁에서 살펴본 결과이고, 대개는 인간관계가 퍽 좋은 편이었습니다. 싹싹하고 유쾌한 친구였습니다. 다만 한 가지 흠이 있다면 바람기가 많은 점이죠. 여자에는 자신이 있다는 친구입니다."

정광현이 물었다.

"혹시 사, 산장에 와서 조남진씨가 여자 얘길 아, 않던가요?"

오종호는 머리를 기울였다.

"글쎄 기억이 안 나는군요."

"뭐 노, 농담 같은 말두 없었나요?"

"가만있자…… 그러구 보니, 취사 준비를 하면서 얘기를 했

던 것 같습니다. 꿩 먹고 알 먹고, 꿩 먹고 알 먹고…… 그러면
서 자꾸만 빙글빙글 웃더군요."

정광현은 그 말을 되뇌어보고 나서 말했다.

"나두 그 소, 속담의 의미는 대충 압니다. 돌 하나에 새 두
마리와 가, 같은 뜻으로 쓰여지죠."

강민우가 웃음기 어린 목소리로 빈정거렸다.

"속담이 도대체 어쨌단 말입니까?"

"주, 중요할지두 모릅니다. 부, 분명히 죽은 조남진씨는 새,
샘터에서 어느 여자와 만나기루 했던 겁니다."

하며 정광현은 사이를 두었다가 단호하게 말했다.

"그 여자는 나은경씨입니다. 노준구씨와 겨, 결혼하기 전에
그들 사이에 무슨 사연이 이, 있을지두 모릅니다."

바로 그때에 거실 문이 열리면서 나은경의 다소 흥분한 목소
리가 들렸다.

"없는 자리에서 남의 얘기 하지 마세요. 나는 아무하구두 관
계가 없어요."

강민우는 그 여자를 돌아보았다. 나은경은 푸른 이끼가 옷에
잔뜩 묻어 있었고 노준구는 다리를 절고 들어왔다. 강민우가
물었다.

"어디 다치셨습니까?"

"예…… 그보다도 정광현씨! 도대체 당신은 무슨 바보 같은 수작을 하구 있는 거요? 그따위 모욕적인 얘기는 더이상 참을 수가 없어. 개자식 같으니……"

노준구가 달려들어 정광현의 멱살을 잡았다. 거친 손길에 정광현의 안경이 미끄러져 떨어졌다. 사람들은 노준구를 뜯어말리며 끌어갔고, 정광현은 더듬거리며 안경을 찾았다. 최정임이 안경을 주워올렸다.

"어머나, 선생님 안경이 깨졌어요."

"뭐라구!"

정광현은 안경테의 사이에 남아 있는 유리 파편을 더듬어보다가 절망적으로 내뱉었다.

"크, 큰일났군."

나은경은 아직도 분을 가라앉히지 못하고 높다랗게 부르짖었다.

"제가 샘터에 먼저 다녀왔다구 영감님께서 증언하셨잖아요. 그리구…… 우리는 세 사람이나 범인의 모습을 보았죠. 그런데 어째서 나만 가지구…… 못살게……"

셋째 날, 밤 10시

저녁부터 비가 그치고, 바람이 불었다. 이렇게 하룻밤을 지나면 날씨는 완전히 갤 듯했고 내일모레 오전에는 얕아진 계곡을 건널 수가 있을 것이었다. 사람들은 하루 온종일 거실에서 꼼짝도 않고 입방아만 찧으며 보냈다. 그렇게 날카롭고 집요한 추리력을 과시하던 강민우도 맥이 풀렸는지 아무 말도 없었다. 정광현은 끝내 아무것도 밝혀내지 못한 채 구석에 쭈그리고 앉아 있었고, 최정임이 오히려 그를 보호하고 있는 듯이 보였다.

왜냐하면 지독한 근시인 정광현은 안경이 깨져서 문까지도 더듬어보아야 나갈 수 있었기 때문이다. 그들은 날씨와 시간에 쫓기고 있었다. 누구나 같은 방에서 여러 사람들과 함께 오랜 시간을 보내게 되면, 서로 싫어지거나 미워하게 되는 경우가 많은 법이었다. 더구나 서로 상대방을 경계하고 살피며 의심하고 있는 이 나머지 일곱 사람들은 완전히 기진맥진해져 있었다.

정광현은 최정임의 어깨에 기대어 앉아서 깊은 생각에 잠겨 있었다. 그의 생각으로는 범인은 틀림없이 나은경이었다. 그리고 관리인 영감은 최소한 공범일 수도 있었다. 그런 관계가 바뀔 가능성은 있겠으나, 나은경과 조남진의 사이에 무슨 사연이 있었다고 그는 믿고 있었다. 젊은 나이에 남편을 이 년 동안이나 외국에 보낸 미모의 돈 많고 시간 많은 여자와, 잘생기고 쾌활하며 바람둥이인 청년 사이에 어떤 일이 있을 수 있음은 누구나 상상해볼 만한 일이었다. 더구나 죽은 조남진이 샘터에서 만난 상대는 분명히 여자였을 것이고, 최정임과 김희련은 구태여 조를 만날 필요가 없었던 것이다. 혐의를 가진 유일한 여자 나은경은 관리인 노인의 증언에 의해서 혐의를 벗어날 수가 있었다. 그러나 그를 정상적인 생활을 살아가는 저 아래 사회의 한 사람으로 판단할 수는 없었다. 고독과 염인증에 사로잡힌 듯한 늙은 산장지기를 유일한 증인으로 삼기에는 부족한 것이었다. 나은경이 관리인을 사주했을 가능성도 있었다. 그 여자는 일곱의 대회사를 거느린 재벌 노승철의 역을 대행하는 노준구의 아내가 아닌가. 대략 기천만원의 돈만 내던지면 한 사람의 인생관마저 가히 바꿔놓을 수가 있는 일일 것이다. 정광현은 결정적인 단서를 잡을 기회를 노리고 있었다. 강민우는 처음에는 날카롭게 사건을 파악하더니 이렇게 뒤죽박죽이 되어버리자 갈피를 잡을 수가 없는 모양이었다. 그는 실증을 토대로 생각해내는 사람이었으나, 이제야 청운산장과 여기서 만난 사람들의 관계 과정에 대하여 상상력을 토대로 할 수밖에 없음을 뒤늦게 깨달은 모양이었다. 강민우도 하루종일 생각에만 잠겨 있었다. 날이 개면 강민우의 협조를 받아 모든 사람이 자리를 뜨지 못하도록 해놓고 경찰을 부를 셈이었다. 그런 생각을 하던 정광현은 어느 결엔가 잠이 들었고, 최정임이 그의 머리 밑에 배낭을 베어주고 담요를 씌워주었다. 모두들 자리에 누워 있었다. 관리인이 일어나서 램프를 껐다. 벽난로의 남은 재에서 비치는 불만이 희미하게 빛나고 있었다.

모두들 잠이 들었을 때, 관리인의 머리맡으로 누군가가 조심조심 다가섰다. 조용히 흔들어 깨우자 관리인은 눈을 뜨고 함께 속삭였다.

"무슨 일입니까?"

상대가 뭐라고 속삭이고 나가자, 관리인은 옷을 입고는 역시 발을 들고 거실 문을 나섰다.

관리인 노인은 아직도 잠이 덜 깨어 허청거리면서 홀로 나섰다.

캄캄해서 아무것도 보이지 않았는데 문이 활짝 열려 있었다.

관리인은 다시 돌아서서 거실로 되돌아가려는 자기의 의사에 반해서 그 활짝 열려진 문 쪽으로 주춤주춤 걸어갔다.

가끔씩 불어오는 바람에 산장 문이 덜컹거리고 있었다.

그는 문가에 서서 어둠 속을 향해 속삭였다.

"어디 계시오?"

방금 나간 사람은 어디로 갔는지 흔적이 보이질 않았다. 그가 산장의 왼쪽 모퉁이를 향하여 돌아섰을 때 열린 문 뒤에서 두 손이 솟아나왔다.

그 손은 보조 자일의 나일론 줄을 팽팽하게 감아쥐고 있었다.

손이 노인의 머리 뒤에 가까이 갔을 때 직감으로 무엇인가 느낀 노인이 고개를 돌리려는 찰나였다. 나일론 줄이 노인의 목에 둘러씌워지고 두 손은 그것을 죄면서 뒤로 잡아챘다.

끅, 하는 소리가 간신히 목구멍에 걸려 새어나왔고 노인은 살 속으로 파고든 줄을 잡아보려고 손가락으로 자기 목을 후비면서 다리를 버둥거렸다.

끈을 죄는 힘은 늦추어지질 않았다. 노인은 드디어 두 팔을 떨구었고 다리에 경련을 일으켰다. 그러고는 축 늘어져버렸다.

질식해버린 노인의 시체는 떠메어져서 어디론가 운반되었다. 잠들었던 나은경은 덜컹대는 소리에 눈을 떴고 그의 남편을 흔들어 깨웠다.

노준구는 입맛을 다시면서 돌아누웠다.

나은경이 다시 흔들었다.

"여보, 저게 무슨 소리죠?"

노준구는 그제야 정신이 들었는지 머리를 쳐들었다.

"문이…… 열렸군."

"불안해서 잠잘 수가 없어요. 문을 닫아요."

노준구는 하품을 하고 나서 돌연 이상한 소름이 끼치는 것을 느꼈다. 그는 시계를 코앞에 대고 들여다보았다. 두시 십오분이었다.

"뭐, 뭡니까?"

맞은편 침상에서 졸음이 가득한 목소리로 정광현이 물어왔다. 노준구가 일어나 앉으며 말했다.

"바깥문이 열려 있는 모양이오."

정광현도 사이를 둔 뒤에 벌떡 일어났다.

"부, 불을 켜세요. 누가 나간 게 아닐까요?"

사람들은 말소리를 듣고 하나둘씩 깨어나고 있었다.

노준구가 우선 가스라이터를 꺼내어 불을 비췄다.

정광현은 제 눈을 비비고 나서 다급하게 말했다.

"모두…… 자리에 이, 있었습니까?"

램프에 불이 켜졌다. 강민우가 둘러보더니 말했다.

"관리인 영감님이 없습니다."

그들은 바로 문가에 있던 노인의 빈 잠자리를 바라보았다. 담요는 반쯤 젖혀져 있었고 베개로 쓰인 스펀지도 그 자리에 놓여 있었다.

그들은 아무도 더는 말하지 않았다.

이제는 돌발적인 사건에 그만큼 익숙해져서 누가 말하지 않더라도 어떤 일이 있을 것인가는 쉽게 상상하게 되었던 것이다.

정광현은 곁에 누운 최정임의 손을 더듬어 잡았다.

"정임이 나를 무, 문가로 데려다줘."

최정임과 정광현이 침상에서 내려섰고, 강민우가 재빨리 신을 신고는 앞장서서 홀로 나갔다. 그의 뒤로 사람들이 몰려서서 바라보았다. 거세어진 바람에 문짝이 연방 벽에 부딪는 소리가 들려왔다. 강민우는 랜턴을 켜서 문밖을 이리저리 비춰보았다.

"영감님…… 영감님!"

강민우가 사방에 대고 외쳐 불렀으나 음산한 메아리만이 울려퍼졌다. 퍼진 목소리는 곧 벌레 소리와 계곡의 물소리 가운데 잦아들었다.

"다시 되풀이할 필요가 있을까요?"

강민우의 뒤에서 어둠 속을 내다보며 오종호가 말했다.

강민우는 랜턴으로 이곳저곳을 비춰보다가 제 뒤에 몰려선 사람들 속으로 고개를 돌렸다.

"지금 나가서 사방을 찾아 헤매는 것보다는 차라리 서로 흩어지지 않고서 기다려보는 게 나을 듯하군요."

"부, 불 좀 빌려주시오."

정광현이 그의 말투처럼 두 손으로 문을 더듬어 만져보면서 말했고 강민우는 딱하다는 듯이 그가 하는 양을 지켜보고는 랜턴을 넘겨주었다. 정광현은 최정임에게 랜턴을 다시 쥐여주었다.

　"정임이 문 아, 앞에서부터 시작해서 사방 여, 열 걸음 안쪽을 사, 샅샅이 살펴봐."

　환한 대낮에도 지독한 근시인 정광현은 물건의 형태만을 간신히 알아볼 정도였는데 밤이 되니 거의 장님이나 다름없이 되어버린 것이다. 정광현은 최정임과 나란히 문가에서부터 땅바닥을 살펴나가기 시작했다.

　"뭐, 뭐가 보여?"

　"아무것도 없어요."

　"흐, 흔적도 없단 말인가? 따, 땅이 다른 곳과 다른 흐, 흔적이 없어?"

　"가만있어요. 여기…… 뭔가 있는데…… 잘 살펴볼게요."

　최정임이 구부리고 앉아 살피는 동안에 정광현은 서 있는 채로 아무 곳에나 시선을 던진 채 기다렸다. 뒤에 섰던 사람들은 안으로 대개는 들어갔고 강민우와 오종호가 문 앞에 우두커니 서서 그들을 지켜보았다. 강민우가 정광현의 등을 향하여 말했다.

"흔적이 어쨌다는 말입니까?"

최정임이 땅바닥을 살피고 나서 말했다.

"땅이 몇 군데 긁힌 거 같아요."

"그뿐인가?"

"네, 여기에만 그런 자국이 있고 딴 데는 없어요."

"그러니까…… 여기가……"

"문 바로 뒤쪽인데요."

정광현은 알겠다는 듯이 혼자서 고개를 끄덕이고는 최정임의 손을 잡았다.

"이젠…… 드, 들어가자구."

강민우가 랜턴을 달라고 하더니 그제서야 그 흔적을 살피는 것이었다.

"별게 아니군. 나뭇가지를 끌고 지난 듯한 자취로군요."

그는 일어서서 정광현의 뒤를 따라 안으로 들어섰고 기다리던 오종호가 문을 닫았다. 오종호가 문을 잠그려고 하자 강민우가 말렸다.

"잠그지 마시오."

"왜요?"

"영감님이 곧 돌아올지도 모릅니다."

그때에 정광현이 주춤 서더니 나직하게 중얼거렸다.

"그는 도, 돌아오지 않을 겁니다."

"그게 무슨 얘기요?"

"어쩌면…… 세번째의 사건이 이, 일어났을지도 모릅니다. 무, 문은 활짝 열려 있었고 화장실은 스무 걸음쯤 떨어진 사, 산장 뒤편에 있는데 벌써 우리가 깨어난 지 이십 분은 지났어요. 저는 그렇지 않아도 세번째의 사건은 꼭 일어나리라고 새, 생각했습니다."

"무슨 이유로 그렇게 믿었소?"

"곧 나, 날이 개면 계곡을 건너게 되, 될 테니까요. 사건이 마무리지어질 피, 필요가 있지 않겠습니까?"

하고 나서 정광현은 무슨 말을 하려는 듯해 보이다가 말을 끊었다.

일단 깨어난 사람들은 다시 잠들 수가 없었다. 그들은 제각기 자리로 돌아가서도 눕지 않았다. 오종호가 말했다.

"이 밤중에 어딜 갔을까?"

노준구도 말했다.

"거참 이상하군…… 누굴 만나러 나간 게 아닐까요? 이를테면 범인에게 뭔가 연락하기 위해서 말이죠."

나은경과 최정임도 제각기 한마디씩 하였다.

"혹시 혼자서 학동으로 내려간 게 아닐까요?"

"선생님…… 문이 덜컹대는 소리를 들으셨어요?"

정광현은 아무 말도 하지 않고 근시의 눈을 껌벅이며 희미한 램프 불만을 바라보았다. 강민우가 드디어 한참 만에 어떤 생각을 얻어냈다는 듯이 말을 꺼냈다.

"처음에 우리가 나갔을 제 열린 문이 바람에 불리어서 벽에 흔들흔들 부딪치고 있었지요. 그는 뭔가 비정상적인 감정 상태에서 밖으로 뛰쳐나간 게 아닐까요? 그는 최소한 자기 발로 문을 나갔을 겁니다. 왜냐하면 그에게 무슨 일이 일어났었다면, 곁에 자고 있는 우리가 못 알아챘을 리가 없으니까요. 그는 잠들지 않고 그 시간을 기다렸을지두 모르겠군요. 자기가 원하여 나가지 않는 한, 아무도 그를 해칠 목적으로 끌어낼 수는 없을 테니까. 지금 나가서 함께 찾아보는 게 어떨까요?"

정광현이 조용히 말했다.

"그의 시체를 차, 찾을지두 모르겠군요. 그러나 내일 아침에 바, 발견하는 것과 지금 찾아내는 것 사이에 벼, 별루 차이가 없는 것 같습니다. 그가 하, 학동으로 내려갔다면 돌아올 것이지만…… 글쎄요, 아직은 저 계곡을 호, 혼자서 건널 수가 없을 텐데요. 또한 주, 죽었다면 시체는 그대루 있을 테고 지금 우리는 검시를 할 아무런 전문적인 지식이나 기재도 없는 이상…… 이것은 먼저 가, 강민우 선생이 바, 밝힌 바 있습니다만, 여하튼 소동을 피울 피, 필요가 없겠군요. 저는 가, 강민우 선생과는 약간 견해를 달리합니다. 즉 그 노인에게 위협을 가하지 않고도, 끄, 끌어낼 수가 있습니다. 누군가 아는 얼굴이 조용하게 무슨 중대한 얘기를 해준다면 그를 무, 문밖으로 나가게 할 수가 있겠지요. 아마도…… 과, 관리인 영감님은 버, 범인을 알구 있었을지두 모릅니다. 그 버, 범인은 바로……"

하면서 정광현은 분노에 가득차서 사람들에게 손가락질을 하면서 외쳤다.

"다, 당신들입니다!"

"뭐라구!"

"그따위 얘기가 어딨어……"

사람들은 모두들 서로의 얼굴을 바라보면서 되뇌었다. 그들 중의 몇은 이미 이런 피로한 분위기를 견디지 못하거나 처리하기 위해 담요를 머리까지 푹 뒤집어쓰는 사람들도 있었다.

"두고 보십시오! 내가…… 그 자, 잔인하고 이기적이며, 지, 짐승 같은 사, 살인자를 꼭 찾아내겠습니다."

"너무 흥분하지 맙시다."

강민우가 다가서더니 정광현의 어깨를 잡아 흔들었다. 정광현은 강민우의 손을 잡았다.

"강선생, 나를 좀…… 도와주시오. 다, 당신과 내가 그 범인

124

을 찾아내야 합니다."

"염려 마세요. 제가 생각하기에는 뭔가 결론이 날 것만 같습
니다."

마지막날 아침, 7시 40분

이제 산장에 남은 나머지 여섯 사람들은 누가 먼저 제의를
하기도 전에 함께 밖으로 나갔다. 그들은 모두들 한결같이 긴
장해서 주위의 사물들을 마치 어둠을 바라보는 아이처럼 살피
는 것이었다. 바람과 나무와 돌이 어둠 속에서 독특한 형상과
목소리로 변하여 그 하나하나가 공포와 경악의 대상이 되는 것
과도 같았다. 그들은 서로 아무 말도 하지 않았다. 정광현은 새
벽에 잠이 깬 뒤부터 줄곧 잠들지 않고서 깊은 생각에 잠겨 있
었다. 그는 자기가 누구에게 혐의를 가진다는 따위의 말을 입
밖에 내지도 않았다. 그러나 그는 최정임에게 자기의 안경이
깨어진 것은 못내 유감이라고 거듭 말했다. 그는 자기에게도
천천히 위협이 다가오는 듯함을 느꼈던 것이다. 어쩌면 자기가
살인자의 바로 등뒤에까지 가까이 다가갔는지도 모른다고 그
는 생각했다. 살인자는 그제야 고개를 돌리고 곧 정광현을 공

격하게 될 것 같았다. 그는 젖빛처럼 뿌연 외계를 두리번거리면서 최정임의 손에 끌려서 주변을 찾아다녔다.

"저쪽입니다."

오종호가 외치는 소리가 들렸다. 노준구도 말했다.

"아…… 저 숲가에 서 있잖나?"

과연 암벽으로 나가는 계곡 쪽의 나무숲 초입에 무언가 생각에 잠긴 듯이 서 있는 관리인의 몸집이 바라보였다.

"서 있는 게 아닙니다. 매달려 있는 거예요."

강민우가 말했다.

"보세요, 그의 발끝이 잡초 사이에 떠 있지 않습니까?"

나은경은 땀을 흘리고 있었다. 노준구도 자꾸만 마른 입술을 핥았고 오종호는 침을 뱉었다.

"우리는 못 가겠소. 여러분이 살펴보고 오세요."

노준구가 쭈그리고 앉은 나은경의 옆에 털썩 주저앉으면서 말했다. 정광현이 최정임의 손을 더욱 죄어잡으면서 말했다.

"어때? 저, 정임이는……"

"괜찮아요. 저는 무섭지 않아요."

오히려 그를 잡아끌면서 최정임이 단호하게 말했다. 정광현은 정임이 곁에 바짝 붙어 서면서 재빨리 속삭였다.

"만일…… 내게 무슨 이, 일이 생기면 아마 낮 동안에는 벼,

126

별일이 없겠지만…… 밤에라도 내가 사고를 다, 당하면 혼자서 피하란 마, 말이야. 오늘도 개었으니 저녁때까지는 계곡의 무, 물이 많이 줄 거야. 저기 샘터를 지나면 계곡이 아주 조, 좁은 데가 있더군. 그리로 거, 건너가요."

"저는 아무데도 안 가요. 선생님 곁에 있을래요."

그들은 관리인 노인이 매달린 나무 아래로 다가섰다. 역시 노인은 목에 나일론 줄을 매고 나뭇가지에 매달려 있었다. 그 나무는 뒤편이 비교적 낮아 쉽게 나뭇가지를 잡을 수가 있었고 앞은 높았다. 목을 매려면 뒤에서 일단 나무에다 줄을 걸어 맨 다음에 목에 감고 앞으로 뛰어나갔을 것이다. 강민우가 뒤편에 기대서서 나무에 감겨진 끈을 풀기 시작했다. 그 노인의 시체는 차마 볼 수 없는 처참한 몰골이었다. 줄이 턱밑에 깊숙하게 파고들어갔으며 그 상처로 피가 나와 말라붙었다. 혀가 딱딱한 돌덩이처럼 둥글게 말려서 지끈 깨문 잇새에 물려 있었고 눈은 크게 홉뜬 채였다. 흔들거리던 시체는 줄이 풀려지자 아래로 털썩 떨어져내렸다.

고통으로 일그러진 노인의 안면에는 핏줄들이 곤두서 있었고, 울혈로 해서 안색은 푸른빛을 띠고 있었다. 강민우가 상처를 살피고 나서, 나무 밑동을 돌아보며 매달려 있던 위치를 가늠해보았다. 강민우가 담배 한 대를 피워 물었다.

"역시…… 자살입니다. 이 영감님은 뭔가 고뇌로 시달린 거예요. 밤에 잠들지 못하고 엎치락뒤치락하다가 뛰쳐나왔습니다. 스스로 결정을 내렸겠지요. 그러고는 여기서 목을 맨 것입니다."

정광현은 시체는 거들떠보지도 않았다. 그가 무덤덤하게 중얼거렸다.

"겨, 결정을 내리다뇨…… 무슨 결정입니까. 저 노인 자살할 이유가 무, 무엇일까요?"

"이건 어쩌면 최후로 나은경씨가 그 열쇠를 쥐고 있을지두 모릅니다. 최초의 사건에서 노인과 나은경씨는 서로 쌍방이 목격자일 가능성이 있지요. 말하자면 두 사람씩이나 별 까닭 없이 해치게 된 노인은 인간적인 죄책감에서 벗어날 수가 없었을 겁니다. 조남진씨를 살해한 것은 틀림없이 노인이었습니다."

"도, 동기 없는 살인을 하기엔 그는 너무나 저, 정상적인 사람이었습니다."

"그렇습니다. 동기는 충분하죠. 나는 노인의 과거에 대해서 약간은 알구 있는 사람입니다. 그는 호남의 알려지지 않은 대지주 집안에서 자라났고, 젊었을 적에는 일본에서 살기도 했다는 것입니다. 방탕하고 미친듯이 낭비하는 생활로 청년기를 보낸 뒤에 뒤늦게 결혼을 했지요. 첫번째 아내는 현재 서울에 거주하는 삼 남매를 낳고서 복막염으로 죽었습니다. 그가 몰락한 가산을 정리하여 서울로 올라와서 음식점을 경영하던 무렵에 그는 문제의 여자와 만나게 되었던 것입니다. 노인은 가끔 그 젊은 아내의 얘기를 할 때면 회한 때문에 눈이 젖고는 했습니다. 좌우간에 어떻게 되어서 그의 아내가 밖으로 나돌기 시작했는지는 모르지만 아르바이트 홀을 드나들었답니다. 거기서 어떤 남자들을 알게 되었는데, 상투적으로 유부녀를 위협하고 금품을 우려내는 공갈단 같은 놈들이었지요. 여자가 노인 모르게 통장을 내가기도 했고 수입금을 들고 나가서 전달해주기도 했답니다. 아시겠지만 이런 종류의 협박을 해서 돈을 뜯는 자들은 한 번쯤 기십만원의 돈을 받았다고 해서 곧 그것으로 끝내주지는 않습니다. 계속 더욱 많이, 더욱 자주, 여러 가지를 요구해오며, 나아가서는 자기 혼자로 마감하지 않고서 제 동료에게 인계를 하지요. 하여튼 종당에 젊은 아내의 시체가 어느 서울 근교의 소도시 싸구려 여인숙에서 발견되었지요. 그 무렵에 이런 종류의 범죄를 단속하던 경찰에 의해서 공갈단들이 검거되고 여죄가 속속 드러나기 시작했던 것입니다. 드디어 그 여자는 증인으로 소환되었고 신문과 주간지에 내막이 소상하게 보도된 것이었습니다. 노인은 처음에는 격노했겠지요. 그는 아내를 받아들이려 하질 않았던 것입니다. 그 이후로 노인은 회한에 시달려왔던 것이고, 장성한 자식들에게서도 외면당했습니다. 그는 몇 달 뒤에 제 아내를 최초로 유혹했던 젊은 운전사와 언쟁중에 계단에서 밀어버렸고, 그 이유로 노인은 삼 년 이상을 감옥에서 보냈습니다. 그뒤 청운산장으로 숨어버린 노인의 생활은 바로 감옥에서의 회한과 고독의 연장이었겠지요. 나는 몇 차례에 걸쳐서 마치 끊어진 낡은 영화를 보듯이, 그의 얘기를 통해서 이런 사실을 알았습니다. 그러면 이런 과거가 어째서 동기가 될 것인지 얘기해봅시다."

"그래…… 노인의 과거가 무슨 도, 동기가 되겠습니까?"

정광현이 묻자, 강민우는 잠시 말을 끊고 손가락을 세워 흔들어 보였다.

"이게 보입니까?"

"하하, 무, 물론 보입니다."

"그러면……"

하고 나서 강민우는 주위를 둘러보다가 멀찍이 떨어져서 서 있는 최정임 쪽을 가리켰다.

"저기 누가 서 있는지 보여요?"

"여자로군요. 최, 최양이겠죠. 그러나 얼굴을 부, 분간할 수 없습니다."

"시력이 영 점 일쯤 되겠군요."

"아, 아뇨. 그 이합니다. 허, 헌데 왜 그런 걸 무, 물으십니까?"

"아무것두 아닙니다. 조남진은 여자 때문에 살해된 것 같습니다. 그의 평소 버릇으로 보아서…… 이런 상상을 해보았습니다. 어떻던가요? 저 나은경이라는 여자 말입니다."

"미인이죠."

"청순하고 고상한 부인이지요. 그 시간에 부인은 먼저 샘터로 내려갔다. 마침 관리인 노인과 얘기하고 섰던 조남진이 추잡한 농담을 하면서 뒤따라 내려간다. 그때에 혼자 남았던 노인은 뭔가 무서운 과거에 사로잡히고 격정적인 감정이 되어 뒤를 쫓는다. 마침 그가 도착했을 때에 조남진이 나은경씨를 덮치려는 순간이다. 노인은 돌을 들어 때린다. 부인은 놀란 김에 산장으로 달아난다. 노인이 쫓아가서 사정을 한다. 나은경은 우선 이 사실을 덮어두고 말려들어가지 않으려 한다. 그러나 두번째 일이 있고부터 노인은 나은경에게 공범이라고 몰아세우며 협박한다."

강민우가 말하는 동안 정광현은 무표정한 채 주의깊게 듣고 있었다.

"재미있는 사, 상상입니다. 그러나 석연치 않은 점이 있어요. 노인의 시, 심정은 그럴듯하겠지만, 아무래도 나은경씨가 이해가 아, 안 됩니다. 노인이 사정을 해, 했다 치더라도 거기에 도, 동조할 이유가 없지요. 설사 그때는 두려워서 그랬을지 모, 몰라도 우리들에게 귀, 귀띔은 해줄 수가 있었겠죠."

"나두 그 점은 석연치 않으나 분명히, 이런 사건이었던 것 같아요."

"저렇게 버, 범인은 자살을 해버렸군요."

그때에 최정임이 다가왔다. 강민우는 말을 끊었다.

"선생님, 전부들 돌아가자는데요."

"가, 가만있어. 시체는 어쩌시렵니까?"

강민우는 시체를 흘깃 내려다보았다.

"우리로서는 그냥 방치해두는 것뿐이죠. 조남진씨의 시체와 함께 경찰이 와서 처리하겠지요."

그들이 숲가를 떠나기 전에 정광현은 제 손을 잡아주려고 손을 내민 최정임에게 속삭였다.

"저, 정임아…… 시체를 사, 살펴볼 수 있나?"

"제가요?"

"응, 꼭 보, 보아야 해. 어디냐 하면 모, 목에 줄이 가, 감긴 띠를 보구 와요."

최정임이 되돌아가 얼굴을 찡그리며 시체의 턱밑을 들여다보았다. 홉뜬 눈과 빼문 혓바닥이며 이빨을 보고서 최정임은 견디지 못해서 얼굴을 가리며 돌아섰다. 정광현이 팔을 내밀었고, 최정임은 뛰어와서 안겼다.

"지, 진정해요. 주, 죽으면 다 그런 거야."

"뭡니까?"

강민우가 돌아서서 그들을 내려다보았다. 최정임은 몇 번 구역질을 하더니 땅에다 토해냈다. 정광현은 시체 턱밑의 상처에 관해서 묻는 것을 잠깐 참았다.

"뭐죠……"

강민우가 다시 물어왔다. 최정임은 아무 말이 없었고, 정광현이 대신 대답했다.

"아…… 저, 정임이가 시체를 자세히 보구 오겠다더니……"

강민우의 표정이 날카로워졌다. 그는 혼자서 씩 웃고 나서 중얼거렸다.

"정선생, 안경을 깨더니 반소경이 되셨구만."

정광현은 못 들은 체했다. 그들은 샘터와 숲으로 갈리는 언덕을 향해 올라갔다. 강민우의 걸음이 빨라져 성큼성큼 앞장서서 멀찍이 걷자, 정광현은 그제야 최정임에게 속삭여 물었다.

"어때? 터, 턱밑에 줄이 파인 사, 상흔이 한 군데뿐이던가…… 아니면 다른 사, 상처가 있었어?"

"자세히 봤는데 틀림없이 상처가 두 군데였어요. 마치 그림 그릴 적에 잘못 그린 선을 지우개로 지운 것처럼요. 목젖 아래에서 목 뒤로 깊은 상처가 있었는데 살이 파일 정도는 아니었구요. 그담에 턱 바로 밑에서 양쪽 턱뼈 밑까지 줄이 살 속 깊이 박혀서 피가 흘러나와 있었어요."

정광현은 잡고 있던 최정임의 손에 힘을 주었다.

"내 그, 그럴 줄 알았어. 노인은 사, 살해된 뒤에 자살한 것으로 위장되었어."

"자살이 아니라구요?"

"처음 모, 목젖 아래서 목둘레로 생긴 바, 밧줄 자국은 그히, 힘이 가해진 위치로 보아서 바로 뒤에서 쥔 거야. 나중의 상처가 턱밑과 턱뼈에 생겼으니, 이게 바로 자살하는 자의 상처겠지. 즉 힘의 원점은 머리 위에 있는 거야. 즉, 중력 때문에 제 몸무게로써 죽는 거지. 그러나 무, 문제는 바로 처, 첫번째 상처란 말야. 그가 수평으로 모, 목을 매달지 않는 한 생기지 않을 흐, 흔적이거든. 누군가 뒤에서 다, 달려들어 질식시킨 다음에 모, 목을 매어 달아 올린 게 트, 틀림없어."

최정임은 돌에 걸려서 비틀거리는 정광현을 부축하면서 말했다.

"선생님, 괜찮겠어요? 혼자서는 아무래두 위험해요. 제가

134

옆에 꼭 붙어 있을게요. 선생님 눈 대신 말예요."

"내게두 새, 생각이 있어. 희련이를 차, 찾거나…… 버, 범인을 알아낼 때까지…… 겨, 경찰이 오기 전까진 우리 둘이서 버텨야 해."

그들은 노준구 부부와 오종호가 기다리는 언덕으로 올라갔다. 강민우는 나은경의 곁으로 다가서서 낮게 중얼거렸다.

"우리에게 뭔가 숨기는 사실이 있는 모양인데, 얘기를 해주셔야겠소."

나은경은 가까이 온 정광현을 향해 말했다.

"무슨 얘기를 하라는 거죠?"

"우리는 다 알고 있습니다. 당신과 노인은 공범이었죠?"

강민우가 재빨리 속삭이자 나은경은 당황하면서 그들을 밀어냈다.

"다 말씀……드릴게요. 강선생님과 정선생님께 모두 말씀드릴 테니…… 제 남편이 모르게만 해주세요."

"뭐 새로운 사실이라도 밝혀졌습니까?"

노준구가 제 아내와 소곤대는 것이 못마땅했는지 그들에게로 다가왔다. 강민우는 정에게 눈을 껌벅여 보이고는 시치미를 뗐다.

"아니오. 나은경씨가 유일한 목격자일지도 몰라서 묻고 있습니다. 아마도 범인은 노인이었던 게 틀림없으니까요. 우리가 잠깐 당신의 부인과 은밀하게 얘기하는 것을 허용해주시겠습니까?"

노준구는 잠깐 눈을 껌벅이면서 나은경을 바라보았다.

"당신 괜찮겠소?"

"염려 마세요. 제가 나중에 다 말씀드릴게요."

강민우와 정광현과 나은경은 청운산장의 이층으로 올라갔다.

쨍쨍한 햇빛이 구름을 헤치고 솟아나왔고 멀리 아래쪽 들판에는 투명한 햇살과 산 그림자가 대조적으로 드리워져 있었다. 계곡의 물은 눈에 뜨이게 줄어드는 중이었다.

강민우가 창문을 열고 창턱에 걸터앉으면서 말했다.

"어서 말씀해주시죠. 첫날 당신의 뒤를 조남진씨가 따라 내려갔죠?"

나은경은 제 얼굴을 감싸고 있다가 고개를 들었다.

"저는 샘터에 물을 뜨러 내려갔었어요. 처음에는 아무 눈치도 못 챘어요. 물을 뜨는데 뒤에서 발짝 소리가 들렸어요. 뒤를 돌아다보니 어둠 속에 그 조남진이란 사람이 서 있더군요."

그때에 정광현이 그 여자의 말을 끊으면서 말했다.

"자, 잠깐…… 가, 강선생과 내가 이렇게 조용히 자리를 마련한 것은 하, 한 가지 이유가 있어서입니다. 부인께선 소, 속이지 말고 얘기해주시오. 나은경씨는 그전부터 조남진씨를 아, 알고 계신 게 아니었나요?"

"아니에요……"

"거짓말하지 마십시오. 아무리 술에 취했다고 해서 남편이 있는 부인을 뒤쫓아가 희롱하기는 어려운 일입니다. 조남진씨는 나은경씨에 대하여 일종의 자신감이 있었을 겁니다."

강민우는 놓치지 않고 의문점을 날카롭게 파고들었다. 나은경은 긴 한숨을 몰아쉬고 나서 고개를 끄덕였다.

"네…… 그이를 알게 된 것은 남편이 미국에 가 있던 지난해의 봄이었죠. 예전 직장 동료의 소개로 인사를 하고 나서 몇 번 만났어요. 저는 물론 노준구씨의 아내라는 걸 숨겼지요. 그는 제가 미혼인 줄 알았대요. 저는 그때에 무척 외로웠어요. 시집에서도 나와 있었으니까요. 그런데…… 주인어른이 귀국하게 되어서 그제서야 저는 남편이 있는 여자임을 알렸지요. 그는 제게 치근거렸고 밤중에 전화를 걸어오기도 해서 제 신경을 건드렸습니다. 아시겠지요……?"

나은경은 갑자기 정광현의 팔을 잡아 흔들면서 애타게 말했다.

"그이네 집안은 아주 보수적이에요. 만약에 제 부정이 알려지면 저는 틀림없이 이혼당할 거예요. 저는 처녀 시절에 가난으로 많은 고통을 당했고 지금 생각만 해도 지겨울 정도예요. 저는 제 행복을 빼앗기고프지 않았어요."

정광현은 슬그머니 제 팔을 나은경에게서 빼냈다.

"여, 염려 마십시오. 사건이 이, 일어나던 날 바, 밤의 얘기나 해주시죠."

"나중에 경찰에게 증언하실 때…… 이런 얘기는 하지 말아주세요. 제발 부탁이에요."

"조, 좋습니다. 당신도 남편에게 그런 얘기는 하실 피, 필요가 없을 겁니다."

"조남진씨는 산장에서 우연히 저를 만나자마자 틈을 노리고 있었어요. 그는 샘터에서 저를 껴안았어요. 저는 그를 밀쳐냈지요. 조남진씨는 빈정거리더군요. 차마 입에도 담지 못할 음탕한 말로 저를 희롱했어요. 자기 말 한마디면 나는 끝장난다는 것이었어요. 그는 저를 숲속으로 끌고 들어가 욕심을 채우려는 것이었어요. 사실…… 그전에 우리는 여러 번 함께 잤으니까요. 그 사람과 붙잡고 막 옥신각신하는 중인데 갑자기 사람의 인기척이 보인 듯했어요. 나도 몰랐죠. 둔한 소리가 들리고 나서 그가 축 늘어졌고 나는 그를 옆으로 밀어냈지요. 나는 벌떡 일어나서 산장으로 뛰어올라왔어요. 그때에 관리인 영감이 무섭게 성난 얼굴로 그에게 달려드는 것만 보았을 뿐이에요. 제가 산장에 들어와 이층에 올라가니까 남편은 거실로 갔는지 아무도 없었어요. 담요를 쓰고 떨며 누웠을 때 문이 열리면서 노인이 나타나더군요. 그는 말했죠. 조남진을 죽여버리고 말았다는 거예요. 나더러 이젠 걱정하지 말라고 그러더군요. 나는 아무 대답도 하지 못하다가 꼭 한마디를 했어요. 조남진 씨의 죽음에 저를 관련시키지 말라구요. 그랬더니 노인은 이왕 이렇게 되어버렸으니 우리들은 어쩔 수 없이 공범이다, 그러니 자기가 시키는 대로만 대답하라면서 몇 가지 요령을 가르쳐주더군요. 저는 몹시 두렵고 고통스러웠지요. 무엇보다도 남편에게 과거를 숨기는 일이 못 견딜 정도였지요. 두번째 사건, 즉 김희련씨가 실종되었을 때엔 저도 모르고 있었어요. 다만 우리들이 김양을 찾으러 몰려나갈 적에 제 곁에 다가와 속삭이더군요. 자기의 피 묻은 셔츠가 발견되어서 어쩔 수 없이 밀어버렸다구요. 저는 몇 번이나 얘기를 꺼내려고 망설였지요. 그렇지만 나는 더욱 노인의 범행이 나 때문에 저질러졌다는 것을 알고 괴로웠어요. 어제저녁에 내가 홀에 나가서 밖을 내다보는데 노인이 몹시 슬픈 얼굴을 하고서 내게 말을 걸었어요. 자기 때문에 내가 괴로워하는 것을 못 보겠다고요. 나는 말했죠. 경찰이 오면 나는 사실대로 말할 수밖에 없다구요. 그는 고개를 끄덕였어요. 남편에게는 아무 말을 하지 않아도 될 거라고 그러더군요. 그는 눈물을 흘렸어요. 내가 노인의 손을 잡아주었지요. 지금 생각해보면 영감님은 마치 어린애처럼 순결한 분이에요. 그런 일을 저지른 것은 아마도 자기가 겪은 과거에 대한 분노 때문에 일으킨 발작일 거예요. 그분이 정상인이었다고는 생각되지 않아요. 그런 분을 내가 어떻게 범인이라고 밝혀내어 몰아세울 수가 있겠어요? 선생님들, 제발 부탁이에요. 조남진씨와 내가 예전에 알았다는 것은 빼주세요. 선량한 그분께 배반감을 안겨주고 싶지는 않아요."

정광현은 팔짱을 끼고 묵묵히 고개를 숙인 채 나은경의 얘기를 듣고 있었다.

강민우가 말했다.

"조남진씨와의 관계를 빼놓으면 사건의 알맹이가 빠져버립니다. 조씨가 부인에게 그런 행위를 할 근거가 없어지게 되거든요. 다만 그가 술에 취해 있었으니까 우리 두 사람이 나중에 유리한 증언을 할 수는 있지요. 조남진이 취해서 부인에게 몇번 추근거리는 것을 보았다든지 하는 식으로 말이지요."

"부탁이에요!"

정광현이 고개를 들었다.

"그, 글쎄요…… 우리가 유리한 즈, 증언을 한다고 해도 이 사건은 애매해지는군요. 버, 범인인 노인이 주, 죽어버렸으니까요. 사실 지금 가장 무, 문제가 되는 것은 노인의 주, 죽음입니다."

강민우가 말했다.

"노인은 착란 속에서 자살했던 것입니다."

정광현은 창백해진 얼굴로 강민우를 바라보았다.

"내가 겨, 경찰은 아닙니다만 노인의 자살은 좀…… 납득이 안 갑니다. 그는 유서 하, 한 장 남기지 않았구 또…… 모, 목을 맨 위치도 좀 불안정하거든요."

정광현은 그렇게 말하고서 말을 끊었다. 강민우는 미간을 찌푸리고 무언가 생각중이었고 나은경은 두 손으로 얼굴을 감싸고 있었다. 정광현의 생각으로는 땅의 비탈은 나무 뒤편에 있고 노인이 목을 맨 가지는 앞쪽에 삐죽이 솟아나와 있었는데 앞에다 줄을 매고 뒤편 비탈에서 앞으로 뛰어나가려면 목에 맨 줄이 길어야 할 것이었다. 그러나 노인은 발이 잡초의 키에 닿을 만큼 허공에 달랑 매달려 있었던 것이다. 뿐만 아니라 아무리 질식이 쾌감을 동반한다 할지라도 그것은 본능적으로 삶을 완전히 포기한 연후에야 가능한 일이었다. 포기한다는 것은 전혀 발에 닿을 물체가 없어야 할 것이다. 닿는다면 자기도 모르게 죽을 생각을 수정하고 올가미를 벗을 것이었다. 그러나 노인이 매달렸던 위치라면 뒤로 발을 버둥거린다면 비탈에 닿을 수가 있었다. 정광현이 노인의 자살을 의심했던 것은 그런 이유 때문이었고 최정임을 시켜서 목의 상처를 살피게 했던 것이다. 전혀 틀린 방향에서 목의 다른 상처가 발견되었다. 목젖 아래편에서 뒷덜미로 지나간 상처는 무엇을 의미하는가. 즉 힘의 근원이 바로 등뒤에서 수평으로 가해졌다는 뜻이다. 따라서 누군가 그를 습격하여 목을 조른 다음에 나무에 달아매지 않았을까 하는 생각이었다. 강민우가 나은경의 눈치를 살피더니 정광현의 귓전에 대고 속삭였다.

"처음부터 나두 의심을 하고 있었습니다. 아직 밝힐 필요는 없고 둘이서 시체를 다시 한번 세밀하게 검사해봅시다. 이따가 오후에 내려가시지 않겠어요?"

정광현은 고개를 끄덕였다. 아래층에서 쿵쾅거리는 발소리가 들리더니 노준구가 뛰어올라왔다.

"아니 도대체 뭣들을 하는 거요?"

"아…… 미안합니다. 실은 부인께서 노인이 살해하던 것을 목격했다는 겁니다. 범인은 관리인이었나봐요."

라고 강민우가 재빨리 말하고 나서 정광현을 돌아보며 물었다.

"그렇죠?"

"네…… 그랬습니다."

두 사람은 거실로 내려갔다. 멍한 눈으로 그들과 아내를 번

갈아 바라보던 노준구가 시선으로 아내에게 묻자 그 여자는 간신히 그의 가슴에 기대면서 울먹였다.

"무서워서 아무 말도 못하고 있었어요."

"여보…… 다행이야, 정말 다행이로군."

그들 여섯 사람 앞에서 이야기는 다시 거듭되었고 사람들은 그제야 안도의 한숨과 함께 새삼 나은경을 감싸주었다. 오종호가 경찰을 부르러 가려고 계곡을 건너기를 시도했으나 아직 위험이 완전히 가신 것은 아니었다. 그는 한번 미끄러졌다가 간신히 일어나서는 돌아서버렸던 것이다.

오후에 사람들은 함께 식사를 하고 나서 오랜만에 폭포 주변으로 나가 산책을 했다. 사람들은 되도록이면 이 끔찍했던 지난 며칠 동안의 기억을 떨쳐버리려고 애를 쓰는 것 같았다. 정광현이 카메라를 꺼내려고 산장으로 돌아가는데 뒤에서 강민우가 따라왔다.

"아까는 내가 잘못 생각했어요. 아무래두 나은경이란 여자는 뭔가 우리에게 아직 숨기는 사실이 있는 것 같단 말입니다. 내려가서 다시 한번 살펴봅시다."

"그, 그러죠. 가, 강선생은 의사니까 저보다 훨씬 상세하게 바, 밝혀낼 겁니다."

정광현이 앞서서 내려갔고 강민우가 그 뒤를 따라서 갔다.

그들이 숲에 도착했을 때에 앞장섰던 정광현은 시체를 찾아낼 수가 없었다. 이곳저곳이 모두 비슷해 보여서 어느 나무가 시체가 매달렸던 곳인지 분간을 할 수가 없었다. 정광현이 가까스로 그 나무를 찾아냈을 때 있어야 할 시체가 어디로 갔는지 보이질 않았다.

"어, 없는데요……"

"여기가 분명하던가요?"

강민우는 주위를 다시 한번 둘러보고 나서 고개를 흔들었다.

"없어졌군요. 보시오, 끌린 자국이 있군요. 누군가가 시체를 감췄습니다."

"아마…… 자살을 위장하려던 지, 짓이 타, 탄로나게 되니까 아예 시체를 가, 감춘 모양입니다. 내 의견이 맞을 것 가, 같아요."

강민우가 문득 생각이 났다는 듯 아, 하며 소리를 질렀다.

"시체를 감췄다면 생각나는 장소가 한 군데 있습니다. 여기서 제일 가깝고 으슥한 곳이죠!"

정광현은 중얼거렸다.

"굴이로군."

"맞았어요."

정광현이 무슨 생각을 했는지 강민우를 향하여 크게 뜬 눈을 고정시켰다.

"가, 강선생, 이제야 아, 알았습니다. 다, 당신이군요."

강민우가 턱을 치켜들고 길게 웃었다.

"어처구니없는 말이로군요."

하면서 그는 한 걸음 두 걸음 정광현에게로 다가섰고 정광현은
뒷걸음질을 쳤다.

"나, 나를 구, 굴에 데리구 갈려구 하는군요."

강민우의 창백한 얼굴에 살기가 떠올랐다. 그의 얇은 입술은
일그러졌고, 미간이 좁은 날카로운 눈은 번쩍이고 있었다. 강
민우가 와락 달려들어 한 팔로 정광현의 목을 끼면서 날이 넓
적한 등산 나이프를 꺼내어 옆구리에 갖다댔다.

"자, 소란을 피우면 찌르겠소. 앞으로 걸어요."

정광현은 몸을 빼낼 엄두도 못 내고 걷기 시작했다. 그의 귓
전에서 강민우가 속삭였다.

"정광현씨, 시간을 뛰어넘는 의미를 아시겠소? 나는 지금의
내가 겨우 이루어놓은 생활을 마음속 깊이 증오하고 있어요."

정광현은 침착하게 중얼거렸다.

"나은경씨가 어, 얼마 준다구 그랬습니까?"

"글쎄, 그거야 나두 알 수 없는 일이오. 나는 서울에 가자마
자 내가 나가던 병원을 사직할 셈이니까. 그리고 곧 내 병원을

개업할 생각이오. 아마 내가 세월을 묵묵히 견디며 그런 것을 이루어내려면 최소한 앞으로 십 년 가까이 걸리겠지…… 정 선생, 나는 고생을 너무나 많이 한 사람이오. 그러나 여지껏 나는 어떠한 경쟁에서도 이겼소. 지금도 역시 마찬가지요."

"다, 당신은 질 거요."

"잔소리 말아. 자, 빨리 걸어요."

"다, 당신이 나은경씨에게 가담한 것은 기, 김희련이 시, 실종된 직후가 되겠군."

"나는 이미 그전에 나은경이가 범인이라는 확증을 잡았소."

"나를 어, 어떻게 할 작정입니까?"

강민우는 늦춰진 정광현의 걸음을 재촉하는 듯 칼끝으로 그를 밀어냈다.

"너무 염려 마시오. 우리가 제일 두려워한 것이 바로 눈뜬장님인 당신이니까. 나은경씨는 당신의 입이 잠잠해지기를 원하고 있으니까."

그들은 굴 어귀에 이르렀다.

"자, 정광현씨, 들어가시지."

머뭇거리는 정광현의 등을 강민우는 호되게 떠밀었고 정은 돌에 걸려 넘어지면서 안쪽으로 쓰러졌다.

강민우가 굴 입구를 막아서서 얘기를 계속했다.

"나는 처음에 나은경이 밖에서 무언가 보았다며 소리를 질렀을 때에 그 여자가 범인이 아닌가 생각했지. 더구나 관리인 노인까지 무언가 봤다구 외쳤단 말이야. 당신이 내 추리를 훨씬 완전하게 해주었지. 김희련이 실종되고 나서 나는 저녁때에 아무 눈치도 못 채게 나은경을 밖으로 불러냈지. 다짜고짜로 당신의 여름 스웨터를 계곡 속에서 건져냈다고 말했지. 아니라구 딱 잡아떼더군. 그래서 나는 당신을 도와주려구 그랬는데 아니라니 하는 수 없이 여러 사람들에게 알리는 수밖에 없다며 돌아섰어. 한데 이 여자가 내 소매를 잡고 늘어진단 말야. 그러더니 고개를 떨구고 사정을 하는 게야. 사건은 이렇게 된 게지. 아까 그 여자가 이야기한 사실 등의 거의 대부분은 맞는 얘기였어. 나은경이 샘터로 내려가고 조남진이 따라 내려가서 말을 듣지 않으면 네 남편에게 모든 것을 밝혀버리겠다고 협박했다, 여자는 말을 듣겠다고 굴복을 했다, 조남진이 갈증으로 물을 마시려고 상체를 꾸부렸을 때에 나은경은 발작적으로 조남진의 머리를 돌로 내리쳤다, 조남진이 쓰러지면서 버둥거리자 이번에는 그의 등산 칼을 빼어 아무데나 마구 찔러버렸지. 바로 그때에 인기척이 느껴져서 뒤를 돌아보니 관리인 노인이 서 있었지. 그 여자를 희롱할 때부터 그는 거기서 보았던 게야. 나은경은 부들부들 떨면서 서 있는데 노인이 다가와서 염려 말라고 그랬거든. 그는 아마 나은경이 그러지 않았다면 자기가 먼저 저질렀을걸. 그의 아내에 대한 회한과 추억이 나은경의 범행에 가담하도록 만들었어."

정광현이 굴 입구에 주저앉은 채 그를 올려다보며 물었다.

"다, 당신이 가담한 것은 무, 무엇 때문인데?"

"그야 물론 내…… 미래 때문이지. 알겠나. 여기 있는 사람들 중에 나은경과 나는 흡사한 스타일이란 말야. 우리에게는 환상이란 없지. 이봐, 필요는 성공의 어머니란 말야. 우리는 거북이처럼 침착하고 뱀처럼 냉정하거든. 얘기를 계속하지. 김희련을 밀어낸 것은 역시 나은경이야. 당신의 추리는 언제나 옳았소. 헌데…… 너무 인간적이었지. 나은경은 돌 틈에 걸려서 흐느적대는 제 옷자락을 본 거야. 그걸 건지려는데 풀숲을 헤치는 소리가 들렸지. 그 여자는 숨어 있었어. 김희련이 발견했지. 그래서 나은경은 숲에서 뛰어나오며 떠민 거야. 나는 이 모든 사실을 알고 나서 나은경과 흥정을 했어. 타협은 십 분 만에 이루어졌어. 나는 그때부터 당신의 추리를 분쇄하고 나은경의 무혐의를 완벽하게 만들어낼 의무가 있었지. 나는 나은경을 설득했어. 관리인이 살아 있는 한 평생 동안 위험은 떠나지 않을 게라구 말야. 왜냐하면 노인은 산장에서 끊임없이 많은 사람들을 만날 뿐만 아니라 격정적인 데가 있는 성격이거든. 언제 떠

148

벌리게 될지 모르는 일이란 말야. 우리는 간밤에 자지 않고 기다렸다가 내가 먼저 나가서 문 뒤에 숨어서 기다리고 나은경을 시켜서 밖으로 불러냈지. 자일로 목을 걸었네. 나도 마음이 편안한 것은 아니야. 갈피를 잡을 수 없이 고통스러워. 이제 내 인생은 뒤죽박죽이 되었어."

정광현은 초조하게 중얼거렸다.

"나를 어, 어쩔려나?"

"응, 좀 기다려. 곧 죽여줄 테니까."

"내가 어, 없어진다고 두 사람이 아, 안전하진 않을걸."

정광현은 굴 입구에 주저앉아 강민우를 올려다보며 말했다. 정은 바깥을 살펴보았으나 안경도 없는 지금 같은 시력으로는 얼마 못 가서 강의 손에 잡힐 것을 알았다. 강민우가 말했다.

"당신은 여러 사람들에 대한 증인감이었단 말야. 아까는 참으로 고마웠어. 자넬 없애서 아무 눈에도 뜨이지 않게 한다면, 글쎄…… 우리가 의심받을 이유도 없다 그거지. 우리는 김희련과 당신과 최정임의 그 묘한 관계를 좀 과장해서 말할 테니까."

그때 입구에 앉았던 정광현이 가는 흙을 한줌 집어서 강의 안면에 던졌고 정광현은 더듬거리면서 굴 안쪽의 어둠 속에 몸을 감추었다. 강민우는 눈을 비비고 나서 굴 안에다 대고 크게 외쳤다.

"정광현, 이리 나와. 거건 꽉 막힌 곳이야."

어둠 속에서는 아무 대답도 들리지 않았다. 강민우는 칼을 곧추세워 쥐고 허리를 구부정히 하고서 안으로 들어갔다. 한 십여 미터 되는 굴 안쪽은 캄캄했다. 강민우는 벽을 이리저리 더듬거리며 들어갔다.

"너는 독 안의 쥐야. 잘됐군. 여기서 죽여가지고 묻어주지."

정광현은 이제 강민우와 공평한 조건이라고 생각하니 승패는 반반이었다. 그는 안쪽의 우묵한 벽에 붙어 서 있었는데 안쪽에서는 큰 입구의 뿌연 빛으로 해서 강민우의 검은 자취가 희미하게 보였다. 안쪽을 빼앗겨서는 불리할 것 같았다.

정광현은 돌을 주워서 두 손에 움켜쥐고 그가 바싹 다가오기만 기다렸다.

강민우의 헉헉거리는 숨소리가 바로 곁에서 들려왔다.

"정광현씨…… 바로 요 근처에 있는 모양인데 사실 나는 당신을 일찍 죽여버리기가 미안하거든. 허지만 우리에겐 시간이 없단 말야. 저녁 무렵까진 계곡의 물이 알맞추 빠질 게야."

정광현은 목소리 쪽의 방향을 짐작해서 돌을 쳐들었다가 힘껏 내리쳤다.

강민우의 몸에 맞는 듯한 둔탁한 소리가 들리면서, 어이쿠!

하는 부르짖음이 들렸다. 정광현은 벽을 따라 더듬으면서 재빨리 더욱 안쪽으로 옮겼다. 강은 어디를 맞았는지 아무 말이 없었다. 그도 말을 하거나 소리를 내면 불리하다는 것을 알아챈 모양이었다. 무엇이라고 말을 하는 대신 강민우는 잠깐 기다리며 위치를 가늠하는 모양이었다.

그때, 어둠 속에서 반짝하는 빛이 생겨났고 성냥개비에 불이 붙었다. 성냥을 켜든 강민우의 살기에 찬 얼굴이 망령처럼 어둠 가운데 떠올랐다.

강민우의 웃음소리가 굴 안에 크게 울려퍼졌다. 그가 또다시 불을 밝히려는 찰나에 정광현은 필사적으로 강의 다리를 껴안고 넘어졌다. 강은 아직 자유스러운 칼 쥔 손을 들어 정광현을 찔렀다. 다리에 칼을 맞은 정광현은 강민우의 칼 쥔 손목을 겨우 움켜잡았다.

밖에서 인기척 소리가 들렸다.

"선생님…… 여기 계세요?"

최정임의 다급한 목소리가 들리자 강민우는 주춤하면서 힘쓰기를 그쳤고 그사이에 정광현이 온몸으로 강을 뿌리치며 바깥쪽으로 뛰어나왔다.

최정임과 경관 두 사람이 서 있었다.

"선생님, 희련이 시체가 아래에서 발견되었대요."

심판의 집 151

정광현은 최정임의 팔에 안기며 중얼거렸다.

"저 안에…… 고, 공범입니다."

경관들은 별로 서두르지도 않고 굴 안에다 대고 외치는 것이었다.

"달아날 데가 없어, 순순히 나와."

(1975)

가객歌客

1

강 건너편에는 큰 저자가 있었다.

새벽에 잉어의 옆구리 같은 반짝이는 빛 조각들을 가르고, 짐을 가득 실은 나룻배들이 강을 거슬러오는 것이었다.

마을의 부옇게 밝아오는 하늘 위로 날개도 없이 구불대며 기어오른 머리카락 모양의 연기들이 흐느적거리며 흩어지는데, 나룻배가 물위로 흘러가는 것이나 뱃전에서 노질하는 사공이나가 한가지로 서서히 갈라지는 새벽의 회색빛 허공 속에서 차츰차츰 드러나는 게 아닌가. 잠 깬 가축들의 웅얼거리는 울음이나, 아이들이 부신 눈을 열고 서로 불러대는 소리나, 성문 옆

탑루에서 때리는 동종銅鐘 소리나, 풀무간의 쇠망치 소리나, 하여간에 새벽마다 이 모든 소리들이 강 건너편에서 들려올 적에는, 심지어 수백 년을 묵어온 음산하고 흉흉한 묘지와 성곽에도 생명이 다시 깃들일 것만 같았다.

해가 이슬을 말리고, 사람들의 타박거리는 발길에 때가 하얗게 벗겨진 오불꼬불한 길과 언덕에 먼지를 일굴 무렵이 되면, 나귀와 수레에 진귀한 과물이며 곡식을 실은 농부들이 모여들어, 저마다 고향의 소식들을 전하는 곳이 바로 강 건너편 저자였다.

그러면 또한 강 이쪽 편은 무엇인가. 바로 이 이야기를 하려는 외눈박이의 쬐끄만 문둥이 거지새끼인, 내가 혼자서 사는 빈 사원寺院이 있는 거칠고 막막한 들판이 강 이쪽 편인 것이다. 나는 그 저자에서 얼마 전에 쫓겨나 나룻배에 다시는 오르지 못하도록 엄명을 받고서, 들쥐와 살쾡이와 개구리와 뱀 들만이 우글거리는 이곳에서 굶주리고 있는 참이다.

나는 날마다 곪아터진 종기와 가시나무에 쩨진 무릎과 그나마 하나밖에 없는 눈구녕에는 진물이 흘러내려 파리떼가 수없이 날아드는 가엾은 꼬락서니로 강변에 나아가 건너편 저자를 그리워하였다.

저자에서는 밝고 훌륭하게 살아가는 사람들과 히히덕거리

는 말의 부서진 쪼가리들이며, 기름진 음식이 익어가는 냄새, 그리고 무엇보다도 놀이터에서 들려오는 흥겨운 음률의 가락이 물을 건너서 내 코와 귓전에까지 날아와 후벼대곤 했다.

그뿐이랴. 내가 사원의 깨어진 기왓장과 무너진 토담 아래에서 들짐승들의 부르짖는 소리에 질리고 떨려서 잠들지 못하고, 밤새껏 목청이 갈라지게 노래를 부르는 동안에도 강 건너편 저자는 꿈과 같이 거기에 빛나고 있었으니. 밤 저자는 여름 꽃밭처럼 다투어서 피어난 작고 큰 모닥불과 등롱과 둥근 창, 모난 창의 촛불과 나룻배의 종이등 불빛까지 어우러져, 장자長者네 청기와집 안채의 요염한 작은댁들이 휘감고 있는 오색 비단보다 훨씬 현란한 것이었다.

아, 나는 어떻게 되어 이곳으로 쫓겨나지 않으면 안 되었던가. 그것은 바로 내게 생명을 주었으며 이 세상의 아름다운 이치를 깨닫게 하였던 수추壽醜 때문이었다. 나는 죽어버린 수추가 다시 살아 함께 저 강을 건너 저자의 한가운데 서서 자랑스럽게 노래를 부르고 모든 썩은 것들이 멸망하는 것을 지켜보게 될 그날만을 기다리고 있는 것이다.

2

진눈깨비가 몰아치던 어느 이른 봄날 점심 무렵이었을까. 저자에 행인의 발길이 끊어지고, 모두들 불 곁을 찾아 아늑한 지붕 아래 뜨거운 국을 마시러 사라져, 또한 워리 개마저 마루 밑으로 기어들어, 음산한 봄 날씨를 핑계 삼은 술꾼들만이 주막 안에서 왈왈 시끌덤벙 다투고 화해하고 웃고 고꾸라지는 판이었는데, 이 가엾은 외눈박이 거지새끼는 먹을 것을 찾아 진창을 헤매다가 지쳐서 다리 아래 거적조차 없이 맨살을 비벼대며 앉아 있었다.

그맘때쯤에 웬 난데없는 비렁뱅이 가객歌客 하나가 구부러진 등에 거문고 엇비슷이 메고 진창에 맨발을 축축 담그면서, 제가 아직 어찌될 줄 모르고서 저자의 가운뎃길로 하염없이 내려왔던 것이다. 거문고를 메었으니 노래라도 할 줄 알겠구나 싶었으되, 꼬락서니가 내 사촌이 틀림없었다. 나는 다리 아래 쪼그리고 앉아 이제 막 살얼음이 풀리기 시작한 또랑물 속으로 싸락눈이 떨어져 녹아 사라지는 모양을 내려다보는 중이었다. 나는 무슨 소리인가를 들었으며, 이상한 가락이 내 어깨 위에 미풍같이 나부끼며 얹히고, 다시 목덜미로 깊숙이 꽂히더니 정수리에서 발뒤꿈치로 뚫고 들어와 맴돌아나가는 것이 아닌가.

나직하고 힘찬 목소리가 가락 위에 턱 걸쳐서는 이 싸늘하고 구죽죽한 저자를 따뜻하게 데우는 것만 같았다. 나만 일어섰는가? 아니다. 내가 뒤가 급해진 느낌으로 안달을 온몸에 싣고서 다리 위로 올라갔을 때에, 저자의 술집 창문마다 가게 반지문마다 사람들의 머리가 하나둘씩 끄집어내어지는 중이었다. 다리 위에서 비렁뱅이 가객은 거문고를 무릎에 올려놓고 앉아서 고개를 푹 숙여 머리가 없는 자처럼 땅속에다 소리를 심고 있었다. 술 먹던 사람들과 수다쟁이 떡장수 아낙네며 나들이 나온 처자들이 모두 한두 발짝씩 모여들어 다리 위에는 음률에 끌린 사람들로 가득찼다.

"사람을 못 견디게 하는 소리로구나. 저런 소리는 이 저자가 생겨난 이래로 처음 들었다."

한 곡조가 끝나자마자 사람들은 제각기 허리춤을 끄르고 돈을 내던지는 것이었다. 돈이 떨어지는 소리가 잦아질 제 나는 새암과 선망으로 이를 악물었고 다음에는 저 신묘한 소리로 돈을 벌게 하는 거문고를 박살내버리고 싶었다.

"하나 더 해라."

"이번에는 긴 것을 해보아라."

사람들이 제각기 아우성을 치는데, 가객은 고개를 가슴팍에 콱 처박고 잠잠히 앉아 있었다. 그는 부지깽이처럼 길고도 여원 손을 뻗쳐서 무릎 근처에 흩어진 돈들을 긁어모아서는 제 자리 밑에다 쓸어넣는 것이었다.

"노래를 한 가지밖에 모르느냐."

"얼굴을 들고 해라, 안 보인다."

"고개를 들어라."

내던진 밑천을 뽑으려고 주변에 웅기중기 모여 앉은 사람들은 비렁뱅이 가객의 얼굴을 보려고 자꾸만 재촉했다. 고개를 처박고 있던 그가 작심했다는 듯이 천천히 고개를 들었다. 그러고는 제 앞에 모인 사람들을 한 바퀴 휘이 둘러보았던 것이다.

나는 그의 얼굴을 본 순간 어쩐지 가슴이 답답해지면서 회가 동했을 때처럼 속이 뒤틀리고 구역질이 날 지경이었다. 가객은 이 세상에서는 어디서든 찾아볼 수 없을 정도로 추악한 얼굴을 가지고 있었다. 사람들 사이에서 웅성거리는 소리가 일어났는데, 가객이 노래를 부르기 시작하자 그 더러운 얼굴은 더욱 흉하게 일그러져 가락의 신묘한 아름다움은 그 추한 얼굴에 씌워사그라지고 말았다. 눈도 코도 입도, 제자리에 붙어 있건만, 어쩐지 얼굴이 자아내는 분위기가 사람들의 가슴속에 깊은 증오를 불러일으키고, 증오는 곧 심한 역증이 나게끔 했다. 사람들은 일찍이 노래에 감탄하던 것을 잊어버리고 더럽게 나타난 가객의 용모에 불같은 증오가 일어나 더이상 근처에 서 있을 수가 없는 모양이었다.

"처음 소리는 우리가 속아 들은 것이다. 이렇게 기분 나쁜 노래는 들은 바 없었다."

"온 세상에 미움을 퍼뜨리는 가락이다."

"구역질이 나는 목소리구나."

누군가가 돌멩이를 집어들고 던졌다. 잔 돌멩이가 큰 돌멩이로, 발치쯤에서 머리쯤으로 옮겨가면서, 사람들은 분노에 가득차서 이 운 나쁜 비렁뱅이를 거의 때려죽일 지경이었다. 나도 빠질세라 돌을 들어서 그의 등때기를 호되게 때려주었다. 돌이 그의 이마를 터뜨리고 살을 찢어 피가 흐르는데도 그는 추한 얼굴을 빳빳이 쳐들고 사람들을 노려보았다. 돌팔매가 어지간히 그쳐간 뒤에 이번에는 구경꾼들이 그의 발밑에 떨구었던 돈을 찾아가느라고, 그를 밀쳐내고 아우성을 치면서 자리 밑을 뒤져냈다. 사람들은 완강하게 버티면서 노려보는 가객의 팔다리를 잡아 다리 밑으로 내던져버리고서, 돈을 찾아가지고는 제각기 침을 뱉고 흩어져가버렸다.

"웬 사귀死鬼 같은 놈이 나타나서 일진을 잡쳤다."

"저런 놈은 저자에서 얼굴을 들고 다니지 못하게 해야 한다."

"아마도 지옥에서 귀졸이 인도환생한 모양이다."

뱀을 징그러워하고, 구더기를 더러워하며, 호랑이를 무서워하며, 꽃을 어여삐 아는 것이 사람의 정이고 보면, 그 낯선 가객을 미워하여 대면조차 하기 싫은 것이 또한 사람들의 똑같은 심정이었으니, 그런 일을 수없이 겪었을 가객 자신이 모를 리가 없을 것이다. 다시 진창 위에는 행인의 발길이 끊기고 여러 집들의 굴뚝에서 흘러나온 연기와, 사람들의 방금 보고 들은 소문을 주고받는 두런대는 말소리, 그리고 갈데없이 다시 차가운 눈발을 피하여 다리 아래로 기어들어가야 할 나만이 남아 있었다. 나는 이 저자의 음식 찌끼를 맡은 주인으로서나 같은 신세로 군입을 달고 찾아온 동업자에 대한 거리낌으로, 이제 내 아늑한 보금자리까지 빼앗겨서는 안 될 일이므로, 저 더러운 상판대기의 걸인 풍각쟁이를 쫓아내고야 말리라고 결심을 단단히 했다.

나는 주먹만한 돌멩이 두 개를 양손에 움켜쥐고 만약에 다리 밑을 떠나지 않는다면 대가리를 까서 물속에다 처박겠다는 마음이 되어 아래로 내려갔다. 까짓 이곳 저자 사람들이 모두들 입을 모아 그를 쫓아낼 뜻을 비쳤으니, 흘러 떠다니는 주제에 내게 맞아 죽는단들 별로 섭섭할 까닭이 없을 듯했다. 그는 어느 틈에 얼굴의 피를 씻고 흘러내려가는 물가에 앉아 있었고, 나는 돌을 쳐들면서 목구멍에 악착스런 바람을 한껏 넣어서 소리쳤다.

"이놈아. 여긴 내 집이다. 빨리 사라지지 않으면, 네깐 놈을 또랑물 속에다 장사 지내어 붕어 밥이 되게 할 테야."

그런데도 그 녀석은 물가에 앉아서 흐르는 물을 내려다보고 있는 것이었다.

"아직도…… 아직도, 내 얼굴이 아니다. 아직도 아직도, 낯설구나."

이렇게 수없이 중얼거리면서 그는 볼 위로 눈물을 철철철 흘리고 있었는데, 내가 그래 봬도 인정 있고 마음 여리기로는 저자에서 제일가는 사람이나 남을 도와준 적은 없으므로 문득 사람마다 싫어하는 그가 가엾어져서 슬그머니 돌을 떨어뜨리고 말았다. 떨어진 돌이 물속에 떨어져 풍덩, 하는 소리와 더불어 그가 고개를 돌려 나를 돌아다보았다. 문둥이인 나보다도 사람들이 그를 미워하는 것은 아마도 격에 어울리지 않는 그 신묘한 가락 때문이었던 모양이다.

"너도 날 미워하니?"

그가 말을 걸어왔고, 나는 그 더럽게 인상 나쁜 몰골을 일부러 찬찬히 뜯어보기 시작하면서 잠깐 대답을 미루었다.

"당신보다 내가 더욱 더러운데, 이제 보니 당신은 저자 사람들하구 똑같다. 그들 어느 누구보다도 못생기지 않았다."

"그들이 나를 미워하는 것은 노래만이 아름답기 때문이다."

하고 나서 그는 한숨을 내쉬었다. 나는 슬그머니 이 침입자의 곁에 가서 다정한 사이처럼 나란히 앉았다.

"그렇다면 노래를 불러서 세상 사람들의 미움을 사지 말구, 아예 노래를 부르지나 말지. 노래를 부르지만 않는다면 아무도 당신 얼굴에 주의를 돌릴 사람은 없을 테니까. 나처럼 동냥이나 하면서 살면 되지 않아."

"나는 노래를 부르지 않으면 살 수가 없다. 내 얼굴이 추악하게 보이기 시작한 것은 바로 나의 음률을 완성했던 그 순간부터였다. 그런데 네 이름이 무엇이냐?"

"나는 그저 문둥이 깨꾸쇠야. 당신은?"

"내 이름은 스스로 지어 수추라고 한다. 너무도 오랫동안 신묘한 가락을 찾아내느라고 이제는 내가 어느 나라에서 태어났는지, 내 본명이 무엇인지, 내 부모는 누구인지, 내 나이는 얼마인지, 내 친구는 누구였는지, 내 동네 사람은 어떠했는지 모두 잊어버리고 말았다. 나는 드디어 가락을 찾아내고 내 노래를 완성했다. 그런데…… 완성하자마자 나는 내 얼굴을 잃어버리고 만 것이다."

"당신이 얼굴을 쳐들고 노래를 부르기 시작했을 때, 사람들은 모두 당신을 미칠 듯이 죽이고 싶어했지."

내 말을 듣고 나서 수추는 제 얼굴을 감싸쥐고 부르짖었다.

"내 온몸에는 이제 미움만이 꽉 들어차 있는가보다."

"나는 이렇게 종기투성이에 얼굴이 찌그러진 문둥이지만 미움 같은 건 없다. 당신과 다리 밑을 반씩 나누어 써도 괜찮다. 다만 당신이 이 저자에서 노래만 부르지 않는다면."

"나는 노래를 부르지 않으면 점점 수척해지고 쇠약해져서 죽고 만다. 그러니 나는 사람들이 살지 않는 곳으로 가서 노래를 부를 테다."

"그래, 저쪽 강 건너편 사원 빈터에는 사람이 살지 않지."

"가르쳐줘서 고맙다."

수추는 돌로 맞은 상처 때문에 다리를 절뚝거리면서 일어섰다. 처음처럼 거문고를 등뒤에다 엇비슷이 걸쳐 메고는 그를 저주했던 저자를 떠나 수추는 강을 건너갔다.

3

수추가 다시 내 다리 밑 보금자리로 돌아온 것은 내가 장터의 구석구석마다 은밀히 싸갈긴 똥이 굳어 먼지가 될 만큼의 날이 지나간 뒤였다. 이제는 나무 위에 드리웠던 자랑스런 오동나무의 잎이 누렇게 변하고 구멍이 뚫려서 한 장 두 장씩 나부껴내려 물위에 해적이며 떠나는 즈음이었다. 나는 수추가 맨손인 것을 보고 놀랐으며, 그는 좀처럼 노래를 부르지 않으려는 결심인 것이 분명했다. 수추가 그의 거문고를 불태워버렸던 것이고, 그의 이글거리던 눈빛은 사그라들어서 어린 짐승의 눈처럼 양순하게 젖어 있었던 것이다.

그는 성문 밖에서 타살당한 내 아비와 똑같은 눈빛을 하고 있어서 순하고 슬픈 꼬락서니가 되어버렸다. 나는 가을 낮의 따사한 햇볕과 미풍을 즐기면서 종기에다 연신 침을 바르면서 누워 있었는데, 머리 위에서 부드러운 목소리가 들려왔다.

"깨꾸쇠야……"

이 저자 바닥에서 나를 향해 그런 목소리를 낼 사람은 하나도 없었으므로 나는 우라지게도 놀라서 후닥닥 일어났다. 또 짓궂은 놈들이 나를 골탕 먹이려고 무슨 수를 쓰러 온 줄로만 알았다. 수추가 발치에 서서 조심조심 나를 흔들고 있었다.

"애, 나두 여기서 살게 해다우."

수추는 애원하듯이 말했고, 나는 아무렇지도 않게 그가 누울 수 있도록 자리를 내주었으며, 그는 어디서 가져왔는지 맛있는 음식을 꺼내놓았다. 우리는 나란히 누워서 이야기를 나누었다. 수추가 강 건너편에서 무엇을 하면서 살았는가 하는 것이 내가 제일 궁금해하는 것이었다.

수추는 천천히 얘기했다. 그가 말하던 대로 모두 기억이 나지는 않지만, 아마도 이러한 얘기였을 것이다.

그는 정말로 완전한 노래를 부르면서 살아가기 위해 사람들의 세상을 떠나 강을 건너갔다. 강을 건너 자갈밭과 모래언덕을 넘어 드문드문 잔솔들이 자라난 광야를 걸어간 수추는 무너진 절터가 있는 곳에 이르렀다. 그는 해가 질 때까지 절터의 계단에 앉아서 거문고를 뜯으면서 노래를 불렀다. 그의 나직하고 힘차면서 구슬픈 노래가, 음절마다 살아서 뛰는 고기의 꼬리처럼 펄떡이는 생명을 지닌 거문고 소리가 빈 사원에 널리 퍼지고, 널리 퍼진 소리들은 광야 가운데 오랫동안 남아 있었다. 새들이 일시에 울음을 그쳤고, 맹수들은 포효를 잊었으며, 나무숲들은 가지를 떨도록 바람에 내맡기지 않고서 오히려 바람과 타협하여 숲의 소리마저 잠잠해진 것만 같았다. 새들이 깃을 찾는 대신에 사원의 돌담과 지붕과 마당 위에 가득히 내려앉아 그의 노랫소리를 들었다. 숲 그늘 속에는 조심조심 다가오는 짐승들의 발자취 소리가 끊임없이 들려왔고, 이윽고 여러 개의 눈알들이 가지 사이로 빛났다. 수추는 제 노래의 가락에 취하여 계속해서 노래를 불렀다. 어둠이 깔리고 밤이 되었으나 그는 노래를 그치지 않았다. 시냇물도 흐르는 소리를 죽이면서 그의 노랫가락 아래로 스며 지나가는 듯했다.

해가 떠올랐고, 그는 짐승들 가운데서 일어났다. 그가 거문고 위에서 시선을 거두고 기지개를 켜며 일어났을 때, 갑자기 새들이 한꺼번에 날아올라 그 수백 마리 새의 날개 치는 소리에 창공이 찢어지는 것 같았다. 짐승들이 뛰어 달아나는 소리로 나무들은 거칠게 흔들려서 마치 폭풍이 시작되는 듯했다. 수추는 물가에 앉아서 제 그림자보다도 못한 용모의 실상을 비춰보면서 울었다. 한 추악한 사내가 구름을 머리에 이고서 저를 바라보고 있었다. 수추는 생각했다. 그가 제 음률에 도달했을 적에도 시냇가에 앉아 있었던 것이다. 드디어 이 세상에서 가장 완전한 가락이 그의 손끝에서 울려퍼졌을 순간에 그는 물속에 떠 있는 한 범상한 사내를 발견했던 것이다. 그는 도저히 믿어지지가 않았다. 수추는 물을 마구 헤쳐놓고는 다시 들여다보았지만, 음률을 완성한 자의 얼굴이 아니었다. 그는 그 얼굴을 미워하였다. 따라서 시냇물도 미워하였다. 미워할수록 그의 얼굴은 추악하게 떠올랐다. 수추는 그럴수록 노래를 끝없이 부르지 않고는 살아갈 수가 없는 자가 되어버렸던 것이다.

그러나 수추는 강 건너편 광야에서 몇 날 몇 밤을 짐승들이 일시에 몸서리치면서 달아났다가, 다시 밤이 되면 그의 노래를 들으려고 모여들고, 또 해가 떠오르면 그의 곁에서 달아나는 일을 셀 수도 없이 겪었다. 그는 이러한 애증에 시달려서 자꾸만 여위어갔다.

어느 날 그는 아무도 찾아와주지 않는 훤한 대낮에 혼자서 노래를 불렀다. 그의 노래가 이제 막 거문고의 가락에 얹히려는 참에 줄이 탁 끊어졌다. 이 끊긴 줄이 내어놓는 무참한 소리가 그의 노래를 산산이 으스러뜨리고 말았으며, 그는 저도 모르게 벌떡 일어나서 거문고를 계단 위에 내동댕이치고 말았다. 자르릉, 하는 괴상한 소리를 내면서 악기가 부서지고 그의 노래마저 함께 부서져버렸다. 그의 발밑에는 살해된 가락의 시체만이 즐비하게 널려 있을 뿐이었다. 그는 노래를 부를 수가 없었다.

수추는 아무도 찾아오지 않는 밤 가운데서 진실로 오랜만에 평화로운 잠을 잤다. 그는 노래로부터 놓여난 것이다. 수추는 파괴된 악기와 버려진 노래를 회상할 뿐이었다. 수추는 이 죽음과 같은 휴식 안에서 비로소 노래만을 사랑하고 모든 것을 미워했던 제 모습이 이제는 변화된 것을 알았다.

그가 물을 마시려고 시냇물에 구부렸을 적에 수추는 또다른 얼굴을 만났다. 그의 눈은 삶의 경이로움에 가득차 있었고, 그의 입은 웃고 있었고, 뺨에는 땀이 구슬처럼 매달려 있었다. 그는 모든 산 것들이 그러하듯이 만물의 소멸에 대하여 겸손하였다. 그가 자신을 추악하게 본 것은 그 마음이 자기를 자만하였기 때문이었다. 그의 노래는 그의 생처럼 절대로 완전함에 도달하지 않는 것이었다. 남이 자기를 보고 까닭 없이 미워함을 두려워하기 전에, 수추는 저를 보는 사람으로 하여금 기쁜 마음을 일으키고 사랑하는 마음이 일도록 다시 살아야 함을 느꼈다.

그는 사람들에게로 돌아가 이 얼굴을 확인하고 싶었다. 수추는 부서진 악기의 조각들을 주워모아 불을 살랐다. 불꽃이 날름거리면서 남은 형체를 삼키더니 이윽고 사그라지는 불꽃과 함께 재가 되어 바람에 불려 날아가버렸다.

수추는 강을 건너서 저자로 다시 돌아왔다. 그가 동냥 그릇을 내밀자 사람들은 그득그득히 음식을 담아주었고, 수추는 뜨겁게 감사한 마음으로 그것을 받았다.

4

나는 이 비렁뱅이 가객이 이제는 미쳐버린 게라고 생각했는데, 다리 밑에 오던 날부터 수추는 괴이한 짓을 하기 시작했다. 내가 짓무른 종기 때문에 잠들지 못하고 뒤척이노라면 그는 엎드려서 종기의 고름을 입으로 빨아내곤 했다. 나는 그가 고름을 빨아주고 상처를 핥는 동안에 잠들었다. 수추는 내가 추워서 떨면서 신음하면 뒤에서 감싸고 체온으로 나를 녹여주었다. 나는 수추와 함께 지내는 동안 줄곧 앓아누워 있었다.

그는 날마다 나를 다리 밑에 남겨두고 저자로 나가서 일을 했다. 나룻가에서 그가 짐을 부리거나 수레를 끄는 일을 해서 떡과 고기를 사들고 돌아온다는 것을 알았다. 그는 또한 저녁 마다 아픈 사람들을 찾아다녔고, 잔치가 있는 집이나 슬픈 일이 일어난 집을 찾아가서 주인께 공손히 청하여 조심스럽게 노래를 불러주는 것이었다. 그의 노래는 아늑하고 힘이 있어서 모든 사람들의 마음에 따뜻한 정과 말할 수 없는 용기를 돋아나게 했다. 수추는 제 추했던 얼굴을 이제는 모두 잊었다. 물위에 떠오른 제 모습이 자기가 아니라던 헛된 생각은 모두 사그라진 것이다.

그의 눈에는 모든 세상 사람들이 저를 닮은 사랑스럽고 겸손한 사람들로 비쳤다. 나아가서는 수추 자신이 그 사람들을 닮았다고 느끼고 있었다. 저자에서 예전의 수추를 기억하는 사람은 나뿐이었다. 저자 사람들은 아침에 그가 경쾌한 걸음걸이로 가게 앞을 지나는 모습을 대하면 문득 마음이 평화로워지고 그의 노래를 듣노라면 기쁨이 가득찬다고 말을 했다. 강변 나루터에 가면 언제나 그의 콧노래라든가 휘파람소리를 들을 수가 있었고, 그는 짐을 부리면서 내내 저 자신에게 들려나 주듯

흥얼거리는 것이었다. 사람들은 그 곡조를 배워 모두들 따라서 부르게 되었다.

다시 봄이 찾아와 이 강변 저자에 죽은 것들이 소생하고, 새들은 찾아와서 목청을 다투어 울고, 나도 겨우 눈보라와 강추위에서 살아나 빨빨거리며 장터를 헤집고 다닐 철이 되었다.

저자에서 거리 잔치가 벌어지는 날이 가까워지자 사람들은 모두 오색등을 꺼내어 손질을 하고, 음식을 장만했으며 색실과 대나무를 준비하였다. 그들은 행복한 잔치를 대비하느라고 부산한 중에 문득 수추의 노래를 생각해냈다.

"그렇게 훌륭한 노래를 부르는 이가 있는 것을 몰랐구나."

"하나 그에게 악기가 없다는 건 좀 흠이란 말야."

"그가 노래를 해주면 우리 잔치가 더욱 복될 터인데."

"악기를 마련해주자. 그의 노래가 더욱 빛나도록."

이러한 의논들이 되어 장터의 여러 사람들이 다리 아래로 찾아와 악기를 마련해줄 터이니 원하는 것을 말하라고 떠들었다. 수추는 여러 번이나 사양을 하다가 권유에 못 이기어 드디어 다리 위에 늘어진 오동나무를 가리켜 보였다.

"저 나무를 제게 주시겠습니까?"

사람들은 모두가 이건 생각보다도 쉬운 청이라고 여러 입으로 말들 하였다. 곧 살집 좋은 일꾼들에 의하여 나무가 베어졌고, 수추는 그날부터 망치와 끌을 들고 나무를 다듬기 시작했다. 불에 그슬리기도 하고, 오줌독에 담그기도 하고, 바람에 말리고, 땡볕에 쬐었다. 여러 날 만에 수추는 전에 그가 등판에 엇비슷이 메고 왔던 것보다도 훨씬 훌륭한 거문고를 만들었다.

그가 시험삼아 줄을 퉁퉁 퉁겨내니까 물방울 하나가 똑 떨어져 폭우가 되고 벽력이 치면서 강줄기로 합치고 폭포가 되어 무한히 큰 물의 출렁거리는 소리로 변하는 것이었다. 거리 잔치 하는 날, 수추는 그 새로운 악기를 들고 저자의 한가운데로 걸어나갔다. 수추의 노래와 거문고 소리를 들으려고 먼 지방에서까지 사람들이 몰려와서 저자는 도회가 되어버렸다. 아픈 사람들이나 슬픔에 겨운 사람들이 수추의 고통을 씻어주는 노래에 대한 소문을 듣고 며칠을 걸어서 저자에 이르렀다.

수추는 사람들의 구름 속에 앉아 조용히 노래를 흘려보냈다. 그 노래는 사람들의 마음을 찌르고 힘을 솟구치게 해서 살아 있는 환희를 갖도록 했다. 노래하는 그의 얼굴은 사람들에게 무언지 모를 믿음을 전파시켜주는 것이었다. 그의 노래는 입에서 입으로 가슴에서 가슴으로 그리고 나중에는 몸짓에서 몸짓으로 퍼져나가 모든 사람들이 목청을 합하여 저자가 떠나가도록 노래를 불렀다.

수추의 거문고 소리와 노랫소리는 저자에 모인 군중들의 제

창에 먹히어 들리지 않았으나, 그 곡조와 가락과 춤은 그대로 수추의 것에서 모든 사람들의 것으로 합쳐졌던 것이다. 나는 눈물을 철철 흘리면서 노래를 따라 불렀다. 누군가가 내 더러운 얼굴에 뺨을 비비며 나를 끌어안고 외쳤다.

"복 많이 받아라."

노래는 자꾸만 계속되었다. 사람들은 끊이지 않고 모여들었다. 이 소문을 알게 된 우리 저자의 장자가 사람들을 보내어 수추를 잡아오도록 하였다. 장자가 그를 잡아 가두기 전에 물었다.

"노래를 부르지 않는다면 너를 당장에 놓아주리라."

"저는 살아 있는 한 노래를 불러야만 합니다."

"그러면 이곳을 떠나 아무도 없는 데로 가서 혼자 노래를 부르는 것은 용서해주지."

"저는 제 노래를 원하는 사람들 곁을 떠날 수가 없습니다."

장자는 하는 수 없어 그를 잡아 가두었으며, 악기는 빼앗아버렸다. 그는 빼앗은 악기를 다시 사용하지 못하도록 줄을 모두 끊어버렸고, 그것을 세 토막으로 나누어 밥상을 만들어버렸다. 그렇지만 수추는 감옥 속에서 날마다 새로운 곡조로 노래를 했다.

그가 부르는 노래는 재빠르게 저자 바닥으로 퍼져나가 누구나 따라 부르게 되었다.

장자는 이번에는 그자의 혀를 잘라버리라고 명했다. 수추는 혀를 잘리었다. 장자의 부하들이 까마귀들에게 먹이려고 높은 감나무 가지에다 그 혀를 매달아두었다. 나무에 앉는 까마귀마다 수백번씩 그 혀를 쪼았으나 너무도 견고해서 먹질 못했고, 혀는 사람들이 지켜보는 허공에서 싱싱한 선홍의 빛깔로 펄떡이며 살아 있었다.

수추는 목구멍으로 노래를 불렀다. 그의 안으로 꽉 잠긴 노랫소리가 또 저자 바닥에 깊이깊이 스며들었고, 사람들은 몰래몰래 그것을 따라 불러 꿈만이 떠도는 밤에도 잠꼬대의 노랫소리가 울려퍼졌다.

장자는 끝내 수추의 목을 자르라고 명했다. 수추의 목이 잘려 저자의 장대 위에 드높이 효수되었다. 장대 위에 얹힌 얼굴은 이 세상에서 아무도 만나보지 못했던 행복한 자의 얼굴이었다. 사람들은 더욱더 수추가 남긴 노래들을 불렀다.

장자는 드디어 수추에 대한 기억의 잔재를 모두 없애버리라고 명했다.

다리는 허물어지고, 오동나무의 밑동은 뽑혀지고, 나는 강 건너로 쫓겨나게 되었다. 그러나 장터 사람들의 소문에 의하면 수추의 노래는 여전히 불려지고 있으니 그가 죽었다는 것은 새

빨간 거짓말이라는 얘기였다.

　나는 아직도 수추의 팔딱이는 혓바닥을 품에 지니고서, 새로운 새벽이 밝을 때마다 강변으로 마중을 나가는 것이었다.

(1975)

철길

유리창이 덜컹거렸다.

바다 쪽에서 몰아쳐오는 비바람이 양철지붕을 끊임없이 흔들어대고 있었다. 검문소의 절반쯤이 새어들어온 빗물로 질척했고, 촛불은 간혹 미친듯이 까물거리며 꺼질 듯하다가는 다시 희미하게 실내를 비추는 것이었다.

왼쪽의 한 뼘 될까 말까 한 시찰구 유리창으로 산을 넘어오는 차량의 불빛이 반짝이고 있었다. 불빛은 움직이다가 금방 자취를 감추고, 잠시 후에 다시 나타나곤 했다. 차량이 산굽이를 돌아서 내려오고 있었다.

병장은 빗물에 젖어서 윤기가 흐르는 파이버를 반사적으로 머리에 얹고 꾹 눌러썼다. 어둠 속에 움직이던 두 점의 불빛이 차츰 커지면서 길을 가득 채울 정도로 넓어졌다. 병장은 내려놓았던 총을 비옷 입은 등에다 거꾸로 메고 전지를 집어들었다. 차량의 헤드라이트로 밝혀진 공간에 무수하게 내리꽂히는 빗줄기가 빽빽하게 가득차 있었다. 병장은 손전등을 좌우로 흔들어 정지신호를 보내면서 길옆에 서 있었고, 트럭이 천천히 다가와 정지했다.

"화물을 실었소?"

병장의 물음에 운전사 대신 승차석에서 거친 목소리가 들려왔다.

"야, 전화가 어떻게 된 거야?"

그제야 병장은 어둠 속에서 하사 계급장이 달린 작업모를 알아볼 수가 있었다.

"전화라뇨?"

"그래 인마, 전화가 불통이란 말야."

하면서 하사는 한쪽 팔을 쳐들고 차에서 뛰어내리면서 다시 말했다.

"본대에서 몇 번이나 불렀는지 아나?"

아니 혼자 내린 것이 아니라, 하사의 팔목에는 누군가가 달려 있었다. 하사는 동행을 뒤에 이끌고 거세게 내리는 비를 피하여 재빠르게 검문소 안으로 들어갔다. 병장이 뒤따라 들어가

보니, 하사는 자기와 동행의 손목을 묶고 있던 수갑을 푸는 중이었다. 하사는 수갑을 풀고 주위를 둘러보았다. 그는 곧 이층 쇠침대의 철봉을 발견하더니, 데려온 사람의 두 손을 철봉 주위에 감고 수갑을 채웠다. 병장이 물었다.

"뭡니까, 하사님?"

하사는 짜증난 목소리로 받았다.

"압송이야, 사령부까지……"

죄수는 어깨가 떡 벌어지고 덩치가 큰 무뚝뚝해 보이는 병사였다. 러닝셔츠 바람에 군복 바지는 흙투성이였고, 끈이 없어 너덜너덜한 통일화를 신고 있었다. 작은 눈에 펑퍼짐한 뺨은 몹시 그을려서 감정조차 없는 듯이 보이는 얼굴이었다. 수갑에 채워진 그의 투박하고 넓적한 두 손이 상한 생선처럼 허공에 축 늘어져 있었다. 죄수는 표정 없는 눈을 들어 병장을 물끄러미 올려다보았다. 하사가 이층 침대의 위층에서 곤히 잠들어 있는 일등병의 다리를 쳐다보면서 말했다.

"느이 쫄병이냐?"

"네, 방금 재웠습니다."

"깨워."

하사는 을씨년스러운 검문소 안을 휘둘러보더니, 담배를 피워 물었다. 그는 팔목시계를 들여다보았다. 하사가 말했다.

"인마, 깨우라니까. 나하구 압송 나가야 할 거 아냐."

병장은 신병을 흔들어 깨웠다. 하사가 투덜거렸다.

"드럽게 걸렸는데, 이거…… 꼽박 밤새우게 생겼잖아."

일등병은 얼결에 일어나 앉았으나 아직 잠이 덜 깼는지 꺼벅꺼벅 졸고 있었다. 병장이 말했다.

"아직 신병이라 초소를 맡길 수 없습니다."

"야, 내가 알 게 뭐야. 내일 아침에 아무나 보내주겠지. 우리야 시키는 대루 하면 되는 거야."

일등병은 실내에 사람들이 많은 것을 보자 후닥닥 일어나서 얼결에 침대 아래로 뛰어내렸다. 하사가 말했다.

"야, 잠 깼나? 아직 덜 깼으면 포복하면서 비 좀 맞아볼래?"

"다 깼습니다."

"너 무장하구 야간근무 해라. 알겠나?"

"압송이래."

병장이 말하자 일등병은 재빠른 동작으로 군화를 신었다. 병장이 죄수 쪽을 힐끗 보고 나서 물었다.

"도망자요?"

"아냐…… 이거야."

하사가 낮은 목소리로 말하면서 손가락으로 방아쇠 당기는 시늉을 해 보였다. 병장이 물었다.

"죽었나요?"

"현장에서 갔지. 세 방 맞았어."

하사는 어처구니없다는 듯이 휘파람을 불고 나서 중얼거렸다.

"그것두 자그마치 말똥이야."

병장은 혀를 찼다.

"잠자긴 다 틀렸군."

"글쎄…… 망했다니까. 주말에 이게 뭐냔 말야."

하사는 작업모를 벗고 바싹 치켜서 깎은 머리를 거칠게 긁었다. 움푹 팬 볼과 이야기할 때마다 얇은 입술 사이로 반짝이는 금니 때문에 성깔깨나 있어 보였다. 그는 담배의 필터를 어금니로 질근질근 씹고 있었다. 두 사람이 얘기를 나누는 동안 물건처럼 고요히 앉았던 죄수가 억양이 없는 목소리로 말을 걸었다.

"근무자님, 실례올시다만……"

세 사람이 일시에 그를 돌아다보았다.

"담배 한 대 얻읍시다."

하사가 호주머니에서 담뱃갑을 꺼내어 한 개비를 뽑았다.

"새끼…… 기합 빠졌는데."

그는 성큼 걸어가 죄수의 입에 물려주고 라이터로 불까지 붙여주었다.

"그래, 도마에 오른 고기라 이거지?"

죄수는 힘껏 빨아들였다가 길게 뿜어냈다. 하사가 그에게 말했다.

"인마, 너야 지은 죄가 있지만 우린 이게 무슨 고생이냐? 같은 쫄병끼리니까, 제발 속썩이지 말구…… 사령부까지 얌전히 끌려가는 거야. 정상참작두 있으니까 말야."

죄수는 눈을 찡그리고 담배만 깊숙이 빨고 있었다. 하사가 아직도 억수로 비가 퍼붓는 어둠 속을 내다보면서 말했다.

"여기서 역까지 얼마나 되나?"

병장이 대답했다.

"바로 이 산 아래가 역입니다. 한 이 분쯤 걸릴까요?"

"스물한시에 기차가 온댔으니까 지금부터 삼십 분 남았군."

하사는 야전잠바를 들치고 가슴께에서 권총을 꺼냈다. 그러고는 여덟 발들이 탄창을 철컥 끼우면서 말했다.

"실탄 있지?"

"네, 봉함된 게 이십 발 있습니다."

"탄창에 재워둬."

하사가 소곤거렸다.

"기미가 이상하면 갈겨버리라구."

병장은 서랍에서 실탄을 꺼내어 중대장의 도장이 찍힌 봉함을 뜯어내고 빈 탄창에 한 알씩 재어넣었다. 병장이 물었다.

"언제 그랬습니까?"

"사흘 전이야. 모두 쉬쉬하는 모양이더군. 하필이면 우리가 걸릴 게 뭐냔 말야."

"취조를 받았나요?"

"사단에서는 끝났어."

하사가 봉투를 꺼내어 책상 위에 던졌다.

"우린 인수증만 받아오면 된다."

병장은 봉투 속에서 네댓 장의 서류를 꺼냈다. 인적사항과 범행 내용과 조서가 들어 있었다. 하사가 중얼거렸다.

"여기 근무한 지 얼마나 됐나?"

"육 개월요."

"아이구, 일주일두 못 배기겠다."

병장은 건성으로 봉투를 내려다보고 있었다. 글자가 눈에 잘 들어오지 않았다. 그는 서류를 넘기면서 말했다.

"여기 와서 군인이라군 세 사람을 봤죠. 전에 있던 근무자와 교대할 때, 그리구 저기 신병, 지금 하사님하구……"

하사가 죄수를 턱짓하며 말했다.

"얘두 군인이야."

"그럼 네 사람째로군."

그들의 얘기를 듣고만 있던 일등병이 말했다.

"매일 오르내리는 석탄차 몇 대하구 하루 세 차례씩 갈리는 기차뿐이죠."

"그럼 여기서 뭣 땜에 근무하라는 거야?"

병장이 대답했다.

"도망자를 미리 막자는 겁니다."

하사가 무슨 생각이 들었는지 소리를 죽여서 웃음을 참았다. 병장이 말했다.

"왜 그러세요?"

"느이들이 도망가면 누가 잡냐?"

"쟤가 도망가면 내가 잡지요……"

하다 말고 병장도 웃었다.

"빵깐이 따루 있습니까."

그들은 잠시 말을 하지 않았다. 여전히 거센 바람이 양철지붕을 들춰대고 있었다. 가파른 비탈 위에 지어진 초소는 마주 들이쳐오는 강풍에 날아갈 듯이 덜컹대고 삐걱이면서 부르짖었다. 기지개를 켜던 병장이 야전 전화기를 끌어당겼다. 그는 국방색 커버를 벗기고 손잡이를 돌렸다.

"충무대, 충무대…… 아 여보세요! 여기 초소 21번인데 본대와 불통이오. 연결이 안 된다구? 그렇소, 박양이쇼? 먹었어요. 반찬이야 늘 소금탕이지. 아, 그런데 요즘 시내에 무슨 영화 들어왔소? 여태 그거요? 얘기 좀 해주쇼. 다 잊어버렸다니까. 몇시까지? 이번 주일은 야근이로군요. 나는 이틀쯤 여기서 근무하지 않을 겁니다. 노래하라구? 에이 여보쇼, 인젠 부를 곡목이 없어요. 요전번 그 노래? 가사를 적어놨다구요? 아, 그랬어요. 사람 약 올리지 마쇼. 나두 사회에선 데이트깨나 해봤다구."

병장은 수화기에 귀를 바짝 들이대고 숫제 고함을 지르고 있었다. 하사가 말했다.

"죽여주는군."

병장이 한참 뒤에 수화기에 대고 말했다.

"노래 잘 들었어요. 그 사람에게두 안부 전해주쇼. 예예, 수고오."

병장은 수화기를 내려놓으면서 허전한 듯이 니기미, 하고 한숨을 쉬었다. 하사가 빙글거리면서 물었다.

"봤어?"

"목소리만…… 교대할 때 인계받았어요."

"교환양들 대개 쌍통은 엉망이야."

하사가 다시 시계를 들여다보았다.

"십오 분 남았군. 슬슬 내려갈까?"

"오 분 전에 내려가두 충분합니다. 뭣 하러 비를 맞구 기다립니까?"

하사가 말했다.

"서류 다 봤으면 내놔."

"아직…… 어디 볼까?"

병장은 다시 조서를 들췄다.

"가만있어…… 이 사람 사고자 아냐?"

"왜 아냐, 별이 세 개라구……"

말하고 나서 하사는 죄수를 돌아보며 말을 걸었다.

"자네 결혼했어?"

"네."

"애두 있겠군?"

"네."

병장이 중얼거렸다.

"삼 개월 남겨두고 이게 뭐요. 조금만 참았으면 곧 집에 갈 텐데……"

죄수는 멍한 시선으로 비가 때리는 유리창 밖의 어둠 속을 내다보고 앉아 있었다. 하사가 말했다.

"맨 처음은 탈영하고, 그다음엔 폭행, 그리구 이번에는 드르 륵이지. 군대 와서 사람 신세 조지긴 깜짝할 새야."

"대대장 집에 입주했었소?"

병장이 묻자, 죄수는 무관심하게 눈을 돌린 채 더이상 대꾸하지 않았다.

"특과로군."

"당번이었어. 대대장 숙소에 있었지."

병장은 서류를 들치며 말했고, 하사가 대답했다. 병장이 서류를 봉투에 넣어서 하사에게 건넸다.

"차라리 내무반이 속 편하죠."

"무슨 소리야?"

"아주 제대해버리지 않을 바에야, 사회 물 먹는 게 더 괴롭다 그겁니다."

"그건 맞아. 군바리는 싸움터에 있는 게 제일이지. 월남서는 편했어. 누가 뭐라는 놈두 없었구."

"출동 나가본 적이 있거든요."

"뭐…… 폭동 진압?"

"죽어나는 겁니다. 좌우간에 배고프지, 잠 못 자지, 들볶이지, 군중들 모인 게 무슨 원수 같더구만. 디리 조기는 거라. 일렬루 서서 헤치구 나가보슈. 이가 갈리는 거요."

"야, 그러니까 공으루 입혀주구 먹여주는 줄 알아. 내 군바리 십 년이 가까워오지만 옷 벗을 생각 없다고."

병장은 일어나서 단독 무장을 챙겼다.

"나갑시다. 곧 기차가 올 텐데."

"가만있어……"

하사가 따라 일어서다가 잠깐 망설였다. 그는 초소 안을 두리번거렸다.

"포승 있나?"

"없어요."

"수갑을 함께 차니까 불편하던데…… 얘를 좀 각별히 모셔야겠어."

"괜찮겠죠. 우리 둘이니까 앞뒤에서 호송합시다."

하사가 목소리를 낮추었다.

"저 새끼 살아나긴 다 틀린 놈이다. 사고 나면 너나 나나 영창으루 직행하는 거야."

"그럼 기차를 탈 때까지만 내가 함께 차지요."

"글쎄…… 그렇게라두 해야지. 어유, 손목이 제법 아프던데. 포승이 있으면 좋을 텐데 말야."

하사는 부담을 덜게 되어 일단 마음이 놓이는 모양이었다. 그는 죄수의 손목과 쇠침대의 철봉에 엇갈려 채운 수갑을 열었다. 그러고는 병장이 내민 왼쪽 손목에 수갑을 채웠다.

"기분 묘한데요."

"글쎄 그렇더라니까. 내가 뒤에 서지."

단독 무장의 병장은 오른편 어깨에 총을 메고 죄수를 왼쪽에 매어달고서 나란히 검문소를 나섰다. 하사가 그 뒤를 따랐다. 차가운 빗방울이 그들의 뺨 위에 몰아쳐왔다. 그들은 진흙에 미끄러지지 않도록 조심하면서 산비탈을 내려갔다. 병장 곁에 나란히 걷던 죄수가 미끄러졌고 병장은 수갑 찬 손목을 쳐들면서 짜증을 냈다.

"이 새꺄 조심해!"

하사가 죄수의 겨드랑이에 손을 넣어 끌어올렸다. 산비탈 바로 밑에는 우물이 있었고, 우물을 지나면 곧 철길이 놓인 둑이었다. 그들은 자갈을 밟으며 둑 위로 올라갔다. 역사 쪽은 아직도 캄캄했다.

"야, 기차는 분명히 오는 거냐?"

"네, 곧 오겠죠."

그들은 빗물에 미끄러워진 침목을 밟으면서 역사로 걸어갔다. 흰색의 이정표가 천천히 다가오고 있었다. 그들은 철길을 가로지르고 창고와 개찰구와 변소가 나란히 붙어 있는 처마밑을 향해 걸어갔다.

"저기 서서 비 좀 피합시다."

"야, 여긴 수송부 파견대가 없나?"

"종착역에 있어요. 요 다음다음 정거장요."

"드러운데 정말⋯⋯"

그들은 창고의 처마밑에 다정한 듯이 바짝 붙어 서 있었다. 하사가 팔을 쳐들고 시계를 살펴보았다.

"스물한시 정각인데, 어떻게 된 거야. 전부들 자빠져 자는 거 아냐?"

"연착이군⋯⋯"

"가만있어. 이러구 무작정 기다릴 수두 없잖아. 쥐새끼 한 마리 보이질 않으니⋯⋯ 안 되겠어."

하사는 역사 쪽으로 걸어가 개찰구에 다가가더니 문을 밀어보았다. 잠겨 있는지 쇳소리가 들렸고, 하사는 발로 두어 번 내지르며 투덜거렸다. 하사가 역사를 돌아서 사라졌다. 병장은 자유로운 오른손으로 손수건을 꺼내어 빗물에 젖은 얼굴을 닦아냈다. 그런데 갑자기 왼쪽 손목이 거세게 당겨졌다. 그는 반사적으로 상체를 구부렸고 가슴에 호된 타격이 가해지면서 무릎을 꿇고 말았다. 죄수가 오른손을 늦추면서 다시 발을 들어 병장의 등을 짓밟았다. 병장은 흙탕물 위에 엎어졌고, 죄수가 재빨리 그의 어깨에서 총을 끌러내어 왼손에 쥐었다. 그는 한쪽 무릎으로 병장의 목을 짓누르고 총을 허리 옆에 세운 채 노리쇠를 후퇴시켰다가 놓아주며 실탄을 장전했다.

역사에 불이 켜졌다. 창문으로 새어나온 불빛은 빗발이 꽂히는 허공을 훤히 비췄다. 죄수가 허리를 펴면서 수갑 찬 손목을 낚아챘다. 병장이 신음하면서 고개를 들었는데 얼굴은 온통 흙탕물로 더럽혀져 있고 파이버는 벗겨져서 나뒹굴어 있었다. 고개를 돌려 바라보는 병장에게 총구를 겨누면서 죄수가 나직하게 말했다.

"일어나."

병장은 엉거주춤 무릎을 세우며 일어섰다. 죄수는 바깥쪽으로 서고 병장을 벽으로 밀어붙이며 말했다.

"알지? 나는 피 본 놈이야."

그는 창고의 벽을 따라서 걸으며 연방 함께 차고 있는 병장의 수갑 찬 손목을 낚아챘다. 왼손으로는 총을 쳐들어 병장의 옆구리에 총구를 처박은 채였다. 창고의 함석문 앞에 이르자 그는 발길로 문을 질러보더니, 다시 쪽문을 밀어보았다. 쪽문이 안쪽으로 열렸다. 뒤쪽에서 하사가 뛰어오는 듯한 군홧발 소리가 들려왔다. 하사가 이상한 기미를 알아채고 어둠 속에 멈춰 서면서 외쳤다.

"뭐하는 거냐?"

병장 대신에 죄수가 대답했다.

"가까이 오지 마라."

죄수는 병장을 창고의 쪽문 안으로 처밀면서 다시 말했다.

"가까이 오면 둘 다 죽여버린다."

죄수와 병장은 창고 안에 들어가 있었다. 죄수는 방싯 열린 쪽문의 틈으로 총구를 내밀고 살폈다. 병장은 좀 전의 급습에 아직 정신을 차리지 못하고 있었다. 그는 창고 안에 밀려 들어오자마자 벽에서 주르르 미끄러지며 주저앉았다. 죄수가 그의 손목을 늦춰주면서 속삭였다.

"내가 급해지면 너두 마찬가지야. 귀찮게 굴지 말구 앉아 있어. 송장을 달구 다녀두 좋으니까."

밖에서 하사의 목소리가 들려왔다.

"쓸데없는 짓 말아. 곧 잡힌다."

쪽문을 밀어낸 죄수가 총을 어둠 속에다 대고 한 방 갈겼다. 총소리가 창고 건물을 찢어발길 듯이 날카롭게 울려퍼졌다. 폼에 일렬로 늘어서 있던 아크등에 불이 켜져서 역사 구내는 대낮처럼 밝혀져 있었다. 하사가 창고의 벽에 찰싹 붙어 서서 떠들었다.

"손들구 나와라. 연락만 하면 기동타격대가 출동해서 포위할 거야. 그땐 다 사는 거야, 무조건 갈겨버릴 테니까…… 어서 나와."

죄수가 또 한번 총을 쏘았다. 그는 쪽문 사이로 외쳤다.

"높은 놈들 다 불러와. 얘기나 실컷 하구 나서 뒈질 거야. 저

승길 친구할 놈은 누구든지 붙여주지."

하사는 권총을 쳐들고 잠깐 망설이다가 창고 곁을 떠났다. 하사가 역사로 뛰어들어가니 숙직하던 역원이 놀라서 책상 뒤로 몸을 구부렸다. 하사가 외쳤다.

"삼십 분 연착이랬소?"

"네…… 시발역에서 좀 늦는답니다. 무슨 일입니까?"

하사는 대답 않고 두리번거리다가 수화기를 들었다. 총소리에 놀란 역원이 두 사람 더 뛰어들어왔다.

"무슨 일이죠?"

"살구 싶으면 폼으루 나가지 마쇼!"

다이얼을 돌리면서 하사가 재빨리 지껄였다.

"벌써 표를 팔았는데요."

"아직 개찰시키지 말라니까."

하고 나서 하사가 수화기를 움켜쥐고 다급하게 떠들어대기 시작했다.

"아, 본부, 본부요? 스무시에 출발했던 압송 책임잡니다. 네, 하삽니다. 압송병의 실수로 죄수에게 총을 뺏겼습니다. 지금 인질로 잡혀 있습니다. 넷, 처벌은 감수하겠습니다. 소대 병력이면 되겠습니다. 기차가 역으로 들어오지 않도록 조처해주십시오. 넷, 최선을 다하겠습니다."

하사는 수화기를 내려놓고, 얼굴에 번진 빗물을 훑어내렸다. 그는 권총을 꺼내 쥐고 역원에게 물었다.

"근처에 파출소가 있소?"

"읍내 쪽으로 나가면 있습니다."

"가서 모조리 불러오시오. 무장하구 오라구 전하쇼."

역원이 바삐 뛰어나갔다. 하사는 다시 바깥으로 나와 창고 곁으로 다가갔다. 그는 건물의 모퉁이에 바짝 기대어 서서 외쳤다.

"기차는 오지 않는다. 어서 포기해."

그러나 안에서는 잠잠했다. 하사가 다시 외쳤다.

"지금 나오면 괜찮지만, 시간이 지날수록 너만 손해야. 기동대는 사정없다."

그때, 음산하게 짓씹는 듯한 죄수의 목소리가 들려왔다.

"꺼지지 않으면 이 자식을 죽여버리겠다."

하사는 초조하게 역사를 돌아다보았다. 비어 있는 역 구내에 불빛만이 휘황했다. 벌써 스물한시 반이었다. 그는 전화를 걸기 위해 다시 역사로 돌아갔다.

"옷핀 있냐?"

죄수가 말했고, 병장은 기진맥진해져서 대답했다.

"없는데……"

그는 창고 벽에 기대앉아 있었고, 죄수는 쪽문 곁에 쭈그리고 앉아 있었다. 그는 병장의 치켜진 손이 늘어질 적마다 호되게 당겼다.

"나한테서 떨어지구 싶으면 수갑을 풀어라."

"풀면 보내줄 테냐?"

병장의 물음에 죄수는 잠깐 사이를 두었다. 병장이 다시 말했다.

"이 역의 사방은 논과 들판이다. 달아날 데가 없어. 기차는 연락이 가서 네가 잡히기까진 오지 않을 거다. 또 기차가 와서 네가 올라탄다 한들 고향에는 가지 못할걸. 사단 구역을 벗어나게 하진 않을 테니까. 차라리 너를 죽일 거다."

죄수가 웃었다. 그는 총신으로 병장의 머리를 툭툭 건드렸다.

"집에 갈려구 이러는 게 아니다. 내가 죽게 되면 너를 먼저 쏘아주지."

병장은 목덜미를 만졌다.

"뭐하는 거야?"

죄수가 긴장해서 말했다.

"머플러를 풀려구 그런다. 뒤에 옷핀이 있어."

"옷핀으로 수갑을 풀러봐. 그럼 서루 편할 거 아냐?"

병장은 머플러를 끄르고 옷핀을 빼어냈다. 그는 옷핀을 펴들고 수갑의 열쇠 구멍에 집어넣어 톱니의 자물쇠를 한 칸씩 밀어내보았다. 톱니를 걸고 있는 자물쇠를 밀어내야겠지만 캄캄해서 보이질 않았고 의외로 용수철의 강도가 센 모양이었다.

"신형인 거 같은데……"

병장은 드디어 자물쇠에 핀을 걸어 맞추는 데 성공했다. 힘껏 당기면서 톱니를 밀어냈으나 두어 칸도 못 가서 핀이 구부러져버렸다.

"조금 헐거워진 것 같기는 한데, 안 되겠다."

병장은 다시 손을 늘어뜨리고 벽에 기대어 앉았다.

"언제까지 이렇게 버틸 작정이냐?"

죄수가 그 말에는 대답 않고 말했다.

"담배 있지?"

"두어 대 남았을까?"

"불을 붙여서 내 발끝에 던져라."

병장이 부스럭대며 담배를 꺼냈고 성냥을 찾았다.

"한 손으로는 불을 켤 수가 없잖아."

"내 손을 느슨하게 해주지. 서툰 수작 하면 갈겨버린다."

죄수가 손목을 쳐들어 가까이해주었고, 병장이 성냥불을 담배에 댕겼다.

"이리루 던져."

"가만있어, 나두 붙이구……"

그들은 함께 담배를 입술 끝에 물었다. 병장이 말했다.

"나는 제대 말년이다. 곧 민간인이야."

"재수가 없군."

죄수는 쿡쿡 웃었다.

"내가 알 게 뭐야. 앞으로 어떻게 될지 생각중인데…… 돼 가는 대루 하겠다."

하다가 죄수는 말을 끊고 귀를 기울였다. 먼 곳에서 디젤 기관차의 경적 소리가 짧게 한 번 그리고 길게 들려왔다.

"들리냐? 기차가 들어오구 있어."

죄수는 벌떡 일어났다. 그는 쪽문을 조금 더 열고 어둠 속을 내다보았다.

"신호등에 불이 켜졌다."

"결국은 잡힌다."

"저 기차를 우선 타구 봐야겠군."

"집에 갈 테냐?"

"가는 데까지 간다."

병장이 말했다.

"나두…… 집에는 가구 싶다."

"일어서."

죄수는 문틈으로 기관차의 헤드라이트가 나타나는 것을 내다보았다. 병장이 말했다.

"넌 다 살았다."

"새끼…… 너두 마찬가지야. 우린 한몸이다. 아까까지는 사냥개하구 토끼였지만, 너두 토끼야."

"밖에 여럿이 숨어서 나오기만 기다리구 있을걸."

죄수가 문밖을 내다보다가 중얼거렸다.

"뭐야…… 저기서 섰잖아."

기관차의 기다란 경적 소리가 잇달아 들려왔다. 병장이 말했다.

"봐라. 기차는 우리 때문에 역으루 들어오지 않구 멀찍이 정거한 거야. 하사가 요청했겠지. 기차는 그대루 통과할 거다."

"좋아, 밖으루 나가자."

죄수가 병장을 끌어 제 앞에 세웠다.

"나를 따라서 뛰는 거야."

죄수는 병장을 먼저 문밖으로 밀어냈다. 가까운 곳에서 하사의 고함소리가 들려왔다.

"야, 절대루 나오지 말어. 그 안에서 버티라구."

총소리가 들렸다. 창고의 블록 조각을 튕기며 탄환이 날아와 박혔다. 죄수는 다시 병장을 안으로 끌어들였다. 위협사격에 잠깐 주춤했던 것이다. 다시 총성이 두어 번 더 들렸고 탄환이 블록담을 부스러뜨렸다. 죄수는 벽에 찰싹 기대서서 말했다.

"몇 놈 더 있는 모양이군."

경적 소리가 들려왔다.

"얼마쯤 정거하나?"

"한 삼 분쯤…… 기차는 곧 떠날 거야."

다시 경적 소리가 길게 들려왔다. 죄수가 쿡쿡 웃어댔다. 병장이 말했다.

"결국은 시간이…… 이긴다."

죄수가 조용히 말했다.

"앉어."

병장이 앉고, 죄수도 벽에 등을 기대고 털썩 주저앉았다. 죄수가 말했다.

"잠깐, 어처구니없는 생각을 했다. 나는 기차 소리를 듣구 애들 생각을 했어. 언제나…… 놓치기만 했다."

이윽고 철로 위를 달리는 기차의 바퀴 소리가 들려왔다. 탁가닥 탁, 타가닥 타, 하면서 선로의 연결 부분에 걸리는 바퀴 소리가 지나가고 있었다. 죄수는 벽에 기대앉아 그 소리가 아주 들리지 않게 될 때까지 귀를 기울이는 것 같았다. 다시 빗소리만이 창고의 지붕을 두드리고 있었다. 병장이 말했다.

"왜 죽였어?"

"말 시키지 말어."

죄수가 중얼거렸다.

"정당한 이유가 있다면 감형은 될 거야."

병장이 말하자 죄수가 흥, 하며 코웃음 소리를 냈다.

"상급자를 쐈는데 정당한 이유가 어딨어. 나는 네 두 배나 군에서 썩었지. 그리구 절반쯤은 군 감방에 있었다. 그래두 내가 쏘았던 이유를 모른다면 말해주지……"

병장은 잠자코 있었다. 죄수는 말했다.

"돈짝만한 계급장을 쐈는데…… 그게 사람이잖아."

"이봐, 대대장이면 중령이야, 네 따위는 죽이구 살리구 할 수가 있다구."

"헌데 죽은 건 그자야."

죄수가 웃었다.

"너는 이제부터 내 군대의 내 쫄병이다. 지금 우리 정부는…… 전쟁중이거든."

하고 나서 죄수가 손목을 번쩍 쳐들어 보였다. 병장의 손목도 따라서 올라갔다가 죄수의 동작에 따라서 아래로 떨어졌다. 죄수가 말했다.

"너는 내 포로다."

병장이 고개를 흔들었다.

"아니다. 너는 혼자서 덫에 걸린 쥐새끼일 뿐야."

"모두 혼자지. 수갑에 같이 묶인 너하구 나만 빼놓구는……
자, 이제부터 집행을 해볼까?"

죄수가 카빈총을 들어 맞은편 벽을 겨누었다. 병장은 흠칫
놀랐다.

"날 쏠 거냐?"

"집행을 하구 나서…… 한 발만 남겨두지."

"나는 네게 원한이 없는데……?"

"그건 나두 마찬가지야."

죄수가 방아쇠를 당겼다. 총성이 요란하게 울려퍼졌다.

"집 동네를 쏘았다. 이제부터 남은 총알을 거꾸로 헤어라.
지금 열일곱 발 남았어."

"아내를 쏘았다."

"열여섯 발."

"애새끼를 쏘았다."

"열다섯 발."

"휴가증을 쏘았다."

"열네 발."

"철조망을 쏘았다."

"열세 발."

고막을 찢는 듯한 총성이 계속되었다. 병장은 고개를 처박고 계속해서 탄알의 수를 헤아렸고, 죄수가 한 방 갈기고는 크게 떠들었다.

"군번을 쏘았다."

"일곱 발."

"계급장을 쏘았다."

"여섯 발."

"영창을 쏘았다."

"다섯 발."

"중령의 속옷을 쏘았다."

"……"

"야, 벌써 죽고 싶냐. 세라구 했잖아."

"네 발."

"고향 편지를 쏘았다."

"세 발."

"더 크게……"

"세 발."

"부쳐온 떡을 쏘았다."

"두 발."

"그리고…… 아까 지나간 기차를 쏘았다."

"하…… 한 발."

철컥, 하면서 죄수가 총구를 병장에게로 겨누었다.

"그리고…… 그리고, 너를 쏘아줄까?"

사이렌 소리가 요란해졌다.

지프차 한 대와 트럭이 역전으로 달려들어오고 있었다. 트럭에서 완전무장한 병력이 뛰어내렸다. 인솔자는 헌병 중위였다. 역원이 그들을 역 구내로 안내했고, 하사와 두 명의 순경이 잠복한 창고 앞의 변소 건물을 가리켰다. 하사가 적전 왕래나 하듯이 허리를 굽히고 뛰어왔다.

"저 안에 있나?"

"네, 지금 꼼짝 못하구 갇혀 있습니다."

"인질은 무사한가?"

"모르겠습니다. 총소리가 여러 번 들리다가 방금 멎었습니다."

"알겠다. 일분대 창고 우측, 이분대는 좌측, 그리고 삼분대는 저 문까지 포복한다. 하사가 앞장서라."

고지 공격을 하듯이 기동타격대가 좌우로 흩어져 뛰었고, 정면으로 뛰던 병력은 창고 앞에서 바싹 엎드리고 기어서 접근하기 시작했다. 중위의 지시로 역 안의 불들이 모두 꺼졌다. 불빛 아래 번들거리던 군인들의 젖은 우비 자락이 어둠 속으로 사라졌다. 중위가 역 구내의 스피커에 대고 떠드는 소리가 들렸다.

"지금 창고 바깥은 완전히 포위되었다. 손들고 나와라. 총을 버리고 자수해라. 다시 말한다. 총을 버리고 자수해라."

그 목소리는 마치 출찰구를 빠져나가는 승객들을 안내하는 역원의 방송처럼 단조롭게 들려왔다. 입으로 마이크를 불어보는 소리가 들리고 나서 방송이 또 한번 흘러나왔다.

"손들고 나오면 살려준다. 손들고 나오면 살려준다."

하사가 바로 문 앞에까지 기어갔을 때, 안에서 둔탁한 총성이 들려왔다. 하사는 잠깐 사이를 두었다가 쪽문을 박차며 안으로 뛰어들었다. 그는 누군가의 몸 위에 넘어졌다. 그것은 흰 러닝셔츠 바람의 죄수였다. 그에게서 흘러나온 끈적끈적한 피가 하사의 두 손바닥을 적셨다.

"개새끼……"

하사가 그 옆에 쭈그린 병장을 흔들었다.

"야, 정신 차려!"

병장은 머리를 무릎 사이에 처박고 자꾸만 중얼거렸다.

"한 발, 한 발, 한 발……"

하사는 열쇠를 꺼내어 수갑을 풀고, 시체로부터 병장을 떼어
냈다.

(1976)

몰개월의 새

마지막 군장 검열이 끝난 막사 안은 들뜬 병사들로 술렁거리고 있었다. 이층 침상의 위 칸에는 새로 지급받은 의낭과 단독 무장이 차례대로 놓여 있었고, 아래 칸에는 자정이 가까워오는데도 침구를 펴놓은 자리가 한 군데도 없었다. 그들은 모두 정글복 차림에다 수색대 모자인 붉은 운동모를 쓰고 우쭐댔다. 군화를 닦아 광을 내는 병사들, 일 년 치를 앞당겨 받은 봉급을 침 발라 헤는 병사들도 있었고, 벌써 주보로 달려가 일차를 걸친 축도 있었다. 대부분은 이 마지막 밤을 잠들어 보낸다는 것이 몹시 어리석은 짓이라고 여기는 모양이었다. 내게는 이틀 전에 무단이탈로 다녀온 서울에서의 하룻밤이 애매하게나마 남아 있었다. 나는 침상의 위 칸에서 일렬로 놓여진 의낭 위에 드러누워 있었다. 동료들의 행동 하나하나가 잘 내려다보였다. 군가 소리가 사방에서 제각기 다른 곡조로 들려왔다.

　일 년 반 만에 서울을 찾아가 다시 확인했던 것은 나의 무엇이었을까. 그것은 파충류의 허물과도 같은 것이고, 나는 그 허물을 주워서 다시 뒤집어쓰고 돌아온 건 아닌가. 어깨를 늘어뜨리고 싸돌아다니던 골목에는 아직도 같은 또래의 젊은이들이 어두운 얼굴로 서 있었다. 나도 언제나 끼이고 싶어하던, 머리 좋은 치들의 비밀결사는 여전히 토론을 벌이고 있었다. 그들은 성공한 신사들 같았다. 모친의 식료품 가게는 문을 닫았다. 그 어두운 가게의 천장 위에 내 '잠수함'은 뚜껑을 닫고 선장을 기다리고 있었다. 뚜껑을 젖히고 머리를 내밀자 나는 다시 심해에 잠기는 것 같았다. 내 다락방의 벽에는 떠나오던 날의 낙서가 여전히 남아 있었다. 밤새껏 승냥이는 울부짖는다─라고. 지붕 건너편에서 솜틀집의 활차 돌아가는 소리가 여전히 들렸고, 벽 하나를 사이에 둔 이발소집 형제는 유행가를 합창하고, 야채장수 부부는 또 한바탕 두들기고 울었다.

　나는 특교대의 출국 명령이 떨어지자마자 내 소속이 이제는 허공에 붕 떠버린 것을 알아차렸다. 전쟁터로 나가는 놈을 영창에 넣으랴, 하고는 철조망을 타넘었던 것이다. 밤기차의 승강구에서 나는 소주를 두 병이나 비웠다. 그러자 새벽의 어스름 속에 화냥년 같은 서울이 갑자기 나타났다. 이 짧은 밤의 여행은 군인이 되기 전 나의 온갖 외로움을 모아놓은 것과 같았고, 미친년처럼 얼룩덜룩하게 화장한 육십년대의 축축한 습기가 배어 있는 듯했다. 그러나 고따위 물기로는 감자 한 알 적시지 못할 것이다. 아무튼 나는 열차 조역처럼 망치를 들고 하나씩 그곳을 두드려보았다.

한참이나 역 광장을 맴돌았다. 먼저 어디로 가서 나를 만날 것인가. 내 흔적이, 내 그림자가 어디에 남아 있는가. 나는 가족들의 식탁 뒤편에서 앓고 있다가 방금 일어나 끼어든 환자처럼, 도시의 활기가 어쩐지 분했다. 전화를 걸었다.

아…… 그런 사람 없습니다. 오래전에 그만두었는데요. 글쎄요, 알 수 없군요.

다시 전화를 걸었다. 수화기 너머로 음악소리가 들리고 아직 잠에서 덜 깬 목소리가 들려왔다.

야, 오랜만인데, 방금 깼다. 음, 그렇게 됐니? 많이 죽이지 마라. 연합군한테 술 살까? 저녁에 안 돼? 겨우 하루라니. 그치가 누구야…… 누굴 말하는 거야, 아, 사라졌지. 물론 누가 꿰어찼겠지. 청춘이 다 그런 거다.

저녁에 기차를 타기 전에 전화를 걸었다. 그쪽에서 뒤늦게 알았다면서 전화번호를 알려주었다. 나는 전화를 걸었다. 소리가 아주 가까웠다.

여보세요, 여보세요, 여보세요……

딸깍, 끊기고 나도 수화기를 내려놓았다. 높은 소리의 마디가 맑고 가늘게 갈라지는 것이 그 목소리의 특징이었다. 약한 것, 부드러운 것, 포근한 것, 따뜻한 것, 누이 어머니 여선생 할머니 간호원 보모 그리고 어린애 비둘기…… 그것이 숨쉬는 가슴. 나는 정글모가 코를 가리도록 깊숙이 눌러썼다.

마침 일요일 저녁이라 플랫폼에는 떠나고 배웅하는 사람들이 많았다. 서울 근교의 병영에서 외출 나왔던 장병들이 서둘러 귀대하고 있었다. 내 바로 앞에 공군 중위가 여자와 나란히 걷고 있었다. 그 팔에 매달릴 듯이 걸어가는 여자의 짧은 머리카락이 목덜미에서 나풀거렸다. 나는 군용열차칸의 승강구에 기대어 서 있었다. 그들은 기둥 앞에 나란히 서서 내려다보고 올려다보며 뭐라고 지껄이고 웃고 했다. 중위가 여자의 머리카락을 건드리면서 입을 벌리고 웃었다. 기차가 천천히 움직일 때에야 중위는 손을 흔들어주고는 내 옆 칸의 승강구 위로 뛰어올랐다. 여자가 웃는 얼굴로 손을 흔들며 몇 걸음 따르더니 그 자리에 서서 고무줄을 하는 계집아이처럼 깡충깡충 뛰었다. 내가 그 여자와 시선이 부딪쳤던 것 같다. 그러나 그 여자는 열차의 불빛에 막연히 시선을 던졌겠지. 그 두 사람은 어찌될까.

내가 전쟁터에서 돌아올 즈음에는, 아니 내주 주말에는……
플랫폼의 등불 빛이 재빨리 미끄러져갔다. 중위는 곧 안으로
들어갔고 나는 승강구에 걸터앉았다. 저이들은 나를 모르고,
기억조차 하지 않으며, 불빛이나 소음이나 바람의 부분으로 나
를 끼워넣을 것이다. 그러나 나는 다시 만나지 못할지라도 그
들을 오래 기억할 것이다. 여자의 머리카락을 흐트러뜨리던 키
큰 중위의 웃음을 나는 생생히 떠올릴 것이다. 그 여자의 깡충
거리던 작별의 동작을 잊지 않을 것이다. 나는 그 순간에 회한
덩어리였던 나의 시대와 작별하면서, 내가 얼마나 그것을 사랑
하고 있는가를 알았다. 내가 가끔 못 견디도록 시달리는 것은
삶의 그러한 비늘 같은 파편들 때문이다.

누군가 이층 침상의 사다리를 오르고 있었다. 코가 길쭉해
서 추장이란 별명이 붙은 이상병이 역시 그 기다란 코를 침상
가녘에 쑥 내밀었다.

"뭐하니…… 몰개월 나가자."

"잠이나 자야겠어."

내가 드러누운 채 심드렁하게 지껄이는 것이 그는 놀라운 모
양이었다.

"헛…… 야, 너 미쳤구나. 다섯시에 출동이야. 지금 벌써 한
시 가까이 되었다. 마지막인데 잠이 오나?"

"졸려……"

"돈 아까워서 그러니? 이제부턴 휴지나 다름없는데 뭐할래…… 너 의리가 형편없구나."

나는 대답이 없는데 밑에서 또하나 올라왔다. 벌써 취기가 웬만큼 오른 안병장이었다.

"몰개월 동기끼리 이제 와서 배신하기냐? 야, 일어나. 쫄병이 기합이 빠져가지구 선임 수병을 뭘로 아는 거야."

나는 농기를 싹 빼고 말했다.

"몸이 불편합니다."

"인마, 술 먹으면 다 나을 병이야. 갈매기집 빠꿈이가 사타구니를 열구 기다린다."

"조용히 누워 있을라구 그래요. 둘이서들 갔다 오슈."

안병장은 착 갈앉은 내 말에 김이 새버렸는지 툴툴거리며 내려갔다.

"아야, 집어쳐 인마, 아무리 매미지만 그런 법이 어딨냐."

나는 잇달아 내려가려는 추장을 불렀다.

"이상병, 이거 갖다줘라. 탁 털은 거야."

그는 내가 내민 돈을 몇 번이나 훑어보았다.

"외상값이냐?"

"휴지나 마찬가지잖아."

216

"빼꿈이 수지맞았는걸."

추장은 돈을 구겨넣고 내려갔다. 막사가 잠시 동안에 텅 빈 것 같았다. 그들은 이곳저곳에 터진 철조망 구멍을 기어나갈 것이다. 간혹 막사를 거니는 발소리와 담뱃불이 보이는 것으로 미루어, 오지 않는 잠을 청하는 체하고 있는 병사들이 더러 있는 모양이었다. 한참이나 뒤척거리다가 나도 그들을 따라 나갈 걸 그랬다고 후회하기 시작했다.

추장과 내가 가까워진 것은 야간전투 훈련장에서였다. 그는 이인용 텐트를 나와 함께 썼던 것이다. 우리는 언제나 배가 고팠고, 밤마다 나란히 드러누워 사회에서 먹던 음식 얘기를 늘어놓곤 했다. 추장은 주계병인지라 무슨 음식이든지 얘기만 나오면 처음부터 차근차근 입으로 요리해나갔다. 그의 얘기에 빨려들면 드디어 그럴듯한 요리가 나오는 장면에 이르러 우리는 거의 환장할 지경이었다. 그는 보급병인데다 사회에서 고생을 많이 해본 친구라, 맨손 가지고도 입을 달랠 뛰어난 재주를 가지고 있었다. 우리는 야간전투 훈련장에서 나머지 사흘을 영계 백숙으로 포식했다. 추장이 십여 리나 되는 주변 마을의 양계장으로 원정을 가서, 여섯 마리의 닭을 산 채로 사냥해왔던 것이다. 그는 그것을 우리 분대의 비밀 보급창에다 숨겨두었다. 작은 소나무 사이에 구두끈으로 닭의 발목을 매어놓고는 우의를 덮어놓았던 것이다. 분대원들에게는 무차별 급식을 해준다는 약속을 하고 교대로 감시를 시켰다. 우리는 한밤중에 일어나 철모에다 닭을 튀겨 먹곤 했다. 밤에 독도법 훈련이며 야간 매복 훈련을 나갔다가 돌아오면 추장이 먹을 것을 닥치는 대로 보급해왔다. 팔뚝만한 무. 설익은 수박. 고구마 따위였다. 추장은 늘 전우의 영양 상태를 걱정했다. 하루는 폭우가 쏟아지는 밤인데 추장이 나를 깨웠다. 그는 무릎에까지 치렁치렁 내려오는 판초 우의를 걸치고 있었다.

"한잔 빨러 가자."

"먹구 튀는 건 자신 없는데."

그는 우의를 슬쩍 쳐들어 보였다. 흙 한 번 묻히지 않은 새 군화가 세 켤레나 주렁주렁 매달려 있었다. 나는 반듯하게 각이 진 군화의 뒤창 모서리를 만져보면서, 추장이 사단 보급창을 거덜내는 게 아닌가 놀랐다.

"오늘 통신대에 워커 보급이 있더라."

통신대는 특수교육대와 길 하나 사이였다. 추장이 내무반의 혼잡 속으로 들어가 새로 받은 그들의 군화를 슬쩍 걷어온 모양이었다.

"침상 널빤지 밑에 감춰뒀는데, 들킬까봐 하루 내내 밥을 못 먹었다."

추장이 널빤지를 깔고 누워 환자 시늉을 한 것이 그 밑에 들어 있던 군화 때문이었다는 것을 뒤늦게 알았다. 우리는 비가 퍼붓는 특교대 연병장을 나란히 구보했다. 버젓하게 뛰어가야 동초가 아무 말 없다는 그의 주장이었다. 우리는 철조망을 무사히 통과했다. 개구리 소리에 귀가 멍멍했다. 논두렁을 지나면 한길이 나오게 되어 있었다.

"불빛 보이니?"

"응, 몰개월이다."

몰개월에는 전기가 들어오지 않았다. 특교대가 생겨나자 서너 채의 초가가 있던 외진 곳에 하나둘씩 주막이 들어섰는데, 거의가 슬레이트 지붕에 흙벽돌이나 블록으로 지은 바라크들이었다. 비슷한 꼴의 나지막한 집 이십여 채가 울퉁불퉁한 자갈길 양쪽에 늘어서 있었다. 원래의 몰개월 마을은 이 킬로쯤 더 가야 있었으나, 이곳을 모두 몰개월이라 불렀는데 바다가 바로 그 뒤편에서 철썩이고 있었다. 어디서 흘러왔는지도 모를 작부들이 집마다 두세 명씩 기거했다. 낮에는 모두들 깊이 자는지, 과외 출장을 나가는 때에 몇 번 지나가보았으나 모래먼지만 뽀얗게 일어나고 있었던 것이다. 그러나 특교대에서는 몰개월의 똥까이들이 전국에서 가장 깡다구가 센 년들이란 소문이 자자했다. 갈 데 없어 막판까지 밀려와, 전장에 나가려는 병

사들의 시달림을 받으니 그럴 법도 했다. 우리는 드문드문 남
폿불이 새어나오는 몰개월로 들어섰다. 밤도 늦었고 비가 워낙
에 억수로 퍼부어서 어느 년도 내다보질 않았다.

"가만있어…… 저게 뭐야."

나는 길옆의 허엽스레한 것을 보고 다가갔다. 시궁창에 하반
신을 담그고 엎드린 여자였다. 얇은 슈미즈만 입었으며, 비에
흠뻑 젖어 있었다.

"비도 오구 공치는데, 한잔 꺾었다 이건가."

"가만있어."

내가 여자를 들어올렸으나, 그 여자는 고개와 팔을 아래로
툭 떨어뜨렸다. 정말 억병으로 마신 듯했다. 간간이 으응, 하면
서 신음소리를 냈다. 몸이 형편없이 야위었고 키만 멀쑥했다.
빗속에 내던져진 벌거숭이의 여자를 그냥 두고 가기에는 좀 언
짢은 일이었다. 공연히 우리가 먼 벽지나 부둣가의 어둠 속에
콱 처박히는 듯한 느낌이 들었다. 사실 그랬지만, 나는 서부의
노다지 광산을 찾아든 건달 같다는 생각을 했었다. 그리고 무
엇보다도 시궁창에 처박힌 여자의 그런 모양이 내 욕정을 일으
켰다. 몇 번 위로 추켜보면서 나는 곤죽이 된 여자와 자고 싶었
던 것이다.

"생각 있니?"

곁에서 추장이 눈치 빠르게 속삭였다.

"그쪽에서 좀 맞들어라."

우리는 송장을 치울 때처럼 그 여자를 들고 남포 불빛 쪽으로 다가섰다.

"이 집 여자 아뇨?"

주인 남자인 듯한 사내가 연탄불을 갈고 있다가 얼굴을 내밀고 여자를 자세히 들여다보았다.

"미자로구만. 얘는 갈매기집 앤데, 술만 먹으면 개차반이라 아예 내놨지. 누구하구 또 싸웠을 게요. 댁에들한테 시비 걸지 않습디까?"

"갈매기집이 어디요?"

우리는 사내가 가르쳐준, 바른편의 길 뒤편에 약간 외져서 있는 술집으로 찾아갔다. 여자를 떠메고 들어서는 우리를 보자 방에서 화투로 재수패를 떼던 주인 여자가 어리둥절한 모양이었다.

"아니 이년이 정말…… 어디 옆집에 놀러간 줄 알았더니."

"또랑물이 넘었으면 아마 코를 박고 죽었을 거요. 그런 의미에서 오늘은 외상이오."

"그 방으루 들어가요. 술 처먹구 약까지 처먹었을 텐데…… 나 참, 영업자치구 애인 삼아 망하지 않은 년 없다더라."

"애인이라니, 시내에서 여기까지 술 먹으러 오는 사람두 있소?"

"댁에 같은 군바리 애인이지 뭐. 당신들 특교대 있지요?"

"한 보름 뒤엔 떠나요."

"이 쓸개 빠진 년들이 모두들 애인 하나씩 골라서는 편지질을 하는데, 어떤 년들은 열 사람 스무 사람에게 쓴다우. 한 달에 한 명씩 골라잡아두 열 달이면 열 명이 꽉 찬다구. 미자 년이나 옆집 애란이나 가끔 술 처먹구 지랄을 하는데, 아마 상대편이 죽었다는 소식이 들리는 모양이지. 그뿐야? 제대하구 가면서 몰개월에 찾아와 들여다보는 놈들은 한 번두 못 봤다니까. 자 이래놓으면, 오늘 비가 오니 다행이지만 손님 못 받지, 내일 조시 나빠서 장사에 지장 있지, 심란하니까 노래도 안 나오지, 이년들을 그저 정신 바짝 차리게 해줘야지."

말대꾸를 하던 추장도 주인 여자의 얘기가 제법 솔깃했던 모양이었다. 나는 주인 여자의 시선은 아랑곳 않고, 미자를 끌어다 우리가 들어가는 방의 아랫목에 누이고 캐시미어 이불을 머리끝까지 덮어주었다. 온돌방에 궁둥이를 대고 앉으니 마치 집에 돌아온 기분이었다. 머리가 부스스한 금복이란 여자가 하품을 하면서 들어왔다. 그 여자는 우리의 술시중도 들어주고 노래 박자도 맞춰주었다. 장맛비가 밤새도록 내렸고, 유리창 대신 막아놓은 비닐 들창이 끊임없이 펄럭거렸다.

　해병대 연애는 아이구찌 연앤데 붙기만 붙으면 고택골 가누나, 으스름 달밤에 쭐쭐이를 마시고 그 많은 주먹에다 완투 뽑는 해병대, 그 이름 남남하다 인상조차 험했건만…… 돌리지 마라 썅, 돌리지 마라 썅, 내 앞에서 돌리지 마라아, 살살 돌리는 그 바람에 신세 조진 사나이다.

　우리는 악을 쓰고 노래를 불렀다. 기상나팔이 울릴 즈음에야 벌겋게 충혈된 눈을 하고서 그 집에서 나왔다. 뒤에 처져서 따라오던 추장이 낄낄거리면서 말했다.

　"넌 찍혔다, 찍혔어."

　"누구한테 찍혀……"

　"나오려는데 그 빠꿈이가 네 소속 계급을 묻더라. 가르쳐줬지."

　미자는 그때 완전히 깨어 있었다. 가끔 캐시미어 이불을 들치고 미자는 고개를 내밀어 우리들의 술자리를 퀭한 눈으로 건너다보곤 했다. 그러나 우리는 셋이 모두 모른 척했던 것이다. 추장이 빠꿈이라고 별명을 붙였을 정도로 미자는 마른 얼굴에 눈만 컸다. 나는 사흘이 못 가서 그 똥치를 기억도 하지 않게 되었다.

　내가 정글전 교장에서 가상 늪지역을 허우적거리던 토요일이었다. 우리는 진흙탕 물에 전신을 담그고 총을 받쳐들고서 무릎걸음으로 건너다가, 물이 얕아지면 포복을 했다. 늪지역을 지나서 다시 부비 트랩이 밀집한 숲속을 지났다. 땅에 함정이 있기도 하고, 인계철선이 가로질러 있으며, 죽창이 튀어나오기도 했는데, 당한 병사는 모두 전사자로 취급되었다. 전사자들은 따로 추려져서 기합을 받고 나서 처음부터 다시 시작해야 되었다. 나는 인계철선을 발로 차서 폭약을 터뜨렸으므로 전사 분대로 끌려갔다. 한참 쪼그려뛰기 기합을 받느라고 헐떡이는데 십 분간 휴식의 호루라기 소리가 들려왔다. 멀리서 말쑥한 군복을 입은 주보병이 뛰어와서 교관에게 쪽지를 전했다. 면회 신청 용지가 틀림없었다. 면회자로 뽑히기만 하면 토요일 오후 과업은 끝이었다. 하나둘씩 뽑힌 놈들이 입을 찢으면서 달려나갔고, 남은 놈들은 십 분 뒤에 치를 고역 때문에 전부 우거지상이었다. 교관이 전사 분대 쪽으로 다가왔다. 두 놈이 뽑혔다. 우리는 제각기 가장 자신 있는 저주의 욕을 그 두 놈의 뒤통수에다 퍼부었는데, 교관의 입에서 엉뚱하게 내 이름이 떨어졌다. 다시 한번 부르면서 덧붙였다.

"애인이 면회다."

나는 좌우간에 전사 분대를 빠져나갔고, 면회자 옆에 서자마자 도대체 알 수가 없는 노릇이라, 곧 잘못이 시정될 거라고 믿

었다. 그러나 우리는 발을 맞추어 번호를 붙이면서 걸었다. 면
회소인 퀀셋 안에는 제법 사람들이 많이 있었다. 나는 틀림없
이 누구 대신 잘못 불리어 나왔으므로, 라면이나 한 그릇 사 먹
고 적당히 시간을 때우리라 작정하고 주보 앞에 걸터앉았다.

"한상병님⋯⋯"

웬 한복 차림의 여자가 마주앉는 것이었다.

"누구시더라⋯⋯"

여자는 가져온 보퉁이를 탁자 위에 올려놓았고, 뒷전에서 킥
킥대는 소리가 들렸다. 주보 안의 기간사병들인 듯한 병사들이
낄낄거리며 놀려댔다. 몰개월이 어쩌구, 똥까이가 나들이를 나
왔다 어쩌구⋯⋯ 그제야 나는 어렴풋이 짐작이 가는 데가 있
었다. 어느 결엔가 귓전이 뜨뜻해졌다.

"요 아래서 오셨군."

그러나 미자는 당당하게 말했다.

"갈매기집이에요. 이거 잡수세요."

풀어헤친 보퉁이 속에는 김밥이 들어 있었고 삶은 고구마가
네댓 알 보였다. 나는 기간사병들 쪽으로 연방 흘끔거리면서
김밥을 집어넣었다. 이 난처한 장면에서 빠져나가려고 나는 김
밥을 입속에 아귀아귀 처넣었다.

"걸리겠어요. 천천히 드셔요."

미자가 두리번거리더니 낄낄거리는 기간사병들에게로 걸어 갔다. 나는 뒤통수가 근질거려서 안달이 났다. 그러나 미자의 여염집 여자 같은 얌전하고 예의바른 음성이 들려왔다.

"실례지만 이 주전자 좀 가져갈까요?"

그들이 네 그러쇼, 하는 소리가 들리고 미자가 주전자를 들 고 돌아왔다.

"물 좀 마시면서 드셔요."

하면서 물을 따르고 미자는 저도 김밥 한 덩이를 집어먹었다.

"밥에 뜸이 좀 덜 들었죠? 꼭꼭 씹으면 괜찮아요."

나는 찍소리도 없이 오랜만에 포식을 했다. 물을 마시고 나 서 쑥스러워진 내가 물었다.

"장사는…… 안 하구……"

"낮에두 하나요?"

나는 할말이 없었다.

"내 언제…… 찾아가지."

"이따가 담치기해서 나오세요. 밤참 해놓을게요."

나는 머쓱하게 앉아 있다가 일어섰다. 내 뒷주머니에 미자가 뭔가 찔러주면서 말했다.

"노랑 띠니까 혼자 아껴 피세요."

필터 달린 담배 한 갑이었다. 과업이 끝난 뒤에 벌써 우리들의 소문은 자자하게 퍼져 있었고, 나는 억울하게도 기둥서방의 누명을 쓰고야 말았다.

나는 미자의 지시대로 담치기를 감행했다. 추장에게 같이 나오자고 했지만, 그는 빙글대면서 극구 사양했다. 갈매기집에는 아직 돌아가지 않은 패거리들이 술상을 두드리며 노래를 부르고 있었다. 나는 텅 빈 홀의 드럼통 앞에 앉아서 약주를 마셨다. 방에서 시끄러운 소리가 들리더니 미닫이문이 삐걱이며 밖으로 넘어졌고, 누군가 술상을 들어 엎었는지 술잔과 주전자와 접시가 요란한 소리로 떨어져서 박살이 났다. 세 사람의 군인과 두 여자가 보였다.

"이 쌍년이 미쳤나!"

"야야, 드럽게 어따가 손을 대…… 매미라구 눈에 뵈는 게 없어?"

다른 사람들은 말리는데 군인이 미자의 뺨을 철썩철썩 갈겼다. 비틀거리며 넘어졌던 미자가 벌떡 일어서더니 그자의 팔을 물고 늘어졌다. 그가 비명을 지르며 주저앉았다. 중상사급인데다 나는 무단이탈자여서 나설 수도 없었고, 정말 기둥서방이 되는 것 같아서 얼른 갈매기집을 나오고 말았다. 한길을 터벅터벅 걸어서 논두렁으로 들어서는데,

"증말 그러기야?"

뒤에서 고함을 치며 달려오는 것은 만취한 빠꿈이였다.

　"좋은 구경 했는데……"

　나는 어둠 속에다 대고 말했다. 어이없게도 미자가 땅바닥에 털썩 주저앉더니 다리질을 하면서 울음을 터뜨렸다.

　"개새끼들, 즈이들이 뭘 잘났다구…… 야야, 나두 살아야잖아, 밤엔 벌어먹구 살아야잖아."

　더욱 난처하게 되어서 나는 차마 모른 척하고 돌아갈 수가 없었다. 미자는 코피가 터져서 얼굴이 피투성이였다. 짜증이 솟아서 해골 속이 터질 것 같았지만 어금니를 지그시 물고는 미자를 논가에 데리고 가서 얼굴을 씻어주었다. 미자는 고분고분했다. 미자는 젖은 얼굴을 치맛자락에 닦고 훌쩍거리며 코를 들이마셨다. 우리는 같이 갈매기집의 술청 뒤꼍에 있는 관만한 방으로 스며들었다. 신문지로 바른 벽이 군데군데 떨어져서 흙덩이가 드러나 있었고, 천장 바로 아래 널빤지로 선반을 가로질러놓았는데 그 위에는 빠꿈이의 찌그러진 밤색 트렁크가 얹혀 있었다. 미자가 내 군화를 얹었다. 벽에는 붉은색 잠옷이 걸려 있었다. 미자는 푸우, 하고 웃었다. 어깨를 위로 쑥 올리면서 빠꿈이는 웃었다. 들켰다는 모양이었다. 목침 위에 더께로 앉은 촛농 사이에 몽당초가 밝혀져 있었다.

　"초가 다 타면 자요."

신통한 것은 미자가 여기 오기 전에 어떻게 살았다거나, 하여간 과거의 영광에 대하여는 일언반구하지 않았다는 것이다. 종알거리지도, 주접을 떨지도 않고 그 여자는 군인들의 얘기와 갈매기집에서 일어난 일들만 얘기했다. 촛불이 까무룩하다가 잦아든 다음에 나는 은근히 조바심이 나서 빠꿈이를 건드렸다. 그러나 이상하게 손짓만 그럴 뿐이지 몸에 도통 기별이 가지 않았다. 바람소리에 뒤섞여서 이상한 높은 소리가 먼 곳에서 들려왔다.

"내다봐요, 고깃배가 보일 거야."

나는 한 뼘 크기의 창으로, 뒷전에 툭 터진 바다 쪽을 바라보았다. 빛이 어둠 속에서 가물거리고 있었다. 불빛은 점점이 여러 곳에 흩어져 있었는데, 소리가 더욱 또렷이 들렸다.

"고기떼가 지나가나봐. 갈매기들이 많이 울지요?"

저 깊은 어둠 속에서 고기를 잡는 어부들은 어떤 사람들일까를 생각했다. 또한 갈매기들은 어디서 왔을까.

"어디서 왔지?"

"대전서……"

어부나 갈매기가 대전서 왔다는 대답처럼 들렸다. 나는 빠꿈이를 먹지 못했다. 낯을 씻길 때부터 먹지 못하게 무관한 사이가 되어버린 것이다. 식구를 먹어주는 놈이 어디 있겠는가. 오지게 걸려든 것이다. 그뒤로 갈매기집에 갈 적마다 안병장까지 끼어들었고, 나는 절대로 혼자서는 가지 않았다.

기차에서 내리는 길로 서둘러 귀대하는 길에 나는 시간이 늦어서 천상 담치기를 해야 할 처지였으므로 몰개월을 거쳐왔다. 갈매기집에서 아침을 먹고 들어갈 궁리로 잠깐 들여다보았다. 미자는 빨래를 하러 가고 없었다. 나는 바다로 흘러내려가는 찬내의 아래로 미자를 보러 갔다. 머리에 수건을 쓰고 쪼그려 앉아 방망이를 두드리는 모양이 제법이었다. 그곳은 서울의 활기에서 너무나도 멀었다. 빠꿈이는 먼 데로 온 것이다. 그 여자가 비누 묻은 손으로 머리를 올리는 것이 무슨 가정주부나 된 것 같았다.

"집에 갔었다며요?"

"응…… 우린 내일모레 떠난다."

"밥 먹었어요?"

하다가 미자는 얼른 속옷 나부랭이들을 대야에 재빨리 챙겨넣었다.

"한상병, 서울에…… 좋은 사람 있어요?"

"있었는데 시집갔더라 야."

"저런…… 그럼 허탕쳤겠네."

미자가 대야를 들고 앞장을 섰다. 내가 아침을 먹는 동안 미자는 시중을 들어주었다. 나는 식사를 마치고 담배를 태우면서 언덕 모퉁이로 드러난 바다를 내다보았다. 피로했다. 또 돌아온 것이다. 아무도 모르게 죽으면 어떡하나, 하는 걱정이 들었다. 빠꿈이가 나직하게 웃었다.

"왜 웃어?"

"가엾어서······"

나는 코웃음이 나왔고, 더욱 크게 웃기 시작했다. 미자는 정말 작부답게 담배 연기를 길게 한숨을 섞어서 토해냈다.

"안됐지 뭐······"

"뭐가······"

"사는 게 그냥, 다······"

나는 더욱 크게 웃었다. 미자는 여전히 웃을 듯 말 듯한 얼굴이었다. 미자가 내 앞으로 고개를 숙이고 말했다.

"내일 밤에 나와요. 전부 몰려나올 거야. 꼭······ 한코 주께."

나는 잠들지 못하고 뒤척거렸다. 자동차의 엔진 소리가 계속해서 들려오기 시작했다. 수송대에서 트럭이 들어오는 모양이었다. 헤드라이트가 막사 안을 훤히 비추면서 차례로 지나갔다. 나는 일어나서 단독무장을 새로 점검하고 잠도 오지 않아 엽서를 몇 장 썼다. 부두에서 부칠 작정이었다.

"총원 집합, 총원 집합."

막사마다 뛰며 전달하는 소리가 들렸다. 나는 배낭과 총을 메고 철모도 썼다. 자고 있던 병사들이 하나씩 깨어났다. 그러고도 십 분이 지날 때까지 점호는 시작하지 않았다. 마을로 몰려나갔던 병사들이 아주 조용히 돌아오고 있었다. 그들은 속삭이고 툭툭 치면서 얌전하게 주사를 부렸다. 우리는 막사 안에서 인원이 차는 순서대로 보고했다. 안병장과 이상병도 돌아왔다. 추장은 내게 농을 걸었으나 나는 받아주지 않았다. 술 취한 그들은 침상에 앉아서 머리를 끄덕이며 졸았다. 부옇게 밝았을 즈음에야 출동 명령이 떨어졌다. 우리들은 트럭에 올라탔다. 트럭들이 연병장을 한 바퀴 빙 돌면서 대열을 짓더니 차례로 사단 구역을 빠져나가기 시작했다. 헤드라이트를 켠 트럭의 행렬들은 천천히 움직였다. 군가가 연달아 들려왔다. 군가 소리는 후렴에서 뒤받아 연달아 뒤차로 이어졌다. 안개가 부연 몰개월 입구에서 나는 여자들이 길 좌우에 늘어서 있는 것을 보았다. 모두들 제일 좋은 옷을 입고, 꽃이며 손수건이며를 흔들고 있었다. 수송 대열은 천천히 나아갔다. 여자들은 거의가 한복 차림이었다. 병사들도 고개를 내밀고 손을 흔들었다. 뛰어서 쫓아오는 여자들도 있었다. 추장이 내 등을 찔렀다. 나는 트럭 뒷전에 가서 상반신을 내밀고 소리질렀다. 미자가 면회 왔을 적의 모습대로 치마를 펄럭이며 쫓아왔다. 뭐라고 떠드는 것 같았으나 한마디도 알아들을 수가 없었다. 하얀 것이 차 속으로 날아와 떨어졌다. 내가 그것을 주워들었을 적에는 미자는 벌써 뒤차에 가려져서 보이질 않았다. 여자들이 무엇인가를 차 속으로 계속해서 던지고 있었다. 그것들은 무수하게 날아왔다. 몰개월 가로는 금방 지나갔다. 군가 소리는 여전했다.

나는 승선해서 손수건에 싼 것을 풀어보았다. 플라스틱으로 조잡하게 만든 오뚝이 한 쌍이었다. 그 무렵에는 아직 어렸던 모양이라, 나는 그것을 남지나해 속에 던져버렸다. 그리고 작전에 나가서 비로소 인생에는 유치한 일이 없다는 것을 알았다. 서울역에서 두 연인들이 헤어지는 장면을 내가 깊은 연민을 가지고 소중히 간직하던 것과 마찬가지로, 미자는 우리들 모두를 제 것으로 간직한 것이다. 몰개월 여자들이 달마다 연출하던 이별의 연극은, 살아가는 게 얼마나 소중한가를 아는 자들의 자기표현임을 내가 눈치챈 것은 훨씬 뒤의 일이다. 그것은 나뿐만 아니라, 몰개월을 거쳐 먼 나라의 전장에서 죽어간 모든 병사들이 알고 있었던 일이다.

(1976)

한등寒燈

나는 그해 겨울을 박씨산장朴氏山莊에서 보냈다. 내가 행복한 꿈을 간직한 아내를 끌고 그 깊은 골짜기를 찾았던 것은, 그러니까 떨어진 나뭇잎에 서리가 뽀얗게 덮일 무렵인 십일월 중순께였다. 숲속에는 여덟 채의 앙증맞게 지어진 방갈로가 있었다. 방 한 칸에 좁다란 마루가 달려 있고 변소가 붙어 있는 아주 단순한 구조였다. 연인들이나 불장난을 하는 남녀가 주말에 찾아와 하룻밤쯤 묵어가기에 꼭 알맞은 집이었다. 그러나 밖에서 보기에는 숲에 둘러싸인 흰 벽에 붉은 지붕의 방갈로들이 동화에라도 나온 듯한 풍경이었다.

　나는 인적이 드문 산골짜기나 아름다운 자연을 그리 불쾌하게 생각하는 사람은 아니지만 그렇다고 일부러 찾아가 살 만큼

미치게 좋아하지도 않는 편이다. 그저 우리는 거의 맨손으로 결혼이랍시고 치르고 나자 집을 얻을 수 없을 만큼 밑천이 떨어졌던 것이다. 비용을 모두 갚고 나니 기천여원이 남았다. 집은커녕 전세도 얻을 목돈이 없었으며 사글세마저 도시 중심지에서는 엄청나서 오갈 데가 없었던 것이다.

그때 아내가 이곳 박씨산장을 떠올렸고 우리는 주저하지 않고 트렁크 둘을 달랑 들고서 산으로 올라갔다. 우리는 석유곤로와 솥과 그릇을 마련했으며 커다란 남포등 하나를 샀다. 그러고 나니까 겨우 양식을 얼마쯤 살 수가 있었다. 나는 쌀을 사기 위해서 밤마다 초라한 원고를 끼적였다. 원고를 쓰다가 가끔씩 아내의 잠꼬대 소리를 듣곤 했는데 처음에는 아내가 그래도 남편이라고 나를 믿고 곁에 붙어 있는 것이 가엾어서 감상적인 생각도 들었다.

그러나 늦가을에 방갈로를 싸게 세놓는다는 것에는 그럴 만한 이유가 있었다. 겨울이 성큼 다가오자 바람이 지붕을 날려버릴 듯이 몰아쳤고 전깃불도 없는데 해가 골짜기를 비추는 시간이란 고작해야 너덧 시간 정도였으므로 제일 큰 문제는 땔감이었다. 연탄이 올라올 리도 없고 아궁이도 애초부터 장작 군불이나 지피게 되어 있었다.

주인네는 이미 가을부터 솔방울과 낙엽과 나무를 창고 그득히 쌓아두었으므로 언제나 산장집에는 낙엽이 타는 파란 연기가 솟아오르고 있었다. 한두 번 나무를 주인집에서 사다가 땠지만 몹시 비쌌으며 얼마 때지도 않아 금방 떨어져버렸다. 나는 드디어 고물상에 가서 등산용 인디언 도끼와 낫을 사왔다. 하루에 반나절만 땀을 흘리면 사나흘은 거뜬히 불을 땔 수가 있게 되었으나 일손이 서툴러서 곧잘 다치고 나무에서 떨어져 며칠간 운신을 못하기도 했다. 또한 산림간수에게 들키면 큰일이었다.

그뿐인가, 우리가 늘 길어다 먹던 계곡의 시냇물이 삽시간에 깡깡 얼어붙었고, 아침마다 두꺼운 얼음을 깨는 일은 고역이었다. 서투르게 양동이를 양손에 들고 미끄러운 비탈길을 오르다가 넘어진 적도 있었다. 물이 모두 옷에 흘러내려서 비 맞은 들쥐처럼 떨며 다시 물을 길어야 했다.

아내의 배가 차차 불러오기 시작했고, 내 소설은 가끔씩 싣기가 곤란하다는 말과 함께 되돌려지기도 했다. 그 무렵 거리의 곳곳에는 착검한 군인들이 지키고 서 있었다. 탱크의 포탑은 차갑고 오만하게 시가를 내려다보고 있었다. 우리에겐 겨울이 몹시도 추웠고 지겹도록 길었다. 그러나 그해 겨울에 유난히 풍성하게 내렸던 눈이 우리를 덜 쓸쓸하게 해준 것이 사실이었다. 눈은 세상을 똑같이 백지로 되돌렸던 것이 아닌가. 눈이 밤새껏 퍼부어 골짜기가 완전히 차단되고 온 하늘과 땅이 눈부시게 빛나던 어느 날 아침이었다.

"어휴…… 방이 왜 이렇게 차갑지."

자리 위로 전해오는 냉골의 썰렁함을 느끼면서 나는 태아처럼 꼬부리고 이불 속에서 와들와들 떨었다.

"엊저녁에 조금 때다 말았으니 그렇죠. 나무가 다 떨어졌어요."

창가에 서서 눈 덮인 바깥을 내다보던 아내가 말하자 나는 좀 미안해졌다.

"허리를 삐는 통에 잠깐 쉬었더니 벌써 떨어졌나. 지금 나가서 해오지 뭐."

"눈이 강산같이 왔어요."

"물은 있어?"

"어제 길어주신 걸 아껴서 한 양동이 남아 있어요."

"오늘 세수는 눈으로 해야겠네. 아침이나 먹고서 나무 좀 해와야지."

"이런 날 사람들이 많이 찾아오던데, 어쩌죠?"

눈이 많이 오고 나면 아직 미혼인 친구들이 술병을 차고 등산 기분을 내러 몰려오는 일이 많았는데 참으로 우리에겐 골치 아픈 노릇이었다. 하지만 그 미끄럽고 험한 길을 마다않고 찾아오는 친구들이란 또 얼마나 정다운가. 우리는 간밤에 남았던 찬밥을 볶아 간단히 아침을 끝냈다. 유리창에는 성에가 화려한 무늬를 이루어 두껍게 얼어붙어 있었다. 나는 아내에게 이불을 들씌워주고 나무를 하러 나섰다. 옛날 옛적에 한 나무꾼이 살았는데 길을 가다가 사냥꾼에 쫓긴 사슴을 만났다. 제발 저를 좀 살려주세요.

생활이란 조그만큼의 환상도 용납하지 않는 법이다. 다만 스스로가 속는 척할 뿐이다. 아름다운 설경은 놀러온 자의 눈에나 찰 듯했고, 우리도 헐벗은 숲을 볼 때보다는 마음이 푸근했지만 눈이 오면 물길이 끊겨 걱정이었다.

나는 기다란 새끼줄과 인디언 도끼를 들고 등성이를 따라서 올라갔다. 발목이 푹푹 빠질 정도로 눈은 두껍게 쌓여 있었다. 짐승의 발자국이 어지럽게 찍혀 있었다. 아마 쓰레기라도 뒤지러 내려온 오소리 새끼겠지. 생선을 말리던 넓적한 바위에 남은 비린내를 맡고 살쾡이가 찾아와 밤새껏 울다 가는 적도 있었다. 나무들의 날카롭던 선이 포근하고 둔해져 있었으며 산골짜기의 밝은 곳은 눈부신 백색, 어두운 곳은 보라색이 섞인 것처럼 느껴졌다. 가지마다 눈이 수북이 덮여 늘어질 대로 휘었는데, 가끔씩 이곳저곳에서 새들이 눈을 날리며 가지를 차고 날아다니는 소리가 들렸다. 나는 둥치가 굵은 나무들이 빽빽한

골짜기 위쪽으로 올라갔다.

　그쪽은 비교적 평평했고 등성이 사이가 제법 후미져서 남의 눈에 띄지는 않게 되었으나 나무 치는 소리를 내지 않도록 조심해야만 되었다. 바로 아래편에 선녀각仙女閣이 있었기 때문이다. 마른 나뭇가지를 쳐낼 작정이었다. 솔잎이 누렇게 퇴색되어 있는 가지만 골라서 찍어내노라면 삽시간에 한 짐 그득히 만들 수가 있었다. 나는 등성이에서 숲으로 내려가다가 문득 발을 멈추고 말았다. 그날따라 내가 가던 숲에는 먼저 온 자가 있었다.

　습기 있는 낙엽이 타는 연기가 모락모락 피어오르고 있었다. 숲 사이로 웬 사내의 구부정한 등이 내려다보였다. 그는 주위의 눈을 헤치고 젖은 낙엽을 긁어낸 뒤 숲 깊숙한 데서 마른 낙엽을 긁어모은 모양이었다. 그가 앉아 있는 자리와 그 주변이 누런색으로 드러나 있었다. 그리고 나무도 제법 많이 꺾어다가 쌓아두었는데 간간이 딱딱 하며 가지를 부러뜨리는 소리가 들렸다. 작은 모닥불을 피운 것으로 보아 사내는 거기 오랫동안 머물러 있었던 모양이었다. 산림간수가 아닐까, 아니면 도둑놈일까, 혹은 간첩…… 여하간 나는 작업을 시작하지도 못하고 숲가를 한 바퀴 빙 돌다가 아무래도 이 장소는 피하는 게 좋겠다는 결론을 내리고 좀더 위쪽으로 올라가보기로 했다. 내가

그곳을 떠나려는 참인데,

"여보슈…… 여보세요!"

그 사내가 느닷없이 나를 부르는 것이었다. 깊은 산중에서 모르는 상대가 말을 거는 것은 불안한 일이고 더군다나 나는 나무를 몰래몰래 하러 다니는 놈이니 그리 버젓한 느낌은 아니었던 것이다. 나는 돌아서서 손으로 내 가슴을 건드리며 말했다.

"날…… 불렀습니까?"

사내는 내게 적의가 없다는 듯 빙글빙글 웃고 있었다.

"허 참 그 양반…… 여보, 댁에 말고 이 깊은 산중에 또 누굴 불렀겠수?"

"왜 그러쇼?"

나는 심드렁하게 대꾸했다.

"보아하니 거 도끼를 가진 게 나무를 하려는 모양인데……"
하자마자 나는 제 발도 저린데다 아니꼬운 생각이 들었다. 그가 절대로 산림간수가 아닐 것이라는 확신이 있었기 때문이었다. 털실로 뜬 빵떡모자를 귀가 덮이도록 눌러썼고, 위에는 검게 물들인 시보리 잠바와 무릎이 불룩 튀어나온 코르덴 바지를 입고 있었다. 더구나 눈자위와 뺨에는 취기가 가득했고, 나이는 마흔 가까이 들어 보였다. 나는 뻣뻣하게 내뱉었다.

"남이야 나무를 하든 말든 댁이 무슨 상관이오."

"아니 뭐, 그렇게 발끈하실 거까지야 없구우…… 나는 뭐 별거 아닌 사람이니까, 꺼리지 말구 맘 푹 놓구 나무를 하시라는 얘기요."

하면서 사내는 모자를 머리 위로 약간 들어 보였다. 이빨이 많이 드러나도록 웃는 모습이 비교적 선량하게 여겨져서 나는 공연히 까다로운 반응을 보였나 해서 후회하는 기분이 들었다. 나는 도끼를 슬슬 돌리면서 숲으로 내려갔다. 그리고 일부러 보통 때와는 달리 굵은 나무둥치를 택해서 찍어대기 시작했다. 한번 찍었던 곳을 맞추어 찍어야 할 텐데 도끼질이 아직 손에 익지 않아서 자꾸 헛손질이 나왔다. 크게 헛손질을 하자 엇비슷이 맞고 손을 빠져 멀찍이 달아났다. 등뒤에서 사내의 웃는 소리가 들려왔다.

"여보슈, 이리 와서 술이나 한잔 안 하시려오."

그는 반쯤 비운 사 홉들이 소주병과 종이컵을 쳐들어 보였다. 나는 이마에 번진 땀과 쏟아진 눈을 맞아 젖은 얼굴을 소매로 닦아내면서 말했다.

"댁이나 많이 드시오."

"난 시방 얼큰히 올랐수다. 당신 도끼질하는 솜씨를 보니 일손이 형편없이 서툴구만, 나하구 한잔만 대작해주면 내가 아주 여기서 장작으루 모두 쪼개드릴 테니…… 정말 일루 오시오."

나는 술 생각보다는 그 사내의 기탄없는 소박함에 어쩐지 호
감이 갔고, 이런 데서 혼자 소주를 까는 그 사내에 관해서 호기
심도 일어났으므로 도끼를 나무에 쾅 박아놓고 일어났다. 그는
내 자리를 마련하느라고 낙엽을 수북이 긁어내어 자기 맞은편
에다 깔았다. 이런 눈밭에서 모닥불과 소주라니, 제법 운치가
있어 보였다. 그는 북어 조각을 불 위에 얹어 이리저리 뒤적이
며 굽고 있었다. 그가 술잔을 내게 권했다.

"이 근처, 사슈?"

"그러니까 나무를 하러 왔지요."

"어어 그렇군. 좌우간 사흘 만에 여기서 당신이 처음이오.
얼마나 갑갑했는지…… 헌데 노형 인상이 나무나 하러 다닐
거 같진 않은데, 거 손이 너무 말끔한걸."

나는 그가 건네준 술잔을 들어 거푸 두 잔을 마셨다. 사내가
어딘지 눈을 빛내는 안색으로 골짜기 아래를 가리켰다.

"혹시 저 집에 계신 분 아뇨?"

사내가 손가락으로 짚은 것은 선녀각의 멋지게 치솟은 기와
지붕이었다. 이쯤에서는 그 집의 너른 마당과 하얀 돌계단이
환히 내려다보였다. 아직 주차장 쪽은 조용했다. 나는 차차 마
음을 푸는 중이었다.

"아닙니다. 저어기, 방갈로에 삽니다."

"방갈로? 응 저 장난감 같은 집이 여러 채 있는 데 말이군. 자리 잘못 잡으셨어. 살기가 엔간히 불편할 거외다."

나는 또 한 잔을 붓고 나서 북어를 찢었다. 알딸딸하게 낮술이 번져왔다.

"집세가 싸서 들었지요. 물두 없죠, 전기도 없죠, 게다가 연탄두 못 때니까 불편하기가 이루 말할 수 없습니다."

"내 여기 몇 년 와봤는데 해가 한 서너 시간 들다가 말더군. 그래도 팔자가 좋으슈. 이런 데서 정신수양 되고 좋지 뭘 그러오. 결혼은 했수?"

"예……"

사내가 한 잔 털어넣더니 캬, 하면서 오만상을 찌푸렸다.

"마누라하구 둘이서라면 이런 데가 얼마나 좋우. 한데 이리 한가한 걸 보니 직장은 없는 모양이오그려."

사내가 술을 몇 잔 내고 너무 말을 많이 시킨다 싶었으나 나도 술이 좀 들어가자 기분이 적당히 느슨해져 있었다.

"소설을…… 써서 먹구삽니다."

"소설가라, 거 좋은 직업이지, 좋은 일이오."

이번에는 내가 물을 차례였다.

"노형께선 이렇게 호젓한 산중에서 소주 마시는 게 취미인가요?"

나는 가장 궁금했던 것을 물은 셈이었고, 이미 취기가 벌겋게 올라 눈까풀이 느슨해진 사내는 어딘가 울적해 보였다.

"뭐…… 취미?"

그는 무슨 생각이 났는지 잠깐 동안 멍해 있다가 진지한 표정으로 돌아갔다. 불 속을 헤치던 사내가 연기 때문에 찡그린 얼굴을 하고서 중얼거렸다.

"나는 누굴 기다리고 있어요."

"여기서?"

하고 나서 나는 빈정거리는 어조로 떠들었다.

"하하, 술친구를 만나시려구."

그러나 사내는 농담할 표정이 아니었다.

"사흘째 여기 왔어요."

"이 추운데 밤샘을 했단 말요?"

"아니, 밤이 깊어서는 요 아래 마을에서 자구, 아침부터 올라와 밤까지 버티는 거죠."

"뭐 토끼라두 잡으시려구 그럽니까?"

내가 계속해서 농을 걸었으나 그는 처음보다 훨씬 침통해지더니 정말 우스꽝스럽게도 두툼한 입술을 묘하게 일그러뜨리고 비죽비죽 울기 시작했다. 하지만 그 울음은 잠깐이었고 그는 곧 코를 길게 들이마시고 나서 투박한 손바닥으로 볼을 씻었다.

나는 내키지 않던 몇 잔을 얻어 켜고 아침부터 엉뚱한 주정을 받게 되어 난처해졌다.

"정말 나는 어떻게 해야 할지 모른다 그겁니다. 당신 소설 쓴다니 나 같은 사람의 심정을 잘 알 거요. 나는 참 외로운 사람이지요."

쑥스럽다고 금방 자리를 뜰 수도 없는 노릇이었다. 사내가 다시 울 것 같은 목소리로 중얼거렸다.

"나는 시방…… 마누라를 기다리구 있습니다."

"여기서 만나기루 한 겁니까?"

"그렇다면 오죽이나 좋겠소. 나는 마누라를 잡으려고 여기서 사흘째나 잠복하구 있지요. 물론 밤에는 주차장 가까이 가서 기다립니다."

"부인께서 어디 계신데요?"

"그년은 요새 저 집에 나간단 말요."

사내는 턱짓으로 선녀각을 가리켰다. 나는 그곳에 하늘에서 하강하지는 않았지만 어쨌든 선녀같이 예쁜 색시들이 밤마다 모여든다는 것을 잘 알고 있었다. 사내가 부스럭거리더니 호주머니 속에서 종이쪽지 한 장을 꺼내어 내 코앞에 내밀었다.

"보세요, 나는 제대했단 말입니다. 이십 년이나 나를 먹여준 군대에서 제대를 했어요. 나는 작년까지 만년 중사로 벽지 근무에만 팔려 다녔지요. 이젠 상사가 되자마자 제대한 겁니다. 삼 년 전에 늦장가를 들었지요. 헌데 그년이 새끼를 저버리고 집에서 나갔단 말입니다. 이리저리 끌고 다니면서 고생도 많이 시켰습니다. 애새끼는 하는 수 없이 고아원에 맡겨놓고 지금은 야채 장사를 합니다. 내 어디선가 그년이 저 요정에 있다는 소식을 들었습니다. 보…… 보시겠어요?"

그는 다시 호주머니를 뒤적거리더니 이번에는 사진 한 장을 꺼냈다.

"내 마누라입니다."

나는 착잡해진 느낌으로 그 사진을 사내와 함께 들여다보았다. 지금보다 훨씬 살집이 좋아 뵈는 중사와 머리를 양 갈래로 땋아 늘인 교복 차림의 소녀가 하트 모양 안에서 어깨동무를 하고 있었다. 밑에는 사랑은 영원히!라고 쓰여 있었다. 여자는 눈이 큰데 환하고 티없이 웃는 모습이 꽤나 미인이었다. 사내가 사진을 다시 들여다보고 나서 호주머니에 소중히 넣으면서 물었다.

"어떻습니까?"

"참 예쁘시군요."

"모두들 부러워했지요. 그런데 이년이 저기서 남자들과……

벼라별 짓을 다 한다는 생각을 하면 미칠 것 같습니다."

나는 할말이 없었다. 사내가 갑자기 내 손을 덥석 잡았다.

"나는 그년을 보자마자 아마 찔러 죽일 겁니다."

나는 어떤 식으로 말을 해야 할지 잠깐 생각해보았다.

"아니죠. 아닙니다. 나는 그럴 만한 독기가 있는 놈두 못 됩니다. 아마 그년을 보자마자 사지에 힘이 쭉 빠져서…… 무릎을 꿇고…… 돌아가자고 애원할 겁니다."

사내는 끝부분부터 오열을 섞더니 소매에 얼굴을 묻고 흐느끼는 것이었다. 나는 인생에 대해서 얘기를 꺼낼까 하였으나 자신이 없었다. 내겐 아직 생활마저 실감이 가지 않는 채로 삶에 대해서 말할 자격이 없는 듯이 여겨졌다. 그럴 때에 나는 진짜 소설가였더라면 하는 생각을 했다. 나는 하는 수 없이 거칠게 말했다.

"아니, 이거 보쇼. 이렇게 운다고 해결될 문제가 아니잖습니까. 까짓거 계집이야 쌔구 깔렸잖아요. 마음을 딱 끊고 어디 수수한 여자나 만나서 아이를 기르셔야지, 여기서 기다렸다가 만나본들 뭡니까? 엎질러진 물이죠."

"아닙니다. 절대로 아니에요. 내가 이 세상에서 사랑하는 사람은 영식이 엄마뿐입니다."

"허…… 이러실 게 아니라…… 약주가 과하신 거 같습니다.

내려가십시다. 우리집에 가서 한잠 주무시구 쉬었다가…… 돌아가세요."

나는 그 취한 사내를 주체할 도리가 없었다. 나중엔 겨드랑이에 팔을 껴서 끌어당겼으나 사내는 몸을 비틀면서 완강하게 버티었다. 나는 속으로 수없이 니기미를 연발했다. 사내가 버둥거리면서 떠들고 있었다.

"이거 놓으쇼, 놓아. 제발 나를 혼자 있도록 내버려두란 말이오."

나도 귀찮은 생각이 들었고, 그가 처음에 나를 불렀던 것은 그러한 제 답답한 속을 털어놓아 마음의 짐을 덜려는 것이었으나 이제는 내가 필요 없어진 게 틀림없었다. 그를 내버려두고 나는 멀찍이 떨어져 서서 담배 한 대를 태우며 그의 격정이 지나가기를 기다렸다.

사내는 툭툭 털면서 일어나더니 눈 위에다 대고 오줌을 내깔겼다. 그는 아까보다 한결 마음이 가라앉은 모양이었다. 나는 다시 그의 어깨에 손을 얹고 말했다.

"어때요? 내려가십시다. 술 한잔 더 하실 의향이 있으시면 누추하더라도 우리집에 가십시다. 내 처가 찌개라도 따끈히 끓여줄 겁니다."

"고맙지만 나는 마을로 돌아가야겠어요."

사내는 마치 발작을 마치고 난 간질병자처럼 멀쩡한 몰골이었다.

"잘 생각하셨습니다. 그러셔야지."

우리 두 주정뱅이는 눈에 미끄러지면서 등성이를 내려왔다. 방갈로 쪽으로 가는 길과 산 아래로 내려가는 길이 갈리는 비탈에서 그는 손을 번쩍 치켜들었다.

"어이, 소설가 양반, 내 얘길 소설로 쓰슈."

"아, 물론이죠. 집으로 가시는 겁니다?"

나는 그의 기이한 쾌활함에 약간 놀라서 얼결에 대꾸했다. 우리는 거기서 작별했다. 나는 그때까지는 그 작자의 얘기를 쓸 생각은 전혀 하지 않았다. 나는 낮술에 취하여 잠들었다가 오후 늦게야 일어나 하는 수 없이 주인집에서 외상으로 장작을 사서 군불을 땠다. 또 눈이 내렸다. 저녁 어스름한 때에 선녀각의 일꾼들이 한길의 눈을 치우느라고 법석대는 게 보였다. 초저녁부터 기생들을 실어나르는 택시들의 행렬이 그칠 새 없더니 주위가 완전히 캄캄해진 뒤에는 관광버스가 밀어닥치기 시작했다.

나는 가끔 늦은 밤에 귀갓길에서 그런 관광버스나 여행사의 자동차들과 마주치는 때가 있었다. 카메라로 무장한 안경 쓴 이웃나라 사내들의 무표정한 얼굴이 유리창에 퍼뜩 비치면서 흘러가곤 했다. 여럿이서 손뼉을 치며 알 수 없는 노래를 부를 적도 있었다. 통금 가까이 되어서는 이 남자들과 공주 같은 아가씨들을 쌍쌍으로 태운 택시들이 어둠을 향해서 미끄러져가곤 했다. 도시는 저 아래 아득한 밑바닥에 처박혀 있는 것 같았다.

나는 그날 밤 웬일인지 마음을 종잡을 수 없도록 뒤범벅이 되었고, 글을 쓰기가 싫었다. 아니 사실은 두려웠다. 건너편 선녀각 계곡에는 언제나 그런 것처럼 백열등이 찬란하게 빛나고 있었으며 새벽까지 밴드 소리가 들려왔다. 나는 남포의 불을 껐다. 어둠 가운데 앉아 있자니 처마끝에서 깨어난 새가 날갯짓을 하는 소리를 들은 듯했다. 어느 깊은 산에서 날아왔을까, 어떤 떠돌이새가 이 가난한 처마밑에 둥지를 지었는가. 문득 설산雪山에 산다는 전설 속의 새가 아닌가 하고 우스꽝스런 상상을 했다. 밤이 올 적마다 추위에 떨면서, 날이 밝으면 둥지를 짓겠다고 울다가도 정작 아침이 되면 모두 잊어버린다는 새. 무상한 몸에 집 지어 무엇하리, 하고는 밤마다 후회한다는 새.

한 일주일쯤 지난 아주 포근하고 따스한 날이었다.

아내는 모처럼 얼음이 풀린 시냇가에서 빨래를 하고 있었다.

내가 나무나 한 짐 해오려고 방갈로를 내려오는데, 계단 위에서 수선을 떨며 내려가는 주인 여자와 엇갈렸다.

"어딜 그렇게 바삐 가십니까?"

내 인사에 여자는 눈동자를 크게 떠 보이면서 말했다.

"글쎄, 사람이 죽었다지 뭐예요."

"어디서요?"

"저어기, 선녀각 뒤 숲에서 목을 맸대요."

나는 호흡을 삼켰다.

"언제쯤이래요, 죽은 게……"

여자가 상을 찡그리며 침을 뱉었다.

"그걸 누가 아나요. 겨울에는 한 달씩 지난 시체두 발견하는 일이 있으니까."

선녀각 앞에는 흰 앰뷸런스가 멈춰 있었고 부녀자와 꼬마들이 옹기종기 모여 있는 게 보였다. 담가가 비탈을 내려왔고 순경 한 사람이 그 뒤를 따라왔다. 담가에는 흰 천이 씌워져 있었다.

"쯔쯧, 목을 매다니……"

나는 무심코 중얼거렸다. 계단 위에 선 채로, 담가가 앰뷸런스에 실릴 때까지 나는 꼼짝도 하지 않았다. 거기에 내려가 확인할 수가 없었기 때문이었다. 그것이 누구의 죽음이든 마찬가지였다. 시체를 실은 앰뷸런스는 천천히 떠나갔다.

북풍이 밤새껏 몰아쳐서 오두막은 날아갈 것처럼 삐걱이고

덜컹거렸다. 나는 평화롭게 잠든 아내를 깨우지 못한 채 새벽
녘이 되어서야 남폿불을 끄고 밝기를 기다렸다.

(1976)

돛

시계의 초침은 일곱시를 가리키고 있다.

배터리로 가는 둥글고 얄팍한 시계인데 야광의 숫자들이 차츰 푸른빛을 띠어가고 있다. 작렬하는 포탄의 섬광이 비좁은 플라스틱 창으로 쏟아져들어와 방안을 새하얗게 사진 찍고는 사라진다. 두꺼운 모래주머니로 쌓아올린 토치카 안에는 희미한 가스 랜턴만이 졸면서 매달려 있다.

민가에서 날라온 가구들과 책상 위에 작전지도와 확대경, 정보자료철, 수북이 쌓인 전문電文 용지, 메모지, 보고서, 컴퍼스, 그리고 사람보다 훨씬 분명한 별 두 개가 찍힌 장군기, 그런 것들 틈에서 나는 졸고 있었다. 나는 장군의 깃발을 지키는 당번병이었다. 나는 가끔 외곽 정찰대가 쏘아대는 방정맞은 연발사격 소리에 잠을 깼다가는 다시 눈을 감아버리는 것이었다. 삼십 분 전에 장군의 서랍을 열어 비장된 양주를 훔쳐 마신 탓으로 몰려온 졸음을 참을 수가 없었다. 일곱시 십오분까지 장군은 돌아오지 않았다. 포성이 산발적인 폭음에서 규칙적으로 바뀌었을 무렵—아마 관측소에서 좌표를 정지시켰을 테지만—말똥 두 개짜리 연대장 한 녀석이 내 졸음을 방해하며 침입했다. 그가 주둥이를 쑥 내민 표정으로 내게 엄지손가락을 펴 보였다.

"지금 안 계십니다."

그제야 말똥은 안심이 되었는지 철모를 벗어 책상에 쾅 소리가 나도록 내던지고 상의에 허옇게 앉았을 먼지를 털었다. 그는 길고 지리하게 하품을 내뿜고 나서 담배꽁초를 꺼내어 물었다.

"어디 가셨나?"

"참모회의에 가셨습니다."

중령이 고개를 끄덕이더니 벙커의 철판 깔린 바닥에다 거침없이 침을 퉤 뱉었다.

"씨팔, 어쩌겠다는 심본지 알 수가 없단 말야. 명령은 내려놓구, 작전은 저 혼자 하나. 나 드러워서…… 옷 벗어야지."

나는 부동자세로 서서 보통 때 장군 앞에서는 나보다도 더

땅바닥을 기는 그 말똥의 어처구니없는 헛깡을 비웃고 있었다.
중령은 그제야 내 생각이 난 것 같았다.

"쉬어라! 편히 쉬란 말야."

하다가 그는 나를 다시 자세히 훑어보았다.

"너 첨 보는 놈인데, 언제부터 부관실 근무냐?"

나는 군인정신을 꼭 모시에 들인 햇풀처럼 빳빳하게 먹은 투로 소리쳤다.

"넷, 이틀쨉니다."

"좋아, 기합은 좀 느슨히 풀어놓구 고함 좀 치지 마라. 너 보병 출신이군."

"넷."

"직책이 뭐야?"

중령은 실실 웃는 얼굴로 변하고 있었다. 직업군인의 곤조통을 잘 아는 나로서는 그가 얼굴에 웃음기를 보였다고 해서 절대로 마음을 놓지 않았다.

"경기관총 부사수였습니다."

"아니 이 녀석아, 지금 직책 말야."

"당번병입니다."

"그럼 가져와. 목이 말라 죽겠다. 시원한 걸루…… 알겠어?"

장군의 개가 말똥에게 굽힐 수는 없는 노릇이 아닌가. 나는 그의 기를 약간 죽여놓을 작정을 했다.

"저는…… 잘 모릅니다. 어제 왔기 때문에."

"영감 침실에 가보라구. 캐비닛 맨 위 칸엔 깡통 주스, 아래 칸에는 커피 통이 있으니까."

나는 일부러 뒤통수에다 손을 얹었다.

"잠시 후에 각하께서 돌아오시면 여쭙고 대접해드리겠습니다."

하자마자 예상했던 대로 중령은 약이 올라서 내게 달려들 듯이 벌떡 일어났다.

"그만둬, 인마!"

중령은 잠깐 사이에 제 분을 스스로 삭이고는 꾸민 것 같은 웃음을 호탕하게 웃어젖혔다.

"이틀 된 놈치군 무척 똘똘하군. 선임 당번들 소식 들었나?"

나는 대답하지 않았고, 중령은 보복이라도 해준다는 어조로 천천히 또박또박 말했다.

"임기가, 얼만지 아는가? 한 달…… 꼭 한 달이야."

나는 장군의 습성을 대개는 소문으로 들어서 알고 있었다. 장군은 한 달에 한 번씩 당번병을 바꾸는데, 매번 그달의 작전에서 수훈을 세운 전공자를 우선순위로 데려다놓는 것이었다.

훈장을 받은 대가는 총채로 그의 책상의 먼지를 털거나 계급장이 번쩍이도록 닦고 계집애처럼 차를 나르고 식사를 시중드는 일을 시키는 것이었다. 한 달이 지나면 그는 예하 부대장 중에서 원하는 자에게 당번병을 내주어버리는 것이다. 꼭 한번 먹고는 아랫놈에게 내주어버리는 항구 뒷골목의 어깨처럼 말이다. 중령은 지금 히죽이 웃고 있었다.

"이번 작전이 끝나면 너는…… 알겠나? 내 당번이다."

내가 이번에는 풀이 좀 죽어버렸다.

"옛, 알겠슴다."

"무슨 꿍꿍이가 있을 때마다 너는 전화루…… 알겠지…… 내게 긴밀한 연락을 취해주는 거다."

그때 마지막 초소에서 전화가 걸려왔고, 방금 장군께서 통과하셨다는 전갈이 있었다. 우리는 황급히 일어나서 벙커 밖으로 뛰어나갔다. 무개 지프차가 먼지의 구름 속에서 치달려오고 있었다. 유리창이 앞으로 접혀져 훤한 좌석에 장군의 금테 색 안경만이 가득차 있는 듯했다. 연대장은 철모를 옆구리에 끼고 부동자세를 취하고 있었으며, 나는 지프차에서 뛰어내리는 장군에게서 전투모와 지휘봉을 넘겨받았다. 얼굴이 핼쑥한 부관이 따라 내리다가 연대장에게 경례했다. 장군은 연대장의 자기에 대한 경례에 답례하는 대신 덤덤하게 물었다.

"자네가 웬일인가?"

"단장님, 건의할 사항이 있습니다."

장군은 그를 거들떠보지도 않고 벙커로 들어가며 귀찮게 내뱉었다.

"낼 아침 작전실에서 듣기루 하지."

연대장은 부관을 앞질러 장군의 뒤통수에 바짝 들이대며 말했다.

"작전계획대루 마을이 점령됐습니다."

장군은 고개를 기우뚱하면서 부관을 넘겨다보았다.

"마을이라구……?"

부관은 연대장과 눈을 맞추었다.

"어제 명령하셨습니다."

장군이 눈까풀에 손가락을 대고 누르면서 색안경을 접어 넣었다.

"마을이지…… 그래, 잊어버린 게 아니에요. 피로하군."

장군을 빼놓은 우리 세 사람은 모두 그 마을이 무슨 의미를 가지고 있는가를 모르고 있었다. 다만 연대장 휘하의 수색중대가 마을을 장악하고 있다는 것뿐이었다. 분석표에는 적의 중대를 섬멸시키고 포대를 부쉈으며 공용화기와 탄약 다수를 노획했다고 적혀 있었다. 장군은 시무룩해진 중령을 달래는 투로 말했다.

"웬 성미가 그리 급해. 사령부에서는 아직까진 소강상태를 이끌어나갈 작정이야. 뭣 때문인 줄 아나, 부관?"

중위는 약간 피곤한 얼굴이었다.

"전선의 균형이라는 것입니다."

중령은 부관을 무시하고 직접 장군에게 들이댔다.

"마을을 장악한 아군 병력은 일개 중대에 지나지 않습니다. 저희 연대를 선봉으로 진격하게 해주십시오. 그대로 두면 적의 반격에 유린되고 맙니다."

장군은 고개를 젓고 단호하게 말했다.

"모두 작전계획에 따라서 진행될 게야. 오늘이 무슨 날인지 자넨 모르지."

장군은 뒷짐을 지고 벙커 안을 서성거리면서 감회 어린 표정을 지었다.

"그래…… 햇병아리 견습사관으로서 내가 처음 임관한 날이지. 오래전부터 오늘을 기념하기루 해왔었네. 해마다 그래왔어."

나는 장군의 침대 위에 말쑥이 다려놓은 정복을 펴놓았다. 그의 가슴팍에는 울긋불긋하고 찬란한 약장略章들이 무수한 병사들의 죽음에 어울리도록 화사한 상장喪章처럼 붙어 있었다.

중령은 확실히 눈치가 없는 사람이었다.

"적의 차량과 중장비들이 이동하고 있다는 정보를 받으셨습니까, 단장님?"

장군의 시선은 이미 카키색의 정복에 멎어 있었다.

"정복을 입어본 지 오래됐어. 쭉 야전에 있었으니까. 오늘 저녁에 입고 싶어졌어."

"단장님께선 정복 차림이 안 어울리실 겁니다."

"어째서? 나두 중위 시절엔 저 부관보다 옷맵시가 좋았다네."

장군은 웃옷을 제 앞에 갖다대고 웃었다. 나는 침실 문 앞에 서서 이 기묘한 놀이를 방관하는 기분으로 바라보고 있었다. 장군은 연대장의 시무룩해진 기분을 이해하는 모양이었다.

"자네두 회식에 참석하지. 작전은 오늘 내로 일단락 지을 걸세. 이제 얼마 동안은 잠잠할 테니까 말야."

연대장은 다음과 같은 말을 생각하고 있는 것 같았다. 펜대만 잡고 늙어온 행정장교들의 행사 때마다 차려입고 나서는 전투복이 안 어울리듯, 너의 훈장과 정복은 어울리지 않는다. 역시 그는 정중하게 장군의 제의를 거절하고 있었다.

"저는 회식에 참석할 시간이 없습니다."

장군은 웃기만 했다.

"역시 자네는 군인이야. 작전 이외엔 관심이 없구만."

연대장은 초조한 김에 철모를 요란하게 내려놓았다가 당황하여 다시 차분해졌다.

"점령지역을 방치하시려는 각하의 의도를 모르겠습니다."

그의 연대는 여태껏 아무 전과도 없이 전사자가 많이 나와서, 병사들 간에도 '염라연대'란 별명이 나돌고 있었다. 그 말뚱은 세번째의 연대장으로 취임했으며 진급을 앞두고 초조한 모양이었다. 나는 속으로 이들이 메스껍게 여겨졌다. 절대로 죽지 않으리라, 절대로 속아넘어가지 않을 테다. 연대장이 말했다.

"모두들 고개를 흔드는 그런 형편없는 연대를 맡겨놓고, 이제는 성공되어가는 작전을 중지시키시는 의도를 모르겠습니다."

장군은 지도 앞에서 확대경을 들고 서 있었는데, 꼭 희극 영화에 나오는 엉터리 사립탐정 같은 꼴이었다.

"중지된 게 아니야. 다 앞뒤를 맞춰놓은 거야."

마을 부근의 작은 언덕이 사단의 전초 교두보라고 알려져 있었으며, 수색중대는 그곳에 거점을 확보해놓았으나 후속 부대의 진입 명령은 내리지 않고 있었다. 연대장은 진입을 원하고 있었으며, 장악한 거점이 무너질 것을 두려워했다. 장군은 노런하게 느리고 침착한 말씨로 연대장의 물음을 부관에게로 되돌렸다.

"이럴 때 뭐라구 말하지, 부관?"

"극비입니다."

"맞았어. 극빌세. 회식을 몇시에 끝내기루 했던가."

"한 시간입니다. 스물한시 오 분 전에 끝날 예정입니다."

장군은 묘한 말솜씨를 가지고 아랫사람을 다루는 방법을 알고 있었다. 그는 우선 연대장의 맥을 죽 뽑아놓고 나서, 그가 방심한 사이에 날카로운 야유로 기를 눌러버리는 것이었다.

"폭풍의 날에도 시간은 흐른다는 말이 있네. 지나갈 일은 다 지나가게 되어 있는 거야. 연대장, 자넨 조종사가 될 걸 그랬어."

"무슨 말씀이십니까?"

"직접 폭격하고 눈으로 볼 수 있지 않은가. 작전은 다섯 수쯤 내다봐야 하거든. 자네 바둑 잘 두는가?"

이때에 나는 참지 못하고 농을 던져버렸다.

"바둑판을 가져오겠습니다."

장군은 슬쩍 나를 돌아보았는데, 싸늘한 시선이었다. 그는 내 농지거리를 눈치챈 것만 같았다.

"연대장, 자네의 기록 카드를 다시 봤네. 소대장 때부터 굵직한 포상을 여러 번 받았더군."

"운이 좋았을 뿐입니다."

"반면에 요령두 있었겠지."

중령은 아까와는 달리 아주 진지하게 대답하고 있었다.

"저는 언제나 임무와 그 수행에만 관심이 있었을 뿐입니다."

장군은 빈정거리며 부관에게 턱짓을 했다.

"부관, 들어보라구."

"때때로 자신이 없어집니다. 나이를 먹어갈수록 분별 같은 게 제 임무를 방해할 때가 있습니다."

"이를테면……?"

"전사 보고서를 읽을 때라든가, 휴가중에 후방에 갔을 때…… 뭐 그렇지요."

장군은 서랍에서 양주를 꺼내어 두 잔을 따랐다. 그는 한 잔을 중령에게 권했다.

"아이들이 몇이나 되는가?"

중령은 술잔을 씹어 삼킬 듯이 입속에 털어 부었다.

"셋입니다. 아내는 벌써 오래전부터 제가 옷을 벗기만을 바라구 있습니다."

"군은 자네 같은 지휘관을 계속 원하구 있지. 자넨 탄탄한 계단을 밟아온 모범 장교의 한 사람이야. 내 생각으론…… 자넨 참모총장감이지."

장군이 껄껄 웃자 부관도 웃었고, 중령도 피시식 웃었으며
나는 아까 훔쳐 마신 양주 생각 때문에 웃지 않을 수가 없었다.
장군은 책상에 다리를 포개어 얹으면서 말했다.

"분별이 일을 방해한다구 말했던가? 그 반대야. 반대구말
구."

"저는 사관후보생 시절 유명한 고문관이었습니다."

"적응을 못했군그래."

"저 때문에 동기생들이 단체기합을 많이 받았죠. 고지식했
습니다."

장군은 무슨 생각이 들었는지 싱긋, 하는 웃음기를 볼때기
위에 정지시킨 채로 연대장을 뚫어져라 들여다보았다. 어떤 생
각의 흐름이 뒤를 이어 지나치자마자 그는 얼른 고개를 돌려
중위를 보았다.

"부관은 성적이 어땠나?"

"부끄럽습니다만, 수석 졸업생입니다, 각하."

"자네는 상부의 조처에 항의하는 편이었나?"

장군은 다시 중령에게 암시적으로 물었고, 중령은 제 말대로
고지식한 사람이었다. 나는 차츰 장군의 심중을 눈치채고 있
었다. 나는 그래 봬도 사선을 여러 번 넘은 고참 병사였던 것이

다. 연대장은 군인답게 대답했다.

"아닙니다. 감수하는 편입니다. 그리고 그것은 언제나 옳았다고 생각합니다."

"상부의 명령은 항상 옳았다는 말이겠지?"

"제가 묵묵히 복종하는 것이 옳았다고 생각합니다. 이성적으로 판단해서 그른 명령도 때때로 있습니다만, 군대는 이성적인 일만을 골라서 취급하는 곳이 아니라는 걸 잘 알고 있기 때문입니다."

장군은 저 혼자 한 잔을 더 따라 마셨다.

"그게 바로 분별이란 걸세. 내 추측대로 자넨 유능한 지휘관이야. 어떻게 생각하는가?"

장군은 다시 그림자처럼 붙어 섰는 부관을 올려다보았고, 중위는 부동자세를 취하며 굳어진 채 대답했다.

"각하……"

그는 망설였다.

"명령이 옳지 않을 때에는 재량껏 시정해야 된다고 봅니다."

"나도 위관급이었을 땐 그런 위험한 패기를 지니구 있었지. 시저나 이성계 같은 과단성 있는 지휘관들이 그랬어. 허나 현대전의 군대는 영웅의 지휘를 필요로 하는 게 아니란 말야. 우린 영웅들을 적절히 무기루 사용하긴 하지."

버저가 음산하게 울었다. 나는 코드를 꽂아넣고 전방에서 들어오는 전통을 받았다. 치열한 전투의 소음이 들리는 것만 같았다. 상황실에서 중계하는 통신이 귓전을 때리고 있었다. 그것은 단조로운 목소리였다.

적의 대대 병력이 마을을 반격하고 있음. 수색대의 후퇴 여부를 속히 알려주기 바람.

목소리는 두 번씩 반복되었다가 탁 끊겨졌다. 나는 전문지에 그대로 적어서 부관에게 넘겼다. 장군은 부관이 넘긴 전문을 쓱 훑어보고는 휴지통에다 구겨서 내던졌다.

"이리 가까이 오게. 여기가 어딘지 알겠나?"

"적의 방어선 부근입니다."

"그래 마을은 이 한복판에 있지?"

장군은 지도 위로 확대경을 쳐들고 이리저리로 옮겨다녔다. 메모지, 서류철, 차가운 책상, 지도, 컴퍼스, 지휘봉, 그리고 전문 용지가 구겨 떨어진 휴지통…… 장군이 다른 곳을 지시했다.

"그럼 이쪽은?"

"적의 후방 기지입니다."

"방어선의 한 곳을 건드려놓으면."

"방어를 강화하기 위해 적의 전차들이 이동하겠죠."

장군은 의외로 나직하게 속삭이면서 허공으로 머리를 쳐들고 달랑 매달린 랜턴의 꽁무니를 노려보았다.

"알겠나, 이 속임수를! 우리는 적의 허점을 찌른다. 우리는 그들의 배후를 총공격하는 거야."

"그래서 수색중대가 마을을 점령하도록 하셨군요."

"교란작전이지. 적들의 신경을 마을 주변에 잡아두기 위해 서야."

연대장은 그제야 장군의 말귀를 알아들은 모양이었다. 그는 확대경으로 마을을 들여다보면서 중얼거렸다.

"일개 중대는 백오십여 명의 병력입니다."

"문제는…… 사단이 얻게 될 승리지. 총공격은 스물한시에 개시하도록 되어 있네."

장군은 손가락으로 연방 책상을 두드리고 있었다.

"마을이 그때까지만 버텨주면 되겠는데……"

"무립니다. 적은 우리 중대를 그냥 내버려두진 않을 겁니다."

장군은 의자에서 벌떡 일어났다.

"시간이야, 시간! 시간을 벌어야 해. 공군에 요청한 것은 어찌됐나?"

부관이 대답했다.

"폭격기 편대의 지원을 해주겠다고 회답이 왔습니다."

이제 세 사람은 모두 침묵하고 있었다. 시계가 가는 소리만 벙커 안에 가득차 있는 듯했다. 휴전이라도 됐는지 포성조차 멎어버려서 다시 산새들이 우짖는 소리가 들려왔다. 장군이 창가에 등을 돌리고 서서 속삭였다.

"격려가 필요하겠지."

"어떤 격려 말씀입니까?"

"말하자면…… 구원대를 출발시키겠다든가 하는…… 믿음을, 아니 신앙을 줘야 해."

"사실입니까?"

"사수하라구 그래."

장군이 돌아서면서 연대장을 똑바로 손가락질했다.

"구원대를 투입하라구 지시했으니까. 이 작전의 성패는 마을을 장악한 자네 부하들의 철저한 연극에 있거든."

중령이 부동자세를 취하고 주눅이 든 음성으로 말했다.

"저는 이 작전계획을 전혀 모르고 있었습니다."

장군의 입가에 싸늘한 냉소가 스쳐지나갔다.

"만일의 경우에 대비해서 꽁무니를 빼두자는 거겠지."

"이 전략은 작전참모본부의 계획입니까?"

"내가 주장했어. 나두 심사숙고했지. 차차 이해가 될 게야."

장군은 정복을 갈아입기 시작했다. 내가 닦아놓았던 별 계급장은 희미한 랜턴 아래에서도 날카롭게 번쩍이고 있었다. 장군은 단추를 채우면서 말했다.

"상황실에 가서 구원대가 출발한다는 것을 알리고 직접 격려 지휘하게."

연대장이 경례를 붙이고 돌아섰을 때 장군은 다시 그를 불러세웠다.

"이봐 중령, 수색대원 중 생존자는 훈장 상신을 하고 자네 권한으로 특별 휴가를 주도록 해."

장군은 초조하게 지휘봉으로 손바닥을 때리고 있었다. 나는 밖으로 뛰쳐나가고 싶어서 견딜 수가 없었다.

"우리는 뭔가……?"

하는 것은 그야말로 장군의 혼잣말이었음에도 불구하고 충실한 부관이 맞받았다.

"우리는 군인입니다, 각하."

"뿐만 아니라 전장의 군인이다. 고지 하나, 강 한 줄기, 땅 한 뼘에도 희생자의 피가 없이는 얻을 수 없는 거야."

"제가 잊고 하달치 못한 항목이 있습니다."

"구원대를 출발시킨다는 명령 말인가?"

"넷, 저의 불찰로 아직 전달하지 못했습니다."

장군은 정모를 얹으면서 부관을 쳐다보지도 않고 말했다.

"나는 그런 명령을 내린 적이 없어, 부관."

"연대장께는 분명히 명령하신 것처럼 말씀하셨습니다."

"수색대는 적에게 주는 미끼다. 구원대를 보내선 안 되게 되어 있어."

"중대를 포기하시렵니까?"

"포기가 아니라, 적과 교환하는 게야. 연대장을 속인 게 잘못이라구 생각하나?"

"틀림없이 보낸다구 말씀하셨습니다."

"싸우는 자들이 고립되었음을 모르게 하기 위해서야."

나는 벙커 뒤쪽 장군의 침실 문턱에서 꼼짝 않고 목침대에 걸터앉아 있었다. 그때 익숙한 어떤 낱말 하나가 떠올랐다. 나는 하마터면 이 퇴색한 말을 입 밖으로 내놓을 뻔했다. 희망…… 희망이지, 희망이야. 중령이 무전기에 대고 떠드는 말은 고립된 자들의 허깨비 같은 희망으로 변할 것이리라. 이 어두운 시간에 던져진 최후의 속임수…… 내 한 달간 유예된 소총수의 역할처럼 지도 위에서 확대경 안에서 그 퇴색한 낱말은 저녁의 박쥐처럼 스멀거리며 날아오르고 있는 것이다. 나는 그들의 연기처럼 떠돌고 있는 음산한 목소리를 듣고 있었다.

"구원대가 온다는 기대로써 그들은 최후까지 싸울 게야."

"그런 격려가 전투에 실제로 얼마나 필요할지 잘 모르겠습니다."

그들은 두 개의 적과 싸우게 될 것이다. 구체적인 적과 그리고 추상적인 기대 때문에 매 순간 배신당하고 나서 알 것이리라. 그래서는 마지막 순간에 구원대가 도착한달지라도 그들은 오히려 그 새로운 적을 향해 사격을 할지도 몰랐다. 수평선 너머로 사라지는 돛대의 끝이 드디어는 표류 자체보다 더 무섭게 변한 표적이 아닌가. 나는 당번을 그만두기 위해 전속 신청을 할 작정이었다. 죽지 않을 테다, 그리고 속지는 더욱 않을 테다. 그들의 목소리!

"전투를 해본 적이 있는가?"

"없습니다만……"

"그렇다면 부관은 빈 나팔을 부는 셈이군."

버저가 울렸다. 나는 등덜미에 얼음이 닿은 듯이 일어나 수화기를 들고 상황실에서 오는 전통을 받아썼다.

수색중대는 완전히 포위되었음, 지원해주기 바란다. 수색중대는 완전히 포위되었음, 지원해주기 바란다.

메모지를 건넸다. 장군이 부관에게 말했다.

"부관, 메모지에 받아쓰라. 하달 하나, 수색대는 절대로 사수할 것. 하달 둘, 구원대는 출발했다. 스물한시까지 사수하라. 이상."

장군은 전문 용지를 휴지통에 구겨서 던졌다. 내게로 새로운 하달이 건네어졌다. 장군이 권총을 차면서 말했다.

"경호병을 불러서 대기시키라구 그래."

"회식에 참석하지 않으십니까? 각하를 위해서 마련한 모임입니다."

"그전에 할일이 있단 말야."

"외곽으로 나가시렵니까?"

"기동순찰을 돌구 싶어졌네."

"국도에는 지금 아군 정찰분대가 조금 있을 뿐입니다. 언제 어디서 적의 저격을 받게 될지 모릅니다."

장군은 홀가분한 듯이 말했다.

"저격병들은 나를 쏘지 못할 거야. 가령 사격한다구 해두 나는 맞지 않네. 병사들에게 사단장의 순찰을 보여줘야겠어."

"무장 헌병들을 배치시킨 다음에 나가십시오."

수화기를 들려는 부관의 동작을 장군은 막았다.

"두 명의 경호병이면 된다구. 방탄 덮개를 씌우지 않은 열병 지프를 준비하도록. 최고의 속력으로 갔다 와야겠군. 그리고 범퍼에 별 표지판을 꼭 달도록 해."

부관은 여전히 그림자처럼 끈질기게 따라붙고 있었다.

"위장하지두 않은 별판 붙은 열병차를 타고 국도를 달리신 다면 적의 초년병들도 자기가 뭘 해야 하는가를 눈치챌 것입니

다."

"글쎄, 괜찮다니까. 초급장교 시절부터 내 독전은 패주하는 부하들을 뒤에서 즉결 처분할 정도로 엄하구 냉혹했어. 그러나 우리 아이들이 나를 원망하지 못한 것은 죽음이 나와 가장 가까이 있을 때에도 죽지 않았다는 점 때문이었지. 부관은 내 조처가 오히려 잔인한 짓이라구 비난하는 것 같군. 나는 부하들을 격려하기 위해서 배려를 한 것뿐야."

"위험한 국도를 달리신다 해도 자신을 벗어날 수는 없으십니다."

장군은 지휘봉으로 부관의 어깨를 툭툭 두드렸다.

"부관은 나를 잘못 봤어. 사실 나는 자존심과 명예욕이 큰 사람이야. 내가 야전군 지휘자로서 인정받구 있는 점두 바로 내 명예욕의 적절한 표현 때문이지. 자, 이젠 그만두자구."

부관도 탄띠를 차면서 나섰다. 나는 어서 그들이 나간 뒤에 술을 한잔만 넘기고 싶을 뿐이었다. 야광시계의 바늘은 아홉시로 직각을 가리키고 있다. 시간은 아홉시.

"저두 순찰에 수행하겠습니다."

부관이 말했고,

"좌석이 없잖나. 곧 돌아올 거야."

장군은 혼자 지프차에 올랐다. 기관총을 겨눈 두 명의 경호병을 태운 야전 지프가 발동을 걸어둔 채 대기하고 있었다. 장군이 좌석에 앉아서 불쑥 말을 던졌다.

"자네 부관 근무에 불만을 느끼구 있는가?"

"전혀 그렇지 않습니다, 각하."

폭격기 편대의 소음이 먼 데서 가까워지더니 귀청을 온통 후벼대면서 머리 위를 지나갔다.

"이제서야 공군에서 출동이군. 총공격은 이제 한 시간 남았다."

차가 떠나려는데 철모를 털커덕대며 중령이 뛰어왔다. 그는 온통 땀으로 젖은 얼굴을 자꾸만 소매로 닦아내고 있었다. 그는 방금 입수한 전문 용지를 들고 흔들었다.

"단장님, 도대체 어떻게 된 겁니까? 아이들은 전멸 직전에 있는데 구원대는 아직도 도착하지 않았습니다."

"몇 번 말해야 알겠나, 지휘자가 먼저 초조해하면 되겠는가?"

"제 부하들입니다."

"내 병사들이지. 방금 들었나? 대형 폭격기들이 날아갔어. 곧 호전될 거야."

중령은 쳐들었던 종이쪽지를 아래로 늘어뜨렸다.

"너무 늦었습니다."

"작전이 끝나면 진급 심의위원회로 자네의 진급을 건의하겠어. 그리구 또 한 가지…… 부관 자네를 수색중대장의 후임으로 인사 조처해주지."

하고 나서 장군은 부관에게 상체를 기울여 속삭였다.

"나는 익숙한 사이를 좋아하지 않는다구. 부관은 총명한 장교야. 귀관들 회식에 참석하도록!"

"조심하십시오."

우리는 어둠 속을 향하여 경례를 올려붙였다. 나는 중령이 떨어뜨린 전문 용지를 주워서 읽었다. 읽는 것이 아니라 듣고 있었다.

우리는 전멸한다. 우리는 전멸한다. 우리는 전멸한다.

나는 그것을 장군이 하던 대로 휴지통에 꾸겨 처넣었다.

(1977)

맨드라미 피고 지고

들판은 군데군데 비워져 있었다. 추수가 시작된 것이다. 빈 논바닥 위에 나락 더미가 짐승들처럼 둘러앉아 있었다. 들판의 남은 논 위에는 비닐 테이프와 헝겊 조각들이 바람에 나부껴 가끔씩 번쩍이는 빛을 내거나 펄렁거리며 움직였다. 동이 노인은 눈살을 잔뜩 찌푸리고 말라버린 개천 옆으로 뚫린 농로를 내다보고 있었다. 농로의 끝에 신작로가 닿았고 그 뒤편의 낮은 야산들은 완전히 햇빛을 등지고 있었다. 대안사大安寺로 가는 관광버스도 이제는 뜨음해질 철이었다. 신작로는 텅 비었다. 때로 택시가 먼지의 꼬리를 기다랗게 끌며 지나갔다. 특히 여자나 젊은 아이들이 그랬지만, 여름 내내 신작로가의 논이나 밭고랑에서 김매기를 싫어했다. 먼지도 그렇고 취객들의 야유는 물론이요, 우선 남들은 행락을 다니는데 일하기가 창피해서 였다. 이제는 그쪽의 이삭도 다른 데나 별반 없이 잘 영글었다.

"할아부지…… 코가 막혔나봐."

툇마루에서 또르르 뛰어내린 계집아이가 부지깽이로 잿불 속을 뒤져서 새까맣게 그슬린 고구마를 굴려냈다. 집에는 곧 팔순으로 접어들 동이 노인과 갓난애와 열 살짜리 손녀뿐이었 다. 아이가 엄마 대신 밥을 하느라고 솥을 마당의 돌 위에 얹었 던 모양이다.

"어느새 고구마를 묻었냐."

"에이, 다 타버렸다."

동이 노인은 불티에 곰방대를 붙인다고 마당에 나왔다가 넋 없이 신작로를 내다보았던 것이다. 그는 이미 일할 나이가 아 니었다. 이제부터 타작 때에나 가서야 잔손을 거들까, 근력이 몇 해 사이에 갑자기 쇠어버렸다. 그는 키가 작달막하고 다리 가 바깥쪽으로 비스듬히 휘어서 땅에 착 붙어 있는 듯한 체격 이었다. 환갑이 가까운 나이까지 쌀 한 가마를 날래게 지어 날 랐던 그였다.

"모두 들에 나갔냐."

"웃집에 갔어."

응, 하며 노인은 건성 대답했다. 여태껏 그가 신작로를 내다보고 있던 것은 내일이 무싯날이 아닌 까닭이었다.

"마님이 내려오셨대."

동이 노인은 또 응, 하고 대답했다. 차가 동구로 천천히 굴러 들어오는 것을 점심때에 보아두었던 것이다. 작은서방님과 도련님들이 함께 타고 있을 게 분명했다. 그는 행여 누가 볼세라 얼른 건넌방에 들어가서 문을 꽁꽁 닫아걸고 누워 있었다. 밖에서 규철이가 부산스럽게 들어와서 제 아내를 찾는 소리도 들었다. 다른 날 같았으면 동이 노인도 부랴부랴 문안드릴 채비를 했을 터였다. 그런데 혹시 규호가 올해에는 돌아올지도 모른다는 생각이 들자 마음은 갈피를 잡을 수 없을 정도로 흔들리기 시작했다. 그는 예전부터 해오던 버릇대로 숨었다. 숨어 있는 사이에 일은 지나가게 마련이었다. 동이 노인의 느낌으로는 오늘 저녁에 규호가 꼭 올 것만 같았다. 들리는 소문에 의하면 규호가 이웃 군에서 품을 팔며 그렁저렁 사는 모양이었다. 장가도 들었다고 했다. 애 업은 각시와 장거리에 나온 것을 본 사람이 있었다. 그러나 세 해가 넘도록 백암에는 발길을 끊었고 집에도 소식 한 번 전하지 않는 규호였다.

남들이 뭐라는 줄 아슈? 애비 자식 간에 한 윷판에서 돈내기 논다구 그럽디다. 대체 뭣 땜에 싸질러요, 싸질르긴.

그리고 다음 말은 손톱에 송곳 박히듯 하는 소리라서 차마 기억할 수도 없었다. 그에게는 두 형제뿐이었다. 마흔이 다 되어 장가를 들어 간신히 규철이를 낳고는, 제 땅이 생겼던 날만큼 기뻐했다. 다음에 나온 규호는 영리했지만 약골이었다. 잘 얻어먹이지 못한 탓도 있었으나 언제나 잔병치레가 끊이질 않았다.

온통 수리재 어름이 먼지에 뽀얗게 휩싸이고 있었다. 시외버스가 털털거리며 고갯길을 달려내려왔다. 시간으로 보아 막차가 될 것이다. 동이 노인은 얼른 일어났다. 쭈그려앉아서도 신작로께가 잘 내다보였건만 하마 놓칠까 해서였다. 차가 움칫대더니 뽀얀 먼지 속에 섰다. 문이 열리고 하나둘씩 사람들이 내렸다. 제법 많았다. 대목장을 보고 오는 동네 사람들과 고향에 찾아오는 이들은 얼른 분간할 수가 있었다. 그는 참지 못하고 갈래길까지 나갔다. 그들은 차츰 가까이 왔다. 양복쟁이가 너덧 사람에 아낙네도 끼어 있었다. 저쪽 뒷전에는 청바지에 울긋불긋한 셔츠를 입은 청년이며 꼭 끼는 바지를 입은 처녀들이 멀찍이서 걸어오고 있었다. 그 틈에도 규호는 보이지 않았다. 앞서 오던 중년 사내가 그를 보고 반색을 했다.

"어이구, 자네 여태 정정하구만."

동이 노인은 그제야 퍼뜩 제정신이 들었다. 이李성바지 사람들이었다. 그는 어렴풋이 사내를 알아보았다. 어디 조합장 한

288

다던가, 이씨 댁 재종뻘 되는 이였다. 동이 노인의 손은 이미 앞으로 공손히 모아졌고 하정배를 올렸다.

"예예, 인제 오십니까."

모두들 노인을 바라보았다. 누구야, 누구, 하는 말이 있고 재종뻘이 손으로 그를 가리켰다.

"왜 모르나, 이 사람이 바루……"

"아 거시기…… 동이라구……"

다른 또래가 알은체를 했다. 그제야 다른 친척붙이들도 들은 적이 있다는 듯이 서로 고개를 끄덕였다.

"가내…… 두루 별고들 없으시고요."

동이 노인은 한 손으로 뒤통수를 쓸며 섰다.

"모쪼록 백 살까지 장수하게."

조합장인가가 덕담을 던졌다. 마침 뒷전에 처졌던 젊은 아이들이 가까이 왔을 즈음이었고, 동이 노인은 덕담이 모래알처럼 온 얼굴에 따갑게 서걱이며 퍼부어지는 것만 같았다.

"어서들 올라가보십시오."

그들은 감이 발갛게 열린 동산받이를 손가락질하기도 하고, 저 사람이 손재주가 비상했다는 둥 하는 얘기들이 전해졌다. 백암 부락과 건넛마을이 연싸움을 할 적마다, 동이 노인은 밤새껏 명주실에 아교와 유릿가루를 먹여주곤 했다. 이영하 나으리와 함께 자랄 적에도 그는 도련님이 자는 동안에 연줄을 먹였다. 규철이 규호에게는 연을 만들어준 적도 없었다. 분수에 맞지 않기 때문이었다.

가까이 다가온 젊은이들이 그를 무덤덤하게 바라보았다. 동이 노인은 첫눈에도 그애들이 도시로 외입 나갔던 홋집의 아이들임을 알아보았다. 요란한 줄무늬의 꼭 끼는 옷을 입거나 머리가 덥수룩했고, 뭐가 좋은지 서로 농을 하며 웃어댔다. 그는 아이들 중에서 낯익은 얼굴들을 보았지만 알은체하지 않았다. 아이들도 마찬가지였다. 그들은 갈래길에서 아래로 접어들었다. 개천을 사이에 두고 위와 아래가 갈리는데, 초입에 동이 노인네 집이 있고 거기서부터 잇달아 홋집들이 있었다.

이제 신작로와 동구 밖 길은 다시 비었다. 그는 두근거리는 가슴이 어느새 착 가라앉아 있음을 느꼈다. 동이 노인은 규호를 기다리던 게 아니라, 혹시 한눈파는 사이에 그애가 나타날까 싶어 두려웠던 것인지도 몰랐다. 더이상 올 사람도 없었다. 그는 길옆 돌 위에 걸터앉았다.

헤어집시다 예? 백암서 모두 나가든지 아니면 인연을 끊읍시다. 우리가 여기서 떠나는 게 홋집 사람들 뜨는 거하구 뭐가 달라요. 까짓 땅 몇 뙈기 미련에 우리 앞날까지 망치려구.

동이 노인도 이씨들 틈에서 토박이 소작인들과 더불어 살 적엔 아무렇지도 않았다. 홋집 동네에 타관 사람들이 들어와 살게 되며부터, 뭐에 보리알 낀 듯이 개운치 않게 되기 시작했다. 규호가 억병으로 취해 들어와 지껄이던 말이 생각났다.

싸질러놓고 해준 게 뭐요? 하다못해 성씨 하나 내 걸 주었어요?

동이 노인은 차라리 죽여버리겠다고 마당에 뛰쳐나가 도끼를 집어들었다. 큰놈 규철이는 제 식솔들과 이불 뒤집어쓰고 아예 내다보지도 않았고, 규호는 피하려고도 않고 막가는 말까지 내뱉었다. 아들의 머리통을 바라고 쳐들었던 도끼를 그는 차마 내려치지 못하고 부들부들 떨었다. 그는 규호의 마지막 말을 듣자 전신에서 맥이 쑥 빠져나가면서 도저히 도끼의 무게를 지탱할 수가 없었다. 입에 감히 담지 못할 말을 뱉어버린 규호는 스스로도 놀란 모양이었다. 마치 유령이라도 본 듯이 뒷걸음질로 방을 빠져나가더니 어둠 속으로 사라져서 그길로 돌아오지 않았다.

"여기서 혼자 뭘 해?"

아랫길에서 오던 자가 말을 걸었다. 퍼런 새마을 모자를 언제나 눈썹 위까지 눌러쓰고 다니는 현보였다.

"예 그냥…… 어디 갔다 오시우."

"이건 뭐 추석이라구 어디…… 돈 주구 새 명절이라두 사오

든지 해야지, 모두들 일하기에만 바쁘니……"

"곡수가 엄청나게 쏟아질 게요."

"다 유신벼 덕이지. 훗집 놈들 배 터지겠구나."

"아까 낮에 차 들어옵디다. 마님하구 작은서방님이 오셨겠지요."

동이 노인의 말에 현보의 반응이 벌써 신통치 않았다.

"왔으면 왔지. 제깟 것들이 무슨 백모며 종가붙이여. 백암서 살자니 나 드러워서……"

이영하 나으리의 조카뻘인 이현보는 종가가 독차지한 장토庄土의 관리에 불만이 많은 사람이었다. 동이 노인은 언제나 이런 말에는 끼어들지 않고 침묵을 지켰다.

"이씨라구 다 같은 씨가 아니란 말야."

현보가 동이 노인 곁에 쭈그리고 앉았다. 어디서 술 한잔 걸쳤는지 단내를 풍기며 연방 트림을 해댔다.

"사실 말이지 인식이가 나허구 그럴 처진가 말야. 걔가 아예 살림하러 낙향한 뒤루 마름질두 못하지, 소작 부쳐먹기는 훗집들이나 마찬가지가 되었다니까."

동이 노인은 이인식의 얘기가 나오자 그제는 나서야겠다고 생각했다.

"큰서방님야 워낙에 종가 살림을 꾸려나가시려니 오죽 답답하고 걱정이 많으시겠습니까."

노인은 덧붙여서 논 스무 마지기나 지어 먹게 되었는데, 먼 촌수에 항렬 따지느냐고 오금을 박아주고 싶었다. 이씨가 아니었다면 욕이 나왔을지도 몰랐다. 현보가 대처에서 채소 장사를 때려치우고 친척들을 찾아 백암으로 들어올 적만 하여도 집 한 칸이 따로 없어 동이 노인네 옆의 홋집에 들었었다. 그는 마름질 여러 해에 이중 소작과 장리로 그만한 땅이라도 장만하고 이씨 마을에 집 한 칸을 마련했다. 요즈음 현보는 소작을 늘려준다거나 떨구지 않게 해준다는 구실로 홋집 동네에서 닭 마리깨나 잡아먹고 다니는 것이었다. 백암에 이씨 성 가진 이가 현보 저 하나뿐이 아니건만 아랫동네로 와서 으스대는 일은 혼자 도맡아 했다.

"내 당장 가서 따져야겠어. 홋집이 서른둘이니, 그중에 소작권을 한 네댓 집 돌려준다구 기둥뿌리가 뽑힐 것두 없겠구 말이지."

"지금 온 일가친척들이 다 모였는데, 가서 그런 얘기를 꺼내면 큰서방님 입장이 어찌되겠소. 추수하는 판에 명년 봄 사정이야 두었다 하시지."

"허, 자네두 씨내림이라구, 종손 편을 드네그려. 친척들 많을 때가 더 좋지. 사촌 간에 이런 법은 없는 게야."

비칠대며 걸어가는 현보를 동이 노인은 냉정한 시선으로 바라보았다. 그는 현보의 속셈을 너무도 잘 알 수가 있었다. 홋집 중에서 어수룩한 타관 것들의 소작권을 가로채어 이중으로 놓으려는 것이었다. 모두들 소작지를 보다 많이 얻으려고 안달이었던 것이다. 동이 노인은 태어나서부터 지금까지 살아온 백암 마을이 규호가 떠난 뒤로는 어쩐지 남의 고장에 얹혀 있는 것만 같아 불안했다.

윗길로 들어서면 양쪽에 팽나무와 동백나무가 울창했고, 이씨네 친척붙이들의 기와집들이 몇 채 모여 있었다. 가문과 밀접한 관계에 있는 사람들만이 고향에 남아 있게 마련이었다. 제일 안쪽에 은행나무 고목들이 우거진 가운데로 종가가 자리 잡고 있었다. 솟을대문과 기다란 돌담이며 비각, 사당, 안채, 바깥채, 중문, 안문이 있는 옛날식 대저택이었다. 집 전체가 문화재로 지정되었고 나무들도 보호수로 지정될 정도였다. 안채는 ㅁ자 집이며 정원에는 분재 수석이 가득했다. 큰아들 이인식은 바깥사랑에 있었고, 이영하는 도회지에 있는 작은집에서 내려오면 안사랑채를 썼다. 모여들기 시작한 친척들은 일단 이영하의 방에 들러 문안인사를 올리고 연장자들만 남고 부인네들은 안채 대방에 있는 이영하의 부인에게로 갔다. 원래는 작

은댁이었으나 큰댁이 죽은 뒤로는 정실이나 다름없었다. 부엌
과 안마당에서는 홋집에서 몰려온 아낙네들이 추석에 쓸 음식
을 장만하는 중이었다. 큰며느리인 인식의 처가 모든 일을 지
휘했다.

"아씨, 전은 이제 고만 부칠까요?"

오십대의 여자가 물었고, 인식의 처가 말했다.

"응, 자네는 여기 약과 만드는 거나 돕게."

이번에는 떡메를 든 규철이 기웃거렸다.

"아직 멀었습니까요?"

"자네는 떡메 하나 메구 어슬렁거리기만 하나. 떡쌀이 나올
동안에 장작이나 패어놓지."

돌아서는 규철에게 인식의 처가 물었다.

"그런데 아까부터 자네 애비가 안 보이네."

인식의 처는 대학의 영문과를 나왔다나 하는 도회지 여자였
다. 처음에 백암에 왔을 때만 해도 철딱서니 없이 친구들을 불
러들이거나 갑갑하다고 도시 나들이가 잦더니, 이제는 대가 종
부宗婦의 막중한 책임을 깨달았는지 제법 위엄이 붙었다.

"글쎄…… 요즘은 그냥 시름시름 앓기만 하시네요."

"나으리께서 내려오시면 꼭 찾으시니, 언제 부를지 몰라. 가
서 오라구 그러게. 아예 여기서 저녁도 먹고."

그 여자는 전에는 아버님이라고 부르더니 어느새 나으리에 익숙해져 있었다. 이리저리 둘러보다가 전을 지지던 여자가 두어 개를 날름 집어넣고 우물대는 꼴을 보자 날카롭게 외쳤다.

"이봐 부안댁, 상에 올릴 음식에 함부로 손을 대면 어떡해. 어디서 배워먹은 버르장머리야."

아낙네가 쥐구멍을 찾으며 고개를 숙이고 입을 막았다. 주위의 홋집 여편네들이 이구동성으로 혀를 차고 꾸짖고 했다. 큰며느리가 다른 부서를 돌아보러 간 사이에 여러 여자들은 킬킬댔고 그 여자가 볼이 부풀어 중얼거렸다.

"아씬지 고추씬지 지가 언제 적 상전이여. 그저 목구녕이 죄지."

"아 그러니까 대처 나가서 사장님 마누라 해여. 요즘은 돈이 나랏님 바로 꼭대기니까."

"설렁탕집 밥데기보다야 낫지."

"사람들이 자기 처지를 생각해야지. 웃사람들두 다 속이 있는 게야."

늙은 여자가 한숨 섞어서 중얼거렸다.

"에이, 그래두 백암이 제일이라네. 땅이 있고 발 뻗을 집 있고."

원래의 토박이 홋집 사람들과 도회지에서 살다못해 소작지를 찾아들어온 사람들은 늘 패가 갈렸다. 토박이들은 은연중에 종가의 편을 들었고, 아랫것 시늉이 아직 살 속에 박히지 않은 타관 사람들은 모두 건성일 뿐이었다. 그러나 그들도 처음보다는 덜 쑥스러웠다. 대개는 삼 년을 넘기면 도시에 있는 작은집에 심부름을 나가서도 여러 사람들 앞에서 아씨, 마님 소리가 저절로 나올 정도가 되어갔다.

인식의 방에는 이복아우 명식과 어디 조합장이라는 사내와 그 또래 친척 남자들이 모여 있었다. 명식은 인식보다 다섯 살이나 아래인데도 금테안경에 잘 빗어넘긴 머리며가 훨씬 나이 들어 보이고 점잖았다. 인식이 합자회사를 벌이다가 낙향하고 줄곧 살림을 맡아와서 사회 경험이 좁은 반면에, 명식은 정부미 도정공장을 내어 성공했고 당에도 들어갔으며 대의원도 지냈다. 지금은 중기도 다섯 대나 가지고 있었다. 운이 좋게도 요즈음은 농지정리로 중기가 쉴새없이 굴러다녀야 했다. 군의 행사가 있을 적마다 명식은 가까운 도시에서 희사금을 갖고 나났다. 그러나 명식은 형보다는 일문에 대한 책임감이 적었다. 오히려 그는 장토의 일부를 정리해서 타산이 맞는 기업을 경영해야 한다고 주장해왔다. 그러나 명식은 종손인 형을 두고 종가의 재산 문제를 노골적으로 들고나올 수는 없었다.

"동이가 아직두 살아 있던데. 지금두 등이 꼿꼿하구 한 육십이나 되어 보이더군."

조합장이 생각났는지 동이 노인의 얘기를 꺼냈다.

"요새는 많이 늙은 편이지요."

인식이 말하자, 명식은 관심 없이 끼어들었다.

"누구 말이우. 씨종인가 하는 사람 얘긴가요?"

"그래, 동이라구 네가 집에 오면 정거장까지 업어다주던 노인네 말이다."

"아마…… 팔십이 넘지 않았나."

"거진 다 됐지. 합방 때 반은 나가구 나머진 우리집에 머물러 있었다는데, 그러다 모두 죽고 뿔뿔이 흩어지고…… 동이에미가 조모님의 몸종이었다. 조모님 성을 따서 전씨라구 붙여줬지. 아버님을 늘 따라다녔다더라. 일본에까지 가서 모셨다니까. 내 다섯 살이던가 나던 해에 외지에서 색시를 데려다가 땅 여덟 마지기 떼어주고 살림을 따로 내주었지. 참 착하구 말없는 사람이야."

인식이가 얘기하다 말고 마을에 사는 친척에게 물었다.

"요즘 어디 아픈지 통 여기도 오지 않습디다."

마을 친척이 말했다.

"그게 아마 작은아들 때문일 게야."

인식이 낯빛을 흐리며 고개를 끄덕였다.

"규호 말이지요. 부모에게는 불효요, 종가에는 불의한 사람이죠."

"일도 않구 날마다 빈둥거리며 대처루 나가 돌더니만, 읍내에서 술집 갈보를 만나 그냥 어울려 산다데. 애를 낳았다지, 누가 장터서 봤다던데."

인식이 중얼거렸다.

"나갈 사람은 진작에 내보내야 해."

명식은 얘기가 지루한지 연거푸 두 번이나 하품을 하고 얼굴을 씻었다.

"헌데 제수답이 시방 얼마나 되지요?"

"뭐…… 삼백 마지기쯤 될 게다."

그러면 명목상으로도 종가 소유지는 나머지 오백 마지기 합쳐서 전부 칠백 마지기나 되는 셈이었다. 명식은 속으로 그것이 현금 얼마나 될까를 헤아려보고 있었다. 인식이 말했다.

"참, 명년에는 우리두 경지정리를 해야 될 텐데 느이 차 좀 보내주어."

"그렇잖아두 군청하구 다 얘기가 되어 있어요. 이번에 이쪽 건을 청부 맡아놨으니 그 참에 해버리지요."

"거 잘되었구나."

마을 친척이 말했다.

"어떻게…… 공천은 따낼 수 있겠나?"

"집안 어르신도 계시고 입당도 했겠다, 정계에 훤하게 줄이 있는데 이 사람이 공천 걱정을 하겠수?"

조합장이 말했으나 명식은 인식의 눈치를 보고 나서 떨떠름하게 말했다.

"나야 뭐…… 모두 일문을 위해서 하는 소리지만, 형님두 미리 생각해두셔야 할 겁니다."

"입당하라는 얘기냐?"

"제가 형님 같으면 이 고장에서야…… 얼마든지 밀어드릴 수 있으니 우선 대의원부터 하세요. 지금 시국이 자꾸 변해가는데 종문을 지키려면 이런 상태로는 안 됩니다."

인식은 잠깐 생각하고 나서 말했다.

"하긴 네 말이 맞을지두 모르겠다. 요새는 어쩌나 사람들이 약아지고 계산에 빠른지 의리 염치가 없어졌어. 순박하긴커녕 싸울려고만 한다. 나두 홋집들 때문에 골머리를 앓고 있다."

"요즈음 농업은 기업으로서 거의 가망 없어요. 차라리 제수답만 남기구 모두 팔아서 기업 자금을 하든지……"

인식이 긴장하면서 이복아우를 노려보았다.

"그건 안 된다. 아버님도 펄쩍 뛰실 거야. 다시는 그런 말 입에 담지두 마라. 우리집이 문화재로 지정되고 이나마 체면을 지켜온 것은 토지를 잘 관리해나왔기 때문이야."

"모두 케케묵었어요."

명식은 더이상 얘기를 계속하기가 답답한 것 같았다. 조합장이 말했다.

"종가가 있으니 우리 일족이 모일 수가 있고, 누구든지 다 근거가 있어야 행세하네."

마을 친척들도 명식의 경솔한 언동이 자못 불쾌한 모양이었다. 입맛을 다시며 말들이 없는데 명식이 안경을 손끝으로 치켜올리더니 다시 덧붙였다.

"제가 케케묵었다는 것은 경영방식이 그렇다는 얘기지요. 왜 훗집에다 살림을 시킵니까? 그럴 필요가 없어요. 가족이 있으면 말썽이 많은 법입니다. 기숙사를 짓고 농번기마다 일꾼들을 모아오면 되잖아요. 일이 끝나면 노임을 지불하구요. 꼭 쌀이라야 될 건 없습니다. 대농장을 현대적 기업으루 운영해나가는 데가 전국 도처에 있습니다."

"이제까지 아무 걱정 없이 지내왔다. 그런 일은 차차 의논해보기로 하지."

인식은 참을성 있게 아우에게 말했다. 그의 말이 전혀 이치에 닿지 않는 바는 아니었고 인식이도 훗집의 존폐 문제를 여러 가지로 생각해왔던 터였다. 훗집이란 이미 일제시대에 참의

參議를 지냈던 그들 조부께서 생각하신 제도였다. 땅 없고 집 없는 농민들을 소작인으로 들인 것이다. 물론 그때는 달리 뾰족한 수가 없던 때라 들고 나는 이동이 잦지는 않아서 몇십 년이고 사는 식구들이 대부분이었다. 처음에는 그저 소작 마을이라 불렀는데, 십여 년 전부터 부쩍 이농하고, 도시에서 들어오고, 한두 해 살다가 떠나버리는 농가가 많아져서 편의상 어슷비슷한 초가삼간 집에 호수를 매겨 불렀던 것이다. 3호집, 5호집, 하니까 사람 파악도 수월했고 지대 계산도 분명해졌던 것이다.

"나두 앞으로의 일을 생각중이다. 네가 좀 도와주려무나."

"올해부터 이 지방에서 터를 닦으세요. 저쪽에서두 바라구 있습니다."

그들은 다시 화제를 돌려 올해의 대풍작에 관하여 얘기하기 시작했다.

이영하의 방에는 늙은 친척들과 인사차 들른 군의 관리가 두엇 앉아 있었다. 이영하는 일흔이나 되었지만 아직도 목소리가 카랑카랑하고 언제나 정장의 양복 차림이어서 시골의 대지주로는 보이지 않았다. 얘기하면서 가끔씩 빳빳한 손수건을 내어 입가를 닦았다. 손이 희고 길어서 사람이 기품이 있어 보이는 것이다. 그는 나직하고 분명하게 얘기했고 누구든지 정면으로 바라보는데 눈에 총기가 있었다. 그는 관리들이 들어서자 꼼짝

도 않고 앉아서 절을 받았다. 이런저런 얘기를 하다가 그는 책
상 위의 우편물들을 집어 하나씩 들췄다.

"이 사람 아나 자네들?"

"네, 예전에 장관까지 하셨고……"

"제헌의원 때의 친구인데 며칠 전에 작고했어. 참 강직하구
고집이 셌지. 농지개혁 때 불순세력에게 조금도 양보하지 않았
거든."

"청렴결백하셨지요."

"이번에 비문은 어떻게 하기루 하셨습니까?"

이영하는 다시 책상 위를 더듬어 도면을 보여주었다.

"돈이 꽤 많이 들 것 같군. 당연히 진작에 세웠어야 했는
데……"

"그럼요. 본댁이 전국에 남아 있는 명가들 중에도 가장 오래
되었지요. 이조 때부터 국부國富라고 해오지 않았습니까."

이영하가 부추기는 관리를 빤히 쳐다보았다.

"우리는 토호나 향반이 아니네."

"뭐 그거야 세상이 다 알지요. 책에도 나오는데요."

그의 단순한 표현에 영하 영감은 빙긋이 웃었고 관리들도 멋
쩍게 웃었다.

"비가 선다면 저희 군으로서도 영광입니다."

"영역 정화도 해주어야겠어. 사당도 있고 하니."

"여부가 있겠습니까."

문밖에서 밭은기침 소리가 들리더니 미닫이가 빠끔히 열렸다. 이영하는 조심스럽게 들어서는 현보를 찬찬히 살폈다. 현보는 들어서자 용기를 내어 큰절을 넙죽 했다.

"그간 평안하십니까."

이영하는 무심하게 말했다.

"자네가 누구더라?"

"저 현보……입니다."

영하 영감은 다시 관리들에게로 눈을 돌렸다.

"군수가 새로 왔다며?"

"예, 그렇습니다. 일간 방문하시겠지요."

현보가 관리들께 알은체를 했다.

"요즘 바쁘시지요."

"오랜만입니다. 수고가 많으시다지."

영하 영감이 그들을 번갈아 바라보았다.

"자네들 이 사람 아는가?"

"이 양반이 백암 아랫부락의 새마을 지도자 아닙니까."

"허, 그랬나. 감투를 썼구만."

이영하의 말에 현보는 뒤통수를 긁었다.

"그냥 뭐 부락 사람들이 자꾸 하라구 그래서……"

영감은 현보라는 위인의 사람됨을 아는지라 빤히 속내를 들여다보고 있었다.

"자네 나한테 무슨 할말이 있군?"

"실은…… 그렇습니다."

이영하는 펼쳐놓은 도면만을 만지작거리면서 기다렸다. 현보는 한번 뒷전의 친척 노인들을 휘둘러보고 나서 머뭇거리며 말했다.

"저어…… 딴게 아니라, 홋집에 문제가 있어서 말이지요. 어느 집이고 막론하고 열 마지기씩 소작을 시키는데요, 사실은 사람이 너무 많습니다. 게으른 자나 부지런한 자가 똑같을 수는 없지 않겠습니까?"

영하 영감이 불쑥 중얼거렸다.

"게으른 놈은 안 돼. 언제든지 가난을 면하지 못해."

"그렇습죠. 그래서 소작 가호를 반으로 줄이고, 홋집도 없애야지요."

영하 영감은 며칠 전에도 작은아들 명식으로부터 홋집을 없애야 한다는 말을 들은 적이 있었으므로 일단 귀를 기울여보기로 했다. 현보도 그렇게 단정해서 말해놓고는 무슨 핀잔의 소리가 나올까 눈치부터 살피니 영감은 그저 도면만을 보고 있었다.

"그 대신에 블록이나 시멘트로 말이죠. 아파트식으로 집 한 채를 짓도록 하면 어떨까요. 모두 거기 입주시키고 훗집도 정리할 수가 있습니다."

이영하는 한참 침묵을 지키더니 처음으로 현보를 똑바로 쳐다보았다.

"돈이 많이 들 텐데……"

"염려 없습니다."

현보는 관리들 쪽을 돌아보고 먼저 웃음을 지었다.

"새마을 사업 지원이란 게 있습니다. 시멘트 지원을 받을 수가 있어요."

"그렇지요."

"까짓 지붕은 슬레이트로 하구 기다랗게 짓는다면 얼마 안 들겠는데요."

두 관리들이 말했고, 영하 영감은 빙긋 웃었다.

"그러면 자네가 인식이하구 잘 의논해서 일해봐. 그전처럼 않겠다면 훗집을 다시 맡길 테니까."

현보는 얼른 일어났다. 다시 무슨 말이 바뀌어 나올지 모르겠기 때문이었다. 둘러앉은 친척들은 서로 눈길을 맞추고 불쾌한 얼굴이 되어 현보의 얄미운 뒤통수를 노려보았다. 사랑채를 나오는 현보는 다시 술이 거나하게 오르는 기분이었다. 고작해야 한 너덧 집의 소작권이나 얻어낼 줄 알았더니 의외였다. 현보는 푸른 새마을 모자를 눈썹 위로 더욱 깊숙이 눌러썼다.

떠오르기 시작한 달이 지상에 가까워서인지 더욱 크고 탐스러워 보였다. 서씨는 해가 질 때까지 나락을 베어 볏단 쌓는 일을 하다가 돌아오는 중이었다. 기일 안에 소작료를 물어내려면 바짝 당겨놓아야 했다. 그가 14호집의 낮은 돌담 안으로 들어서니 불이 켜져 있었다. 그는 마누라가 돌아온 줄 알고 물을 떠서 손을 씻으며 말했다.

"임자 왔나. 어유, 배고파."

방문이 열렸다.

"아버지……"

서씨가 돌아보니 큰놈이 방문 밖으로 꾸부정히 서서 인사를 하고 있었다. 아들은 백암 들어온 지 일 년 만에 도시로 나가버렸던 것이다.

"니가 웬일이냐?"

"웬일은요, 낼이 추석 아닙니까."

"아 그렇지, 벌써 추석이로구나."

부자는 방안으로 들어가 앉았다.

"추석이라구 뭘 뽀르르 내려오구 그러냐. 돈두 없을 텐데……"

"공장에서두 모두 가보라구…… 어머니 들에서 아직 안 오셨나요?"

"응, 저 뭣인가…… 웃집에 일 거들어주러 갔다. 올 때 떡조각이라두 들구 오겠지. 그래 지금은 좀 했니?"

서씨는 작년보다 더욱 뼈대가 굵어지고 옷차림도 훤해진 아들을 대견하게 바라보았다.

"이제 막 견습을 면했는데요. 내년까지만 참아볼려구 그럽니다. 농사일은 어떠세요?"

서씨는 우물쭈물 담배부터 꺼내어 물었다.

"농사가 언제는 뭐 별일 있다더냐. 맨손 들고 할 짓 없으니 이 지랄이지."

"아버지, 여기서 삼 년만 고생하세요. 그다음엔 서울에서 우리 식구가 막벌이 장사라두 하십시다."

"얘, 막벌이 얘기 꺼내지두 말아라. 대처살이라면 이젠 입에서 신물이 나는구나. 그저 어떻게 하든지 돈을 모아 땅을 사야 한다. 땅만 있다면…… 댓 마지기라두 내 땅이 있으면 얼마나 좋겠니."

"웃집 사람들 여전하죠?"

서씨는 다시 말을 않고 우물쭈물했고, 아들이 말했다.

"내일이 추석이라구 어머니가 일 도우러 가셨다니, 아무때나 툭하면 하인으루 데려다 부려먹는 거지 뭐 달라진 게 있습니까."

"그 집이 여기선 상전인데 어떡하겠냐."

"지금이 어느 세상이라구 서방님, 아씨, 나으리……"

"땅이 없는 탓이다."

서씨는 담배 연기를 길게 내뿜고 나서 그대로 일 년 만에 보는 자식 앞에 부끄러운 생각이 들었다.

"애, 그래두 여기선 느이 동생들이 배곯은 적은 없다. 고구마로 끼니를 때울 적도 있지만 대처보다야 한결 낫지. 아직은 시골이 어수룩하더라. 나두 열 마지기 농사여. 요새는 정말 사추리에서 찬바람 나도록 일을 한단다."

아들은 도시살이에 간만 부풀었는지 대수롭지 않게 되물었다.

"그까짓 열 마지기에 지대는 얼마나 바치구요?"

역시 서씨는 담배만 피우는데 아들이 말했다.

"반반이죠? 도둑놈들 같으니…… 아무리 빈손이라지만 농구에 비료에 영농비 몽땅 들이고 식구들 노임까지 들여서 지어놓으면 손가락에 흙덩이 한 번 대어보지 않은 놈들이 가져가잖아요. 그러니 다시 말짱 헛것이지요."

"반타작은 옛날부터 원래 법이 그렇다는 걸 모르냐."

"어느 옛날요……"

"왜정 때…… 아니 그전에두 그랬다더라. 얘, 땅 가진 사람들두 속이 썩을 게다. 뭐 남는 게 없겠더라."

"그건 가진 놈들 사정이구요. 반반이 대체 뭐예요. 제 앞가림두 못하면서 남의 걱정을 해요. 참 답답해서."

아들의 높아진 언성에 어린것들이 차례로 깨어났다. 아이들은 눈을 비비면서 울긋불긋한 셔츠의 낯선 사람을 쳐다보았다.

"형 왔구나."

"오빠 왔어?"

"그래그래, 내가 뭐 사왔다."

아들이 가방에서 옷 꾸러미와 과자봉지를 꺼냈다. 아이들은 잠이 썩 달아났는지 다투기 시작했다.

"어이구, 이게 누구냐. 니가 웬일이냐. 밥 먹었니?"

몇 마디의 말을 한 번에 뱉으면서 부안댁이 들어섰다. 부안댁은 일하고 웃집에서 얻어온 떡을 펴놓았다.

"배고프지. 내가 당장 밥을 할 테니 우선 이거라두 먹구 기다려라."

"웃집에 이씨들 다 왔지?"

"내일 제사지낼 테니 대강 모일 사람은 다 모였겠죠. 그런데 말이우……"

일어나려던 부안댁이 뒤늦게 생각이 났는지 미간을 찌푸리며 다시 주저앉았다.

"이런 걱정거리가 없수. 글쎄 나는 어찌나 마음이 안 좋은지…… 홋집이 없어진대요."

"뭐라구?"

서씨는 눈을 크게 떴다가 다시 금방 풀어지며 어이없다는 듯 웃었다.

"쓸데없는 걱정은 말구 어서 나가서 밥이나 짓게. 홋집을 없애면 일은 누가 하며 즈이들 농사는 어쩔려구."

"현보가요, 마름을 다시 한대나봐요. 마름 맡을 욕심에 새마을 사업을 벌인다지 뭡니까. 저 뭣인가 정화를 한다구 시방 모두들 쑤군거리구 있습디다."

서씨는 아들에게 불안한 눈짓을 던지고 나서 물었다.

"현보가 뭘 어쨌다구?"

"글쎄 홋집을 모두 허물어버리구, 다시 단체루 사는 집을 짓는대요."

"더 잘됐게?"

"잘되긴요…… 한 반쯤은 내몬다구 그러잖아요."

"정말이야?"

"시방 파다하게 소문이 나서 모두들 코가 쑥 빠져 있어요."

"가만있어……"

서씨가 놀란 표정으로 벌떡 일어났다.

"아버지, 어디 가세요?"

"자세히 알아봐야겠다."

그는 다른 날보다 훨씬 허약해 보이는 어깨를 축 늘어뜨리고 방을 나갔다. 아들은 철없이 과자봉지에 붙어앉은 동생들을 보면서 중얼거렸다.

"설마 겨울이야 나게 하겠지요."

"지대를 더 내게 되더라두 여기 눌러 있어야 헌다. 이 나이에 어디로 또 가겠니."

어머니의 말에 아들은 아까의 등등하던 기세는 어디로 갔는지 천장 쪽에다 얼굴을 쳐들고 앉았더니, 얼른 소매로 눈을 씻었다. 군데군데 꿰맨 이불 한 채와 비닐 트렁크가 선반 위에 달랑 올라앉아 있었다.

동이 노인은 밤새도록 어지러운 꿈속에서 뒤척이며 몇 번이나 깨어나곤 했다. 흰 달빛이 좁은 방문을 훤히 밝혀주고 있었다. 그는 몇 번이나 문을 열어젖혔다. 꿈결에서였는가 베틀 소리가 철커덕 철컥, 끊임없이 들려왔다. 동이 노인은 아내가 헛간에서 베를 짜고 앉아 있는 모습을 보았다. 아니, 그것은 어머니였다. 어머니는 힘겹게 북 쥔 손을 휘두르며 그를 부르고 있었다. 그는 잠을 깼다. 아직도 베틀 소리가 들려오고 있었다. 문을 활짝 열어젖히자 한눈에 달빛이 가득찬 마당이 내다보였다. 바람결에 흔들린 헛간의 나무 문짝이 흙벽을 텅텅 때리고 있었다. 삐이걱 텅, 하는 소리와 문짝의 움직임은 죽음처럼 막막했다. 그는 한참 동안이나 마당을 내다보며 모로 누워 있었다. 드디어 규호는 올 추석에도 집으로 돌아오지 않은 것이다. 동이 노인은 일어나서 헛간 문을 닫기 위해 마당으로 나갔다. 신작로와 들판이 하얗게 드러나 있었고 송림의 바람소리만 깨어나 있었다. 그는 문을 닫으며 언뜻 생각했다.

죽은 사람이 보이면 좋지 않다는데.

노인은 돌아서다가 가슴이 써늘하게 내려앉는 것을 느꼈다. 허공중에 손이, 무수한 손들이 하늘을 향하여 치켜져서 흐느적대고 있었던 것이다. 그것은 키가 멀쑥한 꽃들이었다. 꽃들이 바람에 불리어 흐느적거렸다. 동이 노인은 진정하느라고 헛기침을 두어 번 해보았다. 그러고 나서 그는 날이 새도록 다시 잠들지 못했다. 방문을 열어젖히니 마당 가득히 서 있는 맨드라미꽃들이 보였다. 노인은 밝아오는 아침햇빛을 받고 차츰 짙은 색으로 변해가는 꽃을 보며 누워 있었다.

동이 노인은 백암 건너편의 야산에 아무렇게나 매장했던 마누라의 무덤을 찾아갔다. 그는 거기서 오후 늦게까지 읍내로 나가는 길을 바라보며 앉아 있었다. 그가 집으로 돌아오는데 훗집 마을의 길로 웬 젊은이가 고래고함을 지르며 내려오고 있었다. 옷차림으로 보아 도시에서 어제 돌아온 아이가 분명했다. 그애는 개천 건너편을 향하여 계속해서 떠들었다.

"야 이 도둑놈들아, 느이들이 무슨 양반이냐. 지금이 어느 세상이라구 이 망할 놈들아, 느이 맘대루 해 처먹고 쫓아낼라구 그래."

젊은이는 숫제 퍼질러앉아서 마음대로 욕지거리를 퍼부었고, 사람들이 꾸역꾸역 몰려나와 구경하기 시작했다. 소주잔깨나 좋이 들이켠 꼴이었다.

"아니 저놈이 뉘 집 새끼야."

"혼찌검이 나야 해."

이씨 일족들이 떠드는 가운데 현보가 나타났다.

"아니 거기 뭣들 구경만 하구 섰어. 당장에 볼태기를 지르지 못하구선."

현보는 개천 이쪽의 훗집 사람들을 손가락질하더니, 멀찍이 갈래길을 돌아서 뛰었다. 동이 노인은 땀이 솟는 느낌이었다. 규철이가 훗집 사람들 몇 명과 함께 젊은이를 붙잡고 승강이를 하는 게 보였다.

"이 자식 어디서 굴러먹다가……"

규철이가 발길질하는 게 보였고 동이 노인은 자기도 모르게,

"이놈아……"

하면서 달려들어 규철이의 뒷덜미를 잡아끌었다.

"죽을 때까지 남의 종살이나 해 처먹을래?"

중얼거리고 나서야 노인은 그것이 바로 규호가 집을 나가며 부르짖던 마지막 말이었음을 깨달았다. 규철이는 잘 알아듣지도 못하고 다만 놀랐는지 입을 벌리고 멍하니 아버지를 쳐다보았다. 노인은 땀을 씻었다. 그는 홋집 사람들 앞에다 침을 뱉고는 돌아섰다. 비칠거리며 돌아서 가는 동이 노인의 등을 모두들 어처구니없다는 표정으로 바라보고 있었다.

(1977)

골짜기
—日記抄, 1980년 겨울

창문 위쪽에 희뿌윰하게 떠 있던 큰 산의 모습이 회색빛 하늘 속에서 차츰 녹아 사라지는 중이었다. 창문이 덜컹대기 시작했다. 들판이 어두워지더니 그 어둠이 재빠르게 다가오면서 유리창이 젖어갔다. 폭풍우였다.

　나는 쓰던 편지를 밀어내고 일어섰다. 아니나 다를까, 부엌으로 나가보니 깨어진 유리창 사이로 바람이 들이쳐서 부엌 바닥이 젖어가는 중이었다. 뻣뻣하게 얼어 있던 속옷 빨래들이 좁은 베란다 위에 늘어져서 흔들거렸다. 바람은 뼛속에 스미는 듯 차가웠고, 빙수 같은 얼음 부스러기가 베란다 가녘에 쌓인 걸 보니 진눈깨비가 분명했다. 나는 라면 상자의 뚜껑을 찢어내어 부엌의 깨어진 유리창 구멍을 틀어막았다. 먼 곳에서도 시멘트 빛깔로 펼쳐진 바다의 곳곳에서 솟구쳤다가 흩어지는 높은 물결 이랑을 알아볼 수가 있었다.

살아 있다는 건 무엇일까. 지금 여기 한반도의 남쪽에서 이렇게 살아간다는 것은. 나는 다시 편지를 이어나가려고 앞에 썼던 것들을 읽어보았다.

언젠가 저를 취조했던 어느 젊은 수사관의 회한 섞인 농담처럼 삶은 허섭스레기같이 욕스러운 것입니까. 사는 게 다 욕이지…… 하며 혼잣말로 중얼거리던 그자의 꾸민 것 같은 활발한 목소리가 생각납니다. 그래요, 우리는 이렇게 욕된 것으로만 남고 그해 광주의 아우들은 아무런 길도 없는 가시덤불과 돌멩이들뿐인 험로를 향하여 드디어는 깎아지른 절벽을 바라고 일직선으로 달려가버렸습니다. 저는 길바닥에 내던져진 죽은 쥐의 찢긴 내장처럼 벌려진 상처 위에 벌겋게 핏물 든 시트를 감고, 저 아득한 어둠 속을 건너온 바람소리같이 한마디씩 토해내던 젊은 부상자들의 신음소리를 지금도 생생히 듣고 있습니다. 민, 족, 통, 일, 만세…… 그러나 그건 그저 낱말일 뿐, 그야말로 익지 않은 음절일 뿐, 아직도 불기를 머금고 아궁이 어귀에 흐트러진 생솔나무 가지처럼 여리게 구부러져 시멘트 바닥 이곳저곳에서 꿈틀거리던 젊은이들의 가녀린 사지들만이 그런 말보다 더욱 또렷했지요. 꿈틀거림이 차츰 풀리고 작아지면서 멎어가고 그들은 우리 시대와 작별했습니다.

나는 앞에 썼던 글귀를 북북 그었다. 그러고는 편지를 구겨
버렸다. 수식과 형용사와 조사와 문장들.

내가 이곳에 도착한 것은 벌써 일곱 달이 넘어가는데 나는
전혀 일을 하지 못하고 있었다. 이처럼 편지의 답장마저 쓸 수
가 없었다. 책꽂이 위쪽에는 빨간 바탕에 나무로 액자를 두른
녹두장군의 혹 달린 초상이 상투적으로 얹혀 있었고, 문에는
일정표, 그리고 그 귀퉁이에는 빨간 볼펜 글씨로 써붙인 '피를
잊지 말라', 압핀으로 눌러둔 마지막날의 도청 광장 앞 사진,
찢어진 사진 옆으로는 외국어의 낱말들이 중간중간 잘린 채로
꼬물댔다.

내가 폭풍이 휩쓸고 지나간 도시에 그달 말쯤에 그림자처럼
몰래 스며들었을 때, 주변에 얼굴 아는 사람은 아무도 남아 있
지 않았다. 가족들은 나를 방안에 꽁꽁 잠가두고 숨도 쉬지 못
하게 했다. 어머니는 그때까지는 척추암인 줄 몰랐지만 허리가
아프다며 노상 누워서 지냈다.

널 찾으러 왔대서, 난두 문을 가로막구 누워서 뻗대는데두
막 신 신구 들어와 이 방 저 방 둘러보두나. 얘 이러다 전쟁 나
는 거이 아니가. 하긴 나 같은 늙은이레 또 아네? 통일 되믄 고
향 갈디. 거저 너이들, 저 어린것들 까탄에 걱정이디.

아내는 내가 첫번 명단에는 들어 있었는데 다음에 웬일인지 빠졌다고 말했다. 정다운 얼굴을 찾아볼 수 없었던 그 도시는 원래가 타향이었지만 더욱 낯설어지고 말았다. 아이들은 골목에서 사투리를 주고받으며 신나게 놀고 있었다. 나는 어릴 적부터 땅거미가 깔리기 시작하는 저녁나절에 부모를 따라 내리게 된 낯선 도시나 마을의 고즈넉한 분위기에 익숙해 있었다. 그 분위기는 이를테면 우리를 감싸고 받아들이는 게 아니라 이담에 죽어서 영혼이 이승의 위를 떠서 흘러 지나칠 때와 같은, 이쪽과는 절연을 냉정히 드러내는 그런 분위기였다. 개 짖는 소리, 아이의 울음, 계집아이들의 웃음소리, 놀러 나간 아이를 찾는 식구들의 긴 목소리, 음식 냄새, 그리고 흐릿한 창문의 불빛들, 가운데 서게 되면 이 세상에는 영영 내 집이 없다는, 여기는 딴 나라라는, 여긴 내 땅이 아니라는 생각을 하곤 했다. 점령된 도시에서 나는 탈향脫鄕을 절감했다. 어느 날 검은 지프차가 집 앞에 섰다. 방문객은 스포츠머리로 짧게 깎고 눈이 가늘고 날카로우며 피부가 꺼칠한 키 작은 중년의 사내였다. 현관에 들어선 그는 내 어릴 적 이름을 대며 물었고 나는 도무지 기억이 나질 않았다. 그쪽에서 먼저 알아보고 욕지거리를 했다.

이 새끼, 넌 군기가 싹 빠졌어, 빨갱이 새끼, 사상적으로 아주 틀려먹었어!

내무반에 점호를 받으러 온 주번사령처럼 그는 어수선한 내 방을 둘러보았다. 허엽스레 밤색 빛깔로 바랜 단벌 교복을 입고 강원도 시골에서 올라온 그는 점심시간이 지나고 나면 늘 졸았다. 신문 배달을 하며 학교를 다닌 그가 사관학교엘 갔다던가, 여하튼 이제 우리는 중년이었다. 그가 여름방학이 끝난 뒤에 내게 주었던 단도 비슷하게 생긴 그물 깁는 대나무 바늘이 생각났다. 그가 얘기하던 밤바다, 등불에 반사되는 은빛 오징어떼, 그리고 만선의 새벽. 우리는 어색했고 아내도 굳어진 채로 입만 웃었다. 그가 내게 떠나라고 명령했다.

나는 이 도시에 앞으로 육 개월쯤 머문다. 이사를 가든지 어쨌든 나하구 부딪치게 되지 않기를 바란다.

우리는 논쟁하지 않았다. 그는 서화書畵 얘기만 꺼냈다. 무슨 산山이 어떻고 무슨 당堂이 저떻고 무슨 암巖이 그렇다는 둥. 나는 젊은이의 죽음에 관하여는 한마디도 하지 못했다. 다만, 이렇게 말했던가.

이런 식으로 만나지 않을 줄 알았다.

중년의 군인 친구는 피식 웃으며 말을 돌렸다.

내가 편지를 써주지. 너를 안전지대로 쫓아낼 거다.

나는 이번에는 조금만 내밀어보았다.

세상에는 무서운 게 있다. 역사라는 게 있다.

그가 내 말을 가로막았다.

새끼야. 역사두 힘이 만드는 거다.

그는 다시 나에게 떠나라고 명령했다. 나는 그뒤로 그를 다시 만나지 못했다. 계급이 올랐을까. 그런 임무였다니 그는 운이 나빴는지도 모른다. 나는 자신이 사상적으로 아주 글러먹었다는 것을 절감하면서 초여름에 육지와 멀리 떨어진 이 섬으로 떨어져나왔고 새로운 방문자가 나를 찾아왔다.

환경이 좋지요?

방문자는 바다를 바라보았다. 수평선은 내게는 바깥세상과의 단절 외에는 아무런 의미도 없었다. 새로운 방문자는 내가 가져왔던 편지를 받아 안심하고 돌아갔다. 내가 짐을 푼 곳은 월세를 내는 열 평 남짓한 낡은 공무원 아파트였다. 아, 빼먹은 게 있다. 방문자는 문 앞에서, 좋은 글 많이 쓰십시오, 라고 말하고 돌아섰던 것이다. 나는 보름 동안이나 꼼짝 않고 거기 틀어박혀 지냈다. 남으로는 섬의 큰 산과 북으로 바다가 내려다보이는 똑같은 풍경을 멀거니 바라보며 지냈다. 태양과 돌멩이가 어떻고 바다와 모래의 만남이 저떻고 하는 때가 아니라, 한마디로 그 팔십년 여름의 섬은 비계엄지구非戒嚴地區였다. 바다가 그렇듯 모든 움직여 사는 것에는 반동이 있는가. 그렇지만 밀물에서도 보면 흐름은 역류와 부딪치면서 더 높은 곡선을 만

324

들어냈다가는 합쳐지거나 삼키면서 와장창 부서져 거세게 밀어나간다. 나는 일을 전혀 하지 못했다. 그뒤 두 해 이상을 한 줄도 쓰지 못하게 되지만. 이를테면 그때는 내 삶의 반동기였던 셈이라 할까.

문득 협죽도가 만발하고 종려의 화려한 잎새가 빗속에 출렁이더니 어느새 동백이 눈 속에 피어나고, 하늘 높이 떠 있는 희고 큰 산은 참으로 대륙에서나 이 시대와 절연된 아득한 어느 저승의 산과도 같았다. 옛날 설산 모퉁이에 숨어 있다는 별유천지의 골짜기처럼 그 안에 들어가면 세계와 단절되어 수백 년을 평화롭게 산다는, 그러나 세상 걱정, 집 걱정이 되어 한번 빠져나오면 낙원의 입구를 다시는 찾을 수 없다는 전설 속의 산과도 같았다.

숨어살까. 다 때려치우고 숨어버릴까.

나는 그때부터 표어를 적어서 방문에 꽂기도 하고 일정표를 짜기도 했다. 가으내 맑은 날마다 저쪽에 멀리 그리움처럼 떠 있던 큰 산에서 피 냄새가 묻어나기 시작했다. 잔뜩 흐려서 곧 비가 올 것 같은 어느 아침에 김金이 나를 찾아왔다. 김은 내가 섬에 오기 전부터 잘 알던 청년이었다. 그는 육지에 나와서 공장도 다니고 이리저리 긴급조치에 몰려 도망도 다니더니 어느새 돌아와 술도 먹고 싸움질도 하고 지방 유지들 골탕도 먹이며 시큰둥하게 살다가 골수의 향토주의자가 되어버린 청년이었다. 독립해버릴까부다, 하며 그는 농담을 했다. 선언서를 품속에 간직한 밀사가 되어 그는 유엔에서 독립을 선포하는 광경을 신나게 얘기했었다.

여기는 갇혀서 사는 데지요.

하며 그는 아름다운 자신의 고향을 헐뜯었다. 하여튼 잔뜩 흐려서 는개가 살살 뿌려대던 날 아침에 김은 등산복 차림에 도시락까지 챙겨가지고 나를 찾아왔던 것이다. 그는 무턱대고 그날의 산행에 내가 동행하여주기를 요청했다. 김이 큰 산에 자주 오르내렸고 거의 전문가나 다름없다는 걸 잘 알고는 있었지만, 그런 스산한 날에 가랑비 속에서 청승을 떨 생각은 없었으므로 나는 물론 거절했다. 김은 진지하게 목소리를 낮추어서 다시 권유했다.

이 섬에서 이런 구경은…… 아마도 우리 생전에 다시 보기 어려울 겁니다.

내가 무슨 구경거리냐고 대수롭지 않게 묻자, 김이 나의 미간을 똑바로 들여다보며 말했다.

전설의 발굴 현장에 가는 겁니다.

그의 말투와 표정이 평소와는 다른 과장된 꼴이라 나는 갑자기 흥미가 생겨나서 그를 따라나서기로 했다. 몇 시간 동안 버스를 타고 섬의 서쪽 방향으로 돌아나가 거기서부터 다시 큰 산의 서남쪽 계곡으로 타고 올랐다. 키 작은 관목 숲과 덩굴이 뒤덮인 바위의 비탈에 십여 명의 사람들이 모여 있었고, 순경과 흰 가운의 의사며 면직원인 것 같은 녹색 새마을모자를 쓴 사내도 보였다. 우리가 도착했을 때, 산 아래 마을에서 아낙네들과 노인들 몇 사람이 올라왔다. 김은 사람들의 무리를 떠나 뒷전에 혼자 앉았던 남자에게로 걸어갔다. 차양 큰 낚시모자를 쓰고 잠바를 걸친 초로의 사내는 혼자 바위에 걸터앉아서 이 홉들이 소주를 홀짝거리며 마시고 있었다. 김이 그에게 인사하고 나서 나를 소개했다.

교수님, 어째…… 기자들은 안 보입니다?

김이 사람들을 턱짓으로 가리켜 보였고 식물학자는 픽, 하는 입바람을 불었다.

햇빛에 드러나선 안 될 일인데 오면 뭘 하나?

처음에 동굴을 발견했던 것은 식물학자였으며 김이 그 안으로 들어갔었다. 맹감나무의 잎새 뒤편에 컴컴한 구멍이 뻥 뚫려 있었는데 안에서는 서늘한 바람이 불어나오고 있었다. 김은 손전등을 켜들고 잔뜩 허리를 낮추어 구멍 깊숙이 기어들어갔다. 차츰 굴 안이 넓어지더니 작은 방과 빈터가 연이어 나타났다. 김이 맨 처음 본 것은 오지항아리와 무쇠솥과 돌로 대충 쌓은 아궁이와 검은 그을음이었다. 암벽 아래 이곳저곳에 분필 가루를 뿌려놓은 것 같은 잔해가 보였다. 근처에는 신발 뒤축과 단추 따위가 눈짐작으로 알아볼 만한 거리에 흐트러져 있었다. 우리는 거기 앉아서 교수의 소주를 몇 잔 얻어 마셨으며, 의사와 순경이 굴 안으로 들어갔고 사람들은 입구에서 서성거렸다. 나는 참지 못하고 서성대는 사람들 틈을 비집고 입구 쪽으로 나아가 안을 기웃거렸다. 손전등의 흰한 불빛에 따라 그들의 움직임이 부분적으로 나타나곤 했다. 그들은 줄자로 잔해의 길이를 재기도 하고 저희끼리 이건 여잔데, 또는 이쪽은 어린애요, 라고 짤막하게 주고받았다. 바로 내 뒷전에서 자꾸 떠밀고 넘겨다보려고 애쓰는 이가 있어서 돌아보니 늙은 아낙네였는데 벌써부터 눈이 붉게 충혈되었고 입술은 비틀려 있었다. 하이고, 하이고오 하는 푸념 섞인 한숨에 나도 공연히 가슴이 답답해져서 그만 굴의 입구에서 물러나버렸다. 그들은 굶어죽었을까, 얼어죽었을까, 무엇이 저 굴 안의 사람들을 그렇듯 철저하게 유폐시켜버렸는지 알 수 없었다. 삼십여 년 전에 이 섬을 휩쓸었던 살육의 진상을 나는 말똥종이의 퇴색한 자료에서나 접했을 뿐이었다. 동굴 안의 주검들은 나중에 굴 밖에 나온 의사의 발표대로 모두 자연사였다. 아니 사실은 자살이었달까. 공포 때문에 스스로를 한 시대로부터 유폐시켰던 양민들의 몇 줌 안 되는 목숨의 흔적들은, 차라리 네이팜이 휩쓸고 지나간 밀림의 촌락들보다도 잔혹했다. 내가 쫓겨난 도시에서의 엊그제 같던 일들도 저렇게 냉혹하고 정밀하게 묻혀져갈 것이 아닌가. 동굴 안에서 사람을 뺀 모든 것은 정지된 채 그대로였다. 공기마저 그대로 정지된 저 숨막힐 듯한 공간이야말로 우리가 지금 살고 있는 그곳이다, 라고 되새기자마자 나는 뜨거운 물을 삼킨 것처럼 흠칫, 했다. 눈은 내리고, 눈보라와 폭풍이 아우성치는 가운데, 까무룩하게 의식을 잃어가기 시작할 즈음에, 그들은 마지막으로 무엇을 생각했을까. 의사는 흰 종이쪽지를 들고 단조롭게 읽어나갔다. 키 백육십팔 센티 정도, 이십오 세에서 삼십 세가량의 남자, 작업복 농구화 착용. 어느 아낙네가 손뼉을 치며 부르짖었다. 아이구우, 그거 바루 내 동생이외다. 햇볕에 그을고 주름살이 깊게 팬 노파의 눈가에서는 살아 있는 자의 표징인 눈물이 질금질금 솟아나오고 있었다. 의사가 계속해서 읽어나갔고 사람들은 그때마다 기억을 더듬어 낙원 저쪽으로 사라져갔던 마을 사람들을 맞혀내고는 했다.

그래, 내가 그날 있었던 일과 오후 내내 느꼈던 내 감정의 미세한 부분들까지도 모두 기억해낼 수 있는 것은 두 가지의 우편물 때문이었다. 한 가지는 아침에 온 편지였고 또 하나는 내가 답장을 모두 쓰고 나서 식은밥을 데워 먹을 때에 도착한 전보였다. 온 세상이 적막강산으로 내다보이던 눈보라까지도 그해에 내린 가장 큰 눈이었다. 눈은 그날 하루종일 그리고 밤새껏 강산처럼 내렸다. 편지는 잘라낸 노트장 위에 깨알처럼 잔 글씨로 쓰여 있었다.

먼저 제 소개를 해야 되겠습니다. 저는 세상 사정도 잘 모르고 이제 결혼한 지 십 년이 채 못 되는, 아기를 둘 가진 가정주부입니다. 저희 남편은 교회에 재직하고 있는 전도사이고 일요일에 교회 가는 일과 일주일에 한두 번 신도 댁에 심방을 가는 일 말고는 저도 평범한 가정살림을 하며 별걱정 없이 살아온 셈이지요. 제가 선생님께 갑자기 이런 편지를 드리게 된 것은 어떤 사람의 일로 제 마음이 몹시 아프기 때문이랍니다. 저는 이 일로 하여 제가 아무짝에도 쓰잘데없는 하찮은 사람이란 걸 깨닫고 괴로워하고 있어요. 저는 선생님의 글도 읽었고, 또 선생님의 경험의 폭에 대해서도 나름대로만 짐작하고 있답니다. 제 일상에 변화가 일어나게 된 것은 유방암이란 선고를 받고 나서였어요. 저는 무엇보다도 두 아이들의 장래 문제로 눈앞이 캄캄해졌어요. 그다음에 주변머리 없이 착하기만 한 제 남편과, 친정어머니, 그리고 나중에야 병원에서 만나게 되었던 수많은 죽어가는 이들과 의사소통을 하게 되었어요. 저는 그들의 마음속에 어떻게든 살아야겠다는 강한 생의 미련과, 주위를 용서하고 착하게 남은 인생을 마무리짓겠다는 두 가지의 마음이 날마다 앞서거니 뒤서거니 하고 있음을 알았습니다. 그런데 일찍 발견된 셈이어서 그런 사람들 가운데서 저는 다행히도 수술을 받고 살아남을 수가 있었지요. 가슴 한쪽을 도려내고 마치 심장이 없어진 것처럼 허전하여 내가 여자로서 모두 끝이 난 것만 같았어요. 양지바른 창가에 앉아 멍하니 바깥을 내다보기도 하고 아이들을 재워둔 옆에서 일부러 뜨개질도 열심히 하다가, 저는 이런 시간이 너무 아깝고 귀하다는 걸 다시 생각했고 죽는다고 생각했을 때 하느님께 드렸던 약속의 기도를 떠올렸습니다. 하느님! 제가 되살아나 건강해진다면 이 세상에서 가장 외롭고 슬픈 사람들을 위해 그들을 위로하고 그들을 북돋우며 살아가겠나이다. 이렇게 기도했거든요. 저는 여러 가지로 궁리하다가 제 남편의 선배가 되시는 어느 신부님께 제가 하고픈 역할이 없는가 여쭈었습니다. 신부님은 그래서 제게 진이를 소개하게 되었던 거예요. 신부님은 장기수가 어떤 사람들인지 설명하고 나서 진이는 좌익수라고 조심스럽게 알려주었습니다.

빨갱이. 물론 그들이 머리에 뿔 달리고 얼굴이 빨간 도깨비가 아니라는 건 잘 알지만, 어쨌든 얼음처럼 냉혹하고 사람의 목숨 따위는 정치에 비한다면 그야말로 벌레처럼 여기는 비인간적인 사람들이 공산주의자라고 저는 믿고 배웠기 때문에 신부님의 뜻을 처음에는 잘 이해할 수가 없었습니다. 선생님, 저는 기독교인이고 제 남편은 공산주의와는 정반대되는 생각을 가진 전도사입니다. 그런데 빨갱이로 죄를 지은 사람을 돕는 길이 어째서 가장 외롭고 따돌림받는 사람을 돕는 길이어야 하는지 저는 신부님의 생각을 몰랐지요. 저는 사실 그것이 당국의 정책적 배려에 의한 일인지 몰랐고 또 앞으로도 그런 따위는 아랑곳하지 않겠지만 하여튼 내게 인연이 닿은 빨갱이 청년에게 먼저 편지를 썼습니다. 내가 누구라는 것, 내가 살아온 평범한 생활과 질병 속에서의 고통, 그 변화, 바깥세상에서 벌어지는 일상사들, 가령 봄에 뿌렸던 분꽃의 개화, 해피가 강아지를 다섯 마리나 낳은 일, 그런 생활 잡사들을 담담하게 써서 보냈습니다. 서너 달 동안 아무런 답장이 없었지만 저는 참을성 있게 그치지 않고 편지를 쓰고 부치고 했어요. 처음에는 벽에다 대고 혼자 중얼거리는 기분이었지요. 그러다가 나도 모르게 빨갱이란 어떤 자들인지 부딪쳐보아야겠다는 오기도 생겨났거든요. 답장이 왔어요! 그는 감옥의 창살 사이로 기어든 햇볕을 손가락으로 가지고 노는 얘기며 식사라든가 반찬 얘기도 썼고 무엇보다도 마당에 흔히 심는 일년초에 관해서 자세히 썼

332

습니다. 채송화 나팔꽃 백일홍 봉선화 맨드라미 수세미 표주박 등등에 대하여 언제 씨를 뿌리고 주의할 점은 뭐라는 둥 모르는 게 없었어요. 진이는 감옥에서도 꽃밭을 내주고 꽃을 가꾸게 해주었으면 좋겠다고 했지요. 해마다 한 알씩만 따서 모은다면 나팔꽃씨 열 개를 모아가지고 나가서 누님 댁의 화단에 뿌려드릴 수가 있을 텐데요, 라고 썼지요. 몇 달 더 지나서 나는 진이가 빨갱이 죄를 저지르게 되었던 전후 사정을 알게 되었답니다. 진이는 고아원 출신이래요. 여섯 살 때에 그 사람 엄마가 고아원에 맡기고 갔답니다. 진이는 고아원에서 중학교까지 다니고 목공일을 배웠대요. 나는 지금도 진이가 출역 나간 틈틈이 만들어준 목각의 호랑이 상을 가지고 있어요. 능숙한 목공이 되어서 한 사람 몫을 충분히 할 수 있게 되었을 즈음에 진이가 여자를 알게 되었답니다. 진이는 혈혈단신으로 이제껏 세상 누구와도 주고받지 못한 정을 그 여자에게 쏟았다나봅니다. 둘이는 결혼하자 약속하고 여자의 부모를 만나게 되었다지요. 하지만 여자 부모는 진이가 고아라는 사실과 중학교밖에 못 나왔다는 걸 알고는 여자에게 진이와 관계를 끊도록 강요하고 진이에게도 단념하라고 그랬다는군요. 이 젊은이는 절망한 젊은이들이 쉽게 저지르는 방식대로 여자가 다른 곳에 시집가던 날 밤에 음독을 했습니다. 살아났지요. 살아난 진이는 며칠 동안 곰곰이 생각을 했대요. 고아원에서의 뼈저리게 쓸쓸하던 저녁 식탁과 잠자리와 귀가하는 아이들의 떠들썩한 활기며 더이상 진학할 수 없었던 중학교 졸업식 날의 운동장과 톱밥 가루 날리는 목공소에서의 노동의 나날들, 그런 여러 가지 지난 날들을 생각했겠지요. 스물두 살의 고독한 젊은이는 그 여자애를 만나서 고생 끝에 낙이 온다던 옛말을 이루는 줄 믿었겠지요. 그런데 이제껏 아슬아슬 견디어오던 삶이 장기알을 쌓아올리다가 끝에 가서 좌르르 무너지듯이 폭삭 흐트러져버린 거예요. 진이는 얼른 생각했대요. 이곳은 나 같은 사람이 살 세상이 아니다. 그러고는 어떻게 했겠어요? 진이는 일선으로 가는 버스를 탔대요. 날고구마를 캐어 먹으면서 임진강을 건너려고 갈숲 속에서 사흘 밤낮을 숨어 지냈어요. 진이는 그렇게 해서 휴전선에서 월북 기도자로 체포당했어요. 수사관이 어디로 가려고 했느냐니까 진이는 이북에 가서 새로 살아보려 했다고 순순히 대답했대요. 처음엔 정신감정도 해보고 그랬지만 진이는 너무도 정상인이라 용서를 받을 수가 없었다는군요. 그와 한동안 편지가 오고간 뒤에 저는 교도소 당국과 협의하여 직접 면회를 하게 되었어요. 철망을 사이에 두고 그냥 겉도는 얘기만 하는 그런 면회가 아니라, 교도소장의 특별지시로 저는 진이를 사무실에서 편안하게 만나볼 수가 있었지요. 어두운 세월을 살아온 청년답지 않게 진이는 아주 맑고 때가 묻지 않은 표정이었어요. 저는 한 달에 한 번쯤 지방에 내려가서 그애를 만나보곤 했었는데 어찌된 일인지 지난가을 무렵부터 진이는 저와의 면회를 거절하는 것이었지요. 과장이란 사람이 달래고 야단도 치고 했다지만 진이는 완강하게 저와 만나는 걸 거부하고 있었지요. 신부님이 저 대신 잠깐 만났는데 전처럼 기도도 하지 않고 아무 말이 없더래요. 더 공손하게 굴더랍니다. 무슨 나쁜 물이 든 것 같지는 않지만 신부님이나 저는 다만 진이가 사회에 나와서 밝고 건강하게 살아가기를 바랐지요. 지난번에 내려가서도 진이는 못 만나고 교도관이 작은 쪽지 하나만 건네주었어요. 편지는 아주 간단했습니다.

누님, 저는 정말 바보 천치였습니다. 제가 이제껏 잘못 살아왔음을 요즘에야 겨우 알기 시작했습니다. 저는 더이상의 변화를 원치 않습니다. 그냥 여기서 이대로 살아가겠습니다. 어디든 제게는 마찬가지니까요. 누님, 아이들과 내내 행복하십시오.

저는 쪽지를 움켜쥐고 처음으로 울었습니다. 이상하지요? 남녀의 그런 감정도 아니고 혈육 사이의 정과도 다른 깊은 느낌을 진이와 나누어갖고 있었나봐요. 저는 수술 뒤에 진이와 한 달에 한 번씩 만나는 일로 정상 생활로 돌아올 수가 있었습니다. 진이는 연고자가 없기 때문이라는 말도 있고 또는 뉘우

치지 않기 때문이라는 소리도 있다는데, 어쨌든 보다 더 엄중한 곳으로 옮겨갔다나봐요. 제 힘으로는 그애를 다시는 만나볼 수 없게 되었습니다. 그러나 그애가 저와의 면회를 거부하게 된 속사정이나 변화를 저는 도무지 이해하지 못하여 가슴이 늘 짓눌려 있는 것만 같습니다. 진이를 도울 길은 아주 없는 건가요. 저는 정치는 잘 모르지만 진이의 실수는 용서받지 못할 죄인가요. 오늘도 아이들의 속옷 빨래를 하얗게 빨아 널어두고 푸른 하늘을 바라보면서 겨울의 짧은 양광이 그렇게 고마울 수가 없었어요. 이런 때마다 저는 행복하지 못합니다. 진이 일이 언제나 마음에 걸리기 때문이지요.

나는 편지를 읽고 나서 몇 번이나 답장을 쓰려고 해보았지만 문장이 마음속에서부터 나오는 게 아니라 모두가 겉돌고 있는 것만 같아서 조금 쓰다가는 곧 구겨버리고 말았다. 누구인가 이 편지들을 뜯어볼지도 모른다는 생각, 아니 바로 등뒤에서 누군가가 한 자 한 자의 글씨를 지켜보고 있는 듯한 느낌, 그리고 어차피 생각대로의 모든 것을 다 표현할 수는 없다는 무력감 때문에 답장은 영영 써질 것 같지 않았다. 그래서 나는 훈계조의 상투적인 답장을 쓰리라 작정했다. 내 속의 저 걷잡을 수 없었던 갈등 따위는 모조리 감추고서 점잖게 시작했다.

부인의 편지를 읽고 여러 가지로 많은 깨달음을 얻었습니다. 저는 부인께서도 아시다시피 지난번에 겪은 그 도시에서의 참변 이래로 아무 일도 못하고 있었습니다. 이곳에서 뜻아닌 유배생활을 자청하고 있는 셈입니다. 부인과 진이라는 청년이 맺게 된 인간적인 관계에 대해서는 저도 그와 비슷한 일을 겪은 경험이 있어서 충분히 이해할 수가 있었습니다. 글쎄요, 부인이나 저처럼 어느 정도 교육도 받고 일정한 규모의 생활을 하고 있는 중간층들이란 물론 어느 부분은 할 수 없이 포기하고 살아가지만, 여기서의 삶이 진이가 느끼듯 그렇게까지 엄혹하다고 느끼기는 좀 어려운 일이겠지요. 그러나 일상의 잡다한 현재의 일에서부터 앞으로 어찌될지 도무지 종잡을 수 없는 우리들의 미래에 이르기까지, 문득 돌아다보면 얼마나 우리의 삶이 속박당하고 있는가를 대변에 알게 되는군요. 누구나 말로는 아주 쉽게 남북 분단이 우리의 삶을 근원적으로 제한하고 있다고는 말하지만, 실제로는 거기에 익숙해져서 마치 무너진 집의 벽 한쪽에 받침대 대신 동시대의 우리보다 못한 사람들을 세워두고, 그들로 하여금 무너져내리는 지붕을 처들고 있도록 해두면서 임시로 살아가고 있는 듯한 꼴입니다. 우리는 온전한 정상의 삶을 살아가고 있는 게 아니라 내일을 기약할 수 없는 임시의 삶을 살아가고 있는 겁니다. 부인이나 저와 같은 사람들은 갑자기 몸이 아프거나 실직을 당하거나 생활에 변화가 와서 이제까지 안일하던 일상이 깨어지기 시작하면, 일시에 삶을 지탱하고 있던 모든 것이 무너져내리는 줄 압니다. 집 한 칸 장만하는 데 반평생, 아이들에게는 우리와 같은 알량한 중간층으로라도 자라도록 도서관이다 과외다 입시다 하면서 대학 보내고, 그들이 조금이라도 변화를 일으킬 기미만 보여도 우리의 일생은 몽땅 허물어져버릴 것처럼 안달을 합니다. 모든 사람들이 삶의 아름다움을 사랑할 줄 아는 세상을 이루어내고야 말겠다는 믿음이 우리에게 과연 있는 건가요. 우리는 은연중에 지금과 같은 삶의 질서는 절대 불변할 것이라는 생각과 뒷구멍으로는 야합하고 있으면서도 겉으로는 안 그런 척 전혀 불안하지도 무섭지도 않은 척 멀쩡하게 살고 있는 겁니다. 내 자식이 최소한은 우리처럼 살아주기를 바라면서 공부해라 숙제해라 할지언정, 그들이 인생과 세상을 올바르게 조화시킬 능력이나 사람답게 살아갈 원칙들을 알게 하기보다는 노동자나 농민 같은 생산계층이 되지는 말지어다라고 열심히 교육시키며 평생 보내는 거 아닌가요. 이런 따위 일상들 가운데 진이의 젊음은 무엇입니까? 어렵고 고되다고 혼자서 훌쩍 아무데로나 뛰어넘을 수는 없습니다. 그것이 분단으로 병든 사회의 질병을 온몸으로 앓아낸 것이라고 할 수는 없습니다. 이 땅에서 제대로 배우지도 못하고 노동에 찌들려 스스로 불에 타 죽고 똥벼락을 맞고 시멘트길 위에 내동댕이질쳐서 머리가 깨어져 죽고, 내가 살던 도시에서는 많은 젊은이들이, 눈이 빛나는 젊은이들이 죄도 없이 죽어갔습니다. 바로 이 바닥의 죽음과 고통의 주인은 우리입니다. 여기서 씨름하고 자빠지고 여기서 일어서야 합니다. 부인의 아름다운 마음씨와 진이에 대한 깊고 자상한 사랑은 너무나 개인적인 것입니다. 부인과 나 같은 사람들은 바로 우리들의 요만큼의 알량한 일상의 기반 위에서 바로 진이가 휴전선을 헤매기 전까지의 모든 사회적 관계들을 바꾸어나가는 일에 보다 많은 노력을 기울여야 할 것입니다. 그러면 그 힘은 드디어 휴전선을 무너뜨리겠지요. 다시는 진이를 찾지 마십시오. 다른 많은 성숙해진 진이가 우리와의 관계를 기다리고 있을지도 모릅니다.

  하여튼 나는 편지를 그렇게 끝냈다. 그러나 다시 읽지는 않기로 했고, 또한 다음에 전도사 부인의 편지가 오더라도 두번째의 답장은 쓰지 않으리라 생각했다. 나의 편지는 일단 검열을 통과할 것이고 무엇보다도 지당한 말씀이었기 때문이다. 편지투는 당시에 여성지와 신문의 책 광고 귀퉁이에서 나날이 번

성해가고 있던 지당도사들의 수필집과 같은 투였다. 지당한 말씀이란 꼭 한 번만 하는 게 아닌가. 그러나 내게 양심의 가책은 없었다. 부끄러움을 오래 간직하는 일은 남들에게도 별로 도움이 안 된다고 생각해왔기 때문이다.

오토바이 소리가 가까워지고 있었다. 나는 얼른 부엌 쪽으로 나가 베란다 아래를 내려다보았다. 탐스러운 함박눈이 빡빡하게 날리는 가운데 우체부의 노란 헬멧이 또렷했다. 나는 어쩐지 조마조마한 기분이 되어서 아파트의 철물 손잡이를 잡고 서 있었다. 아파트의 층계를 돌아서 계속 올라오고 있는 우체부의 발소리가 들려왔다. 문의 손잡이가 몹시 차가웠다. 벨이 울리자마자 내가 문을 열었더니 우체부는 좀 놀란 모양이었다. 그의 노란색 우의 위에는 눈이 아직도 두껍게 얹혀 있었다. 나는 전보용지 위에서 꼬물거리는 타자 글씨를 들여다보았다.

모친 위독 급래.

별로 놀라지는 않았다. 어머니는 몇 달 동안 계속 앓고 누워 계셨던 터였다. 나는 전보를 책상 위에 올려두고 한동안 멍청히 앉아 있었다. 어머니는 동치미를 마실 적에도 녹두부침을 지질 때에도 언제나 제맛이 나질 않는다고 꼭 한마디씩 했다. 내가 언젠가 때가 오면 이사를 가야겠거니 이곳은 임시로 사는 곳이려니 하고 본능적으로 안달을 느꼈던 것은 어머니의 일관된 그러한 감정의 영향이었으리라. 나는 어머니의 망향의 감정이 단순히 살던 곳을 그리워함이라고 생각해왔지만, 말년의 어머니의 가슴속에는 그보다는 훨씬 짙은 것이 싹트고 있었다고 믿게 되었다. 우리와 함께 살겠다고 지방으로 내려오신 지 며칠 안 되어서 어머니는 화단 모퉁이에 쭈그리고 앉아 무엇인가 태우고 있었다.

뭘 태우세요?

하면서 기웃이 넘겨다보니 우리가 이사할 적마다 어려서부터 늘 짐보따리 밑에 맨 먼저 들어가던 검은 가죽가방이 어머니 발치에 놓여 있었고, 그 안에서 삐져나온 누렇게 퇴색한 서류 나부랭이가 보였다. 그 가죽가방 속에 무엇이 들어 있는지는 이제는 너무도 잘 알고 있었다. 일본 은행에서 내준 채권 따위들이며 해방될 때 미처 바꾸지 못했던 일본 돈이며 그리고 아버지의 고향에 있다는 전답의 문서 따위가 들어 있었던 것이다. 어린 사 남매의 자식을 데리고 혼자서 전후의 험한 세월을 살아오는 동안에도 어머니는 그 가죽가방을 가까이 두고 확인하며 살아온 셈이었다. 나는 막 불이 붙어 연기를 올리며 타오르는 서류 뭉치를 자세히 보고 놀라서 외쳤다.

아니, 어머니 이건……

그래. 느이 아부지 고향의 땅문서다.

나는 애초에 이북의 땅문서를 가죽가방에 애지중지 보관하는 일 자체가 어리석은 노릇이라고 생각해왔지만, 어머니가 가끔씩 깊은 밤중에 고리짝에서 그런 잡동사니들을 꺼내어 펴보기도 하고 되읽어보기도 하면서, 실재하는 저 먼 고향의 언저리를 빙빙 돌아다니는 것을 눈치채고는 과연 가죽가방이 귀중한 까닭이 있다고 고쳐 생각했던 것이다.

헌데 왜 태우세요?

당신께서는 이제는 다시 귀향할 수도 없고 통일이 될 가망도 없으니 차라리 잊고 말겠다는 뜻인지 영문을 알 도리가 없었다.

인제 고향은 아예 안 가실 작정이세요?

나는 그저 가볍게 농으로 말을 던져보았다. 그러나 어머니는 정색을 하고 나를 올려다보았다.

와 안 가. 가야디. 갈라구 태우는 거야. 이까짓 거 머하간. 이런 거 까탄에 고향에 못 가디. 문서가 머이가. 쪽박을 차두 가야디.

나는 그때 이미 어머니의 주름살 사이로 날카롭게 지나가던 결의 비슷한 표정을 보면서 섬뜩하게 어머니가 얼마 못 살게 될지도 모른다고 느꼈다. 사실 어머니는 그뒤에 얼마 안 있어서 앓아눕게 되었던 것이다. 전보용지를 받아들었을 때 나는

342

이것이 아내가 친 전보임을 알았고, 또 아내의 성격으로 보아 어머니는 이미 이 세상에 살아 계시지 않다는 걸 눈치챘다. 앓고 있었던 사실을 내가 알고 왕래하기가 번거로운 곳에 위독하다며 오라고 한 것은, 실상 어머니의 사망을 알리는 전보였다. 벨이 울렸다. 나가보니 파카를 머리 위까지 둘러쓴 김이 눈을 어깨에 잔뜩 얹고 서 있었다.

형수한테서 전화 왔습니다.

뭐라고……

아니 그냥, 집에 전화하래요.

나는 김에게 전보를 내밀었다.

아까 왔어. 어머니 돌아가신 모양인데.

난 몰라요. 하여튼 전화를 하시구요…… 이건 표예요.

김은 아직 내 기분을 짐작하지 못하여 조심스럽게 대하는 눈치였다. 김은 벌써 연안부두에 나가서 배표를 사온 터였다. 벌써 시간이 다 되었다. 우리는 별로 얘기를 나눌 사이도 없이 눈보라가 세차게 몰아쳐오는 언덕을 내려갔다. 이 지방의 눈은 내리는 대로 녹아서 길바닥에 빙수를 뿌린 듯했다. 우리는 둘 다 말이 없었지만 부두에 나가봐야 배가 뜨지 않을 것이라는 사실을 너무도 잘 알았다. 역시 대합실에는 사람들도 별로 없었고 매표구 위에 조그만 벽보가 붙어 있었다. 해상에 폭풍경보가 발효중이오니 출항할 수 없음을 양지하시기 바랍니다. 나는 집으로 전화를 걸었다. 아내가 나왔다.

응, 나요. 전보는 받았어. 폭풍으로 배를 못 탔는데 어머니 어떻게 되셨어?

예, 저 연락…… 받으셨죠?

돌아가셨소?

네, 하지만 아주 편안히 가셨어요. 당신을 기다리셨는데. 제게 여러 가지 당부하셨어요.

아내는 어머니와 같은 투로 말했다.

곁에 사람들 있소?

그럼요. 많이들 오셨어요. 준이가 상주 노릇을 하지요.

미안하군.

아뇨…… 장지는 당신 오셔서 의논해야겠지만 어머니 소원대로 거기가 좋을 거 같아요.

거기라니……

하다가 나는 알았다. 아내가 말했다.

몇 년 전에 북한강 갔다가……

아, 알아요.

나는 코스모스 다발이 손짓하듯 바람에 이리저리 휘청거리던 강변길과 짙은 산그늘이 깔린 저녁 강을 머릿속에 떠올렸다. 어머니는 차창 밖으로 고개를 돌린 채 아버지를 저런 데다 이장하고 싶다고 말한 적이 있었다. 저녁의 강물은 마치 저승의 초입처럼 쓸쓸하고 적막하게 흘러갔다.

그래요, 어쨌든 지금 배가 안 뜨니까 날씨가 나아지면 첫 배로 가지. 고생이 많았소.

아이들도 보고 싶어해요. 오세요.

아내의 억제된 목소리가 전화가 끊긴 뒤에도 계속되고 있는 것 같았다.

김과 나는 대합실의 유리창 밖으로 미칠 듯이 출렁이며 밀려와 방파제를 원없이 때려부수는 파도를 내다보았다.

갑시다. 형님 쏘주 한잔 해야죠.

김이 나를 이끌었다. 우리는 대합실 건너편에 보이는 나직한 술집으로 뛰어갔다. 나무의자와 비닐을 씌운 식탁이 두어 군데 있는 목로인데 아무도 없었다. 우리는 찌개와 굴회를 놓고 소주를 마셨다. 날씨며 기분 탓인지 술맛이 그럴듯했고 김과 나는 차츰 말문이 터지기 시작했다. 소주 두 병을 비우고 바깥에 어둠이 깔렸을 즈음에 한 사내가 유리문을 밀고 들어섰다. 나는 문 쪽을 향하고 앉아 있었으므로 그 사내가 들어오기 전에 술집 창문으로 안을 들여다보기도 하고 들어올까 말까 망설이는지 몇 번 길을 오르내리며 서성대는 모양을 보고 있었던 것이다. 사내는 나와 눈이 마주치자 계면쩍게 목례를 보내는 시늉을 했다. 그는 엉거주춤한 자세로 바로 우리의 옆 식탁에 자리를 잡았다. 주모가 뭘 드실 거냐고 물었는데 그는 내 쪽을 자꾸 바라보더니 벌떡 일어나서 나를 향하여 허리를 깊숙이 꺾으며 인사했다.

선상님, 죄송헌 말씀이지만서도 술 한잔 먹을 수 없을까요?

뭐요?

저어, 거시기 돈이 없응게요, 술 한잔만 얻어묵어볼라는디.

사내는 뒤통수에 한 손을 얹고 다시 꿉벅했다. 나는 대번에 알아들었다. 합석하자는 얘기는 아니었다. 주모에게 내가 말했다.

이 아저씨에게 소주 한 병하구 안주 한 접시 주쇼. 계산은 우리 앞으루 하시구요.

사내는 염색한 군용 잠바에 예비군복 바지를 입고 작은 보퉁이를 들고 있었다. 희끗희끗한 머리로 보아 쉰 살쯤 먹었을까, 얼굴은 깊게 팬 주름살 때문에 표정이 없어 보였다. 그가 적의가 없다는 것을 나타내기 위하여 우리를 향하여 웃을 적마다 벌어지는 입술도 마치 두꺼운 종이가 주욱 찢어지는 것 같았다. 나는 김과 마주앉아 소주잔을 보고 있는 척했지만 실은 사내의 거동에 자꾸 신경이 쓰였다. 사내는 두 손을 맞비비더니 우선 주모에게 대접 하나를 달라고서는 내게 씩 웃어 보였다.

참, 꼭 일 년 만이네요.

우리는 그의 말이 무슨 소린지 처음엔 알아듣지 못했다. 그는 입맛을 다시고 또 한번 두 손을 비비더니 주모가 갖다준 대접에다 술 한 병을 조심스럽게 따랐다. 대접을 양 손바닥에 쥐고 쳐드는 사내의 두 손이 가늘게 떨리고 있었다. 이제는 주모와 김과 나, 셋이 눈치볼 것 없이 사내의 음주하는 광경을 바라보았다. 그것은 장엄한 광경이었다. 한 대접에 따라진 술 한 병이 꿀꺽이며 사내의 목젖을 타고 내려가더니 순식간에 세면기의 물이 빠질 때처럼 마지막으로 꼬로록, 하는 소리를 냈다. 사내는 입을 크게 벌리고 숨을 길게 내뿜고는 점잖게 입가를 소매로 씻었다. 그는 사이를 두었다가 안주 한 점을 엄지와 검지로 앙증맞게 집어올려 날름 입속에 집어넣었다. 그러고 나서 아, 하는 한숨이 사내의 입에서 새어나왔다. 우리는 아직도 그를 바라보는 중이었고 그는 우리를 향하여 또 입술을 주욱 찢었다. 그는 잠시 동안 빈 대접을 내려다보았다. 내가 먼저 말을 걸었다.

술 한 병 가지구 되겠어요? 한 잔 더 하시지요.

예? 한 잔 더요?

사내는 다시 벌떡 일어났다.

술 한 병 더 주시지요.

내가 말하자 주모는 갑자기 깔깔대며 웃음을 터뜨렸다.

이 아저씨 같은 손님만 오시면 우리집 술이 바닥나겠네.

사내는 이번에는 술잔에 술을 따르고는 한 모금씩 천천히 마셨다. 김이 사내에게 말을 걸었다.

어디…… 배에서 내리셨어요?

예? 아니요. 큰집서 나오는 길이어라우.

하더니 사내가 잠바의 윗주머니에서 종이 한 장을 꺼내어 흔들었다.

시방 귀향증 떼어갖고 배 타고 갈라고 왔지라. 배도 못 타고 눈은 오지게 오는디.

몇 년 살았어요?

뭐 이참에는 한 바퀴 돌고 나왔는디 사범이구먼요.

사내는 보기보다는 시원시원했다. 당한 일들에 비해서는 오히려 너그러운 데가 있었고 그런 유의 사람들이 대개 그렇듯이 겸손했다. 그의 얼굴에는 아무 흔적도 없었지만 술기운이 퍼져나가고 있을 거였다. 내가 마음을 좀 놓으며 그를 이끌어들였다.

예이 여보쇼, 아 그래 한두 번두 아니구 별을 네 개나 달면 어쩔려구 그러슈?

사내는 고개를 숙이더니 술 한 잔을 부어서 탁 털어넣었다.

사는 게 맘대루 안 되드만요.

고향은 어디요?

쩌어, 전라도 짐제지라우.

사내는 곡창 지방의 무엇이었을까. 그는 자랑스러운 일꾼, 소작농이었을 것이다. 아내와 어린 자식들. 서울로 갔겠지. 막노동판, 산동네, 봉지쌀, 도로 공사판, 밀가루, 새마을 사업, 철거. 그런 건 묻지 않기로 했다. 김이 말했다.

고향엔 가족들이 있습니까?

아무도 없구먼요. 애들은 서울 보육원에 맡겼는디.

여기까진 뭣 하러 오셨소?

여그 무슨 대학 짓는다고 공사하러 왔습니다. 십장이 시계를 잊어묵었는디 아 그 염병할 놈이 나더러 가져갔다고 혀서 몇 대 패고…… 한 바퀴 묵어부렀당게요.

아무도 없다는데 고향 가서 뭣 하시게?

사내는 허허 웃으며 다시 종이쪽지를 쳐들어 손가락으로 글씨를 짚었다.

내가 뭣을 알간디요. 본적지가 거그라고 가라능만요. 오늘밤은 경찰서 가서 귀향증 보여주고 하룻밤 자고 낼 가야겠구만요.

사내가 차츰 조용해지더니 술잔을 잡은 채로 눈발이 날리는 유리창 쪽을 물끄러미 보고 앉아 있었다. 우리도 다시 이쪽 탁자로 돌아와서 김과 나는 이런저런 얘기를 나누었다. 감옥의 철문에 머리를 짓찧어서 뇌를 다친 철영이 얘기도 나오고 우유 배달을 하는 그의 아내와 두 딸아이의 얘기도 나오고, 그가 싸지른 똥을 치우며 그를 달래고 어르다 울던 철영이 아내의 피눈물 얘기, 그리고 첫아기 가진 아내를 잃은 김선생의—여보 우리 천국에서 만나요—로 시작되는 묘비명 얘기도 나왔다.

우리두 좀 알지라우. 다 알지라.

갑자기 사내가 큰 목소리로 끼어들었다. 그는 어느 결에 술 한 병을 다 비우고 이쪽으로 상반신을 기울이고 있었다.

소내에서 좀 시끄런 일이 있었어라우. 밥 묵는 것도 그렇고 폭행 문제도 있어서 야문 사람들 몇이 주동이 돼갖고 일어났지요. 나도 서대문 영등포 많이 돌았으니께 학생들 하는 짓도 보고요이. 아무리 야물어도 헐 수 없습디다. 개털 도둑놈들만 있으니 씨알이 먹힙니까. 콱 밟혔당께요. 교도관도 이노꼬리 잡아놓고 혔으니 책임이 크지요. 무기에 장기에 모두들 징역 복이 터져갖고 뿔뿔이 흩어졌습니다. 젙에서 구경허던 작것들은 내처럼 일찍 풀려나오고요. 좆도 콱 찌그러졌지요.

김과 나는 그의 흥분이 갑작스러운 것이라 대답하지 않고 탁자만 내려다보며 침묵을 지켰다. 그는 탁자를 쾅 치며 일어났다. 탁자가 울리는 바람에 뛰어오른 알루미늄 대접이 바닥에 요란한 소리를 내며 떨어졌다. 나는 대접을 집어서 탁자에 다시 올려놓으며 그를 쳐다보았다. 그가 상반신을 내 쪽으로 숙였다. 그의 눈이 이상스레 빛나고 있었다. 그리고 그의 목소리는 불온하게 떨려나왔다.

니미…… 이따위로 살 바엔 차라리 저쪽이 나을 것이오, 암만.

그때에 다시 쾅 하는 소리가 났다. 이번에는 김이 이쪽 탁자를 내려쳤던 것이다. 불행하게도 반쯤 들어 있던 술병이 떨어져 박살이 났다.

이 사람 이거 안 되겠군. 여보, 우릴 뭘루 보는 거요? 그따위 말두 안 되는 소릴 함부로 지껄여두 되는 거요? 이 사람 아직 혼이 날려면 멀었구만.

나는 옷 위에 번진 술을 휴지로 닦으면서 사내에게 말했다.

여보쇼, 아무리 그렇다고 한두 번두 아니고 네 번씩이나 큰집엘 간단 말요? 당신 열심히 살았다구 할 수 있는 거냐 말야. 애들은 고아원에 맡겨두고, 성실하게 일해서 먹구살았다구 어디 말해보쇼. 그렇게 저질르구 이제 와서 무슨 엉뚱한 소릴 하는 거요?

사내는 말뚝처럼 서서 우리를 노려보고 있었다. 김이 그의 얼굴을 손가락질하면서 다그쳤다.

사과하쇼. 그리구 아까 한 말 취소하쇼.

사과 못 허겄시우.

사내는 당당하게 말하고 나서 보퉁이를 챙겨들더니 유리문 앞에 가서 돌아섰다. 사내는 아까 처음 들어왔을 때처럼 정중하게 허리를 꺾어 인사를 했다.

술 잘 먹었구먼요.

유리문이 조용히 닫혔다. 김과 나는 흐트러진 탁자 앞에 묵묵히 앉아 있었다. 바람소리는 여전했다. 창문이 끊임없이 덜컹거렸다. 김이 말했다.

술 더 하실래요?

나는 고개를 흔들었다. 그러고는 일어나서 돈을 치렀다. 밤이 되어서인지 눈이 제법 쌓여갔다. 눈발은 여전했다. 어쨌든 어머니의 영가靈駕를 모시고 그 머리맡을 지킬 수는 없었으나 초상술은 마신 셈이었다. 김과 나는 눈발 때문에 고개를 아래로 처박고 앞서거니 뒤서거니 하면서 걸었다. 김이 뒤따라오며 말했다.

형님, 정말 괜찮겠어요?

괜찮아, 들어가서 자야겠어.

내일 떠나실 거죠?

응, 폭풍이 멎으면.

건널목에서 나는 김에게 손을 쳐들어 보이고는 길을 건너 비틀거리며 걸어갔다. 나는 택시를 타고 졸았다. 택시에서 내리자마자 보이는 것은 사방에 희끗희끗한 눈송이뿐이었다. 사과를 하라고, 너는 반공법에 걸린다고, 나는 끼어들기 싫다고, 너나 뒤집어쓰고 꺼지라고, 살아 있음이 싸움인 사람들에게, 이 따위로 살 수는 없다는 사람들에게 빨갱이 혐의나 뒤집어씌우면서 살아갈 건가. 날마다 이 술집 저 골목으로 막걸리 반공법에나 걸리기 똑 알맞게 목구멍까지 차오른 김제 사내. 정말 전도사 부인처럼 진이에게 면회도 못 가면서. 그래 우리가 이 고통받는 상황의 주인이라는 건 안다. 그러면 그 고통의 정말 주인은 누구냐, 누구야.

나는 눈밭에 빠진 채로 가만히 엎드려 있었다. 먼바다에서 아우성치는 폭풍과 파도 소리가 들려왔다. 잠깐 울었다. 옛날 얘기의 첫 줄은 어떻게 시작되던가. 옛날 옛날에 한 나그네가 산중에서 길을 잃었대. 그래서 한참을 헤매는데 저어 아득한 어둠 속에서 불빛이 반짝반짝하더래. 나그네는 힘을 내어 인가가 있겠거니 하고 불빛을 찾아갔대. 주인장 계시오. 나는 옛날 얘기대로 깊고 어두운 골짜기를 비틀거리며 걸어올라갔다.

(1987)

열애
―日記抄 2

내가 며칠 동안 집을 비운 사이에도 그 사내의 전화가 왔었다고 아내가 말했다. 처음에는 무심하게 들어넘겼기 때문에 그 뒤에도 몇 차례인가 전화가 걸려왔을 때까지도 자세하게 캐묻지 않았다. 어느 늦은 밤에 드디어 그가 찾던 당사자인 내가 전화를 받게 되었다. 예전부터 그랬지만 내가 밤에 일하는 습관을 알고 있는 사람들은 아침에서 오후 늦게까지가 내게는 깊이 잠들어 있는 시간이라 짐작하고 늦은 밤에 연락을 해오는 일이 더러 있었다.

　　처음에 그는 예의바르게 말을 걸었고 자기는 어느 고등학교를 나온 누구인데 기억이 나느냐고 물었다. 나는 그때 당시에 명문이라던 고등학교를 중퇴했고 설사 졸업을 했다손 치더라도 이십오 년이 흘러간 지금에 와서 누가 누구인지 종잡을 수가 없을 게 당연했다. 그러나 나는 전혀 생각나지 않는 상대에게 마주 반색을 해서 이쪽의 실례와 무성의를 미리 얼버무리는 데는 이골이 나 있던 사람이라, 조심스럽게 반기는 척하면서 말을 놓았다.

—내가 누군지 이제야 기억이 나는 모양이지?

나는 아무개라는 이름을 머릿속으로 되풀이 외워보면서 어슷비슷 콩자반처럼 머리를 박박 깎은 검은 교복의 아이들 얼굴을 떠올렸고, 그럴듯하게 키와 생김새를 꿰어맞추었더니 그는 안심한 듯이 말했던 것이다. 나는 어정쩡하게 대꾸했다.

—응, 생각이 나는 것두 같다. 턱이 아마 좀 별다른 데가……

—맞다 맞어, 턱이 그랬지.

턱이 짧고 아랫입술이 앞으로 삐져나온 합죽이라는 별명을 가졌던 어떤 아이를 생각하고 말해봤더니 요행히도 맞아떨어진 모양이었다.

—우리집 전화는 어떻게?

—물어물어 알았지. 뭣 좀 의논할려구 그러는데 잠깐 만날 수 없을까?

대개 그 학교의 동창생이 뭔가 의논하자면 그리 골치 아픈 일은 아닐 것이 뻔했기 때문에 나는 가볍게 응했다.

—무슨 일인데? 지금이라두 괜찮아.

—나중에 만나서 얘기하지. 나는 워낙 시간이 없어서 말이지. 낼 오전 아홉시나 열시 사이에 집에 있을 거냐?

—밤새우고 잘 시간이지만 기다려볼까.

내가 선선히 응답하자 그는 그럼 내일 보자면서 전화를 끊었다.

내가 고등학교의 동창생들과 연락이 닿은 것은 내 쪽의 노력에 의한 것이 아니었다. 내가 글을 써서 책도 내고 세상에 작은 물의도 일으키면서 알려지기 시작할 무렵부터, 그러니까 아마 삼십대 말쯤에 가서야 가끔씩 기억할 만한 아이들의 전화가 걸려오기 시작했던 듯싶다. 내가 이제 사십대 중반을 넘고서도 그들을 아이라고 느끼는 것은 그 시절 검은 교복을 입은 솜털이 보송보송한 소년들의 얼굴을 머릿속에 그려보지 않고서는 상대방이나 내 쪽이나 피차에 너무 생경했기 때문이랄까. 누렇게 퇴색한 그 무렵의 가령 소풍 기념사진이나 짝패들끼리 어깨동무를 하고 찍은 사진관 사진의 얼굴들과 머리털도 알맞게 세고 품위나 풍채도 그럴듯한 중년의 얼굴들 사이에는 이제 아무런 비슷한 점도 찾아볼 수 없었다. 우선 세상이 많이 달라졌고 살아가는 꼴도 엄청나게 변했을 터이다. 많이 달라졌다고들 막연하게 말하지만 사실은 애초에 없던 것이 생짜로 나타난 것은 아닐 테고, 콩이 콩나물처럼 눈밭이 풀숲처럼 번성한 결과일 터이다. 그러니까 이미 그 학교는 풀숲의 눈밭이었달까. 또한 그때 그 시절의 눈이 반짝이던 영리한 아이들은 콩나물의 콩이었달까. 나는 이 번성의 수십 년 동안을 아직도 감상적으로 회상하고 싶지는 않다. 무슨 근대화라거니 자본주의라거니 하는 케케묵은 낱말을 들추지 않더라도 입에서 신물이 날 지경이다. 그것은 이미 내가 겪은 씁쓸한 살림살이와 앞으로도 별 차이 없이 전개될 이곳에서의 살림살이를 대강 짐작하고 있기 때문이다.

치열한 입시 경쟁을 치르고 그 학교에 입학했을 때, 나는 어느 정도 주눅이 들어 있던 기억이 난다. 거기서부터는 애들 각자의 집안 사정이 드러나기 시작한 한계였다. 서울이라는 곳도 지금보다 훨씬 더 한눈에 눈치챌 수 있도록 사는 사정에 따라 도시가 확연히 구분되어 있었다. 하긴 지금은 한 구역 안에서도 잘살고 못사는 곳이 더욱 세분화되었지만.

회색빛 시멘트 담과 언제나 언덕처럼 쌓여 있던 석탄 더미들, 기관차의 화물차량들과 그 뒤를 쥐새끼처럼 쫓아가며 코크스를 줍던 아이들, 국방색 작업복에 똑같이 하얀 칼라를 내놓은 차림의 방직공장 처녀들, 검은 무명 팬티만 입고 벌거벗은 채 뛰어다니며 쌍소리를 하던 영단주택의 노동자의 아이들,

공장 폐수가 끊임없이 흘러가던 학교 가는 길, 죽은 쥐, 버려진 제웅, 그리고 실직한 노동자들이 몰려 살던 부서진 화물차들, 그 양지쪽에서 맨발로 해바라기하던 아이들, 미군 부대가 보이는 여의도 일대의 쓰레깃더미, 틈틈이 잡초가 보이고 깡통 사이로 피어나던 오랑캐꽃과 민들레, 냉이꽃 같은 작은 들꽃들, 이런 것들이 영등포에서의 내 어린 날의 기억이다. 노동자의 아이들과 나는 날마다 음모를 꾸몄고 비록 몰락했지만 자신들은 개화된 도시의 점잖은 시민이었다는 생각을 바꿀 수가 없었던 어머니와 아버지를 나는 날마다 속여넘겨야 했다. 나는 한편으로는 '형편없는 품삯꾼의 새끼'들과 같았고 쥐뿔도 없이 자산가의 흔적만을 자존심처럼 갖고 살던 월남한 피난민의 도련님이었다. 동네에서나 변두리의 학교에서는 나는 그런대로 도련님이었다. 부모가 식민지 치하에서 전문교육을 받았으며 노동이나 농사일을 하지 않았고 일제가 진출해서 번영시킨 만주국의 수도에서 영화관, 백화점, 카페, 그릴, 댄스홀 따위의 문화시설을 기꺼이 드나들며 잘살던 시절이 있었던 것이다. 나는 이제 와서 그들이 친일파였는지 아니면 은근히 독립을 바랐는지는 잘 모르지만 해방 이후에 서울로 와서 더 좋은 생활을 할 수 있으리라고 믿었던 것만은 틀림이 없었던 듯하다. 그러나 아버지는 끝내 예전처럼 괜찮았던 세월은 다시 누리지 못했다. 곧 뒤이은 전쟁으로 밑천을 만들 여유를 갖지 못했고 몇 해 뒤에 병사했기 때문이다. 이를테면 나는 일찌감치 서로 다른 두 세상을 훔쳐보면서 자란 셈이다. 나는 내 마음 깊은 곳에서 이 허위를 증오했다. 부모들이 지니고 있던 과거의 자랑스런 생활들은 모두 참을 수 없는 것들뿐이었다. 얌전하고 바른 말씨, 언제나 으뜸이어야 하는 성적, 어머니가 불시에 나타나던 학교 수업의 참관, 재봉틀로 유별나게 만든 아동복, 집에서 만든 간식 같은 것들은 우리집을 영단주택의 노동자 구역 가운데서 섬으로 만들었다.

다음날 동창생을 자처하던 사내는 아침나절에 전화를 하겠다던 약속을 어겼다. 내가 외출했다가 늦게 돌아왔더니 아내는 방금 그 사내의 전화가 걸려왔었다고 말했다.

—좀 이상해요. 연락처를 알려달라니까 우물쭈물하면서 시간이 없다는 둥 서울에 살고 있지 않다는 둥 그러데요. 외국에서 오셨냐니까 그런 건 아니래요.

—아침에 전화한다더니.

—너무 바빴대요.

하고 나서 아내는 조심스럽게 말했다.

—글쎄요, 헤어진 지 오래된 사람을 만나는 게 별로 좋지 않대요. 이십 년 이상이나 본 적도 없고 그사이 한두 해에 몇 번

씩 연락이 있던 사람이라면 몰라두…… 잘 알던 사람도 그렇
다는데 얼굴도 모른다면서요?

　―그래 다음에 또 연락한대?

　―그런댔어요.

　나는 아내의 말이 그럴듯하다고 생각했다. 이곳에서의 이십
오 년이라면 그 변화의 폭을 거의 짐작도 할 수 없는 엄청난 세
월이 아니던가. 그렇지만 내게는 한 가지 믿음이 있었다. 그 학
교를 나왔다는 녀석들치고 지금 세상과 다른 꼴로 변했을 리는
없을 테고 오히려 지금 세월에 적응하게끔 똑같은 모양으로 변
모해 있을 거라는 생각이 들었다.

　그 학교에서의 경쟁은 치열한 것이었다. 어떤 친구는 지금
도 그 학교의 학력평가 시험을 치르던 나날이 꿈에 보인다고
했다. 다른 애들은 부지런히 쓰고 있는데 자기만 한 문제도 몰
라서 백지를 쥐고 땀을 흘리다가 깨어난다는 식이었다. 아이들
은 서로 간에 냉정하고 예의가 바른 편이었으며 속을 내보이거
나 남에게 약하게 취급당하는 것을 원치 않았다. 나는 초급 학
년에서 서투른 짓으로 몇 번 반 아이들의 비웃음을 샀던 아이
를 기억하고 있었는데, 그는 고학년이 되기까지 끝내 자존심을
회복하지 못했고 친구도 없이 지내다가 어디론가 전학을 갔다.
나도 학력평가 시험에 관해서는 원한이 깊은 사람이다. 전 학

년의 학생들 이름을 점수 순서대로 석차를 매겨서 교실 앞 복도에 붙여놓고는 했는데 어느 달엔가 성적이 떨어져서 어머니를 격노시켰다. 나는 한 시간이 넘게 걸리는 학교까지 되돌아가서 캄캄한 복도로 들어가 성냥불을 그어대며 나보다 앞 순위에 있는 아이들의 이름과 점수를 베껴와야만 했다. 그 캄캄한 어둠 속으로부터 꼬물거리며 떠오르던 수많은 아이들의 이름은, 그리고 그들의 실체는 지금 어찌되어 있을까. 그들이 배웠던 잡다한 것들, 나날이 경쟁하고 선발되고 인정받은 결과로 가지게 되었을 힘, 그 힘의 충돌과 이합집산하는 작용, 그 힘의 재생산과 팽창, 이 모든 것의 반영인 요즈음 살 만한 사람들의 행태를 나는 다시 생각해보는 것이다. 나는 교실 안의 공상가였다. 창밖의 빈 운동장과 아카시아나무를 바라보든가 책상 밑에 다른 책을 감춰두고 읽거나 노트에 춘화를 그리면서 선생이 쓸데없는 소리만 떠든다고 여겼다. 나는 아이들의 관심을 끌기위해서 점심시간마다 재담으로 아이들을 웃기거나 광대짓을 벌이곤 했다. 그래서 하루라도 이 교실 안의 피에로가 결석하면 아이들이 하루종일 뭔가 빠진 것 같더라는 말에 만족했다. 그 무렵에 알게 된 '작은 신사들의 모임'은 내게는 더욱 상징적이다. 그들은 모두가 요즈음 시쳇말로 이런 연대의 산업사회를 이끌어갈 사회 지도층이 되었다. 그들은 그맘때에 벌써 번역판

세계문학전집이나 사상전집 따위는 모조리 읽어치웠고 어른들도 읽기 힘든 사회과학책이나 철학책들을 가지고 의젓하게 자기 비평을 달아 토론을 주고받기도 했다. 그들은 사창가를 가거나 어두운 대폿집을 드나들며 퇴폐의 흉내도 냈지만 어느 길로 가는 것이 지도자로 가는 길인가도 잘 알았다. 절대로 자신을 정말 방기하지는 않았다. 그들이 가진 매력 가운데 으뜸인 것은 역시 자기 존재와 생각을 서투르게 드러내지 않는 점이었다. 또한 밖으로 드러낼 때에도 일부러 그것을 보편적인 사물에의 비유나 실제적인 것으로 바꾸어 표현했다. 니체의 이름과 횔덜린의 시를 막바로 인용하는 건 천박한 짓이었고, 가령 니체적인 나무에 관해 말했다. 그들 중의 우수했던 아이들은 육십년대 초에 외국의 기업들이 살금살금 발을 들여놓을 적에 외국 회사의 지사원으로 출발하거나 신문기자가 되거나 유학을 가거나 고시에 들었다. 나는 이런 정도의 수준에 있던 다른 학교의 고만고만한 또래들과도 연줄을 통하여 알게 되었다. 그들의 대개는 명문대학으로 가서 서로의 교제를 확대시키게 마련이었다. 내가 이런 길에서 탈락되었던 청년기의 어느 때엔가 나는 저절로 알아차렸다. 이들이 얽어내는 그물망 같은 사교가 서로 직조되어 일정한 그림으로 나타난 연애와 결혼, 성공과 실패, 출세와 낙오, 사랑과 야망 따위의 모양들이 결국은 저 한

강 남쪽에서의 신중간층의 풍속을 건설해냈다. 아니면 로스앤젤레스와 뉴욕에까지 연결되었을지도 모른다. 앞으로 그 길은 더욱 확장되고 뚜렷해질 것이다.

어쨌든 내가 그때의 그 모퉁이에서 삐끗, 했던 것은 지금에 와서 되돌이켜보면 필연이었다. 그 길은 내가 어릴 적부터 어렴풋하게 이건 가짜라고 느껴왔던 삶으로 가게 될 확실한 도정이었다. 그러나 벗어났을 때의 공포는 당시에는 견디기 힘들었다. 퇴학을 맞고 나서 끝없이 걸어가던 하굣길이 생각난다. 이제부터 내 앞에 놓인 길은 어디나 뒷길이었다. 나는 이제 의사나 법관이나 관료나 학자나 사업가나 존경받을 장래의 모든 가능성으로부터 잘려나온 것이다. 이를테면 품삯꾼의 거친 황야로 몰려난 것이었다. 나는 내 안에서 두 가지의 세상을 겪는다고 말했다. 어느 얌전하고 선량한 학생이 집에 가다가 골목길에서 야간부의 상업학교나 공업학교의 불량 학생을 만나면 그들의 실체에 관해서 아무것도 모르면서 두려움과 적의를 갖는다. 십중팔구는 몇 대 얻어터질 수도 있고 용돈을 털릴 수도 있다. 나는 그 창백한 학삐리이면서 또한 불량배인 것이다. 퇴학을 당하고 나서 집에서나 동네에서 빈둥거릴 때에 나는 쓰리꾼이나 직공이나 구두닦이와 별반 다른 차이가 없었으므로 선량한 시민들과 학생들이 어떠한가 하는 것을 비교적 냉정하게 살필 수가 있었다. 그들은 거의 대부분이 우리를 두려워하거나 믿지 못했고 호의를 보일 적에도 자연스럽지 않았다. 나는 아침에 변소의 창문을 통해서 안개를 가르며 등교하는 여학생들의 하얀 칼라와 남학생들의 번쩍이는 모표를 바라보며 그들의 아득한 길을 가늠해보았다. 어느 공업학교 야간부에 들어가서 몇 달 다니고 졸업을 했는데 나는 그 어둠침침한 교실에서 어린 시절의 영단주택으로 돌아간 기분이 들었다. 그들은 벌써 보호자 아래에 있는 소년이 아니라 가장이거나 스스로 살아가는 어른들이었다. 낮에는 껌팔이도 하고 급사, 배달꾼도 하고 하사관, 수금원, 기능공 노릇을 하다가 저녁에는 학교 앞에서 교복으로 갈아입고 등교했다. 그들은 이렇게 교실에 앉아 있어봤자 별수없다는 것도 잘 알았으며 지금 배우고 있는 학과목들이 그들의 생활을 바꾸어주기는커녕 오히려 무력하게 만들 뿐임을 알고 있었다. 끊임없이 킬킬대고 엉뚱한 질문과 대답을 하면서 그들은 끄덕끄덕 졸았다. 젊은 대학원생이나 병역을 마치지 못한 야간부 임시직 선생들은 드러내지는 않았지만 은근히 이 학생들을 경멸했다. 복잡한 역학 공식을 풀어 보이다가 선생이 귀찮다는 듯이 그냥 넘어갔는데 그중 제법 열심이었던 학생이 꼬치꼬치 묻자 그 선생이 이렇게 말하던 게 기억이 난다. 아, 그건 정식 엔지니어가 되려면 배워야겠지만 너희들에게는 별로 필요 없는 거다. 나는 그애들이 서로에게 갖던 끝없는 관심에 감탄했다. 그들은 돈도 꿔주고 자취방을 드나들며 깔치에 대한 고민도 나누고 병간호도 했다. 누가 유치장에 있다며 돈을 걷고 목수인 아버지가 생신이라고 염소 서리를 하러 인근 촌으로 원정을 가기도 했다. 그런 관심과 인정의 표현은 멜로 영화의 인물들이 그렇듯이 노골적이었다. 마치 서로의 추억 노트에 그려주는 갈매기와, 우정 영원히 잊지 말자!라거나, 너의 변함없는 친구! 하는 식의 글귀처럼 그 뜻을 그대로 실행하려고 했다. 나는 그들과 시장 다락방의 간이술집에서 나이롱뻥을 놀기도 하고 중국집에서 탕수육에 배갈을 시켜 먹고 뻥소니도 치면서 우정을 다졌다. 철거된 판자촌으로 친구의 이사를 도우러 갔을 적에 그의 식구들 틈에서 블록이 널려진 빈터에 쭈그리고 냄비밥을 먹으면서 편안했던 기억이 난다.

내가 이런저런 곡절을 겪으며 군대도 갔다 오고 장가도 들어 가장이 된 뒤에 그들을 만났을 때에도 그들은 거의 변하지 않았다. 예비군 훈련을 받던 무렵이니 아마도 삼십대 중반이었을 것이다. 마지막 동원훈련 때라 한 구역의 예비군이 총동원되어 침투사격이네 각개약진이네 하며 박박 기었다. 점심시간에 어디 가서 뜨끈한 국밥이라도 얻어걸치려고 철조망 밖으로 나서는데 그들 말로 어떤 꼰대가 부끄러움도 없이 나를 불렀다.

　—야, 깜상 너 오랜만이다.

　원래 얼굴이 가무잡잡해서 야간학교 시절의 내 별명이 깜상이었던 것이다. 나는 얼핏 알아듣지 못했다.

　—누구신……지요?

　—누구긴 인마, 나 땜통이다.

　그는 예비군 모자를 훌쩍 벗어 머리 한가운데를 까 보였다. 그제야 나는 그를 알아보았고 그의 뒤에도 몇몇의 웃는 얼굴들이 보였다. 우리는 모두 예비군복 차림에다 진흙투성이가 되어 있었다. 막걸리 사발을 들고 목로에 둘러서서 옛날처럼 킬킬대며 떠들고 마셨다.

　—뭘 하구 사냐?

　내가 그 순간에 그만 실수를 했다.

　—글 써서 먹구산다.

　내 대답에 질문자는 차마 웃을 수는 없었는지 멋쩍은 웃음을 참느라고 콧날개에 벌름, 하면서 힘이 가는 게 보였다.

　—글? 무슨 글?

　아차 복잡해지겠구나 싶어서 나는 얼른 자백했다.

　—그냥 논다.

　그들은 돌아가면서 진지하게 내 걱정을 하기 시작했다. 하나는 트럭 운전사였다. 처음에는 남의 차를 끌다가 얼마 전에 월부로 트럭을 사서 회사에 지입했다. 월부가 끝나 완전히 내 차가 되면 장거리로 농수산물을 싣고 뛰겠다고 한다. 또하나는 시계포 주인. 그는 처음에는 유리 상자 하나 달랑 들고 시장에서 경비들에게 괄시깨나 받으며 케이스 갈이를 했다. 고물 시계에 자판을 새로 그려 갈아끼는데 유명 상표를 똑같이 그리거나 새기거나 붙여서 고급 시계로 둔갑을 시킨다. 이제 겨우 점포를 얻어들었는데 도장쟁이와 동업이란다. 또다른 하나는 플라스틱 공장의 수지반장이다. 스티로폴에 대하여는 모르는 게 없다. 공원으로 들어가서 십이 년 만에 공장 근처에 열일곱 평짜리 한옥 온채 전세를 들어 사글세로 두 집을 받고 있다. 그들은 각자의 경험에 따라서 내가 갈 길을 가르쳐주려고 애썼다.

깊은 밤에 그 사내에게서 다시 전화가 왔다. 그는 술에 취했는지 입술이 풀린 목소리로 말했다.

—어, 미안하다. 내일은 꼭 만났으면 좋겠는데.

—전화로 하지 그래. 무슨 일야?

나는 좀 짜증이 나서 차갑게 말했다. 지금 내 입장으로는 그가 이 세상에서 가장 낯선 상대였다. 저쪽은 나를 알고 있다는데 나는 건성으로 아는 척하고 있기 때문이다. 그가 이죽거렸다.

—흥, 인생 사는 얘기지 뭐.

―난 좀 바쁜데.

　―어, 작가 선생 너무 재지 말어. 내일 밤 열한시에 만나지. 종로 종각 모퉁이에서 만나자구.

　―그 시간에 길거리에 서 있으라구? 그건 좀 곤란한데.

　―차 가지구 나갈 테니까 염려 마.

하고는 그가 일방적으로 전화를 끊었다.

　내가 마흔 살이 되던 해였던가, 얼떨결에 끌려갔던 명문교의 동창회 생각이 난다. 거기에 가서야 나는 비로소 이들이 이렇듯 제법 조직적으로 모이게 된 것이 몇 해 되지 않았다는 걸알았다. 종친회가 됐건 향우회가 됐건 이맘때의 모임이란 대개는 밑천 가진 사람들의 능력을 확대하고 교환하려는 의도가 본래의 목적보다 더 확실하게 드러나게 마련이다. 더구나 어려서부터 계속적인 경쟁의 관문을 통과한 자들끼리의 모임은 이런사회에서 어떤 기능을 하게 될까. 거기서 소생산자나 중소기업인들은 같은 업종의 친구들을 찾아내어 옛날 서양식의 프리메이슨 같은 동업자 소모임을 만들기도 하고, 대재벌의 이사들은은행 지점장이나 이사들과 자금의 유통에 대하여 서로 협조를당부하며 또한 군인과 관료와 법조인 들은 이들 사이에서 건전한 유대 교류가 긴요하다는 점을 서로 인식시킨다. 그들은 대개가 관리 계층이거나 진작 독립해서 자기 기업체를 끌어가기도 하고 전문가이며 기획자이고 그가 관여하는 부문에서 강한 영향력의 행사자이기도 하다. 그들은 따로이 부부 동반의 각종 모임을 갖고 월별로 서로를 초대하기도 하며 해외망을 연결하기도 하고 감사장이나 기념패를 만들어 주고받는다. 선후배가 어울려 테니스와 골프 동호회를 만들고 부부 동반의 헬스클럽 모임, 여행 모임, 문화 행사 모임, 콘도 모임, 휴가 모임, 부동산 모임, 거시기 모임 무슨 모임 해서 자꾸 새끼를 쳐나가고 이 모임들은 다시 큰 모임을 이루면 혼합된다. 물론 모두가 능력자이고 실력자는 아니지만 어떤 의미에서건 이맘때의 동창회란 각자가 스스로 알아서 선별되게 마련이므로 다 그만그만한 처지와 끗발들이 비교적 대등하게 만나서 우정을 재삼 확인하게 된다. 여자는 또 여자들끼리 남자들과 맞먹을 만한 학교의 학력과 연줄을 가지고 있다. 이것이 차츰 분명해지고 있는 요즘 세상의 힘의 토대이면서 서로를 다시 반복해서 만들어내는 질서의 틀이다. 역사와 사람의 본질은 변화에 있다는 소리는 어느 교과서에 나오던 말인지. 똑같은 틀 속에서는 변화의 힘이 나오지 않고 정반대의 것에서 비롯된다는 말은 또한 어떤 경전에 쓰여 있었을까.

나는 초저녁에 집을 나섰다. 그리고 이따가 밤 열한시에는 종각 모퉁이로 나가볼 작정을 하고 있었다. 사실 그의 태도가 좀 엉뚱한 데도 있고 약속 시간이 깊은 밤이라 썩 내키는 일은 아니었지만, 한편으로는 호기심과 궁금증이 들었다. 작업은 진작에 작파해버렸으므로 느긋하게 술이나 한잔할 생각이었다. 마침 후배에게서 저녁이나 같이 먹자는 연락을 받아두었다. 박모는 대학 초년생 때 내 작품을 각색해서 연극을 해보겠다고 하여 알게 된 후배였다. 학위를 둘이나 따놓고서도 아직도 유학중인데 다섯 나라 말을 할 줄 안다고 한다. 그는 가끔은 엄살 섞어 여기 젊은이들에게 미안하다고 그랬고, 나는 그에게 그래 미안하거라라고 말해주었다. 그는 입으로 칼럼을 쓰듯이 말한다. 그 재치는 안경 너머로 반짝인다. 수필집 내서 돈 벌어라 하며 나는 그를 긁는다. 그가 말하는 건 이런 식이다. 형님 요즘 여기 신중산층의 질문이 뭔지 아쇼? 첫째, 아직도 소형차를 타십니까. 둘째, 아직도 강북에 사십니까. 셋째, 아직도 증권 시세를 모르십니까. 넷째, 이건 요즘에 추가됐다지요. 아직도 조강지처와 사십니까. 그는 룸살롱보다는 카페가 훨씬 부담없고 신선하다는 풍속도 벌써 냄새 맡았다는 것이다. 그는 말하자면 눈치가 멀쩡하면서 매우 냉소적이었다. 박모가 학생 때 가끔씩 제 친구들을 데리고 우리집에 놀러 다녔는데 그때마다 내가 그들에게 겁깨나 준 모양이었다. 그중에 정모가 있었는데 그 청년은 내 언변에 속아서 그만 도보로 동해안을 일주한다고 떠났다가 수십 일 만에 영양실조로 뻗어버리기도 했다. 그중에 누구는 학생운동으로 큰집에도 다녀왔다. 박은 가끔 봤지만 그의 동년배 친구들은 만나본 지 오래였다. 그들은 이제 내 친구들이 그랬듯이 인생을 출발하고 있었다. 종합상사, 오퍼상, 광고회사, 매스컴 등등이 그들의 밥벌이 터였다. 처음에는 약간 서먹서먹 대충 정중하게 반주 곁들여 저녁을 먹었고 다음에 술집으로 옮기자 분위기가 한결 풀렸다.

─이번 선거 말이야 정말 김샜어.

오퍼상 정이 말하자 광고가 받았다.

─또 그 지긋지긋한 정치 얘기, 집어치워.

종합상사가 말했다.

─봐라, 한국 자본주의도 이젠 자리를 잡았나봐. 외국 자본에 잡혀 있다고 했지만 인제는 자기 재생산 구조를 갖췄어.

매스컴이 삐딱하게 말했다.

─동東 김과 서西 김이 죽 쑤어 뭣 준다고 단일화 안 해서 그래.

박이 말했다.

─그런 막연하고 상투적인 얘기가 어딨어. 물론 한 달 단위로 정세가 획획 바뀌었지만 애초에 지금 상황 안에서 투표를

해보기로 선택한 거 아냐? 광주는 이미 지역 문제가 아니라 민족 문제야. 그리고 이번 선거는 뚜렷해진 계급 간의 결판이야.

　나도 끼어들 수밖에.

　—그건 나두 그렇게 생각하는데. 4·19 이후를 좀 봐. 그땐 밑에 아무 역량도 없이 생각이 마구 치달아 올라갔거든. 그전까지가 느이들이나 내 주변 사람 같은 자들이 한군데로 모여들 수 있는 한계선이야. 글쎄, 좀 비꼬아서 말하자면 민간 파쇼 정도랄까. 예수쟁이, 율사, 교수, 신문쟁이, 글쟁이, 느이 같은 회사쟁이들이 지난 6월까지고 그다음에는 한 걸음도 안 나갔어. 지난 6월과 7, 8월은 전혀 만나지 않았어.

　—서 김은 인제 완전히 갔어요.

　—가구 오는 거 좋아하네. 그는 유신시대의 상징 외에 아무것두 아냐. 유신이 뭐냐. 신식민지적 구조의 강화 내지는 재정비 아냐? 이번 선거는 묵은 숙제를 해본 거야. 우리 일이지 어느 개인의 일이 아니잖아.

　—도대체 기층민중이 뭐야.

　—사천만 중에 경제활동 인구가 천사백만이래. 그중에 오십 프로 노동자, 이십오 프로 농민, 십 프로 도시 빈민이라니까.

　—그럼 모순이잖아 이거.

　—뭐가 모순이야. 그 사람들 다 저 먹구살기에 바쁜데. 변혁

의 바른 역량이 조직되지 않은 거지.

—그러니까 뭐한다구 왔다갔다하는 사람들 믿을 수가 없다니까. 쥐뿔도 실세는 없으면서 바른 소리나 하구.

—양키들 물량이 그만큼 한반도에서 막강해진 게 아닐까. 사는 방식에서 생각까지 말이야.

—난 이제 다시는 투표 따위 하지 않을 거야. 투표 상관없이 밀어붙였다면 모를까.

—상처 입은 사람이 한둘이 아냐. 전부 집단 노이로제 같았다니까.

—해방 후 처음이지. 모순의 총결정판이면서 중병 걸린 사람이 종합진단 해본 격이지.

—우리가 이런 모양으루 먹구사는데 어디 통일이 되겠어.

—일본 비슷하게 되는 거 아닐까.

—그렇잖아두 새끼 일본이라잖아.

—아닐걸, 우리는 반쪽이란 말야. 좀 다르지.

—챙피해서 참.

이야기는 끊임없이 계속되었지만 물위에 떠서 흘러가는 나뭇잎처럼 지향이 없었다. 다시 화제는 박의 장가드는 문제로 옮겨갔다. 그의 학위에 걸맞게 오십 대 오십, 백 대 백의 맞교환 같은 혼처 얘기가 계속 이어졌고, 누군가가 주책도 없이 말했다.

　—아직 사랑하는 사람두 없냐?

　모두들 한마디씩 쥐어박았는데, 사랑이 밥 먹여주냐, 그게 어떤 백화점에서 세일하는 물건이냐, 어느 기업 제품이냐, 인사동에서 판다더라, 아니다 고돌이판에 가면 있다는 등의 허튼 소리들이었다. 술자리는 대충 열시 반쯤에 파장이 났다.

　나는 열한시 조금 전에 종각 앞에 도착해서 네거리에서 몰아치는 찬바람 가운데서 서성거리고 있었다.

　바깥공기 때문에 술이 깨어가는 탓도 있었지만 겉돌고 냉소적인 술자리의 뒤끝으로 입맛이 썼다. 한참 풋고추와 된장에 깡보리밥 식당이 도심지에서 번진 적이 있었는데, 그것도 일종의 허기에 대한 허기였을 것 같다. 아 사랑, 그런 게 있기는 한가. 언젠가 시골 청년에게서 들은 얘기가 생각났다. 그의 고향에서는 도무지 여자를 구할 길이 없어 흑산도까지 갔단다. 흑산도에는 파시를 따라 들어갔다가 소개비요, 옷값이요 밥값이요 빚 때문에 꼼짝없이 잡혀 있는 아가씨들이 많단다. 거기서 눈매 서늘하고 건강한 아가씨 하나를 찾아 발동선에 싣고서 달아난단다. 부부가 될 상대를 술자리에서 만날 수는 없어 친구끼리 품앗이로 서로 빼어내다 짝을 지어준다고 했다.

　그래 결혼하여 부부가 되어 산다는 건 우리 같은 자들에게 어떤 일일까. 결국 결혼은 겉으로는 온갖 문화적 장치로 위장되어 있지만 물건들이 만든 물건의 산물이고 우리가 어려서부터 훈련받아온 계급적 이해의 표현임을 피할 수가 없다. 우스개 노래처럼 짱구 아버지 짱구, 짱구 아들 짱구, 짱구 남편 짱구, 짱구 마누라 짱구이다. 그래, 이 삶의 삭막함은 우리가 자초한 징벌로서 긴 그림자를 내려뜨리고 저 앞에 뻗어 있다. 서로 고만고만하게 주장하고 용납하고 물러서고 그러고는 함께 상실해간다. 야간학교 아이들 식의 노골적 표현은 억제되는 게 아니라 가뭄의 강처럼 증발해가는 것이다. 나중엔 생활 용어 몇 마디와 아이들에 대한 질문 응답 몇 가지가 남는다. 저 세월 속에는 부동산, 동산, 통장, 고지서, 영수증 같은 것들만 잃어버린 시간의 징표로서 남는다. 흑산도를 탈출하는 것 같은 열정은 우리에게는 없지. 전에 잃어버리고 축소된 꿈만큼만 우리는 서로 타협하지. 미칠 듯 뜨거운 사랑, 그런 건 벌써 이 세상에서 사라졌다.

자동차가 우회전을 하더니 도로 옆으로 붙으며 슬슬 다가왔다. 나는 길가로 나서기 전에 보도의 안쪽에서 잠깐 자동차 안을 관찰했다. 어디서나 흔한 군청색 중형차였다. 차 속은 잘 보이지 않았다. 그는 헤드라이트의 시야 안으로 들어오는 길가 주변을 살피고 있는 것처럼 보였다. 나는 그 불빛 안으로 들어서면서 차 안을 들여다보았다. 운전석의 문이 열리며 한 중년 사내가 내렸다. 짧은 머리는 희끗희끗했고 넥타이를 맨 차림에 오리털 파카를 걸쳤다. 우리는 서로 멋쩍게 악수했다.

— 별로 안 늙었구나.

— 응, 자네두 그렇구만.

그의 말에 나도 대꾸는 했지만 도무지 그를 기억해낼 수가 없었다. 다만 그의 반기는 얼굴 속에서 내게 적의가 없다는 걸 짐작할 뿐이었다.

— 여기 타라.

그가 차문을 열어주었고 나는 일부러 팔을 쳐들고 시계를 살피는 시늉을 해 보였다.

— 지금 늦었는데…… 어딜 가는 거야?

— 제발……

하면서 그가 말했다.

— 내 부탁 좀 들어다오.

낯선 사람의 절박한 듯한 목소리에 끌려서 나는 하는 수 없이 차에 올랐다. 그가 밤거리를 헤치고 달려나갔다. 나는 운전하고 있는 동창생의 옆얼굴을 힐끔힐끔 바라보았다. 내가 막연하게 생각했던 합죽이라는 친구와는 전혀 다른 얼굴이었다.

— 그래두 자네가 날 기억하니 다행이다. 턱의 상처가 이런

때는 필요한 모양이지.

그가 고개를 돌려 턱을 내밀어 보이면서 말했다. 나는 그런 턱을 생각했던 게 아니었다고 말할 필요는 없었다. 차가 터널을 지나가는 중이었는데 궁금하기도 하고 좀 불안하기도 해서 나는 다시 그에게 물었다.

─어디로 가는 거야?

─날 좀 도와줘야겠다. 딴게 아니구 우리 집사람을 만나러 가는 길이야.

─자네 집사람?

그는 신호등 앞에서 차를 멈추었다. 그가 내게로 고개를 돌렸을 때 나는 그제야 그에게서 술냄새가 나는 걸 느꼈다.

─나 지금 별거중이야.

─자네 술 먹었군. 음주운전 아냐?

─걱정 마, 운전에는 십 년 도사니까.

차가 다시 앞으로 빠져나갔다. 나는 그와 똑같은지 다른지는 아직 잘 몰랐지만 하여튼 내 경우에도 실패를 해본 경험이 있어서 그의 말에 관심을 가지기 시작했다.

─애들은?

─딸 둘, 저희 에미가 데리구 있지.

나는 그의 얘기를 기다렸다. 그가 갑자기 맥을 탁 풀어놓듯이 내뱉었다.

—난 망했어. 쫄딱 망했어.

—뭐하다 그랬어?

—가방 만들어 수출했지. 좋은 때두 있었는데 말야. 난 지금
도피중이야. 담배 있어? 한 대 붙여줘.

내가 불붙인 담배를 그의 입에 물려주었다. 그와 나는 정말
어린 때에 함께 놀았고 싸움도 했고 무슨 우정도 있었던 걸까.

—빚은 빚대로 잔뜩 짊어지고 노임 체불로 고발됐어. 내 앞
으루 남은 건 이 고물차 한 대야.

—부인은 그냥 집에 있나?

—이것저것 하지. 전에는 선생이었어. 그 친구 앞으루 해놨
던 건 다 살아남은 셈이지.

그는 서울 교외의 경기도 어름에 방 한 칸을 얻어서 자취를
한다고 했다. 그리고 지금 그의 생업은 시속 말로 자가용 영업
운전사였다. 전에 자기가 잘 다니던 유흥가나 호텔 근처에서
손님을 끌어 일당을 번다는 것이었다.

—주차장 아이들하구 술집 웨이터들 몇 푼 주고 기름값 떼
면 그저 혼자 밥 먹을 만하지.

나는 그에게 부인과 합치지 그러냐고 아이들 생각을 해보라
고 말했다. 빚은 두 사람이 잘살아보려고 하다가 생긴 것이니

앞으로 살면서 함께 해결할 수 있지 않겠느냐고도 말했다.

　―오늘 결정을 내리자는 거야. 도장 찍는 걸 더이상 미룰 수도 없고 그래서 자넬 생각했지.

　자동차는 다리를 건너서 강변을 따라 질주하고 있었다. 오른편으로 거뭇거뭇 고층 아파트가 흘러갔다. 간혹 불 켜진 창과 드문드문 불 꺼진 창문이 보였다. 그가 말했다.

　―자네 글쟁이 아닌가. 내 아내 설득 좀 해달라구.

　그런 일로 며칠 동안 전화를 하고 나를 불러내고 했느냐고 핀잔을 주려다가 나는 입을 다물고 말았다. 그가 손등으로 눈가를 훔쳐내고 있던 것이다. 잠시 후에 그는 진정이 되었는지 꾸민 듯한 쾌활한 투로 말했다.

　―나두 자네 독자라구. 자넨 말솜씨도 있고 나보다 깊은 생각도 있을 게야. 어쩌면 그 사람이 마음을 돌릴지두 모르지.

　차가 아파트의 밀집 지역을 지나 한적한 외곽도로로 다시 접어들었다. 새로 낸 널찍한 도로와 갓 심은 작은 가로수며 파헤쳐진 언덕이 보였고, 짓다 만 연립주택과 아파트의 시멘트 벽이며 철근과 건축자재 더미들이 보였다. 새로 지은 아파트 단지 앞의 상가 건물에 불이 훤하게 켜져 있었고 차가 붐비고 있었다. 차는 더이상 안으로 들어갈 수 없을 정도로 밀려서 도로 한쪽에 마구 세워졌고 상가 앞길은 몰려든 사람들로 가득찼다. 그가 차를 세우고 웅성대는 군중들 쪽을 난감한 듯이 내다보았다.

  ─이 시간에 뭐야, 무슨 일이야?

하고 내가 물었더니 그가 지나는 사람에게 물었다.

  ─카페 레인이 어딥니까?

  행인은 대답도 없이 차창을 힐끗 보고는 바삐 지나갔다. 우리는 차에서 내려 군중들 속으로 다가가서 인파 속에 끼어들었다. 두툼하게 옷을 입고 파카나 돕바를 둘러쓴 여자들이 손에 마호병이며 담요 가방 같은 것들을 들고 상가의 계단과 처마 밑에서 서성대고 있었다. 뭔가 차례를 기다리는 긴 줄이 늘어섰는데 복덕방 업자들이 인파 사이로 뛰어다니며 자기네 고객을 점검하는지 누구 엄마 누구 엄마를 외치며 뛰어다녔다. 분양사무실이라고 쓴 백지가 붙은 사무실 앞에는 곤색 점퍼를 입은 회사 직원이 질서, 질서를 지키시라고 연방 떠들어대고 있었다. 우리는 혼잡 속을 이리저리 비집고 돌아다니다가 다시 입구로 나왔다. 차량들은 아직도 꾸역꾸역 몰려드는 중이었다. 슬리핑백과 가방과 담요를 가진 부부들과 털모자 달린 파카를 입은 젊은 자리꾼들이 차 옆에서 흥정을 하는 게 보였다. 번호표 받고 자리를 지켜주는 데 시간당 얼마라고 또는 비싸다고 번호표만 받아달라고 아니면 표는 있고 자리만 지켜달라고 수군거렸다. 그가 먼저 레인이라고 붉은 불이 켜진 네온 간판을 보았고 나는 앞서가는 그의 뒤를 따라갔다. 몇 번이나 슬그머니 새버릴까 했다가도 그러지를 못했는데 어느 결에 나는 헤어진 아이들과 아내를 떠올리고 있었던 것이다. 트렁크에 간단한 짐을 꾸려서 밤기차를 타던 정거장이 생각났다. 나는 대합실에서 기차를 기다리면서 내가 국경을 넘어 당도해야 할 그 어느 곳에는 의무와 동지애와 뜨거운 사람의 사랑이 넘치는 새로운 땅이 있으면 좋겠다고 실없는 공상을 했었다. 그리고 기차는 밤새껏 서울을 향해 달렸고 새벽에 요란한 쇠바퀴 소리에 잠을 깼을 때, 내가 똑같은 공상을 하고 십여 년 전에 떠났던 서울이 거기 다가오고 있는 걸 보았다. 어떤 시였던가, 유리창 위에 떠오르던 몇 줄의 말. "어딘가에 아름다운 사람과 사람과의 힘은 없는가. 같은 시대를 함께 사는 친근함과 따스함과 그리고 노여움이 날카로운 힘이 되어 솟아오르는." 또는 이런 말도 있었다. "튼튼한 사나이들이 네댓 명 커다란 손을 벌리고 이야기를 하는 그런 곳은 없는가. 구름이여 물론 나는 가난하지만 괜찮지 않은가 데려가다오."

그를 따라 들어간 카페 레인은 나무벽과 벽난로와 플라스틱 나뭇잎으로 장식된 술집이었다. 칸막이 쪽에는 여자들이 앉아서 시끄럽게 떠들고 있었다. 그가 여자들 틈에서 하나를 불러내어 우리들 좌석으로 데려왔고, 나는 그가 집사람이라고 소개할 때까지 잠자코 앉아 있었다. 여자는 그냥 가볍게 내게 목례를 해 보이고는 핸드백에서 주섬주섬 서류를 꺼내어 탁자 위에 올려놓았다. 저쪽에 한 사내가 나타나 뭔가 나눠주기 시작하자 여자는 반쯤 일어섰다.

—사모님두 번호표 받으셔야죠.

그의 아내가 손을 들어 보이더니 일어나면서 그에게 말했다.

—서류 보시구요, 당신 이름 옆에다 도장만 찍으면 돼요. 그럼 저는 이만 바빠서……

그 여자가 일어선 뒤에 그는 서류를 그냥 놓아둔 채 술집 천장을 멍하니 올려다보고 앉아 있었다. 나는 화장실에 가는 척하고 술집을 빠져나왔다.

다음주에 그 동창생이라는 사내에게서 전화가 왔다. 나는 이젠 정말 귀찮아져서 그가 저녁을 사겠다는 것을 한마디로 거절했다. 그는 수화기 속에서 말했다.

—우리는 깊이 생각한 결과 다시 합치기로 결정을 봤네. 내아내도 자네에게 미안하다는군.

(1988)

만각 스님

그해 여름에 나는 글을 쓸 거처를 찾고 있었다.

십 년 가까이 끌어오던 연재소설의 마지막 장을 끝내야 했지만 도무지 일손이 잡히질 않았다. 참사가 벌어진 뒤에 나는 다른 지방에서 일 년 넘게 지내다가 광주로 돌아와 다시 한 해를 허송세월로 보냈다. 시내에 나가보아도 아는 이들은 여전히 잠적하거나 구속된 상태였다. 운좋게 화를 피하고 남게 된 사람들은 깊은 우울증에 빠져 있는 것 같았다. 우리는 서로 시선이 마주치지 않도록 조심하면서 되도록 당시의 참경에 대해서는 말하지 않으려고 애썼다. 외출해서도 누군가를 만나기가 불편하던 시절이었다. 아내는 내가 광주의 후유증에 휘말리고 뭔가 새로운 일을 벌이게 될 것을 염려했다. 최군이 서울에서 내려와 있었고 아내는 그에게 내가 집필할 마땅한 장소를 알아봐 달라고 부탁했다. 그가 찾아낸 곳은 담양에 있는 절집이었다. 담양은 광주에서 차로 삼십 분밖에 걸리지 않았고 영산강 상류의 제법 너른 개천과 왕대밭이 어우러진 조용한 읍이었다. 나는 이삿짐을 용달차에 싣고 최군과 함께 담양에 갔다. 이삿짐이라야 책상으로 쓸 접이식 플라스틱 밥상과 자료와 책과 책장이 전부였다. 읍내 끝자락의 다리 건너편 언덕 위에 그 절이 있었다. 오솔길 모퉁이에 '호국사'라는 작은 나무 팻말이 걸려 있었다. 나는 소리 내어 절 이름을 읽어보고는 말했다.

지킬 호護에 나라 국國이라, 어쩐지 제목이 수상한데?

최는 그냥 무심하게 대꾸했다.

호국불교라는 말두 있잖아요.

트럭은 숨가쁘게 매연을 토하며 가파른 언덕을 올라가 절 마당에 들어섰다. 초입에 있는 방 한 칸짜리 집에서 스님이 나왔다. 연이어 나란히 붙어 있는 한옥의 대청마루에서 풍채 좋은 할머니가 내다보았고 부엌에서는 허리가 굽은 할머니가 고개를 내밀었다. 절의 요사채라기보다는 남도 어디에나 있는 일자한옥의 살림집으로 보였다.

앞서 찾아왔던 최군이 나를 스님에게 소개했고 나는 그와 마주서서 어색한 합장으로 인사를 주고받았다. 나중에 알았지만 이곳은 원래 대처승 절집이었다는데 주승은 죽고 그의 안사람이 권리를 물려받았다. 작은 보살이라 부르는 몸매가 뚱뚱하고 후덕하게 생긴 육십대 초반의 할머니가 이 절의 주인인 셈이었고, 공양주 보살이라는 칠십대의 꼬부랑 할머니가 부엌살림을 맡고 있었다. 이 절의 유일한 승려는 이제 갓 환갑을 맞은 만각이라는 중이었는데 작은 보살이 그를 모셔다놓았다고 했다. 암자라고는 해도 읍내 안에 있어서 재를 지내거나 치성 드리려고 오는 신도들도 제법 끊이질 않아서 이들 두 할머니와 스님의 말년이 고생스러울 것 같지는 않아 보였다. 아, 식구가 하나 더 있는 걸 빼먹을 뻔했다. 복실이란 아홉 살 먹은 계집아이가 살림집에서 두 할머니와 함께 살았다.

내가 기거할 집채는 살림집 옆의 법당인 극락보전과 기역자처럼 엇갈려서 마당과 절 입구를 향하고 있었는데, 창호지 바른 방문 넷이 보이고 앞에는 툇마루가 길게 일직선으로 달려 있었다. 이 집채의 방은 모두 네 칸인데 내가 쓸 방은 오른쪽의 방 두 칸을 튼 상하방이었다. 두 방 가운데 미닫이가 있었지만 좌우로 열어두고 한 방처럼 쓰게 되어 있었다. 내 방 옆의 두 방들은 빈방이었다. 말하자면 이곳이 그야말로 손님이나 승려들이 기거할 요사채의 꼴을 하고 있었다. 얼핏 듣기로는 그전에 고시생이나 입시생이 더러 기숙을 했다고 한다. 툇마루의

널판이 아직 거칠고 기둥도 나무색이 선명하니 아마도 절집이 조성된 뒤 가장 나중에 지었을 것이다.

최군과 내가 이삿짐 중에 가장 큰 책장을 맞들어 방안에 들여놓으려고 쩔쩔매는데 스님이 달려들어 방문을 좌우로 활짝 열어젖히고는 우리를 거들어주었다. 책장을 비스듬히 기울여서 간신히 문지방을 넘어갔다. 책을 꽂고 책상을 펴놓고 트렁크에서 옷가지를 꺼내어 벽에 대충 걸고 나니 어느 틈에 저녁때가 다 되었다. 읍내도 살필 겸해서 최군을 배웅하려고 함께 절 경내를 나서려는데 살림집 앞의 평상에 앉았던 스님이 말했다.

공양 들지 않고 어디 나가시오?

네, 오늘은 읍내 나가서 먹을라구요.

스님 옆에 앉았던 작은 보살과 부엌문 앞에 섰던 공양주 보살이 차례로 말했다.

선생님은 이제 매일 자실 테지만 손님두 절밥 한번 잡숴보구 가요.

시방 표고랑 가죽잎 맛나게 튀겨놨어. 손두부도 지져놓고, 오늘 찬이 걸은디.

우리는 그저 웃어 보이며 가볍게 고개 숙여 감사를 표하고 얼른 언덕길로 접어들었다. 언덕을 내려가 다리를 건너자마자 뚝방을 따라서 오일 장터가 나오고 상가와 식당이 늘어선 중앙통이었다. 거처를 찾아주고 이사까지 도와준 최군을 그냥 보낼 수는 없어서 광주까지 알려진 떡갈비 전문 식당에 들어가 앉았다. 소주를 마시면서 나는 조심스럽게 물었다.

그 친구 잘 있지?

나는 윤의 서울 은신처를 아내가 주선한 것을 알고 있었고 최가 그의 마지막 행적을 잘 알고 있으리라 생각했다. 윤은 이미 동료들의 도움으로 마산에서 밀항선을 탔고, 언젠가 아내는 윤이 무사히 미국에 도착했으니 안심하라는 말을 했었다. 최는 짐짓 알아듣지 못한 것처럼 누가요, 하는 표정을 지었다. 나는 하는 수 없이 그의 별호를 말했다.

합수 말야.

강이나 냇물이 합친다는 한자겠지만 전라도 곁말로 합수는 뒷간 거름을 뜻하는데 윤이 스스로를 잔뜩 낮춘 별명이었다. 최는 긴장한 표정으로 변하면서 얼른 주위를 둘러보더니 우리와 조금 떨어진 곳에 앉은 손님 서넛을 확인하고는 다시 시선이 내게 돌아왔다.

건강하게 잘 있대요.

짧게 대답한 그가 내 술잔을 채웠다. 서로 잔을 가볍게 부딪치고 동시에 마셨다. 최가 화제를 바꾸려고 딴소리를 했다.

인철이형이 입원했답니다.

김인철은 상원이가 죽던 날 도청에 함께 있었다. 그는 옆방에서 창문 전방을 지키고 있다가 계엄군이 들이닥치자 칼빈 총을 층계 아래로 던지고 기어 내려갔다. 군인들이 사정없이 개머리판으로 그의 머리를 짓찧었다. 상무대에서 응급치료만 받았고 달포 넘도록 거친 조사를 받았다. 우리는 그가 정상이 아니라는 소문을 듣고 있었다. 지난겨울 사면 때에 중죄인을 빼고는 거의가 교도소에서 나왔는데, 그는 나오자마자 아내의 손에 이끌려 그녀의 친정집이 있는 섬으로 가서 요양을 했다. 그런 중에 몇 번이나 가출을 해서 그의 아내와 동네 사람들을 애먹였다고 한다. 육지로 나가는 부두 뱃머리에서 발견되기도 하고 산을 타넘어 갔다가 섬의 반대편에서 방황하는 그를 데려오기도 했다. 그는 언행이 좀 이상하기는 해도 주위 사람들의 얼굴은 알아보는 모양이었다.

최군을 보내고 나는 절집으로 돌아왔다. 저녁 아홉시 조금 넘었을 뿐인데 사방이 고즈넉하고 풀벌레 소리만 어둠 속에 가득찼다. 나는 모처럼 절에 왔으니 일찍 자고 일찍 일어날 생각이었다. 예불은 꼭두새벽에 일어나야 하니까 참례하지 못하더라도 아침밥은 먹을 작정이었다. 일곱시쯤이라면 속세에서 출근하기 전에 아침 먹는 시간이지만 절에서는 늦은 시간이다. 나는 아침밥을 일주일에 두세 번 먹을까 말까 하면서 지내다가 나중에는 그나마 그만둬버렸다. 역시 일상에 익숙해지면서 올빼미 같은 평소의 생활습관으로 되돌아간 것이다. 열시쯤에 나는 침실로 정한 상하방의 아래 칸에 자리를 펴고 누웠다.

호국사에서의 첫날 밤, 아마 새벽 두시가 넘었을 것이다. 소변이 마려워서 저절로 잠이 깼다. 사방이 캄캄한데 형광등의 점등 줄을 잡으려고 허공을 휘저어보다가 그냥 창문을 밀고 툇마루로 나섰다. 툇마루 아래 섬돌에 발을 딛는데 잠결에 잘못 디뎠는지 삐끗하면서 그대로 땅바닥에 나뒹굴었다. 일어서려니 발목에 힘이 빠지고 아파서 땅을 디딜 수가 없었다. 변소는 그 집채의 왼편 끝에 있었다. 처마밑에 잇대어 달아낸 헛간이었다. 안에는 목물을 할 만한 넓적한 구둘돌을 놓았고 함지도 있어서 나는 여름내 거기서 땀을 씻었다. 맨 안쪽 구석에 쪽문이 있는데 그게 변소였다. 헛간 문을 열었다가 어둠 속에서 전구를 어떻게 켤지 몰라 얼른 포기하고 돌아서서 풀숲에 오줌을 누었다. 그리고 절뚝거리며 방으로 돌아와 다시 잠들었다. 아침에 일어나니 발목이 부어올라 복사뼈가 펑퍼짐해 보일 정도였다. 조금만 움직여도 욱신거리고 통증이 느껴졌다. 내가 툇마루를 내려와 깨금발로 껑충거리며 외발뛰기를 하다가 잠시 쉬고 다시 그러는 양을 보고 만각 스님이 쫓아와서 부축해주었다. 그는 나를 평상에 앉혀주었다.

아니 어쩌다가 이리되었소?

간밤에 변소 가려다 섬돌을 잘못 디뎠어요. 택시 좀 불러주십시오.

스님은 읍내 차부로 전화를 걸고 나서 혼잣말처럼 중얼거렸다.

하여튼 여기 터가 쎄요.

제가 실수로 넘어졌는데 그게 무슨 말씀이세요?

했지만 그는 더이상 아무 말이 없었다. 통증도 견딜 수 없었지만 발목의 겉모양으로도 심상치 않아 보여서 나는 병원에 가서 엑스레이라도 찍어볼 작정이었다.

내가 절뚝이며 집에 들어서자 아내는 놀란 모양이었다.

좀 삔 거 같아. 별건 아닐 거요.

아내와 함께 시내 중심가에 있는 대학병원으로 갔다. 평소에 잘 아는 의사가 있어서 그의 주선으로 진찰도 받고 엑스레이도 찍었다. 결과가 나왔는데 골절이라고 했다. 발목을 삐끗한 것 치고는 제법 중상을 입은 셈이다. 발목이 부러졌다고 말하면 모두들 놀랄 테지만 사실은 뼈에 살짝 금이 갔다고 한다. 깁스를 하고 달포쯤 지나서 다시 경과를 보자고 했다. 어제까지 멀쩡하던 사람이 갑자기 한쪽 다리에 석고 덩어리를 매달고 목발까지 짚게 되었다. 진찰과 치료가 끝나자 아내는 갑자기 생각난 듯 병원 로비에서 걸음을 멈추었다.

참, 김인철씨가 입원했다던데.

우리는 원무과에 문의해서 그의 병실을 찾아갔다. 신경정신과의 병실 번호를 확인하고 아내가 먼저 문을 빼꼼히 열고 안을 들여다보았고 안에서 오메, 하는 소리가 들리더니 인철의 아내가 쫓아 나왔다. 그녀는 먼저 내게 인사를 했다.

선생님 이게 무슨 일이래요. 어디 다치셨어요?

아내가 내 대신 말했다.

넘어져서 골절됐답니다. 인철씨는 어때요?

그냥 그렇죠 뭐. 들어가보셔요.

그녀는 물기가 가득 고인 눈으로 우리를 바라보더니 가만히 말했다.

뭐라고 엉뚱한 소릴 해도 그저 그러려니 하세요.

인철은 우리가 들어서자마자 대뜸 쾌활한 목소리로 반겼다.

아이고 형님, 형수님 나 데리러 오신갑네. 내 얼른 인나서 도청에 나가야 허는디. 상원이 양현이 다들 지키고 있지라?

나는 그제야 그가 거의 멀쩡한데 약간 이상하다는 말이 무슨 소린지 눈치를 챘다.

다들 잘 있다네. 남 생각 말구 우선 자기가 건강해져야지.

의사도 그라고 저 사람도 그라는디 내가 아프다는 것이여. 이렇게 멀쩡한디 참 답답해 죽겄소. 도청을 지키러 가야 허는디.

　나는 그의 시간이 어디에서 멈춰 있는지 뒤늦게 알게 되었다. 멀쩡해 보이는 그가 이 병동에 누워 있는 까닭이 무엇인지. 아내가 뒷전에 섰다가 그에게 말도 건네지 못하고 밖으로 먼저 나갔고 그의 아내도 뒤를 따라 나갔다. 병실 안에는 나와 환자만 남았다. 그가 갑자기 내 손목을 꽉 움켜쥐더니 웃는 얼굴로 다급하게 여러 가지를 한꺼번에 물었다.

　우리가 이겼지라? 계엄군이 광주서 철수했겠지요? 서울하구 부산 시민들이 들구일어나지 않았습디여? 아믄 내 그럴 줄 알았다 그 말이오.

　나는 그의 억센 손아귀에서 내 손을 간신히 빼내고 한 걸음 물러서며 얼버무렸다.

　모두들 자네만 기다리구 있네.

　도망치듯 병실을 나서는 내 뒤통수에 대고 그가 외쳤다.

　형님, 상원이한테 내가 꼭 도청에 나간다고 전해주쇼!

　절의 하루는 새벽 세시 무렵의 예불로 시작된다. 나는 만각 스님의 수행 정도가 그리 높다고는 생각하지 않았지만, 비가 오나 눈이 오나 항상 같은 시간에 일어나 하루도 빠짐없이 예불을 드리는 것만으로도 훌륭하다고 생각했다. 그는 보통 새벽

세시면 일어나는데 먼저 절 경내의 곳곳을 돌면서 염불을 하고 법당에 들어가 예불을 올렸다. 절에 머물던 초기에 몇 번 새벽 예불에 참례했던 적이 있다. 공양주 할머니도 그때쯤 일어나 세수를 말끔히 하고 스님과 함께 예불을 올렸다. 작은 보살은 며칠 걸러 한 번씩 참례하는 모양이었다. 나는 처음에는 범종을 때리는 소리가 들리면 잠이 깼다가 다시 잠들곤 했으나 나중에는 꿈결처럼 법당의 목탁 소리를 들으면서 내처 잤다.

나는 늘 스님과 겸상을 하여 밥을 먹었다. 우리는 마당의 평상에서 먹고 두 보살 할머니와 복실이는 대청마루에서 먹었다. 처음 겸상을 하던 아침에 서로가 통성명을 하던 자리였다.

만각입니다.

나는 그의 법명을 따졌다.

그러니까 만 자가 무슨 만입니까?

늦을 만晩입니다.

늦을 만에 깨달을 각覺이로군요.

스님은 빙그레 웃으면서 말했다.

별로 깊은 뜻은 없고요, 말 그대로 늦깎이라는 소리지라. 사십 넘어서 중이 되었은께.

내가 스님과 매 끼니를 함께 먹다보니 허물없는 사이가 되었지만, 만각은 평소에 불교를 믿으라든가 불법에 대한 얘기를 한 번도 꺼낸 적이 없었다. 그는 여염의 평범한 시골 노인처럼 세속적이어서 어쩌나 보려고 내가 불경에서 주워들은 유마거사나 지장보살의 일화를 지껄이면 잠자코 듣기만 하다가 대꾸했다.

원래 배운 것도 없고 무식해서 불경을 제대로 읽은 바가 없지요. 절집에 들어와서 그래도 밥값이나 하려고 염불만 몇 가지 외웠습니다.

그러니 불경 얘기를 시켜본 내가 무색할 정도였다. 절에 간 지 한 열흘이나 되었을까, 만각은 밥을 먹고 상을 물린 자리에서 비로소 내 발목 부상에 대하여 얘기를 꺼냈다.

그만하기가 참 다행입니다. 여기 절터가 워낙 드센 터라서요.

지난번에도 그러시던데 그게 무슨 얘기예요?

여기가 원래 육이오 때 격전지라오.

그게 무슨⋯⋯

상관이냐고 물으려는데 스님이 턱짓을 하면서 말했다.

조 아래 내려가보슈. 거기 뭐가 있나.

평상에서 일어나 축대 아래를 내려다보니 작은 전각 한 채가 보였다. 절 입구에서 돌계단으로 내려가면 작은 마당이 나오고 맞은편에 전각이 있었다. 보통은 지장전이나 칠성각이 있기 마련인데 '충혼각'이라는 현판이 보였다. 숲속에는 충혼탑도 세워져 있었다. 전각으로 가까이 가서 찢어진 창호지 틈으로 안을 살펴보니 검은 바탕에 흰 글씨로 쓴 위패가 줄줄이 꽂혀 있었다. 평상으로 돌아가 만각에게 물었다.

저게 다 누구의 위패입니까? 백 개 가까이 되는 것 같은데요.

담양에서 전사한 전투경찰들이오. 담양군 현충일 행사를 해마다 우리 절에서 합니다.

그러면 전에는 절 이름이 호국사가 아니었나요?

작은 보살님이 아시겠지요. 호국사는 영령들을 모시고 나서 붙은 이름이니께.

나는 만각 스님이 터가 세다고 하던 말의 의미를 어렴풋이 알 것 같았다. 나는 궁금증을 참지 못하고 확인하듯 물었다.

스님 말씀은 여기 터가 센 것은 죽은 사람이 많기 때문이고, 그래서 내 다리가 부러졌다는 말씀이 되겠네요?

하여튼지 그런 일이 종종 있어서요. 낭중에 찬찬히 얘기해보십시다.

그는 나를 궁금하게만 만들고 더이상 말하지 않으려고 했다.

다시 한 달쯤 지난 뒤에, 내가 광주에 나가서 깁스를 부수고 목발까지 내던지고 홀가분하게 되었을 무렵이었는데, 스님은 출타했고 두 보살들만 평상에 나와 앉아 있었다. 가끔씩 올라와 텃밭 농사일도 돕고 절 안팎의 잡일을 도맡아 하는 김씨가 베어온 강낭콩을 두 할머니와 복실이까지 모여 앉아 까고 있었다. 나도 마당에 나섰다가 그 틈에 끼어 앉았다.

요놈을 밥에 놔 묵으면 겁나게 맛있지라.

공양주 할머니가 합죽이 입을 이죽이며 웃었고 작은 보살이 덧붙였다.

콩 까고 앉았으면 왼갖 잡생각이 읊어진당게. 요것이 시집살이 시름도 달래주었다는 일인디.

나는 공양주 할머니 옆에 찰싹 붙어앉아 있는 복실이에게 이름을 알고 있으면서도 말을 시켜보려고 물었다.

너 이름이 뭐냐?

계집아이가 그냥 고개를 숙이고 키드득거렸다.

복실이여. 임복실이라구 말혀라.

작은 보살이 일렀지만 아이는 대답 없이 다시 키득 웃기만 했다.

너 뉘 집 딸이냐?

내가 다시 물었더니 두 할머니는 잠자코 콩만 깠다. 김씨가 절 뒷마당을 돌아나오는데 지게에는 햇고구마가 가득 담긴 함지가 얹혀 있었다.

맛보시라고 앞 고랑만 조금 캐봤어라.

물김치하구 고구마는 천생배필인디 오늘 점심은 별식이 되겠네.

공양주 할머니가 고구마를 간수한다고 부엌으로 움직이자 복실이도 얼른 따라갔다. 나와 함께 콩을 까던 작은 보살이 말했다.

저애가 여섯 살에 여기 왔어라. 누가 사정해서 맡았는디 기르다본께 손녀같이 정이 듭디다.

작은 보살은 부엌 쪽을 한번 살피고 나서 목소리를 낮추어 말했다.

쟤 애비가 감옥 갔는디, 에미는 도망가불고.

김씨가 와서 일하는 날은 막걸리가 상에 오르는 날이었다. 김씨는 공양주 보살을 큰어머니, 작은 보살을 작은어머니라고 불렀다. 주지가 살아 있을 적에 절에서 자란 그는 지금은 아랫마을에서 농사를 지으며 살고 있었다. 자기 땅이 많지 않으니 농사 이외에 구들 놓는 미장일부터 목수일이나 지붕 고치기 같은 각종 허드렛일로 생계를 잇는다고 했다. 또한 그는 절의 땅을 부쳐 먹으면서 땔감을 장만하는 등의 잡일을 거들었다.

만각 스님은 출타했다가도 저녁밥 때가 되면 반드시 돌아오곤 했는데, 그날도 여섯시쯤에 비탈길을 올라왔다. 스님과 나와 김씨가 함께 저녁상을 받았고 큼직한 막걸리 주전자가 상 옆에 곁달아 나왔다. 우리는 막걸리 잔을 서로 권하고 마시기를 거듭했다. 식사를 마치자 술배까지 불러서 그야말로 사지를 움직이기가 거북할 정도였다. 김씨는 상을 들어다 부엌에 갖다 주었고 스님과 나는 평상에 앉아서 바람을 쐬었다. 내가 깁스를 떼어낸 것을 보고 스님이 물었다.

어째 이젠 걸을 만하슈?

아직은 조심해야 한답니다. 그래도 부지런히 걷기 연습을 해야죠.

참 그만하기가 다행이라니께.

스님은 그날따라 곡차에 흥이 났던지 말이 많아졌다.

여기 터가 세다고 전에 내가 말했지요? 빈방이 많아도 손님을 받을 수가 없지요. 학생도 두엇 하숙을 쳐봤고 고시생도 있었는디 모두 못살겠다고 도망가불고. 선생님이 워낙 대가 쎄신 모양이여.

왜, 뭐가 나타나서 혼을 냅니까?

나는 그저 농담조로 물었건만 스님은 이제 망설이지 않고 얘기를 시작했다.

밤마다 가위도 눌리고 하숙하던 학생은 아침에 코피를 줄줄 흘리며 뛰쳐나와선 그대로 보따리 싸서 내빼기도 했지라우.

나야 섬돌을 헛디뎌서 다리가 좀 심하게 삐었다 치고, 다른 이들은 아마도 혼자 적적하게 절집에서 지내다보니 꿈자리가 사나웠던 게 아니냐고 스님의 이야기를 자르려는데, 그는 고개를 흔들며 절대로 허튼소리가 아니라는 거였다.

만각은 영광 불갑사에서 머리를 깎고 출가했다. 그 절에서 십여 년 동안 불사를 도우며 지내다가 누군가의 소개로 이 절에 주승 대신 오게 되었다. 만각 스님이 지금 쓰고 있는 단독 별채는 나중에 김거사와 함께 지은 것이라고 했다. 스님은 처음 이 절에 왔던 날 바로 내가 묵고 있는 그 방에서 자게 되었다. 깊은 밤에 문득 방문이 열렸다. 꿈결인지 잠결인지 방문을 열고 선 검은 것을 보았고 목소리도 분명했다. '스님 밥 좀 줘요.' 검은 것이 말했다. 만각은 잠결에 '부엌으로 가야지 왜 여기 와서 밥을 달래?' 하다가 얼핏 잠이 깼다. 방문은 휑하니 열려 있고 사방은 캄캄했다. 그런데 뇌리 속에 선명하게 그 검은 것의 모습이 남아 있었다.

내가 배추머리를 잘 알제. 옛날에는 옆머리를 치깎았는디 그냥 놔두면 우게서 자라갖고 덥수룩하게 덮이거던. 그거이 배추머리랑게. 산사람덜 머리가 다 그 모양이여.

나는 만각이 말하는 산사람이 무엇을 의미하는지 대번에 알아들었다. 이 고장 사람들은 빨치산을 산山사람이라고 했다. 중이건 빨치산이건 입산자라고 부른다. 꿈이 어찌나 생생하던지 잠이 깨버린 만각은 마침 예불 때도 되어서 옷 입고 마당에 나가 이곳저곳 돌아다니며 목탁 치고 염불을 올렸다. 이튿날 다시 그 방에서 잠들었는데 전날과 같은 무렵에 배추머리가 또 나타났다. 이번에는 방문 앞에 서 있는 게 아니라 성큼성큼 방 안으로 들어와 그의 배 위에 걸터앉아 목을 졸랐다. '밥 줘, 밥 좀 줘.' 만각은 혼신의 힘을 다하여 에잇, 하면서 그를 뿌리쳤 는데 깨어보니 상반신을 곧추세우고 일어나 앉아 있었다. 온몸 에 땀이 흥건했다. 그는 아침 일찍 봇짐을 싸고는 두 보살에게 떠나겠다는 말을 꺼냈다. 아무래도 자기와 이 절집이 맞지 않 는 것 같다고 했더니, 보살들은 '스님 왜 그려? 스님 무슨 일이 여?' 하며 말렸다. 그가 하는 수 없이 이틀 동안 겪은 일을 말 하자 공양주 보살 할머니가 픽 웃으며 말했다.

뭘 그깟 일 갖고 그려. 내가 구진 날 아궁이 앞에 불 때고 앉 았으면 젊은 아낙이 애 업고 나타나 부엌문 옆에 지대서는, 할 무니 밥 좀 줘요오 그라는디. 그라면 내가 네끼년, 너 줄 밥이 어딨냐 하믄 쓰윽 옰어지더만. 머 애덜도 나타나고 영감 할멈 도 나타나.

그런 얘기를 듣고 나서 만각의 뇌리에 문득 스치는 생각이 있 었다. 호국사는 담양에서 전사한 전투경찰의 혼령을 모신 절이 라 현충일 행사도 맡아 하는데, 나라에서는 그렇다 치더라도 절 집에서야 차별 없이 먹여야 할 것이 아닌가 하는 생각이었다.

경찰이 죽었다고 비석까지 세웠는디 빨치산이나 민간인덜은 또 월매나 죽었으까. 오른손잽이만 밥 주고 모셔주는디 오여손잽이들도 밥을 줘야 헌다 이거여.

만각은 절을 떠나는 대신 밥을 함지 가득 퍼놓고 숟가락을 몽땅 쓸어다 꽂아놓고는 향 피우고 목탁 때리며 재를 올렸다. 그러고 나서부터는 신기하게도 별탈이 없게 되었다. 만각 스님은 이제 해마다 군의 현충일 행사를 치른 다음날에는 작고 조촐하나마 절 식구들이 떡도 하고 제물도 차려 또다른 넋들을 위한 재를 올린다고 했다.

나는 만각 스님의 이야기를 들으며 어쩐지 가슴이 저린 듯한 느낌을 받았다. 나는 베트남 전장에서 집중 포격이 휩쓸고 지나간 마을을 지나며, 부패가 시작된 주검들 위에 검은 얼룩이 되어 덮여 있거나 구름처럼 허공에 맴도는 거대한 파리떼를 보면서 귀신은 없다고 생각했었다. 매복 초소에서 동이 틀 무렵, 최후 저지선 앞에 널브러진 시신들의 구멍 틈으로 들락거리는 들쥐떼나 도마뱀의 오글거리는 움직임을 관찰하며 다시 중얼거리곤 했다. 정말, 귀신은 있을 수 없다. 그런데 집에 돌아온 후로 불면증에 시달리며, 무엇인지 모를 초조한 강박증 때문에 아무 일도 못하고 방안을 서성대거나, 무작정 외출해서는 아무 목적도 없이 차 한 잔도 마시지 않고 같은 길을 빠른 걸음으로 몇 번이나 왕래하다가 숨가쁘게 귀가하던 그런 나날이 이어졌다. 그런 어느 날엔가 낮잠에 빠져 있다가 아우가 방에 들어와 내 팔을 밟고 지나갔고 나는 자다가 일어나서 화병을 집어 그애의 머리를 내려쳤다. 그러한 날에 나는 귀신이 있을지도 모른다고 생각했을 것이다.

나는 책상 앞에 앉아 일하기 전에 불을 끄고 어둠 속에서 생각했다. 내가 살아오면서 겪은 일들이며 쓰려고 하는 이야기가 당신들 같은 이들의 삶과 죽음을 위한 것이리라. 그러니 나를 조금 도와줬으면 좋겠다. 내가 아무것도 두려워하지 않고 당신들을 정면으로 바라보게 되기를. 그러고 나니 마음이 가라앉고 차분해졌다.

장맛비가 추적추적 내리고 있었다. 나는 방문을 열고 앉아서 앞마당의 벚나무 잎사귀에 떨어지는 빗줄기를 내다보고 있었다. 복실이가 학교에서 돌아오는지 작은 몸을 웅크리고 비탈길을 올라왔고 대청마루에서 내다보고 앉았던 만각이 냅다 고함을 질렀다.

아니 저것은 우산도 없이 핵교에 갔단 말여?

복실이의 머리카락은 젖어서 찰싹 달라붙었고 셔츠와 치마도 흠뻑 젖어서 꼭 비 맞은 참새 꼴이었다. 곁에 있던 작은 보살이 말했다.

우산 줘서 보냈는디 어따 내버렸디야. 너 우산 어쨌냐?

복실이가 대답을 못하고 처마밑에 섰는데 작은 보살이 다시
물었다.

우산 잃어뻔졌냐?

복실이가 고개를 끄덕였다. 만각이 다시 호통을 쳤다.

저런 못난 년이 있나. 그 우산이 얼마짜린데 잃어뻔져야? 저
년 집에 못 들어오게 해야 혀.

부엌에서 공양주 보살이 나오더니 복실이의 손목을 잡아끌
고 가려 했고 만각은 급히 고무신을 신고 마당으로 내려서서
그 손목을 잡아챘다. 나는 물끄러미 내다보고 있다가 조금씩
조바심이 생겨서 문턱으로 바짝 다가앉았다. 만각이 두리번거
리다가 싸리비를 집어들더니 사정없이 복실이의 등짝을 때렸
고 계집아이가 주저앉았다. 그런데 놀랍게도 아이는 비명을 지
르거나 달아나지 않고 그 자리에 주저앉은 채로 입을 앙다물고
참았다. 만각이 몇 번 더 복실이의 등짝을 때리자 나는 저도 모
르게 방문을 나서서 툇마루에 선 채로 그를 바라보았다. 만각
은 나와 눈길이 마주치자 뭐라고 끝없이 욕설을 내뱉으며 돌아
섰고 공양주 할머니가 울음을 터뜨린 아이를 데리고 부엌 안쪽
으로 피해버렸다. 나는 속으로 꽤나 분개했다. 아니, 스님이란

작자가 그까짓 우산 하나 잃어버렸다고 어린애를 저렇듯 과도하게 야단치고 때리기까지 하다니, 너무 심하지 않은가. 새벽마다 예불 올리고 불경 외는 것도 다 쓸데없는 짓처럼 보였다.

그날 저녁까지 비가 와서 대청에 올라앉아 만각과 겸상을 받았다. 나는 못마땅한 감정이 삭지 않아 그와 말을 나눌 기분이 아니라서 묵묵히 밥만 퍼먹었다. 저녁 밥상을 물리고 녹차를 마시면서 한담을 나누는 때가 되어서도 나는 만각에게 말을 걸 기분이 아니었다. 그런 분위기를 눈치챘는지 만각은 잠잠히 앉았다가 먼저 얘기를 꺼냈다.

복실이 저 지지바를 데꼬 온 것이 나요. 교도소 봉사 나가시는 노스님이 당부혀서 최고수를 한 사람 맡았는디, 그 딸이 복실이요.

최고수라면……

암만, 사형수지라. 발써 몇 해 전에 갔구먼요.

어느 야채장수가 있었다. 그는 김장철이면 트럭을 몰고 고랭지 배추밭을 돌면서 밭떼기로 입도선매를 하고 다녔다. 실하게 잘 자란 배추밭을 선금 주고 도맡아두었는데 나중에 다시 가니 밭주인은 다른 장사꾼에게 좀더 좋은 값으로 넘겼다면서 딴소리를 했다. 두 사람이 밭고랑에서 말다툼하다가 야채장수가 홧김에 발치의 괭이를 집어들고 밭 주인을 찍어버렸다. 홧김에

410

눈이 뒤집혔던 야채장수가 제정신을 차리고 보니 상대는 머리가 깨져 죽어 있었다. 그는 황급히 주검을 부근 야산에 묻어버리고 달아났다. 먼 데서 이 광경을 본 목격자가 있어서 그는 이내 잡혔다. 그는 교도소에서 불교에 입교했고 만각은 노스님의 소개로 한 달에 한 번씩 면회를 다녔다. 광주 참사가 있고 나서 전국 교도소의 사형수들을 일제히 처리할 무렵에 그는 처형당했다.

교도소에서 통보가 와갖고 마지막 입회를 갔는디, 염불해주고 작별하려니 주소를 알려줍디다. 즈이 딸을 절에서 키워달라고 두 손 모으고 어찌나 간절하게 부탁을 허든지.

스님이 애를 너무 야단치는 것 같아서 좀 안쓰럽던데요.

나는 그쯤 말하고 화제를 바꾸고 싶었지만 만각은 어쩐지 분한 표정으로 말했다.

친척집에서 애를 찾아 델꼬 왔는디, 눈칫밥을 먹어 그런가 지지바가 거짓소리도 잘허고 바른 구석이 읎당게.

나는 더이상 끼어들기 싫어서 대꾸하지 않았다. 늘 밥을 함께 먹다보니 허물이 없어진 탓도 있겠지만 복실이 때문에라도 나는 그가 스님으로 여겨지지 않았다.

귀뚜라미가 풀숲에서 울기 시작하고 고추를 걷을 무렵이 되었다. 무더위가 아주 가신 것은 아니었으나 저녁에는 제법 선선한 바람이 불어와 내 방 앞 툇마루에 앉아 있기가 좋았다.

어느 날 자고 일어나니 온 나라가 떠들썩할 정도로 큰일이 벌어져 있었다. 신문 방송은 그 일로 며칠 동안 시끄러웠다. 대한항공의 여객기가 소련 전투기의 미사일 공격을 받고 바다에 추락했다. 뉴욕을 출발한 비행기는 알래스카의 앵커리지 공항에서 급유한 뒤에 지정 항로인 일본의 북해도를 비스듬히 날아와 동해 영역으로 들어서게 되어 있었다. 그런데 자동 항법 장치가 되어 있을 여객기는 웬일인지 예정 항로를 벗어나 소련 영공인 캄차카와 사할린스크를 통과하는 길로 잘못 접어들었다. 같은 항로에 미군의 정보 수집기가 가끔 출몰했는데 같은 보잉 기종이었고 소련의 극동 공군은 기다렸다는 듯이 전투기를 출격시켰다. 그들은 여객기를 정보 수집 비행기로 착각했다는 것이다. 이 산속의 작은 절에도 텔레비전이 있어서 뉴스는 날마다 더욱 자세한 소식을 전했다. 나중에는 잔해가 발견된 수역까지 사망자의 유가족들이 배를 타고 찾아가 울며불며 거친 파도에 화환을 던지고 작별하는 장면까지 방송 화면에 나왔다. 나는 화염에 싸인 여객기와 그 안의 승객들의 비명이며 마지막 참경을 떠올렸고, 동시에 여객기의 꼬리날개에서 명멸하는 불빛을 추적하던 전투기의 조종사를 생각했다. 발사를 결심한 조종사의 군은 얼굴과 버튼을 누르는 그의 손가락 동작이 생생하게 그려졌다.

불공을 드리러 왔는지 아낙네들이 여럿 보이고 마당에는 아이들이 뛰어다녔다. 그런 날은 내 방에서 혼자 밥상을 받게 되었다. 공양주 보살 할머니가 구부정한 걸음걸이로 내 방 앞까지 오더니 목소리를 낮추어 말했다.

오늘은 김거사랑 여그서 공양 자시우. 육것도 있응게 막걸리도 한잔 드시구.

김씨가 상을 들고 마당을 건너왔고, 공양주 보살이 막걸리 주전자와 삶은 닭 한 마리를 면보로 덮어 쟁반에 받쳐들고 뒤따라왔다. 할머니는 마루 옆에 서서 닭을 먹기 좋게 찢어주고 돌아갔다. 나는 막걸리를 김에게 먼저 따라주었다. 그는 평소에 말이 별로 없는 사람으로 나와 먼발치에서 눈이 마주치면 빙긋 웃어 보이는 것이 고작이었다. 내가 먼저 인사로 몇 마디 말을 걸어야 할 것 같았다.

누가 작정하고 큰 불공을 드리는 모양이죠?

예, 광주서 왔다는디 부자랍디다.

김씨는 거기까지만 말하고 아는 바도 별로 없는 눈치였다. 건너다보니 요사채 살림집에는 손님들이 가득했고 평상에서는 가사장삼 차림의 스님들 둘이 만각과 함께 저녁을 먹고 있었다. 아마도 큰 행사가 있으면 이웃 절의 스님들께 응원을 청하는 모양이었다. 복실이가 보자기에 싼 것을 들고 와서 김에게 내밀었다.

떡이래요. 집에 갖다주라고요.

김은 돌아서려는 복실이를 부르더니 작업복 주머니를 뒤적여 천원짜리 한 장을 꺼내어 내밀었다.

너 맛난 거 사 묵어라.

복실이는 얼른 받더니 우리가 보는 데서 딱지처럼 네모나게 돈을 접어 손에 꼭 쥐고 마당을 건너갔다. 김이 바라보고 앉았다가 말했다.

애들 적에는 학교 앞에 주전부리가 너무 먹구 싶더먼요.

나는 문득 생각이 나서 궁금하던 것을 김씨에게 물었다.

공양주 할머니는 가족이 없는가요?

큰어머니요? 작은어머니허구 사촌지간이지라.

아, 그렇군요.

큰어머니는 사변 때 온 식구가 변을 당혀서 사촌동상을 찾아왔다지요. 두 분이 의가 좋습니다. 지도 부모 잃고 어릴 적에 여그서 자랐지라. 스님까지 세 분이 늙마에 서로 의지해 사시니 참말로 다행이어라우.

상을 물리기 전에 그는 마지막으로 남았던 막걸리를 내 잔과

자기 잔에 차례로 따르더니 쭈욱 마셨다.

비행기가 떨어졌다더만요. 사람 죽는 거시 개미굴 쑤셔논 거나 매한가지겠지라.

그러게 말요.

김씨가 상을 받들고 건너간 뒤에 나는 어두운 방에 앉아서 그가 말했던 개미굴을 머릿속에 떠올려보고 있었다. 심심한 여름 오후에 개미구멍을 발견하면 아이들은 그냥 내버려두지 않았다. 나뭇가지로 쑤시고 파헤쳐보기도 하고 발로 밟아버리기도 하고 오줌을 누기도 하는 것이다. 이 작은 생물들은 무너진 구멍에서 기어나오고 뒤덮인 흙더미를 헤치려고 버둥대며 서로 끊임없이 더듬이로 확인하면서 살길을 찾아 움직인다. 그들에게 닥친 이해할 수 없는 불운을 받아들이며 짓뭉개진 동료의 몸을 물고 안전한 곳을 향하여 나아간다.

이튿날 나는 아침을 거르고 점심밥을 첫 끼니로 먹게 되었다. 낮에 경내가 시끄러워 빈둥거리며 하루를 보냈기 때문에 새벽까지 일을 했던 것이다. 자고 일어나 세수하러 드나드는 나를 보았던지 공양주 보살이 복실이를 시켜서 점심 드시라고 내게 전했다. 평상을 바라보니 만각 스님과 객승이 벌써 밥상을 받아놓고 나를 기다리고 있었다. 밥상 앞에 앉으니 만각이 내게 손님을 소개했다.

어제 불사가 있어갖고 도와달라고 모셔왔지라.

손님 중이 합장하며 아무개라고 제 법명을 말했고 나도 어색하게 마주 합장을 하며 인사를 했다. 이 중은 어깨도 딱 벌어지고 머리도 완전 삭발이 아니라 이부로 깎아 머리카락이 새카맣게 곤두선 것이 벌건 혈색과 더불어 매우 정력적으로 보였다. 객승은 공양중에도 끊임없이 얘기를 했다. 그는 아무개 절의 누가 성질이 개차반이라느니, 누구는 절 공사를 하면서 딴주머니를 차고 있다느니 하다가, 자기가 중앙에서 밀린 것은 바로 그놈들 모함 때문이라고 못을 박았다. 객승은 속인인 나에게도 들으라는 듯 나를 힐끔힐끔 쳐다보며 만각에게 말했다.

내가 종단 호법부에 있어서 잘 알지만 정화를 해야 할 것이 한두 가지가 아닙니다. 중의 탈을 쓰고 음주에 계집질도 허고 거기다 부조리까지 저지릅니다.

나는 어쩐지 이 중이 못마땅해서 일부러 그를 좀 건드리기로 했다.

무슨 조리를 저질러요?

아, 부조리 말입니다. 부정부패요.

스님은 계를 칼같이 지키는 모양이죠? 곧 한 소식 하시겠네요.

객승은 내 태도를 대번에 눈치챘다. 그리고 내가 이 절에 글을 쓰러 온 아무개라는 것도 만각에게서 미리 들었을 것이다.

글줄깨나 쓴다는 중들도 더러 있는데 그것들 대개 덜떨어진 것들입니다. 우리가 호법부에서 감찰 보고 있을 때 정각이란 중을 제적시킨 적이 있어요. 같잖은 소설을 썼는데 악의적으로 불교계를 비방하고 전체 승려들을 모욕했지요.

나는 그게 김성동의 「목탁조」 사건을 말하고 있음을 알아차렸다. 그는 십대 때에 자의로 출가하여 방랑승으로 아는 스님들의 연줄로 절을 떠돌아다녀서 승적에 올리지도 않았으니 무승적의 제적이었던 셈이다. 김성동은 그 일로 파계하고 환속했으며 다시 『만다라』를 써서 세간에 알려졌다.

내가 호국사에 들어오기 바로 십여 일쯤 전에 그에게서 느닷없이 전화가 왔다. 바로 이튿날이 오일팔 삼 주년이라 내가 망월동 행사에 참석할까봐 관내 정보과 형사가 아침부터 찾아오고 집에서 칩거한다는 다짐까지 받고 돌아간 직후였다. 정확하게는 원경 스님이 먼저 전화를 걸었다. 정각과 함께 광주에 내려가도 되겠느냐는 것이었다. 정각은 김성동의 절집 법명이었다. 원경은 신도가 물려주었다는 폐차 직전의 왜건을 몰고 다녔는데, 그 무렵에 거의가 차도 없고 운전도 못하던 문인들은 곧잘 원경을 운전기사 삼아 지방 나들이를 다녔다. 나는 성동이가 온다는 말에 큰일났다는 생각이 앞섰다. 광주항쟁 이래로 연재를 쉬고 있다가 겨우 다시 쓰기 시작하여 이제 마지막 한 권 분량을 남겨놓고 있던 때여서 광주 주변의 어느 절에라도 숨어버릴까 하던 참이었다. 그런데 김성동이 내려오면 사나흘은 작살이 날 것이고 그러면 틀림없이 연재는 펑크였다. 김성동의 취한 목소리가 들리자마자 나는 수화기에 대고 사정없이 야멸차게 거절하고 끊었다. 이틀쯤 지나서 나는 그들이 방향을 돌려 원주 김지하에게로 가다가 교통사고를 당했다는 소식을 들었다. 고속도로에서 중앙선을 넘은 트럭이 달려들었고 원경이 핸들을 갑자기 틀자 차는 가드레일을 받고 뒤집어지면서 논두렁에 처박혔다. 안전띠를 매지 않았던 조수석의 김성동은 머리로 앞유리창을 받고 차 바깥으로 튕겨나갔다. 나는 그뒤에 일주일쯤 지나서 목숨을 건진 성동이가 두 차례의 뇌수술 끝에 회생했다는 소식을 들었다. 그는 회복되었지만 그 맑고 깨끗하던 이마에는 굵은 흉터가 남았고, 한쪽 눈은 시력을 잃었다. 원경은 박헌영의 사생아였고 김성동은 이문구처럼 아버지가 좌익으로 처형당한 환가여손患家餘孫이었다.

나는 더이상 대꾸 없이 밥이나 먹었으면 좋았으련만 그 시대의 격정 때문이었을까, 호법하고 감찰한다는 중에게 말했다.

당신이 제적했다는 그 사람이 나하구 친한 후배요. 교통사고로 뇌수술까지 받고 사경을 헤매고 있어요.

나도 소문으로 들었수다. 그게 다 불교를 욕보인 업보니까 부처님이 천벌을 내린 거요.

객승의 의기양양한 말이 끝나자마자 어느 결에 나는 밥그릇을 들어 그의 머리를 내려쳤다. 그는 삭발한 머리에 밥알을 뒤집어쓴 채로 멍청한 얼굴로 나를 올려다보았다. 나는 평상을 박차고 일어나며 말했다.

이것도 부처님 천벌이다 이놈아. 니가 명색이 중이냐? 에라 이 나쁜 놈 같으니.

그는 등을 돌리고 마당을 건너가는 내게 외쳤다.

너 이놈, 당장 경찰에 고소할 거다. 어디 두고 봐라. 감히 스님을 폭행해?

오후 늦게 모시 도포를 걸치고 외출하는 차림새로 만각이 툇마루 앞에 와서 나를 찾았다. 서에서 사람이 왔다고 스님이 일러주었고, 형사가 평상에 앉아 있다가 일어서며 내게 인사를 건넸다.

잠깐 가시지요. 누가 좀 뵙자고 허니께.

그가 안내한 곳은 읍내 경찰서 길 건너편 다방이었다. 말끔한 양복 차림의 중년이 들어오더니 내게 명함을 내밀었다. 얼핏 보니 담양경찰서 정보과장이었다.

관내에 계시다는 말을 진작 듣고도 찾아뵙지 못했습니다. 무슨 사고가 있었다고?

우리를 안내한 형사가 어깨를 펴며 대답했다.

네, 폭행 껀으루 고소 고발이 들어왔습니다.

알았어. 가서 그 스님 모시구 와.

정보과장은 연신 빙긋빙긋하면서 내게 말했다.

이런 일이 아니라도 늘 번거로우실 텐데 조심을 하셔야죠.

나는 진심으로 말했다.

흥분했던 저의 잘못입니다. 부끄럽게 생각하고 있습니다.

이건 엄연한 폭행 사건입니다. 그만하기가 다행이지만 우리
도 입장이 참 난처하거든요. 많이 다치진 않았다니까, 사과하
고 피해자와 합의하세요.

경찰은 목격자인 만각의 진술도 들은 뒤여서 자초지종을 알
고 있었다.

수사과 일이지만 선생님은 우리가 관할하는 인사니까 제가
도와드리러 나온 겁니다.

나는 수치와 열패감으로 고개를 들 수가 없었다. 객승이 형
사와 함께 다방으로 들어와 분이 풀리지 않은 얼굴로 말했다.

내가 진단서와 고소장을 냈으니 저 사람 꼭 처벌해야 합니다.

정보과장은 말없이 앉아 있고 형사가 말했다.

뭐 알아보니 오 센치의 찰과상이라는데 일단 스님이 마음을

푸시오. 작가 선생이 반성하고 사과를 드린다니께.

객승은 펄펄 뛰었다.

아니 이 양반들이 모두 한통속이구면. 여보슈, 대한민국은 법치국가여. 이 사람 귀싸대기라도 몇 대 올려쳐야 내 분이 풀릴까 말까 한데.

정보과장이 지켜보다가 싸늘한 어조로 객승에게 말했다.

여보쇼 스님, 백양사 온 지 얼마 안 되셨지? 전에 월정사 기셨구. 호법부에는 언제 기셨나?

뭐 좀 오래됐어요.

아 그래 스님이 귀싸대기는 뭐며, 분이 풀린다는 건 다 무슨 소리요?

그거야 뭐……

과장은 자리에서 일어나며 나에게 말했다.

스님에게 사과하세요. 그리고 언제 한번 연락드리겠습니다.

그가 깔끔하게 퇴장한 뒤에 나는 자리에서 일어나 객승에게 허리 굽혀 인사하고 사과의 말을 했다.

제가 수양이 부족해서 크게 잘못했습니다. 용서해주십시오.

아니 절대로 용서 못해. 당신 입건되기 전에는 내가 물러서지 않을 거여.

이제까지 한쪽에 비켜난 자세로 묵묵히 앉았던 만각이 갑자기 벌떡 일어나며 떽! 하고 고함을 질렀다.

이눔아, 대가리에 아까징끼 좀 바르면 되는 거여. 속인이 잘
못했다 사과하면, 중이 내가 더 잘못이라고 사과해야 도리에
맞지. 다시는 우리 절에 얼씬도 하지 마라.

일사천리로 꾸짖고 만각은 나가버렸고 잠잠히 앉아 있던 우
리에게 형사가 말했다.

합의된 걸루 알고 지는 가보겠습니다.

밤새워 일하고 오후 늦게 잠에서 깼는데 사실은 밖에서 뭔가
두런거리는 소리에 선잠이 깨었던 터였다. 몇 번 돌아눕고 뒤
척이며 일어나기 전에 뜸을 들이고 있었는데 밖의 툇마루에서
만각의 낮은 목소리가 들렸다.

느이 누나한테는 안 가봤냐?

아뇨.

왜 안 갔어?

내가 가면 자형이 벨로 좋아라 안 허요. 친동상도 아니고요.

니가 왜 친동상이 아녀? 니들 엄마는 달르지만 다 내 자석
인디.

요새는 큰집서 지내요.

아, 그런다고 했제. 이번 참에 핵교 졸업하면 머할라냐?

422

군대나 갈라고요. 기술하사관 모집이 있어갖고.

뭔 기술을 배울라고?

통신이나 운전은 그저 그렇구요, 중장비가 전망이 좋아라우.

중장비가 뭐시여?

도자나 포크렌 머 그런 거.

잉, 그것이 쓸모가 많겠구먼. 생각 잘혔다. 기술이 있어야 묵고살제.

두 사람은 부자지간이 틀림없었다. 도란거리는 얘기를 계속 듣고 있기가 뭣하여 헛기침 소리를 냈더니 말소리가 뚝 그치고는 이내 잠잠해졌다. 이렇듯 점심까지 거른 날은 읍내에 내려가 국수나 장국밥을 사 먹기 마련이었다. 뒷마루에 나서 보니 조금 전까지 만각과 얘기를 나누던 소년이 앉아 있었다. 그는 나와 시선이 마주치자 일어나서 인사를 꾸벅 했다. 나는 이미 알고 있던지라 예에, 하며 인사만 받고 더이상 말을 걸지는 않았다. 그후 며칠 동안 소년은 비어 있던 내 옆방에서 지내는 모양이었다. 복실이와는 이전부터 잘 아는 사이였는지 법당 뒤뜰에서 함께 도토리를 주우며 깔깔대는 웃음소리가 들리곤 했다. 소년이 가버릴 때까지 스님은 모른 척했다. 며칠 뒤에 저녁을 먹은 뒤 역시 녹차 한잔 나누는 자리에서 스님이 입을 열었다.

고놈이 막내요. 우그로 딸 둘 있고요.

나는 그러시냐고 건성으로 끄덕일 뿐이었다.

마누라를 둘씩이나 잡아묵고, 세상살이에 뜻이 없은게 출가하고 말었지라. 첫채번은 사변 때에 나 집 비운 사이에 죽어불고, 두번채는 그것이 복실이맨키로 넘으 집서 컸는디 나허구는 이십 년 차이요. 애 낳고 몇 년 살다 가불데.

나는 찻잔을 든 채 물끄러미 만각 스님을 바라보았다. 엊그제 객승에게 일갈하던 때에, 솔직히 내 편을 들어서가 아니라 그가 비로소 스님답게 생각되었던 것이다. 그러고 보면 하루도 빠짐없이 날마다 새벽 예불을 올리는 일이 별것 아닌 것 같지만 누구나 할 수 있는 일은 아니다. 누구에게나 일상을 견디는 일이 쉽고도 가장 어려운 것처럼.

모처럼 광주 집에 들렀더니 아내가 김인철이 병원을 옮겼다고 말했다. 그가 한밤중에 없어져서 일대 소동이 일어났던 것이다. 그의 아내가 연락해서 청년들과 병원 직원들이 몰려나가 밤거리를 헤매고 다녔는데 그를 발견한 곳은 도청 앞의 분수대였다. 밤이라 분수가 멈추어 있었는데 그는 분수대에 올라가 뭔가 구호를 외치고 있었다. 직원들이 그를 차에 태우고 병원에 돌아왔을 때 모두들 어디로 가버렸느냐고, 상원이는 어디 있느냐고 자꾸만 묻더란다. 결국 인철의 아내는 담당 의사와 의논하여 그를 시 외곽의 안전 병동으로 옮긴 것이다.

문선배에게서 연락이 와서 시내로 나갔다. 문시인이 근무하는 학원가 근처의 술집에서 그를 만났다. 평범한 고깃집이었는데 그는 누구와 같이 나와 있었다. 용건은 서로 간에 별게 없었지만 그동안 본 지가 오래되었으니 술이라도 한잔 나누자는 자리였다. 같이 나온 사람은 나도 언젠가 만난 적이 있는 정아무개라는 교수였다. 그들은 동창생이었고 같은 연배였다. 시국 얘기도 나오고 김인철의 실성에 대한 이야기도 하다가 나는 문득 생각이 나서 호국사에서 발목 부러졌던 얘기를 꺼냈다. 물론 만각 스님의 배추머리 얘기도 빼놓지 않았다. 정교수가 내 말을 듣고는 담양 가마골이 빨치산 노령병단 사령부가 있던 곳이며 장성·영광·함평까지 그들의 작전구역이었다고 말했다. 산맥의 지형이 그렇게 생겨먹었다고 하면서 그는 덧붙였다. 각 지방의 경찰 병력만으로는 중과부적이어서 육군 십일사단이 증파되어 이 지역의 토벌을 맡게 되면서 대대적인 양민학살이 벌어졌다. 학살이 가장 심했던 곳이 영광 부근과 담양 지역이라고 그는 말했다. 문시인이나 정교수 둘 다 나보다 십 년 연상이어서 전쟁에 대한 기억들이 생생했다. 그 무렵에 광주의 참극이 벌어지고 나서 사람들은 갑자기 케케묵은 옛날 기억을 더듬어 육이오 때의 체험을 미주알고주알 풀어놓기 시작했고,

그것은 젊은이들의 군대 얘기처럼 술자리의 다른 화제들을 모두 삼켜버렸다.

광주에 나갔다가 돌아온 이튿날이던가 작은 보살이 내 방 앞에 와서 전화가 왔으니 받아보라고 했다. 나는 처음 있는 일이라 어리둥절해서 살림집으로 건너갔다. 상대방이 나를 확인하고 나서 '잠깐 기다리쇼' 하더니 곧 목소리가 들렸다.

정보과장입니다. 점심이나 모실까 하는데 바쁘지 않으시죠?

나는 전에 그가 한번 연락하겠다던 말이 생각났고 어쨌든 신세를 졌던 터라 서둘러서 대답했다.

물론입니다. 어디로 가 뵐까요?

내려오시면 만성교 앞에서 직원이 기다릴 겁니다.

절에서 내려와 다리를 건너면 곧장 중앙통으로 이어진 초입이었다. 마르고 키가 큰 젊은 형사가 기다리고 서 있다가 마주 걸어오며 인사를 했다. 그의 안내로 시장 거리를 지나 골목 안에 있는 한정식집으로 갔다. 식사 자리에서 오간 화제란 이 지역의 특산물이나 음식에 관한 얘기라든가 전에 그가 근무했다는 다른 항구도시에 관한 것들이었다. 내가 머물고 있는 호국사 얘기가 나왔는데 전에 대처승 절이었지만 현재 정식으로 조계종단에 소속된 것은 아니고 형식상으로는 개인 소유라고 했다. 소유권자인 부인이 돌아가시면 호국사는 결국 조계종측으로 귀속될 거라고 그가 말했다. 만각 스님 얘기가 나오자 정보 과장이 말했다.

스님이 알고 보니 우리 경찰 출신이더군요. 고향은 고창인데 경사까지 근무했고, 영광 불갑산 공비 토벌로 훈장도 받았어요.

마흔이 넘어서 출가했다고 그러던데요.

불갑사에서 출가하고 거기 쭉 있다가 여기로 온 지 한 칠팔 년 되었을 겁니다.

과장은 껄껄 웃으며 말했다.

그 양반 염불은 제대로 할 줄 아나 몰라.

나는 진지하게 말했다.

새벽에 꼭 일어나시고 예불을 빼놓는 날이 없으세요.

그런 모양이죠? 매일 새벽마다 종소리가 들리더라고.

아내를 두 번이나 잃었고 자식들도 딸 둘에 아들 하나라던 스님의 얘기를 입밖에 꺼내지 않았지만 정보과장은 그런 것들 도 자세히 알고 있었다.

난세에 공을 세웠다면 그만큼 사연이 많은 인생을 살았단 얘 기죠.

그는 헤어지기 전에 잠깐 본론으로 돌아갔다.

될 수 있으면 광주 나가지 마시고 여기서 조용히 집필만 하 시면, 저희도 좋고 집안도 편안하실 테고…… 위에서 늘 걱정입니다. 애로사항이 있으시면 언제든 저에게 연락주십시오.

아침저녁으로 서리가 비치더니 첫눈이 내렸다. 그날도 점심
때가 다 되도록 늦잠에 빠져 있었는데 시끄러운 소리에 잠이
깼다. 만각 스님의 고함소리가 들려왔다.

이년, 내가 거짓소리 하지 말라고 그랬제? 이게 벌써 몇 번
채여. 개침에서 쪼꼬레또가 나왔는디 이게 어서 난 거여? 이런
거 사 먹을 돈이 어딨냔 말여. 바른대루 말 못혀?

계집아이가 자지러지게 우는 소리가 들려서 나는 방문을 열
고 툇마루로 나갔다. 스님은 작은 댓가지를 들고 아이의 궁둥
이며 종아리를 닥치는 대로 후려갈겼다. 작은 보살은 살림집
마루 위에서 안타까운 얼굴로 바라보고, 공양주 보살은 부엌
앞에서 지켜보다가 스님이 매를 휘두르자 굽은 허리에 한쪽 팔
을 바삐 내저으며 다가섰다.

스님, 그 돈 내가 준 거여. 그만해여.

할머니가 복실이 앞을 가로막자 스님은 얼굴이 벌게진 채로
댓가지를 쳐들고 외쳤다.

누가 애한테 씨잘데없이 주전부리 버릇을 갈치난 말여. 이렇
게 커서 돈맛이 들면 시주함에도 손대고 보따리 싸서 도망가고
그라제.

스님은 그제야 나까지 툇마루에 나와서 구경하고 있는 걸 보고는 화를 삭이지도 못하고 슬그머니 자기 방으로 들어가버렸다. 전 같으면 나는 스님에게 쫓아가서 불도를 닦는다는 사람이 어린애를 데리고 이게 무슨 화풀이냐고 한마디했을 테지만, 그냥 읍내 나가서 오랜만에 국밥 한 그릇으로 점심을 때웠다.

겨울철에는 공양주 할머니가 쓰는 부엌 옆방에서 저녁 공양을 하는데, 저녁 밥상을 두고 스님과 마주앉게 되자 나는 참았던 말을 입밖에 꺼냈다.

복실이를 왜 그렇게 과하게 혼내세요?

그랬더니 스님은 말없이 밥만 먹다가 고개를 숙인 채로 대답했다.

나가 아를 길러보덜 않은께 그런갑소.

어찌 보면 내 질문에 어깃장 지르듯 하는 대꾸로 여겨져서 나는 공연한 질문을 했다고 잠깐 후회를 했다. 묵묵히 밥 먹고어서 내 방으로 돌아가자 싶어 숭늉을 마시고 얼른 일어서려는데, 만각 스님이 내 등뒤에 대고 중얼거렸다.

가엾은 것이 징허게 싫어서 그래요.

아마도 그 대답은 스님 스스로에게도 아직 성이 차지 않는 미진한 것이었던지, 다음날 저녁 밥상 앞에서 스님이 다시 지나가는 말처럼 중얼거렸다.

우리 몸이 다 오욕칠정의 노리개지라.

그러나 그 말은 앞의 것보다 훨씬 못 미친다고 나는 생각했다.

겨울을 나고 이듬해 오월 말경에 기나긴 소설을 끝낸 나는 앞뒤가 맞아떨어지느라고 그랬던지 현충일이 끼었던 주말에 이사를 하게 되었다. 그래서는 이 절집에서 현충일 행사와 그 다음날에 혼령들을 위하여 올리는 기이한 구명시식救命施食을 보게 되었다. 군수와 경찰서장과 관리들과 전몰자 유가족들이 중심이 된 현충일 행사는 당일 오전 중에 화환이 일렬로 늘어선 가운데 엄숙하게 거행되었다. 이튿날 밤에 절집 식구들만 모인 또다른 혼령들을 위한 불사는 어딘가 호젓하고 처량하여 가난한 초상집 분위기였다. 법당 뒤뜰 북쪽 모퉁이에 하얀 쌀밥을 그득히 퍼담은 함지를 갖다놓았다. 밥 위에 수십 개의 숟가락을 꽂아놓고 가사장삼을 차려입은 만각 스님이 향불을 피우고 목청 높여 염불을 외울 때, 작은 보살과 공양주 보살은 소복을 정갈하게 차려입고 비손하면서 두 뺨이 젖도록 눈물을 흘렸다. 김거사와 그의 아내도 뒷전에서 비손했다. 복실이는 잔치라도 만난 듯 부엌 앞마당에서 팥시루떡을 들고 깡충거리며 뛰어다녔다.

나는 스님의 법명이 자기에게 꼭 들어맞는다고 생각했다. 어디 그이뿐이랴. 사람살이란 언제나 뒤늦은 깨달음과 후회의 반복이 아니던가.

(2016)

전집을 낸다고 해서 원고를 살피다보니 마음에 걸리는 것이 한두 가지가 아니었다. 여기 수록되는 작품 대부분이 기세차고 열정에 넘치던 내 젊은 날의 작품들이며, 그동안 『장길산』이며 『무기의 그늘』 등 장편소설을 쓰느라고 사실은 정작 한 해에 몇 편씩 쓸 수도 있었던 중·단편을 거의 쓰지 못했다.

지금 생각하면 문예창작에 기울일 힘을 다소 엉뚱한 곳에 쏟았다. 스스로 위로 삼아 하는 말이지만 '사회봉사'에 바쳤다고 생각하고 있다. 그렇지만 또 어떠랴, 글쓰는 자는 자신의 문학을 살아내야 된다고들 하니까.

십여 년 만에 세상으로 돌아와 어느 창고에 맡겨두었던 살림살이를 찾아내고 먼지를 쓰고 쌓였던 서재의 책들을 골라내던 재작년 일이 생각난다. 옷들이 좀먹고 다 졸아들고 걸레처럼 되어버렸듯이 내 책들은 초라했다. 그리고 그것은 욕망의 찌꺼기들처럼 보였다. 나는 과감하게 손수레에 실어다 고물상에 버렸다.

여기에 희곡집을 보탠다. 기왕에 예전에 나왔던 희곡집 『장산곶매』에다 이리저리 흩어져 있던 내 젊은 날 현장문화운동의 흔적들인 '현장대본'들을 그러모아보았지만 누락되어 사라져버린 것이 더욱 많다. 지하방송의 노래극 대본 중에서 「님을 위한 행진곡」의 원래 악보를 찾아낸 것도 한 수확이었다.

르포나 기행문 등은 잡문인 것처럼 생각되어 함께 엮지 않았다. 그러나 그것 또한 내가 동시대에 바치는 사랑의 말들이었다고 생각한다. 이담에 더 늙어서 회고록과 함께 다시 엮어내게 될지도 모른다.

나는 내 소유물이었던 책을 버리듯이 과거의 나를 간추려서 세상에 흘려보낸다.

잘 가거라, 반생이여. 그리고 당시의 너처럼 숨가쁘게 세상을 돌아칠 모든 젊은것들의 짝이 되어라.

오늘은 어제 죽은 자들의 내일이려니.

나는 다시 출발한다.

2000년 9월 德山에서

황석영

| 수록 작품 발표 지면 |

심판의 집 …… 서울신문 1975. 8. 11 ~ 10. 11

가객歌客 …… 『세대』 1975년 9월호

철길 …… 『뿌리깊은나무』 1976년 6월호

몰개월의 새 …… 『세계의문학』 1976년 가을호

한등寒燈 …… 『문학사상』 1976년 10월호

돛 …… 『심판의 집』, 열화당, 1977

맨드라미 피고 지고 …… 『창작과비평』 1977년 겨울호

골짜기 — 日記抄, 1980년 겨울 …… 『문학예술운동』 1호, 1987. 8

열애 — 日記抄 2 …… 『창작과비평』 1988년 봄호

만각 스님 …… 『창작과비평』 2016년 봄호

| 작가 연보 |

1943년   만주 장춘長春에서 출생.

1945년   해방과 함께 모친의 고향인 평양 외가로 나옴.

1947년   월남하여 영등포에 정착.

1950년   영등포국민학교에 입학했으나 한국전쟁 발발로 피란지
          를 전전함.

1956년   경복중학교 입학.

1959년   경복고등학교 입학. 경복중고교 교지『학원學苑』에 수필
          「나의 하루」, 시「구름」, 단편「의식」「부활 이전」등을 발
          표함. 청소년 잡지『학원學園』의 학원문학상에 단편소설
          「팔자령八字嶺」이 당선.

1960년   당시 국회의사당이던 부민관 앞과 시청 앞에서 4·19를
          맞음. 함께 있던 안종길 군이 경찰의 총탄에 희생됨. 그의
          유고시집『봄·밤·별』을 친구들과 함께 편집 발간.

1961년   전국고교문예 현상공모에「출옥하는 날」당선. 봄에 경복
          고를 휴학하고 가출하여 남도 지방을 방랑하다 그해 가을
          에 돌아옴.

1962년   11월 단편 「입석 부근」으로 『사상계思想界』 신인문학상 수상.

1964년   한일회담 반대시위에 참가. 노량진경찰서 유치장에서 만난 제2한강교 건설노동자와 남도로 내려감. 신탄진 연초공장 공사장에서 일용노동. 그후 청주 마산 진주 등지를 떠돌며 여러 가지 일을 하다가 칠북의 장춘사長春寺에서 입산. 동래 범어사를 거쳐 금강원에서 행자 노릇을 하다가 모친과 상봉하여 상경함.

1966년   8월 해병대에 입대하여 이듬해 청룡부대 제2진으로 베트남전 참전.

1969년   5월 군에서 제대함.

1970년   조선일보 신춘문예에 단편 「탑」이 당선. 「돌아온 사람」 발표. 동국대학교 철학과 중퇴.

1971년   단편 「가화假花」 「줄자」, 중편 「객지客地」 발표.

1972년   단편 「아우를 위하여」 「낙타누깔」 「밀살」 「기념사진」 「이웃 사람」, 중편 「한씨연대기」 발표.

1973년   구로공단 연합노조 준비위를 구성하여 공장 취업. 단편 「잡초」 「삼포 가는 길」 「야근」 「북망, 멀고도 고적한 곳」 「섬섬옥수」, 중편 「돼지꿈」, 르포 「구로공단의 노동실태」를 발표함.

1974년   단편 「장사의 꿈」, 사북탄광에 대한 르포 「벽지의 하늘」, 공단 여성 노동자의 삶을 취재한 「잃어버린 순이」 발표.

4월 첫 창작집 『객지』(창작과비평사) 발간. 7월부터 이후 1984년 7월까지 10년 동안 한국일보에 대하소설 『장길산』 연재. 군사정권의 유신체제에 대한 저항운동 치열해짐. '자유실천문인협의회' 창설과 현장 문화운동 조직위에 참여.

1975년   단편 「가객」, 희곡 「산국山菊」 발표. 소설집 『북망, 멀고도 고적한 곳』(동서문화원), 소설선 『삼포 가는 길』(삼중당) 발간. 「심판의 집」 서울신문에 연재.

1976년   단편 「몰개월의 새」 「한등」 「철길」, 르포 「장돌림」 발표. 가을에 전남 해남으로 이주.

1977년   단편 「종노種奴」 발표. 『무기의 그늘』의 기초가 된 「난장亂場」을 11월부터 다음해 7월까지 『한국문학』에 연재. 『심판의 집』(열화당) 발간. 해남에서 '사랑방 농민학교' 시작. 호남을 중심으로 한 현장 문화운동 시작.

1978년   소설집 『가객歌客』(백제) 발간. 문화패 '광대' 창설. '민중문화연구소' 설립. 광주로 이주.

1979년   위 연구소를 확대 개편한 '현대문화연구소'의 선전·야학·양서조합 등의 문화운동 부문에 참여. 계엄법 위반으로 검거되었으나 기소유예 처분됨.

1980년   광주항쟁 일어남. 조직에 함께 참여했던 젊은 동료들 수십여 명 사상.

1981년   그동안 현장에서 썼던 희곡들을 정리하여 희곡집 『장산곶

매』(심설당) 발간. 소설선『돼지꿈』(민음사) 발간. 시나리
오「날랑 죽겅 펄에나 묻엉」발표. '광주사태 수사당국'의
권유로 제주도로 이주. 제주에서 문화패 '수눌음'과 소극
장 창립. 4·3항쟁 연구모임인 '제주문제연구소'에 참여.

1982년   광주로 돌아와 '자유 광주의 소리' 시작. 〈임을 위한 행진
곡〉이 담긴 첫번째 지하 녹음테이프 '넋풀이' 제작 배포.

1983년   광주항쟁의 진상을 알리기 위한 문화기획팀 '일과 놀이'
에 참가. 산문「일과 삶의 조건―문학에 뜻을 둔 아우에
게」발표. 1월부터 이듬해 3월까지『월간조선』에「무기의
그늘」1부 연재.

1984년   대하소설『장길산』(현암사) 전10권으로 완간. '민중문화
운동협의회' 창설, 공동대표 역임.

1985년   광주항쟁 기록『죽음을 넘어 시대의 어둠을 넘어』(풀빛)
지하출판됨. 산문집『객지에서 고향으로』(형성사) 발간.
서독 베를린에서 열린 '제3세계 문화제'에 아시아 대표로
참가함. 유럽, 미국, 일본에서 '통일굿' 공연. 미국에서 문
화패 '비나리' 창립. 일본에서 문화패 '한우리'와 '우리문
화연구소' 창립.

1986년   10월부터 이듬해 8월까지 중앙일보에「백두산」연재. 6월
항쟁의 시국 변화로 중단.

1987년   단편「골짜기」발표. 소설선『골짜기』(인동)『아우를 위하
여』(심지) 발간. 9월부터 이듬해 3월까지『월간조선』에

「무기의 그늘」 2부 연재.

1988년   단편 「열애」, 산문 「항쟁 이후의 문학」(『창작과비평』) 발
표. 장편소설 『무기의 그늘』(형성사) 발간. 9월부터 이듬
해 2월까지 『신동아』에 「평야平野」 연재. '한국민족예술인
총연합' 창립.

1989년   소설선 『열애』(나남) 발간. 3월 북한의 '조선문학예술총
동맹' 초청으로 방북. 이후 귀국하지 못하고 독일예술원
초청 작가로 1991년 11월까지 베를린 체류. 북한 방문기
「사람이 살고 있었네」를 『신동아』와 『창작과비평』에 분재.
『무기의 그늘』로 만해문학상 수상. 베를린 장벽 무너짐.

1990년   2월부터 7월까지 한겨레신문에 「흐르지 않는 강」 연재.
8월에 평양에서 열린 제1차 범민족대회에 참가하면서 연
재 중단. 남·북·해외동포가 망라된 '조국통일범민족연
합' 창립에 주도적으로 참여, 대변인 역임. 소련과 동구
사회주의권의 붕괴를 목격함.

1991년   베를린 '남·북·해외 3자 회담'에 참가. 회의에 의해 '공
동사무국' 창설을 위하여 뉴욕으로 이주할 것이 결정됨.
11월 미국 롱아일랜드 대학 문화예술 프로그램에 초청받
아 미국 체류. 이후 귀국할 때까지 뉴욕 체류.

1992년   뉴욕에서 아시아인 1.5세, 2세들과 함께 '동아시아문
화연구소' 창립. 부정기간행물 『어머니 대나무Mother
Bamboo』 발간.

1993년   4월 귀국하여 방북 사건으로 징역 7년 형을 선고받음.
          『사람이 살고 있었네』(황석영석방공동대책위) 발간.
1998년   3월 석방.
1999년   1월부터 이듬해 2월까지 동아일보에 장편소설 『오래된
          정원』 연재.
2000년   5월 『오래된 정원』(창작과비평사) 출간. 『오래된 정원』으
          로 단재상, 이산문학상 수상.
2001년   6월 장편소설 『손님』(창작과비평사) 출간. 『손님』으로 대
          산문학상 수상.
2002년   10월부터 이듬해 10월까지 한국일보에 『심청, 연꽃의
          길』 연재.
2003년   6월 『삼국지』(창비) 전10권 번역 출간. 12월 장편소설
          『심청』(문학동네) 출간.
2004년   2월부터 2006년 2월까지 '한국민족예술인총연합' 이사
          장 역임. 4월부터 2007년 11월까지 런던 대학과 파리7대
          학 초청으로 런던과 파리 거주. 『심청』으로 올해의예술상
          수상. 만해대상 수상.
2007년   1월부터 6월까지 한겨레신문에 『바리데기』 연재. 7월 장
          편소설 『바리데기』(창비) 출간.
2008년   2월부터 7월까지 인터넷 포털사이트 네이버에 『개밥바라
          기별』 연재. 8월 장편소설 『개밥바라기별』(문학동네) 출간.
2009년   9월부터 이듬해 4월까지 인터넷서점 인터파크에 『강남

몽』연재.

2010년   6월 장편소설『강남몽』(창비) 출간.

2011년   5월 장편소설『낯익은 세상』(문학동네) 출간. 11월부터
2014년 11월까지 문학동네 네이버 카페에 '황석영의 한
국 명단편 101' 연재.

2012년   4월부터 10월까지 한국일보에『여울물 소리』연재, 11월
장편소설『여울물 소리』(자음과모음) 출간.

2015년   1월『황석영의 한국 명단편 101』(문학동네) 전10권 출간.
11월 장편소설『해질 무렵』(문학동네) 출간.

2016년   단편「만각 스님」발표.

2017년   6월 자전『수인』(문학동네) 전2권 출간.

2019년   4월부터 2020년 3월까지 인터넷서점 예스24에「마터
2-10」연재. 현재까지 아시아, 유럽, 미주, 남미 등 세계
28개국에서 87종의 저서가 번역 출판됨.

황석영

1943년 만주 장춘에서 태어났다. 고교 재학중 단편소설 「입석 부근」으로 『사상계』 신인문학상을 수상했고, 1970년 조선일보 신춘문예에 단편소설 「탑」이 당선되면서 본격적인 작품활동을 시작했다. 『무기의 그늘』로 만해문학상을, 『오래된 정원』으로 단재상과 이산문학상을, 『손님』으로 대산문학상을 수상했다.

주요 작품으로 『객지』 『가객』 『삼포 가는 길』 『한씨연대기』 『무기의 그늘』 『장길산』 『오래된 정원』 『손님』 『모랫말 아이들』 『심청, 연꽃의 길』 『바리데기』 『개밥바라기별』 『강남몽』 『낯익은 세상』 『여울물 소리』 『해질 무렵』 등이 있다. 또한 지난 100년간 발표된 한국 소설문학 작품들 가운데 빼어난 단편 101편을 직접 가려 뽑고 해설을 붙인 『황석영의 한국 명단편 101』(전10권)과 자신의 파란만장한 삶의 행로를 되돌아본 자전 『수인』(전2권)을 펴냈다.

프랑스, 미국, 독일, 이탈리아, 스페인, 일본, 스웨덴 등 세계 각지에서 『오래된 정원』 『객지』 『손님』 『무기의 그늘』 『한씨연대기』 『심청, 연꽃의 길』 『바리데기』 『낯익은 세상』 『해질 무렵』 등이 번역 출간되었다. 『손님』 『심청, 연꽃의 길』 『오래된 정원』이 프랑스 페미나상 후보에 올랐으며, 『오래된 정원』이 프랑스와 스웨덴에서 '올해의 책'에 선정되었다.

황석영 중단편전집 3

만각 스님
ⓒ황석영 2020

초판 인쇄 2020년 4월 29일
초판 발행 2020년 5월 15일

지은이 황석영
펴낸이 염현숙
책임편집 이상술 | 편집 김봉곤 정은진 김내리
디자인 윤종윤 유현아 | 마케팅 정민호 박보람 우상욱 안남영
홍보 김희숙 김상만 지문희 우상희 김현지
제작 강신은 김동욱 임현식 | 제작처 상지사

펴낸곳 (주)문학동네
출판등록 1993년 10월 22일 제406-2003-000045호
주소 10881 경기도 파주시 회동길 210
전자우편 editor@munhak.com | 대표전화 031) 955-8888 | 팩스 031) 955-8855
문의전화 031) 955-3576(마케팅) 031) 955-8864(편집)
문학동네카페 http://cafe.naver.com/mhdn | 트위터 @munhakdongne
북클럽문학동네 http://bookclubmunhak.com

ISBN 978-89-546-7156-9 04810
        978-89-546-7153-8(세트)

잘못된 책은 구입하신 서점에서 교환해드립니다.
기타 교환 문의: 031) 955-2661, 3580

www.munhak.com